国家社科基金
GUOJIA SHEKE JIJIN HOUQI ZIZHU XIANGMU
后期资助项目

南朝陈代文学研究

A Study on the Literature of Chen Dynasty

毛振华 著

中华书局
ZHONGHUA BOOK COMPANY

图书在版编目(CIP)数据

南朝陈代文学研究/毛振华著. —北京:中华书局,2016.6
(国家社科基金后期资助项目)
ISBN 978-7-101-11788-2

Ⅰ.南…　Ⅱ.毛…　Ⅲ.中国文学-古典文学研究-南朝时代
Ⅳ.I206.2

中国版本图书馆 CIP 数据核字(2016)第 093714 号

书　　名	南朝陈代文学研究
著　　者	毛振华
丛 书 名	国家社科基金后期资助项目
责任编辑	罗华彤
出版发行	中华书局
	(北京市丰台区太平桥西里 38 号　100073)
	http://www.zhbc.com.cn
	E-mail:zhbc@zhbc.com.cn
印　　刷	北京天来印务有限公司
版　　次	2016 年 6 月北京第 1 版
	2016 年 6 月北京第 1 次印刷
规　　格	开本/710×1000 毫米　1/16
	印张 20¼　插页 2　字数 330 千字
国际书号	ISBN 978-7-101-11788-2
定　　价	59.00 元

国家社科基金后期资助项目出版说明

后期资助项目是国家社科基金设立的一类重要项目,旨在鼓励广大社科研究者潜心治学,支持基础研究多出优秀成果。它是经过严格评审,从接近完成的科研成果中遴选立项的。为扩大后期资助项目的影响,更好地推动学术发展,促进成果转化,全国哲学社会科学规划办公室按照"统一设计、统一标识、统一版式、形成系列"的总体要求,组织出版国家社科基金后期资助项目成果。

全国哲学社会科学规划办公室

目　录

上　编

下　编

序

林家骊

陈代国祚三十三年，时间短暂，文学成就也稍显平庸，学者们通常把它只看作南朝文学的末尾，一直缺乏专门研究。毛振华同志的《南朝陈代文学研究》以陈代文学为独立研究对象作了全面细致的考察和分析，揭示出其既有延续齐梁文风，又有摆脱绮靡文风的影响、求新求变的多元化特征，这一发现是很有价值的，是对陈代文学研究的推进。

该论著立足于陈代文学研究的既有成果，把陈代文学作为魏晋南北朝隋唐文学发展史上的重要环节，分上下两编进行系统研究。上编重在探讨与陈代文学密切关联的政治、学术、社会、思想等问题；下编重在探讨陈代文学的创作成就，分析侯景之乱影响下的陈初诗风之变、文风之变、文学群体的文学创作、文体特色等。其中既有综合、整体的研究，如第三章对陈代文学的思想倾向的讨论，就从《玉台新咏》与陈代文学的通俗化、审美化倾向、陈代文学的娱情性特征、新变意识、思想局限，探究这些思想倾向对文学创作的影响；第六章对陈代文学群体、文会与文学创作的讨论，又从文学群体以及文会活动对诗体写作影响的角度，讨论了在群体唱和中得到发展的"赋得"诗对唐宋科举"始专以古句命题"的影响。又有个案的分析与解读，如第七章对陈叔宝文学群体创作的讨论，通过对陈叔宝文学群体的文化生成环境和游宴赋诗活动的系统考察，探究其在宫体乐府诗、赋韵诗等方面的成就。既从社会史的角度讨论历史事件对文学发展的影响，如第五章"侯景之乱与陈初诗风、文风之变"，也有立足于文学本体的关于文学思想与文体形式的讨论。与此同时，作者又把陈代文学纳入文学史视野中来讨论其地位与影响。这种在明确的文学史意识的主导下，从宏阔视野与整体观照出发，既有整体研究又有个案分析，立足本体研究又兼顾外围切入的研究方法，全方位、多角度地展示了陈代文学发展的历史。

该论著在研究方法上着意于创新，一是突破以个案作家、体裁分类的传统研究方法，抓住对当时文学发展最具影响的因素：学术群体、侯景之乱、陈代文会活动、南北聘问等,采用专题论述方式,对相关文学现象和作品加以阐释或解读,辩证分析其思想内容、艺术风格和文化价值,从而清晰地探究和揭示陈代文学发展的内在机制、文学特性和历史地位。二是灵活运用对比分析的方法,从文学发展史的视角,通过多层次、多角度的对比分析,将陈代文学放在南朝文学、南北朝隋唐文学发展的全局中系统考察,探究陈代文学对齐梁文学的继承与创新,隋唐以后对陈代文学的历史批判与理性接受,辩证分析陈代文学在诗风、文风上的转变,语言技巧、创作手法的日趋成熟,以及在促进古文运动、南北文风融合等方面的成就与价值,客观总结陈代文学在南北朝隋唐文学发展进程中所具有的独特的地位与作用,从而推动和深化对南北朝文学乃至中国文学发展史的认识和研究。

　　作者能够准确地选取研究的角度,从实证出发,考论结合,围绕主要事件进行探究,取得了一系列让人比较信服的结论。一是从学术群体视角,对以吴兴沈氏为中心的儒学群体、以智𫖮法师为中心的佛学群体、以周弘正为中心的玄学群体的交游、学术活动及学术影响等进行系统考察,认为以吴兴沈氏家族为中心的儒学群体通过聚众讲学、注疏儒家经典、论辩宗法制度、参与制定礼仪之事等方式弘扬儒学;智𫖮法师得到陈朝上下的极力结好,他们或顶礼敬事,禀其戒法,或恭请讲说,或书信往还,为传播教义、弘扬佛理作出了巨大贡献,有力促进了陈代佛学中兴局面的形成;以周弘正为中心的玄学群体注疏"三玄"并组织了较大规模的玄学聚谈活动,其弟子及再传弟子代代相因,有力地推进了梁陈乃至隋唐玄学的发展。这些学术群体为陈代文学创作打下了三家思想的烙印,深化了这一时期的文学描写与艺术构思。二是通过对"后三国"格局下南北聘使的文化与学术活动的系统考察,认为南北聘使在才辩问对、评点诗文、书籍往还、异域风情的传播等方面促进了南北文学的交流、借鉴,促进了南北文化的融合、统一,进一步丰富了中华民族的文化内涵,为南北文学的大融合、大统一奠定了坚实的基础。三是首次全方位、多角度地对侯景之乱与陈代文学的关系进行深入综合研究,认为侯景之乱打破了"朝野欢娱"、"吟啸谈谑"的社会局面,改变了文士们的情志和文学创作,促使他们关注自我流离的命运,抒写侯景之乱后的凄怆之感、悲壮之情和深沉的乡关之思,一洗侯景之乱前的艳冶绮靡之风,为陈初文坛注入了一股悲凉浑厚之气。作者诗史并读,从而深刻揭示这一历史事件在文学史上的影响力。四是通过对陈代文学群体文人雅聚、赋诗唱和的系统考察,认为陈代文会活动极大地活跃了"赋得"诗的创作,陈代"赋得"诗突破了梁代巧构形似之言的创作形式,形成了以赋咏古人诗句、咏史为主的比较固定的诗题形式,艺术技巧和审美特征进一步增强;陈代文会活动使得《折杨柳》、《关山月》、《紫骝马》、《雨雪》等汉横吹曲拟作急剧增多,这些诗作往往按题取义,围绕"杨柳"、"月"、"马"、"雨雪"等意象铺写刻画,形成了意象描绘与家国之思的情感抒发相结合的创作范式,为隋唐以后边塞诗的创作奠定了基本主题和风格。五是在文体特点探究上,通过对陈代诗歌的平仄、粘对、对仗、句式情况的量化分析,认为陈代文会活动为五言诗的创作提供了良好条件,五言八句体式渐趋定型,五言诗之平仄、粘对、对偶等律化特征更趋成熟,基本符合五言律诗的声律标准,有力地推动了齐梁新体诗向唐人近体诗的转化;通过对史传文的散体形式、叙事与写人技巧的系统分析,认为陈代史传文借古朴晓畅的散体形式来记事、明理、达意,其所倡导的散体化写作于陈隋之际已启古文之风,在古文运动的理论倡导和创作实践上都具有重要的作用与意义。

2005 年,振华经我的师弟徐正英教授推荐报考我的博士研究生,入学考试的成绩很优秀。入学后关于博士论文的选题我们曾经有过很长时间的讨论,我一直引导博士生作某一段时期文学的研究,着意于深挖"一口井",也就掌握了学术研究的基本方法。振华博士论文的选题是"侯景乱后梁陈文学研究",重在以侯景之乱为南朝文学后期的分界进行探讨。博士论文答辩后,我们对这一选题又进行过多次深入的讨论,振华在此基础上发表了十多篇学术论文,有的被人大复印资料全文转载,有的学术观点已引起学界的关注并被多次引用。振华为人忠厚诚恳,学习勤奋刻苦,曾获得浙江大学层次很高的南都一等奖学金、董氏文史哲研究奖励基金优秀成果奖。振华参加工作后,我们交往甚密,时常听到他的好消息。今又请为写序,我很高兴,祝愿振华取得更好的学术成绩。

2016 年 4 月于浙江大学寓所

导　论

　　本书的着眼点在于把陈代文学①作为一个独立的研究课题。一直以来,这一领域的研究相对比较薄弱,要么梁陈、陈隋并提,要么全盘否定,要么略去不论。究其原因:一是陈代国祚短暂,留存下来的文学作品不多;二是陈代紧随齐梁之后,创作主体大都由梁入陈,深受齐梁诗风的影响,后世多诟病其为"恐于齐梁作后尘"②,"艳薄斯极"③,常把其看作是南北朝文学或齐梁文学的余绪;三是因政治评价等原因,对陈代文学独立的文学地位的价值缺乏全面客观的认识。

　　作为文学史上的一段客观存在,陈代文学有着自己的生成环境、生活空间和历史文化背景,自然也呈现出了自己的特点。纵观陈代文学的发展历程与文学成就,我们应辩证地认识到,以政治史取代文学史的自身发展脉络的局限性,陈代有步后尘、延续齐梁文风的一面,同时亦有努力摆脱齐梁文风影响,呈现不尚绮靡文风、求新求变等多元化美学特征的一面。因此,全方位、多角度地对陈代文学进行系统性、综合性研究,历史地看待陈代文学的成就与不足,客观确认陈代文学在南北朝文学向隋唐文学发展过程中的地位与作用,对于深化和推进对南北朝文学乃至中国文学发展史的认识和研究都具有重要意义。

第一节　陈代文学研究的历史与现状

　　陈代文学研究与南朝其他朝代文学研究相比,相对比较薄弱,但随着文学史研究的逐步深入,陈代文学的研究状况发生了很大改观,也取得了可喜的成绩。20 世纪 20 年之前陈代文学研究乏善可陈,20 年代以后刘师

---

　　①　侯景之乱对陈代作家影响深远,本书的时间跨度上自侯景之乱下自陈朝覆亡,因此侯景之乱后入陈的作家我们都把他们称之为陈代作家。

　　②　《全唐诗》卷二百二十七《杜甫十二》,中华书局 1960 年版,页 2453。

　　③　孟棨撰:《本事诗》卷一,《历代诗话续编》本,中华书局 1983 年版,页 14。

培、谢无量、朱东润等诸位先生对陈代文学有比较清晰而恰切的评价与介绍，80 年代以后注重对陈代作家的个案研究，创获较多。主要集中于以下几方面：

一　陈代文学的整体研究

陈代文学的整体研究很少，主要集中在各种文学史性质的论著中。一方面，研究者多有贬斥之辞。如刘大杰先生《中国文学发展史》认为梁代文学是"色情文学"、"亡国之音"①。胡国瑞先生《南北朝文学史》认为："从梁以至陈代，诗风更是卑下，勉强可以提出的，只有阴铿和徐陵。"②萧涤非先生《汉魏六朝乐府文学史》认为："乐府至陈，声情益荡，史言后主荒于声色，与江总等狎客，游宴后宫，诗酒流连，罕关庶务。虽欲不亡，其可得乎？"③

另一方面，研究者也逐渐发掘了陈代文学的价值，共分为两大类观点：第一类观点认为陈代文学是梁代余绪，但又有所发展。如朱东润先生《中国文学批评史大纲》认识到了这一时期文学创作的成就，并对梁陈文学屡遭诟病进行了分析，他认为，一则梁陈覆亡，近在眉睫，遂谓文章为人祸福；二则隋人代周，唐人代隋，自许朔士，薄彼南人，故讥弹梁陈，嘲弄徐庾，此蔽于方域之见者又一也④。章培恒、骆玉明先生主编的《中国文学史》认为陈代文学"基本是沿着梁代文学的道路继续发展"，在南北朝向唐代文学过渡中具有重要作用⑤。葛晓音先生《八代诗史》(修订本)(中华书局 2007 年版)、王锺陵先生《中国中古诗歌史》(人民出版社 2005 年版)、聂石樵先生《魏晋南北朝文学史》(中华书局 2007 年版)等认为陈代文学大抵因循梁代，而在思想内容和写作技巧上是有所开拓的。

第二类观点认为陈代文学作为独立研究课题具有一定的文学成就。刘师培先生《中国中古文学史讲义》认为有陈一代虽然国祚短促，然艺文亦未可谓衰矣，"陈代开国之初，承梁季之乱，文学渐衰。然世祖以来，渐崇文学。后主在东宫，汲引文士，如恐不及，及践帝位，尤尚文章，故后妃宗室，

---

① 刘大杰著：《中国文学发展史》，复旦大学出版社 2006 年版，页 202。
② 胡国瑞著：《南北朝文学史》，上海文艺出版社 1980 年版，页 145。
③ 萧涤非撰：《汉魏六朝乐府文学史》，人民文学出版社 1984 年版，页 255。
④ 朱东润撰：《中国文学批评史大纲》，上海古籍出版社 2005 年版，页 78。
⑤ 章培恒、骆玉明主编：《中国文学史》，复旦大学出版社 1997 年版，页 411。

莫不竞为文词。又开国功臣如侯安都、孙玚、徐敬成,均接纳文士。而李爽之流,以文会友,极一时之选。故文学复昌,迄于亡国"①。刘师培先生抓住了陈代文学精神和文学风气的嬗变,并对陈代主要作家的创作成就进行了简要评价,其论述虽简要却极为精辟,为陈代文学整体研究开拓了思路。谢无量先生《中国大文学史》亦曰:"陈时文人,自徐陵外,当推江总,余如阴铿、姚察、虞荔、虞寄、顾野王、周弘让、张正见之流,并一时之选也。"②骆玉明、张宗原先生《南北朝文学史》(安徽教育出版社 1991 年版)除论述徐陵和阴铿外,还对张正见及陈叔宝文学集团的创作予以肯定。曹道衡、沈玉成先生《南北朝文学史》(人民文学出版社 1991 年版)在深入挖掘相关史料的基础上对这一时期的文学风貌进行了全面深入的探讨,发表了许多精湛的学术见解,论及了徐陵、阴铿、沈炯、周弘正、周弘让、陈昭、张正见、刘删、祖孙登、江总、姚察以及陈叔宝文学群体等陈代所有知名作家,其论述更具体,系统性更强,对文人及文学风貌的把握更为确切。而郭预衡先生《中国散文史》(上海古籍出版社 1986 年版)对这一时期个体作家的散文创作如徐陵、沈炯等有较为深入的探讨。在诸位先生的开拓下,此一时期的研究正逐渐变得丰富起来,极大地提高了文学研究的理论水平。但相对来说,这些研究还是着眼于史的介绍,较为突出探讨个体创作的特色。此后的文学史等虽对这一时期的文学创作多有关注,但也仅仅作为文学史的一小章或魏晋南北朝文学的尾巴,如徐嘉瑞先生《中古文学概论》(亚东图书馆 1930 年版)、陈仲凡先生《汉魏六朝文学》(商务印书馆 1931 年版)、陈家庆先生《汉魏六朝诗研究》(安徽大学 1934 年版)、洪为法先生《古诗论》(商务印书馆 1939 年版)、刘永济先生《十四朝文学要略》(中国文化服务社 1946 年版)、罗常培先生《汉魏六朝专家文研究》(独立出版社 1945 年版)、刘跃进先生《中国古代文学通论·魏晋南北朝卷》等都对此一段文学有简要论述。

　　90 年代以后,博士论文选题对此领域关注甚多。山东大学杨德才的博士论文《梁陈文学编年与考论》(1999 年)具体详细地分析了陈代五言诗的用韵、律诗句式、律句组合方式与篇式结构等。马海英《陈代诗歌研究》

　　① 　刘师培著:《中国中古文学史讲义》,中国人民大学出版社 2004 年版,页 90。
　　② 　谢无量著:《中国大文学史》,中州古籍出版社 1992 年版,页 38。

（学林出版社 2004 年版）是国内第一部研究陈代诗歌的专著，填补了魏晋南北朝文学研究的一段空白。此书资料丰富，分析细密，特别是书后所附陈代诗文系年辩证翔实准确，对后来研究者颇有启益，但作者较为注重个案作家的研究，发现个体作家创作的显著特征，系统性还有待加强。

二　相关个案研究

在专题专人研究上，20 世纪 80 年代前文章寥寥，而且多集中于徐陵和宫体诗上。如顾学颉先生《"律诗"作者第一人——徐陵》（山西人民出版社《艺文志》1983 年第一辑）对徐陵律诗之作用和地位有确切评断；王瑶先生《徐庾与徐庾体》（载于其《中古文学风貌》一书，棠棣出版社 1951 年版）对徐庾在文学史上的地位以及徐庾体的历史涵义等有精细论述；王瑶先生《徐陵陈公九锡文》对《陈公九锡文》进行了深刻解剖，指出九锡之文只是代言，其骈文体制不重内容只重其艺术特质；牛夕先生《徐陵年谱》（《清华周刊》1932 年第 38 期）对徐陵生平及诗文创作有细致考察。这一时期的研究者对宫体诗作多有批判之辞，羊列荣先生《20 世纪中国古代文学研究史·诗歌卷》①"宫体诗百年声誉"一节有详细论述，兹不赘。

80 年代以后，对作家作品研究的单篇论文逐渐增多，主要集中在宫体诗、阴铿山水诗、徐陵与《玉台新咏》、诗歌声律、骈文等方面。

在宫体诗研究上，学者们逐渐发现了宫体诗的价值，持论也多公允。如曹旭先生《论宫体诗的审美意识新变》（《文学遗产》1988 年第 6 期）认为宫体诗审美意识新变的意义在于对建安风骨的否定，并由此带来诗歌内容、形式上的革新。章培恒先生《中国文学史》认为尽管宫体诗存在一些缺陷，但它扩大了中国诗歌审美表现的范围，文学中描写男女之情以及女子的体貌是一种有价值的美的创造②。石观海先生《宫体诗派研究》（武汉大学出版社 2003 年版）、胡大雷先生《宫体诗研究》（商务印书馆 2004 年版）、归青先生《南朝宫体诗研究》（上海古籍出版社 2006 年版）等几部专著颇为引人注目。石先生认为，有陈一代是宫体诗派的衰飒期，但徐陵、江总、陈叔宝等人的影响不容小视，并对徐陵、江总、陈叔宝、顾野王、陆琼等人的宫

① 黄霖主编，羊列荣著：《20 世纪中国古代文学研究史·诗歌卷》，东方出版中心 2006 年版。
② 章培恒、骆玉明主编：《中国文学史》，复旦大学出版社 1996 年版，页 397。

体诗创作进行了细致分析;胡先生对陈叔宝文学集团其人其作进行了详细的考辨和论证;归先生注意到侯景之乱对宫体诗创作的影响,并认为陈代是宫体诗创作的余波期。

对徐陵的研究颇为引人瞩目。穆克宏《徐陵论》(《楚雄师范学院学报》2002 年第 2 期)充分肯定了其诗文价值;姚晓柏《从〈玉台新咏〉的编纂看徐陵妇女观的进步性》(《求索》2006 年第 7 期)从徐陵的妇女观层面分析了徐陵编集《玉台新咏》所表现出的进步妇女观,肯定了他在中国妇女史和文学史上所做出的贡献;江承华《略论徐陵〈与李那书〉的文学思想》(《福建师范大学学报》1998 年第 4 期)通过对《与李那书》的解读认为,徐陵调和了南北的文学思想;西北师范大学许琰的硕士论文《徐陵的诗文创作及其编选的〈玉台新咏〉》(2004 年)对徐陵的时代与生平、思想与著述、诗文内容及艺术特色、《玉台新咏》编撰等进行了研究;而安徽师范大学朱梅的硕士论文《徐庾体研究》(2006 年)对徐庾体的形成、发展及美学理论等进行了细致阐述。有关《玉台新咏》的撰录者、撰作时间自章培恒先生《〈玉台新咏〉为张丽华所"撰录"考》(《文学评论》2004 年第 2 期)发表之后一时成为学术争鸣的热点,胡大雷先生《〈玉台新咏〉为梁元帝徐妃所"撰录"考》(《文学评论》2005 第 2 期)、《徐陵为〈玉台新咏〉协助撰录者及其〈序〉的撰作时间考》(《文献》2007 年第 3 期)、谈蓓芳先生《〈玉台新咏〉版本补考》(《上海师范大学学报》2006 年第 1 期)、邬国平先生《〈玉台新咏〉张丽华撰录说献疑——向章培恒先生请教》(《学术月刊》2004 年第 9 期)、樊荣先生《〈玉台新咏〉"撰录"真相考辨——兼与章培恒先生商榷》(《中州学刊》2004 年第 6 期)等对《玉台新咏》的编撰者、编撰时间、徐陵与《玉台新咏》之关系进行了深入的探讨和争辩。

学界对阴铿的研究较为细致。赵以武先生的专著《阴铿与近体诗》(黑龙江教育出版社 1998 年版)对阴铿的生平家世、诗篇系年、内容及阴铿诗与永明体、近体诗的关系等进行了细致考察;魏清荣先生《何逊阴铿山水诗的审美理想》(《福建论坛》1998 年第 5 期)从阴、何山水诗审美风格的逐渐成熟等考察了他们的诗歌特点;高建新《阴铿山水诗论》(《上海师范大学学报》2007 年第 2 期)则将阴铿写景与游子的离愁别绪、羁旅思乡之情相连接,视角独特、颇有新意。

对江总、张正见、沈炯、陈叔宝的研究也开始引起关注。如曹道衡先生

《论江总及其作品》(《齐鲁学刊》1991 年第 1 期)、蒋寅先生《张正见诗论》(《清华大学学报》2008 年第 3 期)、杨群先生《江总散文及其诗文成就》(《太原日报》2006 年 4 月 3 日)、王利锁先生《沈炯初论》(《浙江学刊》1989 年第 6 期)等也皆有发明。而台湾学者龚显宗的专著《论梁陈四帝诗》(高雄复文出版社 1995 年版)对陈叔宝之诗歌创作进行了细致的分类和论述。

在诗歌声律问题上,吴小平先生的专著《中古五言诗研究》(江苏古籍出版社 1998 年版)通过对五言诗篇制、对偶、声律等的分析肯定了这一时期五言诗在律诗形成过程中的重要作用;徐青先生《南北朝诗人对诗律的探索和贡献》(《湖州师范学院学报》1997 年第 1 期)论及徐陵、江总、张正见、陈叔宝等人对诗律的探索和贡献;曾肖《南朝五言八句诗的组诗形态与题材类型》(《广西社会科学》2005 年第 3 期)从组诗角度探讨了南朝五言八句诗的形式和内容;石观海先生《宫体诗派与古诗的律化》(《社会科学研究》2006 年第 2 期)从南朝宫体诗派的角度研究宫体诗人在特定的审美文化语境中,构建了五言诗中的"新绝句"、"准五律"和七言诗的"隔句韵式"等新体或变体,认为它们是古诗律化进程中必不可少的过渡样式,是古诗演变为格律诗的不可或缺的中间环节,为近体诗的成熟和七言新体的形成奠定了坚实的基础。

在骈文研究上,北京大学何祥荣的博士论文《梁陈骈文艺术之演变》(1997 年)从骈文艺术的角度探讨了梁陈二代的骈文艺术表现与流变,从微观的角度细致考察了沈炯、江总、顾野王、伏知道、徐陵等重点作家的文学思想与骈文创作的关系;钟涛先生《试论徐陵骈文与其政治生活的关系》(《柳州师专学报》1999 年第 2 期)从六朝骈文与当时文人的政治生活的密切关系探讨徐陵骈文独特的艺术价值。此外,姜书阁先生《骈文史论》(人民文学出版社 1986 年版)、程章灿先生《魏晋南北朝赋史》(江苏古籍出版社 1992 年版)、于景祥先生《中国骈文通史》(吉林人民出版社 2002 年版)、莫道才先生《骈文通论》(广西教育出版社 1994 年版)、台湾学者张仁青先生《骈文学》(文史哲出版社 1984 年版)等专著也多涉及此一领域的研究。

第二节　陈代文学成为独立研究课题的文学意义

以上专著、论文对陈代文学都作了一定程度的研究,为本书的研究提

供了文献资料和理论基础,颇有启发性与参考意义,但与宋、齐、梁丰富的研究成果相比,尚有几点不足:

首先,缺乏系统性。研究者多侧重于宫体诗、徐陵、陈叔宝、阴铿等的研究,对赋韵诗、赋得诗、边塞诗、张正见、沈炯、周弘正等的研究力度还不够。

其次,缺乏对陈代文学独立的文学地位的深入研究。研究者常把陈代文学看作是南北朝文学或齐梁文学的余绪,对陈代文学独立的文学地位和价值的研究还有待加强。

再次,缺乏新视角。学术群体、侯景之乱、文会活动、南北聘问等对陈代文学具有重要影响,研究者鲜有把陈代文学放在以上大背景中加以具体探究的。

因此,基于以上研究现状,以陈代文学创作实际为出发点,从多元视角对陈代文学的演变进程、艺术风格和价值地位进行宏观性、系统性、综合性研究,使之成为一个独立的研究课题,对于全面、客观地认识陈代文学乃至中国文学都具有重要的文学史意义。

首先,从总体特征上着手,可以揭示陈代文学的发展规律和特点。刘师培《中国中古文学史讲义》认为有陈一代虽然国祚短促,然艺文亦未可谓衰矣,“陈代开国之初,承梁季之乱,文学渐衰。然世祖以来,渐崇文学”。“盖陈之文学,虽不及梁代之盛,然风流固未尝歇绝也。”[①]刘师培还认为陈代“文学复昌,迄于亡国”[②]。陈代虽然短暂,但陈代文学却经历了不同的发展阶段,在历史、社会和文化环境的不断变幻中,已经形成了不同的文学价值取向和属于陈代文学的特定风格。如侯景之乱所抒发的羁旅愁思,家国之悲对齐梁绮靡的文风的冲击,陈代文会活动中所追求的韵律美和趋同性的创作范式,还有诸如不尚绮靡、崇尚复古等文学主张。

其次,突破以个案作家、体裁分类的传统研究方法,采取以学术群体、侯景之乱、文会活动、南北聘问等为中心的专题探究形式,对相关文学现象和作品加以阐释或解读,辩证分析陈代文学的思想内容、艺术风格和文化价值,从而清晰地探究和揭示陈代文学发展的内在脉络和特征。

---

① 刘师培著:《中国中古文学史讲义》,中国人民大学出版社 2004 年版,页 90。
② 刘师培著:《中国中古文学史讲义》,中国人民大学出版社 2004 年版,页 90。

　　再次,从文学发展史的视角,通过多层次、多角度的对比分析,将陈代文学放在南朝文学、南北朝隋唐文学发展的全局中系统考察,历史地看待陈代文学的成就与不足,客观确认陈代文学在南北朝文学向隋唐文学发展过程中的地位与作用,从而推动和深化对南北朝文学乃至中国文学发展史的认识和研究。

　　基于以上的判断,本书的研究将从以下九个方面展开:

　　一是陈代文学生成的文化背景。通过对梁末动荡不安的社会现状及文士命运的变迁,陈宣帝的屡次北伐,士族地位的急剧衰退与庶族地位的逐步崛起的系统考察,探究陈代文学生成的历史文化环境;从创作阵容的构成、创作观念、创作风俗的继承,探究梁代文学对陈代文学的影响;从创作成就、艺术技巧的新特征,探究陈代文学在发展变化中的新成就。

　　二是陈代的学术群体。通过对吴兴沈氏儒学群体与学术活动、智𫖮法师与陈代文士交游考论、周弘正与陈代玄学等的系统考察,深入探讨这些学术群体在注疏经典、聚众讲学、展开论辩等方面对陈代文人及文学创作的影响。

　　三是陈代文学的思想倾向。通过对陈代独特的社会背景和文化氛围等的系统考察,深入探讨《玉台新咏》与陈代文学的通俗化、审美化倾向,陈代文学的娱情性特征、新变意识,陈代文学的思想局限及其对文学创作的影响。

　　四是陈、齐、周"后三国"格局下的南北聘问与文化交流。通过对"后三国"格局下南北朝聘使的文化与学术活动等的系统考察,深入探讨他们在才辩问对与文化碰撞、赋诗往还与诗文评点、书籍往还与文学交流、聘北使者与北朝风俗的南传等方面对促进南北文化交融的作用。

　　五是侯景之乱与陈初诗风、文风之变。通过对侯景之乱前后世风与文风、陈初时代精神与社会风貌等的系统考察,深入探讨侯景之乱对陈初"以悲为主"的文学风尚,陈初诗风、文风中的凄怆之感、悲壮之情和深沉的乡关之思以及徐陵、沈炯的政治性文书虽为代言、颇变旧体等的具体影响。

　　六是陈代文学群体、文会与文学创作。通过对陈代文学群体的文人雅聚、赋诗唱和等的系统考察,深入探讨陈代赋得诗在诗题形式、审美追求和艺术技巧等方面的新发展;陈代边塞乐府诗注重赋体法、咏物性、意象描写与情感抒发等趋同性的创作范式。

　　七是陈叔宝文学群体的文学创作。通过对陈叔宝文学群体的文化生成环境和游宴赋诗活动等的系统考察,深入探讨宫体乐府诗在心理描写、审美追求等方面的新变;赋韵诗在体裁样式、语言和修辞技巧等方面的成就以及文风中所呈现出的浮华侧艳之风和细腻婉约之致。

　　八是陈代文学的文体特色。通过对陈代诗歌的平仄、粘对、对仗、句式等声律特征和陈代文章的骈散句式等的具体分析,深入探讨陈代文会活动与五七言诗创作;五言八句体式的成熟与五言诗的律化;七言诗创作的群体性特征与七言歌行诗的成熟;文体的进一步骈化以及史传文的散体手法。

　　九是陈代文学的地位与影响。通过对陈代文学与齐梁文学、隋唐文学等的对比分析,深入探讨陈代文学对齐梁文学的继承与创新、隋唐文学对陈代文学的历史批判与理性接受,辨证分析陈代文学在诗风、文风转变,语言技巧、创作手法的日趋成熟以及在促进古文运动、南北文风融合等方面的成就与价值,客观总结陈代文学在南北朝隋唐文学发展进程中所具有的独特的地位与作用。

上　编

第一章　陈代文学生成的文化背景

陈代文学与梁末动荡的社会现实、陈宣帝北伐及士庶地位的变化等政治形势密切相关,由梁入陈的众多文士构成了陈代文学创作的强大阵容,梁代文学的创作观念、创作风格、创作方法等对陈代文学具有重要影响,与此同时,陈代文学在创作内容、创作成就上也显现出了自己的一些新特点,这就决定了陈代文学成为独立研究课题的意义之所在。

第一节　陈代文学生成的历史文化环境

陈代文学的产生与发展,与陈代历史文化土壤有着密切的关系,诸如政治、历史、文化等因素都对其具有直接或间接的影响。

一　梁末动荡不安的社会现状及其影响

梁太清元年(547)二月,梁武帝不顾朝臣反对,接纳侯景入梁,并封其为河南王。太清二年(548)八月,侯景暗中勾结野心篡位的梁武帝之侄萧正德作内应发动叛乱,领兵南下,"寇王城"、"围天阙"[1]。梁朝统治者颇不得人心,梁末以来,"人人厌苦,家家思乱"[2],"百姓怨苦,咸不聊生。又发召兵士,皆须锁械,不尔便即逃散"[3],"有梁之季,政刑废缺,条纲弛紊,僭盗荐兴,役赋征徭,尤为烦刻"[4]。侯景军队逼近建康之时,梁朝"户口徒众,不见死战之士;宠遇虽多,宁有报恩之士"[5],太子萧纲受命募军,数日之内竟然"莫有应募者"[6]。因此,侯景军队所到之处"势如破竹,易若转

---

① 严可均校辑:《全上古三代秦汉三国六朝文》,中华书局 1987 年版,页 3430。
② 司马光编著,胡三省音注:《资治通鉴》,中华书局 1956 年版,页 4966。
③ 魏收撰:《魏书》,中华书局 1974 年版,页 2187。
④ 姚思廉撰:《陈书》,中华书局 1972 年版,页 79。
⑤ 李昉等编:《文苑英华》卷七五二,中华书局 1966 年版,页 3939。
⑥ 司马光编著,胡三省音注:《资治通鉴》,中华书局 1956 年版,页 4984。

圜,万里靡沸,四方瓦解"①。

　　侯景之乱持续长达四年,不久后又发生了江陵之陷,这些都极大破坏了萧梁政权,成为南朝社会发展的分水岭。陈寅恪先生说:"侯景之乱,不仅于南朝政治上为巨变,并在江东社会上,亦为一划分时期之大事。"②侯景之乱削弱了南朝的军事实力,严重损害了其经济社会发展。《梁书·侯景传》曰:"景又攻东府城,设百尺楼车,钩城堞尽落,城遂陷。景使其仪同卢晖略率数千人,持长刀夹城门,悉驱城内文武裸身而出,贼交兵杀之,死者二千余人","纵兵杀掠,交尸塞路,富室豪家,恣意裒剥,子女妻妾,悉入军营。及筑土山,不限贵贱,昼夜不息,乱加殴棰,疲羸者因杀之以填山,号哭之声,响动天地。百姓不敢藏隐,并出从之,旬日之间,众至数万。"③在侯景军与援军对峙时,"城中疾疫,死者大半"④,致使"城中积尸不暇埋瘗,又有已死而未敛,或将死而未绝,景悉聚而烧之,臭气闻十余里"⑤。《魏书·岛夷萧衍传》曰:"始景渡江至陷城之后,江南之民及衍王侯妃主、世胄子弟为景军人所掠,或自相卖鬻,漂流入国者盖以数十万口,加以饥馑死亡,所在涂地,江左遂为丘墟矣。"⑥

　　侯景之乱使得江左政权"疆土愈蹙"⑦。《隋书·地理志》曰:"逮于陈氏,土宇弥蹙,西亡蜀、汉,北丧淮、肥,威力所加,不出荆、扬之域。"⑧《廿二史札记》卷十二"南朝陈地最小"条曰:"按三国时孙吴之地,初只江东六郡,渐及闽、粤,后取荆州,始有江陵、长沙、武陵、桂阳等地,而夔府以西属蜀也,其江北之地亦只有濡须坞,其余则皆属魏。陈地略与之相似,而荆州旧统内江陵又为后梁所占,是其地又小于孙吴时。"⑨陈朝只剩下江左以南和淮南江北的一些地方了,是南朝疆域面积最小的时期。侯景之乱后,很多衣冠士人辗转逃往江陵,西魏破江陵之后,阖城被虏入关。《周书·文帝

①　严可均校辑:《全上古三代秦汉三国六朝文》,中华书局 1987 年版,页 3430。
②　陈寅恪著:《金明馆丛稿初编》,生活·读书·新知三联书店 2001 年版,页 113。
③　姚思廉撰:《梁书》,中华书局 1973 年版,页 843。
④　姚思廉撰:《梁书》,中华书局 1973 年版,页 845。
⑤　姚思廉撰:《梁书》,中华书局 1973 年版,页 850。
⑥　魏收撰:《魏书》,中华书局 1974 年版,页 2187。
⑦　顾颉刚、史念海著:《中国疆域沿革史》,上海书店 1991 年版,页 160。
⑧　魏徵、令狐德棻撰:《隋书》,中华书局 1973 年版,页 807。
⑨　赵翼著,王树民校证:《廿二史札记校证》(订补本)卷十二,中华书局 1984 年版,页 260—261。

纪》曰:"辛亥,进攻城,其日克之。擒梁元帝,杀之,并虏其百官及士民以归。没为奴婢者十余万,其免者二百余家。"①《周书·于谨传》亦曰:"虏其男女十余万人。"②

梁末动荡的社会现实使得"溥天之下,斯文尽丧"③,对文士们的影响是非常深远的。侯景之乱造成"百僚奔散","衣冠士族,四出奔散"④,萧悫、袁奭、朱才、颜之推等相继入北齐,而徐陵、江旰等则是因出使北方而被拘留不遣的。留守在江南的文士或避难崎岖,流寓他乡,如江总"避难崎岖,累年至会稽郡,憩于龙华寺"⑤,"流寓岭南积岁"⑥,张讥"崎岖避难"⑦,谢岐"流寓东阳"⑧;或归隐乡里,如刘之遴"避难还乡"⑨,陆琼"携母避地于县之西乡"⑩,岑之敬"乃与众辞诀,归乡里"⑪。而江陵之陷使得梁朝文士如王褒、宗懔、殷不害、王克、刘钰、颜之仪、刘臻、沈炯等被掳至长安,造成了南方文士的大迁徙。《周书·王褒传》曰:"褒与王克、刘毂、宗懔、殷不害等数十人,俱至长安。太祖喜曰:'昔平吴之利,二陆而已。今定楚之功,群贤毕至。可谓过之矣。'"⑫庾信则因江陵之陷而被拘不遣。

梁末动荡的社会境况使得入陈后的文士每念及此痛心不已。如阴铿《游巴陵空寺诗》:"日宫朝绝磬,月殿夕无扉。网交双树叶,轮断七灯辉。香尽奁犹馥,幡尘画渐微。借问将何见,风气动天衣。"是他入陈后游历破败之迹时的无限悲怆之感。《登武昌岸望诗》:"荒城高仞落,古柳细条疏。烟芜遂若此,当不为能居。"是他入陈后登临武昌江岸时对侯景乱军破坏武昌城的悲凉慨叹。沈炯《长安还至方山怆然自伤诗》虽为南归后所作,"犹疑屯虏骑,尚畏值胡兵。空村余拱木,废邑有颓城"表现了作者心有余悸、恍若隔世之感。贺力牧《乱后别苏州人诗》同样抒写了侯景之乱后诗人的

① 令狐德棻等撰:《周书》,中华书局1971年版,页36。
② 令狐德棻等撰:《周书》,中华书局1971年版,页248。
③ 严可均校辑:《全上古三代秦汉三国六朝文》,中华书局1987年版,页4099。
④ 姚思廉撰:《陈书》,中华书局1972年版,页287。
⑤ 姚思廉撰:《陈书》,中华书局1972年版,页344。
⑥ 姚思廉撰:《陈书》,中华书局1972年版,页345。
⑦ 李延寿撰:《南史》,中华书局1975年版,页1751。
⑧ 姚思廉撰:《陈书》,中华书局1972年版,页232。
⑨ 姚思廉撰:《梁书》,中华书局1973年版,页574。
⑩ 姚思廉撰:《陈书》,中华书局1972年版,页396。
⑪ 姚思廉撰:《陈书》,中华书局1972年版,页462。
⑫ 令狐德棻等撰:《周书》,中华书局1971年版,页731。

泣血悲走之苦,诗作中"徘徊睇间阖,怅望极姑苏","慨矣嗟荒运,悲哉惜霸图","言离已惆怅,念别更踟蹰"等真切描述了作者乱后离别时徘徊、怅茫的无限苦痛。

二　陈代的政局与陈宣帝的北伐

柏杨先生《中国人史纲》曰:"陈帝国是南北朝唯一没有出过暴君的政权。"①陈霸先内有梁代残遗力量割据,外有北齐的威逼,面对此境,他提出"务在廉平"②的主张。文帝陈蒨"起自艰难,知百姓疾苦"③,诏令:"维雕镂淫饰,非兵器及国容所须,金银珠玉,衣服杂玩,悉皆禁断。"④他整顿吏治,注重农桑,使经济得到了一定的恢复,国势也比较强盛。《陈书》魏徵论曰:"世祖天姿睿哲,清明在躬,早预经纶,知民疾苦,思择令典,庶几至治。德刑并用,戡济艰虞,群凶授首,强邻震慑。"⑤宣帝陈顼继位后,"亲耕籍田"⑥,"旰食早衣"⑦,鼓励农业生产,曾多次发布诏令"蠲其徭赋"⑧,减免赋税、劝课农桑,社会经济得到了比较迅速的恢复与发展。《南史》史臣论曰:"陈宣帝器度弘厚,有人君之量。"⑨经过文帝、宣帝两朝的治理,江南经济又呈现出"良畴美柘,畦畎相望,连宇高甍,阡陌如绣"⑩的勃勃生机,一时形成了"十余年间,江东狭小,遂称全盛"⑪的局面。陈后主固然昏庸,但从其执政形式、方式来看,他绝不是个暴君,只是一个"荒于酒色,不恤政事"⑫的昏君,他最大的问题是"唯寄情于文酒,昵近群小",使得陈代"政刑日紊,尸素盈朝","上下相蒙,众叛亲离"⑬,由是"国政日颓,纲纪不立,有

---

①　柏杨著:《中国人史纲》,时代文艺出版社 1987 年版,页 453。
②　姚思廉撰:《陈书》,中华书局 1972 年版,页 33。
③　姚思廉撰:《陈书》,中华书局 1972 年版,页 61。
④　姚思廉撰:《陈书》,中华书局 1972 年版,页 52。
⑤　姚思廉撰:《陈书》,中华书局 1972 年版,页 118。
⑥　姚思廉撰:《陈书》,中华书局 1972 年版,页 77。
⑦　姚思廉撰:《陈书》,中华书局 1972 年版,页 82。
⑧　姚思廉撰:《陈书》,中华书局 1972 年版,页 81—82。
⑨　李延寿撰:《南史》,中华书局 1975 年版,页 311。
⑩　姚思廉撰:《陈书》,中华书局 1972 年版,页 82。
⑪　姚思廉撰:《陈书》,中华书局 1972 年版,页 390。
⑫　李延寿撰:《南史》,中华书局 1975 年版,页 306。
⑬　姚思廉撰:《陈书》,中华书局 1972 年版,页 119。

言之者,辄以罪斥之,君臣昏乱,以至于灭"①。

　　同时,文宣两帝又是具有一定作为和开拓意识的君主。文帝永定三年(559)即位后,命侯瑱、侯安都在建康、芜湖讨伐萧庄、王琳势力,致使支持王琳的北齐"军士溺死者十二三,余皆弃船登岸,为陈军所杀殆尽"②,王琳、萧庄兵败后逃往北齐。此后,文帝又先后削平了豫章、临川、东阳、晋安等地方势力,取得了江南各地的社会稳定。宣帝太建元年(569)即位后,励精图治想有一番作为,"受脤兴戎","无忘武备"③。经过几年的准备,太建五年(573)三月,陈宣帝"分命众军北伐"④,开启了旷日持久的太建北伐战争。大将吴明彻兵分两路向北齐展开攻势,先克历阳、秦郡,之后攻占合肥、寿阳等地,太建七年,进攻彭城,军至吕梁,齐援兵彭城"前后至者数万,明彻又大破之"⑤,至此陈军尽复江北、淮泗之地。魏徵论曰:"(陈宣帝)扬斾分麾,风行电扫,辟土千里,奄有淮、泗,战胜攻取之势,近古未之有也。"⑥太建九年十月,会周氏灭齐,陈宣帝即乘机争夺徐、兖之地,诏明彻进军北伐,"明彻军至吕梁,周徐州总管梁士彦率众拒战,明彻频破之,因退兵守城,不复敢出"⑦。

　　陈军以无比强劲之势一路北上,所向披靡,捷报频传,举国上下欢娱庆贺。《陈书·宣帝纪》载,太建六年正月壬戌,诏曰:"王者以四海为家,万姓为子,一物乖方,夕惕犹厉,六合未混,旰食弥忧。朕嗣纂鸿基,思弘经略,上符景宿,下叶人谋,命将兴师,大拯沦溺。灰琯未周,凯捷相继,拓地数千,连城将百。"⑧太建七年闰九月壬辰,吴明彻大破齐军于吕梁,"丁未,舆驾幸乐游苑,采甘露,宴群臣"⑨。太建八年四月甲寅,又诏曰:"元戎凯旋,群师振旅,旌功策赏,宜有飨宴。今月十七日,可幸乐游苑,设丝竹之乐,大会文武。"⑩

---

①　姚思廉撰:《陈书》,中华书局 1972 年版,页 347。

②　司马光编著,胡三省音注:《资治通鉴》,中华书局 1956 年版,页 5195。

③　姚思廉撰:《陈书》,中华书局 1972 年版,页 81。

④　姚思廉撰:《陈书》,中华书局 1972 年版,页 83。

⑤　姚思廉撰:《陈书》,中华书局 1972 年版,页 163。

⑥　姚思廉撰:《陈书》,中华书局 1972 年版,页 118。

⑦　姚思廉撰:《陈书》,中华书局 1972 年版,页 163。

⑧　姚思廉撰:《陈书》,中华书局 1972 年版,页 86。

⑨　姚思廉撰:《陈书》,中华书局 1972 年版,页 89。

⑩　姚思廉撰:《陈书》,中华书局 1972 年版,页 89—90。

　　陈代的北伐战争使得国内"千金日损,府帑未充,民疲征赋"①,面对此境,陈宣帝没有采取"安民保境,寝兵复约,然后广募英奇,顺时而动"②的建议,继续强势北伐。太建十年二月甲子,"北讨众军败绩于吕梁,司空吴明彻及将卒已下,并为周军所获"③,以致"陈人通国上下摇心"④。此后,陈宣帝"分命众军以备周"⑤,实行守势战略,周朝则乘胜反击,太建十一年,在北周的屡屡攻取之下,陈之"南北兖、晋三州、及盱眙、山阳、阳平、马头、秦、历阳、沛、北谯、南梁等九州,并自拔还京师。谯、北徐州又陷。自是淮南之地尽没于周矣"⑥。太建十四年正月陈宣帝去世时,陈"众军并缘江防守"⑦,自此之后,陈朝撤军江南,采取守势策略。

　　陈代北伐失败后,周人把疆界全线推展到了长江北岸,使得陈代的疆界又回复到了开国之初的状态。《陈书·宣帝纪》曰:"(宣帝)享国十余年,志大意逸,吕梁覆军,大丧师徒矣。江左削弱抑此之由。"⑧陈代北伐失败后,使得士人们残存的一些自信彻底丧失。陈后主继位后,"施文庆、沈客卿之徒,专掌军国要务,奸黠左道,以衰刻为功,自取身荣,不存国计。是以朝经堕废,祸生邻国"⑨,陈代被颓丧之气所笼罩,以致亡国。

三　士族地位的急剧衰退与庶族地位的逐步崛起

　　门阀士族阶层自东汉起历经魏晋不断强化,形成了比较典型的门阀政治,迅速演变成了门阀士族垄断仕途的局面,庶族几乎没有仕进的机会。然而,自从刘宋之后,门阀士族的政治、经济实力逐渐衰落,庶族阶层的权势得到一步步加强。陈寅恪先生说:"梁末之乱,为永嘉南渡后的一大结局。"⑩侯景之乱"推动了南朝奴隶解放运动和南朝社会阶级关系的变动",

①　姚思廉撰:《陈书》,中华书局 1972 年版,页 92。
②　姚思廉撰:《陈书》,中华书局 1972 年版,页 390。
③　姚思廉撰:《陈书》,中华书局 1972 年版,页 91。
④　司马光编著,胡三省音注:《资治通鉴》,中华书局 1956 年版,页 5391。
⑤　姚思廉撰:《陈书》,中华书局 1972 年版,页 91。
⑥　姚思廉撰:《陈书》,中华书局 1972 年版,页 95。
⑦　司马光编著,胡三省音注:《资治通鉴》,中华书局 1956 年版,页 5453。
⑧　姚思廉撰:《陈书》,中华书局 1972 年版,页 100。
⑨　姚思廉撰:《陈书》,中华书局 1972 年版,页 120。
⑩　万绳楠整理:《陈寅恪魏晋南北朝史讲演录》,黄山书社 1987 年版,页 199。

"造成了南朝后期统治集团民族成分与士庶阶层数量比重的变化"①。

侯景之乱使得江南士族受到重大打击，门阀士族力量急剧衰减。《资治通鉴》卷一六二《梁纪》曰："高祖之末，建康士民服食、器用，争尚豪华，粮无半年之储，常资四方委输。自景作乱，道路断绝，数月之间，人至相食，犹不免饿死，存者百无一二。贵戚、豪族皆自出采稆，填委沟壑，不可胜纪。"②侯景之乱前百姓竞相豪奢，侯景之乱导致建康城百姓的日常之用枯竭，豪门大族饿死沟壑者不可胜数。《资治通鉴》卷一六二《梁纪》又曰："时江南连年旱蝗，江、扬尤甚，百姓流亡，相与入山谷、江湖，采草根、木叶、菱芡而食之，所在皆尽，死者蔽野。"③天灾人祸使得江南门阀士族的命运产生了巨变。侯景之乱前"朝野欢娱，池台钟鼓"④，士族"居承平之世，不知有丧乱之祸；处庙堂之下，不知有战阵之急；保俸禄之资，不知有耕稼之苦；肆吏民之上，不知有劳役之勤，故难可以应世经务"⑤，"吟啸谈谑，讽咏辞赋，事既优闲，材增迂诞"⑥，沉湎于歌舞升平、安逸享乐之中。侯景之乱致使宽松优裕的生活环境和较高的社会地位随之灰飞烟灭，昔日的优游荣耀已成为过眼云烟，国危、世乱、民苦的局面对士族阶层造成了强烈冲击。《颜氏家训·涉务》曰："及侯景之乱，肤脆骨柔，不堪行步，体羸气弱，不耐寒暑，坐死仓猝者，往往而然。"⑦侯景之乱造成了梁末陈初文士命运的巨大变迁。《北齐书·颜之推传》曰："中原冠带随晋渡江者百家，故江东有《百谱》，至是在都者覆灭略尽。"⑧这场变故使得南迁的王、谢二姓及江南的朱、张、顾、陆等高门士族的地位急剧下降，在学术和文艺上都不再具有重要地位，南朝200余年的士族政治到此结束。

与此同时，出身低微的地方豪族势力在战争中逐步崛起，成为统御陈代的主体力量。《陈书》卷三十五末史臣曰："梁末之灾沴，群凶竞起，郡邑

---

① 高敏：《论侯景之乱对南朝后期社会历史的影响》，《中国史研究》1996年第3期，页94。
② 司马光编著，胡三省音注：《资治通鉴》，中华书局1956年版，页5018。
③ 司马光编著，胡三省音注：《资治通鉴》，中华书局1956年版，页5039。
④ 严可均校辑：《全上古三代秦汉三国六朝文》，中华书局1987年版，页3922。
⑤ 王利器撰：《颜氏家训集解》（增补本），中华书局1993年版，页317。
⑥ 王利器撰：《颜氏家训集解》（增补本），中华书局1993年版，页166。
⑦ 王利器撰：《颜氏家训集解》（增补本），中华书局1993年版，页322。
⑧ 李百药撰：《北齐书》，中华书局1972年版，页621。

岩穴之长,村屯坞壁之豪,资剽掠以致强,恣陵侮而为大。"①他们或"率兵入援建邺,因而坐拥大兵",或"势力强迫,取代其位"②。据朱大渭先生统计,梁末陈初,通过侯景之乱进入统治阶层的庶族当权者,少数民族豪绅有十五人,汉族出身的庶族地主有十一人,汉族出身的平民八人,共计三十四人,而高门世族地主出身者仅十二人③。到此,士庶地位发生了根本性转变。陈寅恪先生认为:"梁陈之交,是南朝政治史上的一个大变化的时代,楚子集团的时期结束了,士族的历史结束了,原来默默无闻的南方蛮族中的土豪洞主,纷纷登上了政治舞台。陈朝便是依恃南方土著的豪族建立的。此为江左三百年政治社会的大变动。"④庶族们多聚敛文士以附庸风雅,他们以文会友,互相交流、唱和,对于陈代文学发展具有极大的推动和促进作用。曹道衡先生认为:"这些人物的出现不但标志着学术和文艺逐渐脱离了高门士族独占的局面,而且作家籍贯及作品描写的景色也有所扩大。"⑤

第二节　梁代文学对陈代文学的影响

马积高先生认为:"一个王朝开始建立和巩固的一段时间内,其文风多沿袭前朝,这可以说是我国封建社会文学发展中带规律性的现象。"⑥梁陈时代相近,在文学主张、创作观念和艺术风格等方面形成了诸多一致性的一面,显现出陈代文学对梁代文学的积极继承。

一　由梁入陈文士是陈代文学创作的重要力量

由梁入陈的众多文士构成了陈代文学创作的强大阵容,为陈代文学发展提供了丰富的创作经验和必要的前提条件。《陈书·儒林传》曰:"高祖创业开基,承前代离乱,衣冠殄尽,寇贼未宁,既日不暇给,弗遑劝课。世祖

---

① 姚思廉撰:《陈书》,中华书局 1972 年版,页 490。
② 陈寅恪著:《金明馆丛稿初编》,生活·读书·新知三联书店 2001 年版,页 113。
③ 朱大渭:《梁末陈初少数民族酋帅和庶民阶层的兴起》,载《纪念陈寅恪教授国际学术讨论会文集》,中山大学出版社 1989 年版,页 342。
④ 万绳楠整理:《陈寅恪魏晋南北朝史讲演录》,黄山书社 1987 年版,页 213。
⑤ 曹道衡:《略论南朝学术文艺的地域差别》,《南京师范大学学报》2002 年第 9 期,页 33。
⑥ 马积高:《赋史》,上海古籍出版社 1987 年版,页 257。

以降,稍置学官,虽博延生徒,成业盖寡。今之采缀,盖亦梁之遗儒云。"①
由梁入陈的文士在梁陈政治文化生活中都发挥了重要作用,以《陈书·儒
林传》为例,共载有十五人,除沈德威、贺德基外,沈文阿、沈洙、戚衮、郑灼、
张崖、陆诩、全缓、张讥、顾越、沈不害、王元规、龚孟舒、陆庆等均载有其仕
梁、仕陈的记录。以《陈书·文学传》为例,共载有十七人,其中杜之伟、颜
晃、江德藻、庾持、许亨、岑之敬、何之元、徐伯阳、张正见、阴铿等十人皆出
仕梁朝,而陆琰(540)、陆瑜(541)、陆玠(539)、陆琛(542)、蔡凝(543)、阮卓
(531)、褚玠(529)等则在梁代已是成人或近是成人。因此,从文士的仕历
情况来看,《儒林传》《文学传》中所载文士在梁代时已有比较成熟的创作
经验或相对稳定的创作思想。

值得一提的是,萧纲、萧绎文学群体的许多成员亦由梁入陈,并成为陈
代文学创作的重要力量。其可考者有以下几人:

江总,曾出仕梁、陈、隋三代,"历任清显,备位朝列"②,在梁时"迁太子
洗马,又出为临安令,还为中军宣城王府限内录事参军,转太子中舍人"③。
后主之世,常伴其左右,谓为狎客,是陈代宫体诗的重要代表人物。

徐陵,普通二年(521)"晋安王为平西将军、宁蛮校尉,父摛为王咨议,
王又引陵参宁蛮府军事"④,及萧纲居东宫,"又开文德省,置学士,肩吾子
信、摛子陵、吴郡张长公、北地傅弘、东海鲍至等充其选"⑤。入陈后,颇受
重视,"自有陈创业,文檄军书及禅授诏策,皆陵所制,而《九锡》尤美。为一
代文宗,亦不以此矜物,未尝诋诃作者"⑥。

王元规,《陈书·王元规传》曰:"十八,通《春秋左氏》《孝经》《论语》、
《丧服》。梁中大通元年,诏策《春秋》,举高第,时名儒咸称赏之。起家湘东
王国左常侍,转员外散骑侍郎。简文之在东宫,引为宾客,每令讲论,甚见
优礼……后主在东宫,引为学士,亲受《礼记》《左传》《丧服》等义,赏赐
优厚。"⑦

---

① 姚思廉撰:《陈书》,中华书局 1972 年版,页 434。
② 姚思廉撰:《陈书》,中华书局 1972 年版,页 346。
③ 姚思廉撰:《陈书》,中华书局 1972 年版,页 344。
④ 姚思廉撰:《陈书》,中华书局 1972 年版,页 325。
⑤ 姚思廉撰:《梁书》,中华书局 1973 年版,页 690。
⑥ 姚思廉撰:《陈书》,中华书局 1972 年版,页 335。
⑦ 姚思廉撰:《陈书》,中华书局 1972 年版,页 449。

　　徐伯阳,为梁东宫学士,陈太建初,"中记室李爽、记室张正见、左民郎贺彻、学士阮卓、黄门郎萧诠、三公郎王由礼、处士马枢、记室祖孙登、比部贺循、长史刘删等为文会之友,后有蔡凝、刘助、陈暄、孔范亦预焉。皆一时之士也。游宴赋诗,勒成卷轴,伯阳为其集序,盛传于世"①。太建十一年春,"皇太子幸太学,诏新安王于辟雍发《论语》题,仍命伯阳为《辟雍颂》,甚见佳赏"②。

　　周弘正,"晋安王为丹阳尹,引为主簿"③,因善玄言而被称誉为"梁末为玄宗之冠"④和"一代之国师"⑤,太建五年,"敕侍东宫讲《论语》、《孝经》。太子以弘正朝廷旧臣,德望素重,于是降情屈礼,横经请益,有师资之敬焉"⑥。

　　张正见,"幼好学,有清才",13岁得梁东宫太子萧纲赏识,"每自升座说经,正见尝预讲筵,请决疑义,吐纳和顺,进退详雅,四座咸属目焉"⑦。入陈后,创作了大量宫体诗,是陈代宫体诗作的代表人物之一。

　　阴铿,《陈书·阴铿传》曰:"博涉史传,尤善五言诗,为当时所重,释褐梁湘东王法曹参军。"⑧梁亡后入陈。

　　沈文阿,"少习父业,研精章句。祖舅太史叔明、舅王慧兴并通经术,而文阿颇传之。又博采先儒异同,自为义疏。治《三礼》、《三传》。察孝廉,为梁临川王国侍郎,累迁兼国子助教、《五经》博士。梁简文在东宫,引为学士,深相礼遇"⑨。梁亡后入陈。

　　沈洙,"治《三礼》、《春秋左氏传》。精识强记,《五经》章句,诸子史书,问无不答。解巾梁湘东王国左常侍,转中军宣城王限内参军,板仁威临贺王记室参军,迁尚书祠部郎中"⑩。梁亡后入陈。

　　①　姚思廉撰:《陈书》,中华书局1972年版,页468—469。
　　②　姚思廉撰:《陈书》,中华书局1972年版,页469。
　　③　姚思廉撰:《陈书》,中华书局1972年版,页305。
　　④　李延寿撰:《南史》,中华书局1975年版,页899。
　　⑤　姚思廉撰:《陈书》,中华书局1972年版,页315。
　　⑥　姚思廉撰:《陈书》,勒华书局1972年版,页309。
　　⑦　姚思廉撰:《陈书》,中华书局1972年版,页469。
　　⑧　姚思廉撰:《陈书》,中华书局1972年版,页472。
　　⑨　姚思廉撰:《陈书》,中华书局1972年版,页434。
　　⑩　姚思廉撰:《陈书》,中华书局1972年版,页436。

沈众，"好学，颇有文词"，"除镇南湘东王记室参军"①。梁亡后入陈。

江德藻，"好学，善属文"，"迁安西湘东王府外兵参军"②。梁亡后入陈。

周弘直，"解褐梁太学博士，稍迁西中郎湘东王外兵记室参军"③。梁亡后入陈。

萧纲、萧绎积极接纳文士，时常与他们宴集赋诗。《梁书·简文帝纪》曰："（萧纲）引纳文学之士，赏接无倦，恒讨论篇籍，继以文章。"④据《梁书·刘缓传》载，萧绎在"西府盛集文学"⑤。以萧纲、萧绎为中心的文学群体唱和赋诗，影响了一代文坛风尚，由梁入陈的徐陵、江总、阴铿、张正见等均是他们集团中的重要成员。徐陵是梁代宫体诗作的开创者，也是萧纲文学集团的重要成员，徐摛、徐陵父子与庾肩吾、庾信父子"出入禁闼，恩礼莫与比隆。既文并绮艳，故世号为'徐庾体'焉"⑥。其早期诗作多为"奉和"、"应令"、"侍宴"、"咏物"之作，如《咏美人》、《咏美人自看画应令》、《咏主人少姬应教》咏及女子头髻饰物、面部妆抹和全身时装，诗作艳丽缠绵，脂粉气十足。江总在梁时"迁太子洗马，又出为临安令，还为中军宣城王府限内录事参军，转太子中舍人"⑦，是萧纲文学群体的重要成员。曹道衡先生认为，侯景之乱前他的诗文可以说受梁中叶以后萧纲、萧绎等人的影响较深，他的创作辞藻华美，着意于学习萧纲、萧绎及"徐庾体"的文风⑧。阴铿是萧绎文学集团的成员，曾"释褐湘东王法曹参军"⑨，诗作"风格流丽"⑩。如《和〈登百花亭怀荆楚〉》是和湘东王萧绎《登江州百花亭怀荆楚》所作，"阳台可忆处，唯有暮将朝"是替萧绎表现思念李桃儿的情思的⑪，"落花轻未下，飞丝断易飘"等句善于构建华美绮艳的外饰之美。张正见在梁时亦曾

①　姚思廉撰：《陈书》，中华书局1972年版，页243。

②　姚思廉撰：《陈书》，中华书局1972年版，页456。

③　姚思廉撰：《陈书》，中华书局1972年版，页310。

④　姚思廉撰：《梁书》，中华书局1973年版，页109。

⑤　姚思廉撰：《梁书》，中华书局1973年版，页692。

⑥　李延寿撰：《北史》，中华书局1974年版，页2793。

⑦　姚思廉撰：《陈书》，中华书局1972年版，页344。

⑧　曹道衡：《论江总及其作品》，《齐鲁学刊》1991年第1期，页91。

⑨　姚思廉撰：《陈书》，中华书局1972年版，页472。

⑩　黄伯思著：《东观余论·跋何水曹集后》，《文渊阁四库全书》本，台湾商务印书馆1983年版，页358。

⑪　赵以武著：《唱和诗研究》，甘肃文化出版社1997年版，页175。

陪侍在简文帝身边,《陈书·张正见传》曰:"梁简文在东宫,正见年十三,献颂,简文深赞赏之。"①

《隋书·经籍志》集部叙曰:"梁简文之在东宫,亦好篇什,清辞巧制,止乎衽席之间,雕琢蔓藻,思极闺闱之内。后生好事,递相放习,朝野纷纷,号为宫体。流宕不已,讫于丧亡。陈氏因之,未能全变。"②由梁入陈文士曾一度主导着陈代文学发展的基本面貌,对陈代文学具有重要影响,特别是在梁代"摛艳藻之辞"③的文学创作风尚的影响下,他们极力追求形式的华美,以繁富细巧的笔致描写女子的形态神貌乃至生活环境中所使用的器物等。以上诸人如江总、徐陵、王元规、徐伯阳、周弘正等此后又进入了陈叔宝文学群体之中,成为其宫体诗创作的主要成员,一旦有宫体诗生成的文化环境,他们就会乐此不疲地追求绮艳文风。

二　梁代文学在创作观念上对陈代文学的影响

隋代李谔《上隋高祖革文华书》说:"江左齐、梁,其弊弥甚,贵贱贤愚,唯务吟咏。遂复遗理存异,寻虚逐微,竞一韵之奇,争一字之巧。连篇累牍,不出月露之形;积案盈箱,唯是风云之状。"④李谔指出了齐梁文学中片面追求形式华美,忽视思想内容的倾向。《隋书·文学传序》曰:"梁自大同之后,雅道沦缺,渐乖典则,争驰新巧。简文、湘东,启其淫放。"⑤萧纲被立为太子后,以其为代表的新变派占据了梁代文坛,他大胆提出了立德修身与文学创作相分离的观点,其《诫当阳公大心书》曰:"立身之道,与文章异。立身先须谨重,文章且须放荡。"⑥他强调文学的特点,使得文章与立身割裂,认为生活中应克制的"性情"可以在文章中得到放纵,这种主张使得其文学群体敢于大胆描写情欲和女性之美。萧纲之作"辞藻艳发,博综群言"⑦,其《答渝侯和诗书》推崇华艳诗风,提倡抒写女性姿色,赞叹那三首和诗"性情卓绝,新致英奇"。其《劝医论》"丽辞方吐,逸韵乃生",《庶子王

①　姚思廉撰:《陈书》,中华书局 1972 年版,页 469。
②　魏徵、令狐德棻撰:《隋书》,中华书局 1973 年版,页 1090。
③　姚思廉撰:《梁书》,中华书局 1973 年版,页 728。
④　魏徵、令狐德棻撰:《隋书》,中华书局 1973 年版,页 1544。
⑤　魏徵、令狐德棻撰:《隋书》,中华书局 1973 年版,页 1730。
⑥　严可均校辑:《全上古三代秦汉三国六朝文》,中华书局 1987 年版,页 3010。
⑦　李延寿撰:《南史》,中华书局 1975 年版,页 232。

规墓志铭》"文雅与绮縠相宣,逸气并云霞俱远",《临安公主集序》"文同积玉,韵比风飞"等要求文章应辞藻华美,韵趣高远。《梁书·敬帝纪》评曰:"太宗聪睿过人,神彩秀发,多闻博达,富赡词藻。然文艳用寡,华而不实,体穷淫丽,义罕疏通。"①《诗镜总论》亦曰:"简文诗多滞色腻情,读之如半醉憨情,恹恹欲倦。"②萧纲最有创作特色的是描写妇女动作和体态的诗,据罗宗强先生统计,萧纲294首诗中描写妇女或男女情怀的诗有112首之多③。如《咏内人昼眠》、《戏赠丽人》、《和人爱妾换马》等或表达女性体态之美或表现女子细腻婉致的内心世界,多有轻艳绮靡之风。

湘东王萧绎追同萧纲的新变理论,其《金楼子·立言》曰:"至如文者,惟须绮縠纷披,宫徵靡曼,唇吻遒会,情灵摇荡。"④他注重文学的外在形式之美,表现出追求"绮"、"艳"的独特审美趣味。其诗歌如《和林下作妓应令》、《寒闺》、《代旧姬有怨》、《夕出通波阁下观妓》等皆抒写女子情愁,诗风"婉丽多情"⑤。因此,强调求新、求异,追求华艳绮丽的新变诗风在萧纲、萧绎的文学群体创作中占据主导地位,梁代后期的文学就是按照以萧纲、萧绎为代表的理论指导和创作实践中逐步发展成长的。

陈代文学承继梁代文学而来,在创作观念上颇受梁代文学的影响。首先,陈代君主和梁代一样重视、提倡文学,身体力行、积极从事文学创作,这是促进文风兴盛的重要动因。特别是陈叔宝时期,他们聚在一起"或玩新花,时观落叶,既听春鸟,又聆秋雁,未尝不促膝举觞,连情发藻,且代琢磨,间以嘲谑,俱怡耳目,并留情致"⑥。这些赏乐、宴饮、赋诗、观景等活动促使他们感荡情致,抒发情思。《陈书·后主纪》评陈后主曰:"不崇教义之本,偏尚淫丽之文,徒长浇伪之风。"⑦其次,从文士的创作实践中亦可看出陈代在创作观念上对梁代的继承。如《陈书》评江总曰:"好学,能属文,于五言七言尤善;然伤于浮艳,故为后主所爱幸。多有侧篇,好事者相传讽

---

① 姚思廉撰:《梁书》,中华书局1973年版,页151。

② 陆时雍撰:《诗镜总论》,《历代诗话续编》本,中华书局1983年版,页1408。

③ 罗宗强著:《魏晋南北朝文学思想史》,中华书局1996年版,页408。

④ 萧绎著:《金楼子》,影印《百子全书》本,浙江古籍出版社1998年版,页911。

⑤ 张溥著,殷孟伦注:《汉魏六朝百三家集题辞注·梁元帝集》,人民文学出版社1960年版,页289。

⑥ 严可均校辑:《全上古三代秦汉三国六朝文》,中华书局1987年版,页3423。

⑦ 姚思廉撰:《陈书》,中华书局1972年版,页119。

玩,于今不绝。"①评姚察曰:"每有制述,多用新奇,人所未见,咸重富博","尤好研核古今,谥正文字,精采流赡,虽老不衰","所撰寺塔及众僧文章,特为绮密。"②评傅缚曰:"为文典丽,性又敏速,虽军国大事,下笔辄成,未尝起草,沉思者亦无以加焉,甚为后主所重。"③

三　梁代文学在创作风格、创作方法上对陈代文学的影响

首先,由梁入陈文士的许多诗文风格与梁代一脉相承。曹道衡、沈玉成先生认为:"陈初诗人如徐陵、阴铿的创作生涯始于梁代,其诗风也和梁代某些诗人相近。如徐陵之作,与萧纲、萧绎同属一派。"④徐陵是"徐庾体"的代表人物之一,《北史·庾信传》曰:"父肩吾,为梁太子中庶子,掌书记。东海徐摛为右卫率。摛子陵及信并为抄撰学士。父子在东宫,出入禁闼,恩礼莫与比隆。既文并绮艳,故世号为'徐庾体'焉。"⑤其入陈后创作的《杂曲》词藻华美,描写精工细致,其诗曰:

> 倾城得意已无俦,洞房连阁未消愁。宫中本造鸳鸯殿,为谁新起凤凰楼?绿黛红颜两相发,千娇百念情无歇。舞衫回袖胜春风,歌扇当窗似秋月。碧玉宫妓自翩妍,绛树新声自可怜。张星旧在天河上,从来张姓本连天。二八年时不忧度,傍边得宠谁应妒。立春历日自当新,正月春幡底须故。流苏锦帐挂香囊,织成罗幌隐灯光。只应私将琥珀枕,暝暝来上珊瑚床。

诗作运用了正面和侧面描写相结合的手法刻画了一位倾国倾城、美艳惊人的女子。"绿黛红颜两相发,千娇百念情无歇"句极言张贵妃千娇妖艳的容貌,"舞衫回袖胜春风,歌扇当窗似秋月。碧玉宫妓自翩妍,绛树新声最可怜"句描写其歌舞升平和淫奢享乐,作者最后通过流苏锦帐、香囊罗幌、琥珀枕、珊瑚床等床饰的描绘进一步点出了其新艳淫奢之致。诗作在语言的绮丽、新艳上与萧纲《倡妇怨情十二韵》的风格相同,显现出对梁代诗风的积极继承。

---

① 姚思廉撰:《陈书》,中华书局1972年版,页347。
② 姚思廉撰:《陈书》,中华书局1972年版,页353。
③ 姚思廉撰:《陈书》,中华书局1972年版,页405。
④ 曹道衡、沈玉成编著:《南北朝文学史》,人民文学出版社1991年版,页283。
⑤ 李延寿撰:《北史》,中华书局1974年版,页2793。

又如江总,在梁时迁太子洗马,又出为临安令,还为中军宣城王府限内录事参军,转太子中舍人,是萧纲文学群体的重要成员。据《陈书》本传,年少有名,甚得梁武帝及"高才硕学"之士王筠、刘之遴等"雅相推重"①。曾预同梁武帝《述怀诗》,"帝深降嗟赏"②。其诗文如《答王筠早朝守建阳门开诗》《辞行李赋》曾着意于学习萧纲、萧绎及"徐庾体"的文风③。入陈后"崇长淫纵"④,通过艳丽辞藻的描摹来满足其文学群体游宴欢娱之需,诗作"丽藻时闻,语多新颖"⑤,这些诗作所呈现出的纤靡艳冶、细事婉变的创作旨趣、审美趋向与梁代文风具有一脉相承的特点。《诗镜总论》曰:"江总自梁入陈,其诗犹有梁人余气。至陈之末,纤靡极矣。"⑥纤靡是指诗风的纤巧柔弱,主要体现在诗句用词和情感的抒发上。如江总《梅花落》其一极力形容美女的盛装巧饰,"妖姬坠马髻,未插江南珰。转袖花纷落,春衣共有芳"句描绘了一位转袖摇动、春风拂衣、娇羞柔媚、妖艳动人的女子的动态之美。《长相思》"红罗斗帐里,绿绮清弦绝","暗开脂粉弄花枝,红楼千愁色,玉箸两行垂"句描绘出了相思时"愁思三秋结","望望何由知"的苦闷情态,"声调流畅圆美,情韵委婉缠绵,然而词语失之轻艳"⑦。此外《长安道》"日暮延平客,风花拂舞衣",《病妇行》"羞开翡翠帷,懒对蒲萄酒",《七夕》"此时机杼息,独向红妆羞",《东飞伯劳歌》"年时二八新红脸,宜笑宜歌羞更敛",《姬人怨》"寒灯作花羞夜短,霜雁多情恒结伴"等充斥着"风花"、"红妆"、"香气"、"脂粉"等香艳气息的字词和"羞"、"懒"、"转"、"拂"等纤细的情态描摹,使得诗作越发细密精巧、绮靡纤弱。

再如阴铿,曾释褐湘东王法曹参军,与宫体诗代表人物萧绎关系颇为密切,是其文学群体中的重要成员。明胡应麟《诗薮》曰:"阴惟解作丽语,当时以并仲言,后世以方太白,亦太过。"⑧胡应麟所谓的阴铿"作丽语"指的是阴铿诗作用语的华艳而言,这显然受萧绎等人宫体诗风的影响。阴铿

①　姚思廉撰:《陈书》,中华书局 1972 年版,页 343。
②　姚思廉撰:《陈书》,中华书局 1972 年版,页 343。
③　曹道衡:《论江总及其作品》,《齐鲁学刊》1991 年第 1 期,页 91。
④　魏徵、令狐德棻撰:《隋书》,中华书局 1973 年版,页 655。
⑤　陆时雍《古诗镜》,《明诗话全编》本,江苏古籍出版社 1997 年版,页 10701。
⑥　陆时雍:《诗镜总论》,《历代诗话续编》本,中华书局 1983 年版,页 1410。
⑦　王筱云主编:《中国古典文学名著分类集成》(诗歌卷),百花文艺出版社 1994 版,页 409。
⑧　胡应麟撰:《诗薮·外编》卷二,《明诗话全编》本,江苏古籍出版社 1997 年版,页 5566。

入陈后所作《侯司空宅咏妓》、《和侯司空登楼望乡》、《新成安乐宫》等也多绮语。如《新成安乐宫》曰：

> 新宫实壮哉！云里望楼台。迢递翔鹍仰，连翩贺燕来。重檐寒雾宿，丹井夏莲开。砌石披新锦，梁花画早梅。欲知安乐盛，歌管杂尘埃。

诗作前八句写安乐宫的雄伟壮丽，详尽描绘了安乐宫雕刻装饰之美，以及宫中的歌舞之盛，辞采富丽，语言流畅。陈祚明《采菽堂古诗选》评此诗曰"鲜丽"①。

其次，在创作方式上，陈代文学延续梁代传统，喜好游宴赋诗、集体唱和。据《陈书·世祖纪》，天嘉元年秋七月诏曰："新安太守陆山才有启，荐梁前征西从事中郎萧策，梁前尚书中兵郎王暹，并世胄清华，羽仪著族，或文史足用，或孝德可称，并宜登之朝序，擢以不次。"②只要"文史足用"便可"擢以不次"③，于是文士们纷纷投靠于陈代帝王或权贵门下，形成了以文帝、宣帝、陈叔宝以及侯安都、陈伯固、孙玚等显贵为中心的文学群体。

《北史·庾信传》曰："时陈氏与周通好，南北流寓之士，各许还其旧国。陈氏乃请王褒及信等十数人。武帝唯放王克、殷不害等，信及褒并惜而不遣。"④永定二年(558)十二月，陈武帝下诏曰："梁时旧仕，乱离播越，始还朝廷，多未铨序。"⑤于是随材擢用者五十余人。这两批文士很快就融入到了以帝王权贵为中心的文会活动之中。宣帝北伐成功后"大会文武"⑥，侯安都等权贵数招聚文武之士游宴赋诗，后主举行的文会更是不胜枚举，他们聚合文士以附庸风雅，唱和盛况空前。刘师培《中国中古文学史讲义》曰："陈代开国之初，承梁季之乱，文学渐衰。然世祖以来，渐崇文学。后主在东宫，汲引文士，如恐不及。及践帝位，尤尚文章，故后妃宗室，莫不竞为文词。又开国功臣如侯安都、孙玚、徐敬成，均接纳文士。而李爽之流，以

---

① 陈祚明《采菽堂古诗选》补遗卷三，《续修四库全书》本，上海古籍出版社 2003 年版，页 327。
② 姚思廉撰：《陈书》，中华书局 1972 年版，页 51。
③ 姚思廉撰：《陈书》，中华书局 1972 年版，页 51。
④ 李延寿撰：《北史》，中华书局 1974 年版，页 2794。
⑤ 姚思廉撰：《陈书》，中华书局 1972 年版，页 38。
⑥ 姚思廉撰：《陈书》，中华书局 1972 年版，页 90。

文会友,极一时之选。故文学复昌,迄于亡国。"①

《陈书·文学·徐伯阳传》:"太建初,中记室李爽、记室张正见、左民郎贺彻、学士阮卓、黄门郎萧诠、三公郎王由礼、处士马枢、记室祖孙登、比部贺循、长史刘删等为文会之友,后有蔡凝、刘助、陈暄、孔范亦预焉。皆一时之士也。游宴赋诗,勒成卷轴,伯阳为其集序,盛传于世。"②周弘让《与徐陵书荐方圆》:"但愿沐浴尧风,遨游舜日,安服饱食,以送于余齿。"以遨游娱兴作为自己的生活追求。虽然他们游宴赋诗的文集今已不存,但文会之盛为文学的发展和创作风格的形成奠定了良好的基础。

再次,陈代文章深受齐梁骈俪化文风影响。在"文笔说"和"永明声律论"的影响下,齐梁时期的文章开始分辨清浊四声,向雕琢字句的方向发展。陈代文章受此风尚影响,各种散文、论说文、章表、书牍等在整体风貌上更趋骈俪,而呈现出异常华丽典雅的风格。孙德谦《六朝丽指》曰:"凡君上诰敕、人臣奏章,以及军国檄移,与友朋往还书疏,无不袭用斯体……亦一时风尚,有以致此。"③陈代骈文之风还影响到了历史和哲学著作,如傅缚《明道论》、何之元《梁典总论》等均用骈体,这些骈文辞丽韵谐,遣词以纤巧为尚,俨然是因袭齐梁之遗风。到梁陈之际的徐陵,其骈文创作达到了"此种文体的极高境界"④,"成为骈体文上难以企及的千古宗师"⑤。他如沈炯、陈叔宝、江总等文章皆属对工巧、韵律和谐。

第三节　陈代文学在发展变化中的新特征

陈代文学既有自身所取得的独特成就,亦有不足之处,既有对梁代文学的继承,同时亦在创作成就、艺术技巧上显现出了自己的一些新特征。

一　在创作成就上的新特征

首先,陈初以悲为主的创作风尚改变了梁代绮靡的文风。陈初士人还

---

① 刘师培著:《中国中古文学史讲义》,中国人民大学出版社 2004 年版,页 90。
② 姚思廉撰:《陈书》,中华书局 1972 年版,页 468—469。
③ 孙德谦著:《六朝丽指》,四益宦刊本 1923 年版,页 6。
④ 于景祥:《骈文的形成与鼎盛》,《文学评论》1996 年第 6 期,页 128。
⑤ 于景祥:《骈文的形成与鼎盛》,《文学评论》1996 年第 6 期,页 128。

笼罩在侯景之乱和江陵之陷的强烈冲击中,这场变乱使得梁朝以建康和江陵为中心的士人生活发生了根本的改变,使得"朝野欢娱"①,"吟啸谈谑,讽咏辞赋"②的文士们关注社会现实,他们"痛哉悯梁祚"③,以痛楚而沉郁的笔调抒写了梁末陈初的悲郁气氛与时代精神,抒写侯景之乱后的凄怆之感、悲壮之情和深沉的乡关之思,表达了以悲为主的文学追求,一洗侯景乱前的艳冶绮靡之风,为南朝文学加入了一股悲凉浑厚之气。侯景之乱后,徐陵、沈炯的政治性文书虽为代言,但在接撰言辞时却能鲜明表达自己的立场和见解,在情感性和艺术性上都取得了比较大的成就。它不仅一改绮靡之风,而且气魄恢宏,充满阳刚之气,起到鼓舞士气、壮大军威的效用,具有强烈的感召力和鼓舞性。这些文书内容丰沛、缉裁巧密,体现了文士们求新、求变的鲜明艺术追求。钱志熙先生认为:"陈代前期之诗家,多为由齐入梁之秀士,其受君主王侯之礼接虽不如梁代,但同时统治者对诗歌创作风气的干预也大为减少,所以此期诗家,于艺术之追求更趋内在。其中的一些诗家,也表现出在野派独立自主的创作性格来,统治者与群体对诗歌的规范力,实为削弱。"④

其次,陈代文会活动促使"赋得"诗、边塞乐府诗创作取得新成就。在他们的群体唱和下,"赋得"诗以赋咏古人诗句、以咏史为主,形成了比较固定的"赋得"体的诗题形式,这些诗作工于写景、情景交融,具有鲜明的艺术特色,对唐宋科举"始专以古句命题"的试帖诗具有重要影响。边塞乐府诗创作主要集中在《折杨柳》、《关山月》、《紫骝马》、《雨雪》等汉横吹曲上,这些诗作往往按题取义,围绕"杨柳"、"月"、"马"、"雨雪"等意象铺写刻画,形成了物象描绘与家国之思的情感抒发相结合的创作范式,为隋唐以后边塞诗的创作奠定了基本主题和风格。

再次,陈叔宝文学群体的文学创作提升了"群相切磋"的诗艺技巧。陈叔宝为太子和继皇位后,宾礼诸公,昵近群小,以他为中心形成了庞大的文学群体。陈叔宝文学群体更为注重群体性游宴活动,他所倡导的集体赋韵诗使得其文学群体在"群相切磋"的诗歌创作中提高了艺术技巧,客观上促

---

① 严可均校辑:《全上古三代秦汉三国六朝文》,中华书局1987年版,页3922。
② 王利器撰:《颜氏家训集解》(增补本),中华书局1993年版,页166。
③ 逯钦立辑校:《先秦汉魏晋南北朝诗》,中华书局1983年版,页2581。
④ 钱志熙著:《中国诗歌通史·魏晋南北朝卷》,人民文学出版社2012年版,页491。

使他们在注重修辞和讲究形式上下功夫,满足了其文化和娱乐需求。其文学群体多采取模拟乐府古题的创作方式,把南朝乐府的曲调与宫体诗创作相结合,对宫体诗实施了进一步的新变,在美感形式、表现技巧等方面汲取了"齐梁体"以来的声律和艺术成果,诗体更加精练,语言更为平易明快,描摹越发细密精巧。其文学群体的文风受宫体诗风的影响而呈现出浮华侧艳之风和细腻婉约之致,受其诗歌创作的集体性、欢娱性的影响,其文风亦展现出滑稽娱情等特征。

最后,"后三国"格局促进南北文化的交融。陈代立国后所形成的陈、齐、周"后三国"格局使得相互间的聘问往来更加频繁,南北聘问成了沟通彼此的重要渠道,文化成了他们斗争的有力武器,成为得到对方礼遇和尊重的重要媒介。南北聘问在才辩问对、评点诗文、书籍往还、异域风情的传播等方面有力地促进了南北之间的文化交流。与此同时,南方清绮之文逐渐为北人所崇尚,而北方贞刚之气也渐为南方士人所接受,他们为南北文学的大融合、大统一奠定了坚实的基础。

二　在艺术技巧上的新特征

可以肯定的是,陈代文学在发展过程中取得了一定的文学成就,同时在艺术技巧上也呈现出了一些新的特征。

首先,陈代文学中的战乱诗、边塞诗、山水诗等思想充沛、意境优美,具有较高的艺术成就,冲破了宫体诗的樊篱,把诗歌引向了宫廷之外。特别是陈代的政治性文书虽轨模齐梁文风,存在有一定程度上的重形式而轻内容的现象,但其抒发的羁旅愁思、家国之悲改变了齐梁绮靡的文风,同时其骈赋技巧的日臻成熟也值得充分肯定。以上所举这些诗文都具有一定的思想和艺术价值,从理论与创作实践等方面对齐梁文风进行了反拨,在创作成就、艺术技巧上具有新特征。

其次,陈代文学群体的文会活动为五、七言诗创作提供了良好条件。在五言八句体式上呈现出共性特征,五言诗之平仄、粘对、对偶等律化特征更趋成熟,基本符合五言律诗的声律标准。五、七言诗上承永明声律论和齐梁以来诗歌声律的追求而显现出更为精工的格律特征,推动了齐梁新体诗向唐人近代诗的转化。

再次,陈代史传文文字简洁,散体单行,文风质实,具有很强的叙事与写人能力,这与当时流行的骈丽化文风迥异。他们所倡导的散体化写作于陈隋之际已启古文之风,为这一时期的文坛注入了较多新鲜气息,在古文运动的理论倡导和创作实践上都具有重要的作用与意义。

最后,徐陵、沈炯、陈叔宝、江总等的文章骈对精工,四六句增多,创作出了对偶精工、用事繁富、音律谐美、词藻华丽的骈文典范,同时也显现出他们在写景、抒情、议论方面的表达能力。

总之,陈代文学在新的文体、新的表现方式等方面体现出了一些新特征和新主张,虽然这些文学创作和主张的力量并不强大,但它对陈代文学的冲击是巨大的,它使得波澜不惊的陈代文学显现出了相应的生机和活力,对陈代文学的健康发展具有重要的推动和促进作用。

第二章　陈代学术群体研究

陈代学术沿着梁朝儒学、佛学、玄学并重的格局前进。在统治阶层的引领之下，形成了以吴兴沈氏为中心的儒学群体、以智𫖮等为中心的佛学群体、以周弘正为中心的玄学群体。这些学术群体注疏经典、聚众讲学、展开论辩，为陈代文学的发展奠定了基础。

第一节　以吴兴沈氏家族为中心的儒学群体

陈代帝王承继梁代儒学政策，在"梁之遗儒"①的大力弘扬下，继续推进儒学建设。《陈书·儒林传》曰："高祖创业开基，承前代离乱，衣冠殄尽，寇贼未宁，既日不暇给，弗遑劝课。世祖以降，稍置学官。"②陈文帝陈蒨"留意经史，举动方雅，造次必遵礼法。"③姚察评曰："崇尚儒术，爱悦文义。"④废帝即位后，以"兼从事中郎孔英哲为奉圣亭侯，奉孔子祀"⑤。宣帝乃至后主陈叔宝都大力弘扬儒学。

这一时期，吴兴沈氏儒学群体具有重要影响。陈寅恪先生认为沈氏家族是世奉太师道的武力强宗，并认为："沈氏进入文化士族阶段在沈约以后。"⑥吴兴沈氏始终以顽强的生命力活跃在南朝政治、历史舞台。据毛汉光先生《两晋南北朝士族政治之研究》，吴兴沈氏是位列琅邪王氏和吴郡陆氏之后的高门士族⑦。《南史·儒林传》共录有 29 人，其中南人有 15 人，吴兴沈氏有 5 人，以儒学著称的有沈文阿、沈不害、沈洙、沈德威，而沈炯则以

---

① 姚思廉撰：《陈书》，中华书局 1972 年版，页 434。
② 姚思廉撰：《陈书》，中华书局 1972 年版，页 434。
③ 姚思廉撰：《陈书》，中华书局 1972 年版，页 45。
④ 姚思廉撰：《陈书》，中华书局 1972 年版，页 61。
⑤ 姚思廉撰：《陈书》，中华书局 1972 年版，页 68。
⑥ 万绳楠整理：《陈寅恪魏晋南北朝史讲演录》，黄山书社 1987 年版，页 155。
⑦ 毛汉光著：《两晋南北朝士族政治之研究》，中国学术著作奖助出版委员会 1996 年版，页

43。

文学闻名于世。以吴兴沈氏为中心的儒学群体呈现了以下几个特点。

一　家学渊源深厚,聚众讲学

　　唐长孺先生认为:"江南的经学直接两汉,其传授渊源长期保存在家门中。"①如沈文阿家学渊源深厚,《陈书·儒林·沈文阿传》曰:"少习父业,研精章句。祖舅太史叔明、舅王慧兴并通经术,而文阿颇传之。"②沈文阿之父沈峻亦"博通《五经》,尤长《三礼》……兼《五经》博士。于馆讲授,听者常数百人。"③文阿子传父业,《陈书·儒林·沈文阿传》曰:"绍泰元年,(文阿)入为国子博士,寻领步兵校尉,兼掌礼仪……文阿所撰《仪礼》八十余卷,《经典大义》十八卷,并行于世,诸儒多传其学。"④由此可见,沈文阿家族儒学在当时之巨大影响。《陈书·儒林·王元规传》曰:"元规少好学,从吴兴沈文阿受业,十八,通《春秋左氏》《孝经》《论语》《丧服》……后主在东宫,引为学士,亲受《礼记》《左传》《丧服》等义,赏赐优厚。"⑤国家每议吉凶大礼,王元规常常参预,并尤善"《左氏》学","自梁代诸儒相传为《左氏》学者,皆以贾逵、服虔之义难驳杜预,凡一百八十条,元规引证通析,无复疑滞。每国家议吉凶大礼,常参预焉"⑥。据《陈书·儒林·王元规传》载,元规著《春秋发题辞》及《义记》十一卷、《续经典大义》十四卷、《孝经义记》两卷、《左传音》三卷、《礼记音》两卷⑦。《隋书·经籍志》著录其《续沈文阿〈春秋左氏传义略〉》十卷。王元规还亲授学业,《陈书·儒林·王元规传》曰:"王为江州,元规随府之镇,四方学徒,不远千里来请道者,常数十百人。"⑧当时儒士张崖曾传沈文阿之学,《陈书·儒林·张崖传》曰:"张崖传《三礼》于同郡刘文绍,仕梁历王府中记室。天嘉元年,为尚书仪曹郎,广沈文阿《仪注》,撰五礼。"⑨《陈书·儒林传》史臣评曰:"若沈文阿之徒,各专

---

　①　唐长孺:《读抱朴子推论南北学风的异同》,载《魏晋南北朝史论丛》,三联书店1955年版,页374。

　②　姚思廉撰:《陈书》,中华书局1972年版,页434。

　③　姚思廉撰:《梁书》,中华书局1973年版,页678—679。

　④　姚思廉撰:《陈书》,中华书局1972年版,页434—436。

　⑤　姚思廉撰:《陈书》,中华书局1972年版,页449。

　⑥　姚思廉撰:《陈书》,中华书局1972年版,页449。

　⑦　姚思廉撰:《陈书》,中华书局1972年版,页449。

　⑧　姚思廉撰:《陈书》,中华书局1972年版,页449。

　⑨　姚思廉撰:《陈书》,中华书局1972年版,页441。

经授业,亦一代之鸿儒焉。文阿加复草创礼仪,盖叔孙通之流亚矣。"①

诸生聚众往听促进了当时儒学的发展,而且儒学作为家学的一种形式,作为世家大族的精神支撑,深深影响着这一代文士。

二　注重对儒家经典的注疏

吴兴沈氏对儒家经典注疏甚多,如《陈书·儒林·沈文阿传》曰:"博采先儒异同,自为义疏。治《三礼》、《三传》。"②又曰:"文阿所撰《仪礼》八十余卷,《经典大义》十八卷,并行于世,诸儒多传其学。"③据《南史·儒林·沈峻传附沈文阿传》,沈文阿著有《春秋礼记孝经论语义记》。《隋书·经籍志》著录其著作有《春秋左氏经传义略》二十五卷、《经典大义》十二卷、《经典玄儒大义序录》二卷。《旧唐书·经籍志上》著录其《经典大义》十卷,《新唐书·艺文志一》著录其《经典玄儒大义序录》十卷,姚振宗《隋书·经籍志考证》曰:"唐《日本国见在书目》:'《经典大义》十二卷,沈文阿撰。'……按此与后《经典玄儒大义序录》二卷本为一书。其原本当是十八卷,至隋存十四卷,而分为两书。至唐开元时,存十卷。"④《旧唐书·经籍志上》、《新唐书·艺文志一》皆著录其《丧服经传义疏》四卷、《丧服发题》二卷、《春秋左氏经传义略》二十七卷。两《唐志》著录《春秋左氏经传义略》卷数比《隋志》多出两卷,马国翰《春秋左氏经传义略·叙录》认为《唐志》"卷数多于《隋志》,或合元规所续与?"⑤而孙启治、陈建华所编《古佚书辑本目录》则认为:"按两《唐志》仅多二卷,盖并序、目计之耳。若元规所续,《隋志》载为十卷,依马说恐卷书不止多二卷也。"⑥

马国翰从《左传正义》、《释文》中辑得六十余节成《春秋左氏经传义略》一卷,收入《玉函山房辑佚书·经编春秋类》,使我们得以窥见其一斑,沈文阿所撰《春秋左氏经传义略》不仅逐句解释,而且还申说义理。皮锡瑞《经

①　姚思廉撰:《陈书》,中华书局 1972 年版,页 450。

②　姚思廉撰:《陈书》,中华书局 1972 年版,页 434。

③　姚思廉撰:《陈书》,中华书局 1972 年版,页 436。

④　姚振宗撰:《隋书经籍志考证》卷八《经部八》,《二十五史补编》本,中华书局 1955 年版,页 5185。

⑤　马国翰辑:《玉函山房辑佚书·经编春秋类》,广陵书社 2004 年版,页 1435。

⑥　孙启治、陈建华编:《古佚书辑本目录》,中华书局 1997 年版,页 58。

学历史》认为,沈文阿与皇侃、王元规等南北诸儒义疏为唐人义疏所源也①。唐贞观十四年(640),唐太宗诏令"访其子孙见在者,录名奏闻,当加引擢"②,其《春秋左氏经传义略》更为唐代《五经正义》所参稽③。此外,沈洙"治《三礼》、《春秋左氏传》。精识强记,《五经》章句,诸子史书,问无不答"④;沈德威学术功底深厚,"以礼学自命"⑤;沈不害则著治《五礼仪》一百卷⑥。在崇儒门风的熏陶下,吴兴沈氏博采先儒之异同,自为义疏,有力地促进了陈代儒学的繁荣。

三　论辩宗法制度

陈代儒学虽然受到佛学冲击而有所衰落,但仍然是社会生活的主流思想,渗透到社会生活的各个领域。张思齐先生认为:"中国古代社会中,儒家学说是居主导地位的思想,礼治是儒家的基本政治路线,'礼本刑辅',以礼入政、入法。"⑦吴兴沈氏以儒学为宗旨,参与文化礼仪、法令制度的建构,表现出了强烈的家国意识。如沈文阿入陈后多次参与议行礼仪之制⑧;沈洙"及高祖入辅,除国子博士,与沈文阿同掌仪礼"⑨;沈德威天嘉元年侍太子讲《礼传》,兼五礼学士⑩。

梁末社会动荡,儒学至陈代初期仍未恢复,沈不害于天嘉中上书请立儒学为国学,他认为:"立人建国,莫尚于尊儒;成俗化民,必崇于教学。故东胶西序,事隆乎三代;环林璧水,业盛于两京。"⑪国之初建,恢复儒学,加快文化建设是当务之急。面对"戎狄外侵,奸回内衅","洪儒硕学,解散甚于坑夷;《五典》、《九丘》,湮灭逾乎帷盖"⑫,"瞽宗于是不修,褒成之祠弗陈

---

①　皮锡瑞著,周予同注释:《经学历史》,中华书局 1959 年版,页 186—187。

②　刘昫撰:《旧唐书》,中华书局 1975 年版,页 4942。

③　《春秋左传注疏》,阮元校刻《十三经注疏》本,中华书局 1980 年版,页 1698—1699。

④　姚思廉撰:《陈书》,中华书局 1972 年版,页 436。

⑤　姚思廉撰:《陈书》,中华书局 1972 年版,页 441。

⑥　姚思廉撰:《陈书》,中华书局 1972 年版,页 448。

⑦　张思齐著:《六朝散文比较研究》,文津出版社 1997 年版,页 302。

⑧　姚思廉撰:《陈书》,中华书局 1972 年版,页 435—438。

⑨　姚思廉撰:《陈书》,中华书局 1972 年版,页 436。

⑩　姚思廉撰:《陈书》,中华书局 1972 年版,页 442。

⑪　姚思廉撰:《陈书》,中华书局 1972 年版,页 446。

⑫　姚思廉撰:《陈书》,中华书局 1972 年版,页 446。

裸享"①的境况,他建议文帝能够"弘振礼乐,建立庠序,式稽古典,纡迹儒宫,选公卿门子,皆入于学,助教博士,朝夕讲肆,使担簦负笈,锵锵接袵,方领矩步,济济成林,如切如磋,闻诗闻礼",使得"一年可以功倍,三冬于是足用"②。沈不害详细论述了儒学对国家、社会和人生的重要意义,主张陈代文化应以儒学教育为中心,鼓励士子就读。他激昂强烈的语气表明士大夫对文化建设的由衷期待,文帝听后表示要"付外详议,依事施行"③,显现出朝政对沈不害建议的重视。

吴兴沈氏重视儒学在宗法制度上的应用,沈文阿多次参与制定礼仪之事。据《陈书·刘师知传》载:"高祖崩,六日成服,朝臣共议大行皇帝灵座侠御人所服衣服吉凶之制,博士沈文阿议宜吉服。"刘师知、蔡景历、江德藻、谢岐等议宜服缞绖,沈文阿一人与其他儒生反复论辩,有力斗群雄之势。其中文阿重议曰:"检晋、宋《山陵仪》:'灵舆梓宫降殿,各侍中奏。'又《成服仪》称:'灵舆梓宫容侠御官及香橙。'又检《灵舆梓宫进止仪》称:'直灵侠御吉服,在吉卤簿中。'又云:'梓宫侠御缞服,在凶卤簿中。'是则在殿吉凶两侠御也。"④显现出其对礼法仪式的娴熟和对儒家经典的良好驾驭能力,因此得到徐陵的赏识。

沈洙对礼法也颇为精通,陈武帝永定年间,前宁远将军、建康令沈孝轨门生陈三儿牒称主人翁灵枢在周,主人奉使关内,因欲迎丧,久而未返。主人弟息见在此者是"为至月末除灵,内外即吉",还是"为待主人还情礼申竟"? 以此咨沈洙等人。此一问题事关百姓生活,沈洙议曰:

> 礼有变正,又有从宜。《礼小记》云:"久而不葬者,唯主(祭)丧者不除,其余以麻终月数者除丧则已。"注云:"其余谓旁亲。"如郑所解,众子皆应不除。王卫军所引,此盖礼之正也。但魏氏东关之役,既失亡尸枢,葬礼无期,议以为礼无终身之丧,故制使除服。晋氏丧乱,或死于虏庭,无由迎殡,江左故复申明其制。李胤之祖,王华之父,并存亡不测,其子制服依时释缞,此并变礼之宜也。孝轨虽因奉使便欲迎丧,而戎狄难亲,还期未克。愚谓宜依东关故事,在此国内者,并应释

① 姚思廉撰:《陈书》,中华书局1972年版,页446—447。
② 姚思廉撰:《陈书》,中华书局1972年版,页447。
③ 姚思廉撰:《陈书》,中华书局1972年版,页447。
④ 姚思廉撰:《陈书》,中华书局1972年版,页229。

除缞麻,毁灵附祭,若丧柩得还,别行改葬之礼。自天下寇乱,西朝倾覆,流播绝域,情礼莫申,若此之徒,谅非一二,宁可丧期无数,而弗除缞服,朝廷自应为之限制,以义断恩,通访博识,折之礼衷。

东晋以来,许多家庭在战乱中丧失亲人但无法找到尸首,按礼制要求这些家庭只能永远服丧。沈洙认为,这样的礼制不符合时下要求,应该"变礼之宜"而不要拘泥于旧制,不能丧期无数、弗除缞服,他建议朝廷应明令"以义断恩",限制服丧期,表现出他在礼法制度上灵活变通的意识。

儒学还融入法律制度的议定,周弘正、沈洙、沈仲由、盛权、宗元饶等同时著有《测狱刻数议》,体现了鲜明的人性化追求。《陈书·儒林·沈洙传》曰:"梁代旧律,测囚之法,日一上,起自晡鼓,尽于二更。及比部郎范泉删定律令,以旧法测立时久,非人所堪,分其刻数,日再上。廷尉以为新制过轻,请集八座丞郎并祭酒孔奂、行事沈洙五舍人会尚书省详议。"①他们认为,梁代的刑狱制度太过严厉,非常人所能忍受,重械危堕之上无人不服,这样会诬枉很多,当前刑狱制度应讲究人情,明加辨析犯罪情况,根据实际情况进行定罪。他们的论议体现了儒家人性化的主张,使得刑讯开始制度化、规范化。

他们的弘儒之风对文学也产生了一定影响,这一时期"议"体文盛行与儒学观念的日益深入关系密切。《文心雕龙·章表》曰:"表以陈情,议以执异。"②"议"是一种反驳、辩论性的文体,诸儒热情参议礼法制度使得"议"体文有了用武之地。如沈文阿《大行侠御服重议》、《嗣君谒庙升殿仪注议》、《哀策称谥议》,沈洙《沈孝轨诸弟除服议》、《皇太后服安吉君禫除议》,江德藻《沈孝轨诸弟除服议》、《大行侠御服又议》,袁枢《追赠钱蔵及子岊官议》,蔡景历《大行侠御服议》、《又议》,刘师知《大行侠御服议》、《又议》,谢岐《大行侠御服议》等注重对礼仪制度特别是丧葬御服制度的探讨。这些"议"不仅体现了他们的经世致用思想,而且也充分发挥了"议"体文的作用。

总之,吴兴沈氏尚文崇儒,不仅精通儒家经典而且还将这些儒家经典与社会现实联系起来,追求变通和灵活。陈群先生认为:"陈时沈氏诸儒参

---

① 姚思廉撰:《陈书》,中华书局 1972 年版,页 437—438。
② 周振甫著:《文心雕龙今译》,中华书局 1986 年版,页 205。

与重建制度无疑却在更广阔的人文背景上为南朝社会政治的发展作出了贡献,这同时也丰富了'南方士人建陈'这一历史命题的内涵。"①

第二节　智顗法师的交游与陈代佛学的中兴

陈代佛学继续沿着梁朝崇佛的方向发展。汤用彤先生认为:"(陈代佛教)行事仍祖梁武之遗规。"②陈武帝曾"幸大庄严寺舍身","翻经讲道,不替前朝"③。陈文帝"多营斋福,民百风从,其例遂广"④。陈后主曾"舍身及乘舆御服"⑤。此外,陈代诸王如鄱阳王伯山、豫章王叔英、衡阳王伯信、桂阳王伯谋、义阳王叔达、新蔡王叔齐等皆"崇奉释门,研精妙理,书经造像,受戒持斋"⑥。围绕文士们身边,形成了以马枢、徐孝克、徐陵、智顗等为中心的佛学群体,以讲佛授业为己任,宣讲佛学,聚众讲经,道俗听者甚众,极大地推动了佛学的发展。其中,智顗法师的佛学活动与他的交游密切相关,对陈代佛学兴盛及文学发展具有重要影响。

智顗法师祖籍颍川(今河南许昌),十五岁时,"发弘大愿,誓作沙门,荷负正法为己重任"⑦。陈废帝光大元年(567),智顗同法喜等三十余人到金陵弘法,博得百僚与僧众的敬仰。太建七年(575),智顗率弟子入天台结庵习禅,阐扬佛法。至德二年(584),在陈后主屡请下,重回金陵讲经说法,陈朝上下礼遇甚殷。智顗与陈代权贵、文士交游颇丰,可考者凡十四人,通过对智顗交游群体的考察和剖析,可深入了解智顗在陈代佛学活动中的地位以及对陈代佛学中兴的贡献。

---

①　陈群:《南朝后期吴兴沈氏考释》,《江西社会科学》2002年第6期,页82。

②　汤用彤著:《汉魏两晋南北朝佛教史》(增订本),昆仑出版社2006年版,页424。

③　沙门志磐撰:《佛祖统纪》卷三十七,载《大正新修大藏经》第四十九卷,佛陀教育基金会出版部1990年版,页352。

④　释道宣撰:《续高僧传》卷三十《释慧明传》,载《大正新修大藏经》第五十卷,佛陀教育基金会出版部1990年版,页700。

⑤　姚思廉撰:《陈书》,中华书局1972年版,页108。

⑥　法琳著:《辩正论》卷三,载《大正新修大藏经》第五十二卷,佛陀教育基金会出版部1990年版,页504。

⑦　灌顶撰:《隋天台智者大师别传》,载《大正新修大藏经》第五十卷,佛陀教育基金会出版部1990年版,页191。

一　智颛法师与陈代王室交游考

陈宣帝讳顼,字绍世,小字师利,始兴昭烈王第二子。宣帝俯仰妙法,敬仰智颛,于太建元年(569),延请智颛入瓦官寺。据《国清百录》卷一,太建七年四月,陈宣帝敕留智颛不许入天台;太建九年二月,敕"宜割始丰县调,以充众费,蠲两户民,用供薪水";太建十年五月,按左仆射徐陵启,敕给智颛天台修禅寺名①。据《续高僧传》卷十七,陈宣帝从智颛受法,奉其为菩萨戒师,恭执弟子之礼。

陈后主讳叔宝,字元秀,小字黄奴,高宗嫡长子,对智颛敬重尤甚。据《国清百录》卷一,至德元年末(583)到二年初,后主曾先后派赵君卿、朱宥、永阳王陈伯智等向智颛言说"岩壑高深乃幽人之节,佛法示现未必如此"②,力邀智颛返回金陵弘阐法事。至德二年三月,敕诏智颛入金陵,"延上东堂,四事供养,礼遇殷勤,立禅众于灵曜"③。智颛在灵曜期间,后主频致诏书慰劳。四月,敕智颛赴太极殿,讲《大智度论题》、《般若经题》。之后,诏智颛迁居光宅寺,后主入寺听讲《仁王经》,躬礼三拜,"俯仰殷勤,以彰敬重"④,并欲于寺舍身。至德四年(586)正月,又诏颛禅师赴崇正殿,为皇太子授菩萨戒,设千僧斋。

陈渊,字承源,陈后主第四子,信敬智颛。按《国清百录》卷一,至德四年正月,陈渊著有《请释智颛为戒师书》,书中表达了"伏希俯从所请,世世结缘,遂其本愿"的强烈愿望。

永阳王陈伯智,字策之,世祖第十二子,博涉经史,与智颛交好甚密。据《续高僧传》卷十七,永阳王出抚吴兴,与眷属就山请戒,又建七七夜方等忏法,并亲自撰写了发愿文。按,《陈书·永阳王传》,太建中,立为永阳王。此时智颛已入天台。至德元年(583),"永阳王伯智出镇东阳,请颛禅师赴

---

① 灌顶撰:《国清百录》,载《大正新修大藏经》第四十六卷,佛陀教育基金会出版部1990年版,页798。

② 灌顶撰:《国清百录》,载《大正新修大藏经》第四十六卷,佛陀教育基金会出版部1990年版,页799。

③ 灌顶撰:《隋天台智者大师别传》,载《大正新修大藏经》第五十卷,佛陀教育基金会出版部1990年版,页194。

④ 灌顶撰:《隋天台智者大师别传》,载《大正新修大藏经》第五十卷,佛陀教育基金会出版部1990年版,页194。

镇开讲。王与子湛及家人同禀菩萨戒法"①。据《国清百录》卷一，陈后主数请智顗未能如愿，曾敕永阳王"迎顗禅师大弘法事"②，在永阳王苦谏下，智顗才答应到金陵弘阐法事。

后主沈皇后，讳婺华，沈君理之女。《陈书·沈后传》称其"唯寻阅图书、诵佛经为事"。据《国清百录》卷一，至德四年正月，诏顗禅师赴崇正殿，先后为沈后及皇太子授菩萨戒，设千僧斋。又，据《国清百录》卷二，智顗在此次法会上赐沈后为海慧菩萨。

二　智顗法师与陈代文士交游考

沈君理，字仲伦，吴兴人，博涉经史，有识鉴。沈君理礼拜智顗，谦恭至极，他著有《请释智顗开讲法华疏》，疏中称"菩萨戒弟子吴兴沈君理和南"，延请智顗"于五誓之初，请开法华题一，夏内仍就剖释"。据《佛祖统纪》卷三十七，太建元年，智顗于瓦官寺为仪同沈君理等讲《法华经》，后常与众讲《大智度论》。智顗至太建七年入天台之前，一直驻锡于此。

徐陵，字孝穆，东海郯人，博涉史籍，纵横有口辩。徐陵钦仰智顗，"既奉冥训，资敬尽节"③，与智顗交情匪浅。智顗驻锡于瓦官寺期间，徐陵礼敬甚殷。据《佛祖统纪》卷三七，太建十年（578），徐陵以智顗创寺请于朝，赐其号为修禅师。他曾先后给智顗法师写过四封文书，如《又与智顗书》曰："弟子二三年来，溘然老至……弟子徐陵和南……"《五愿上智者大师书》文辞恭敬，从五个方面对智顗法师表达了其奉法的虔诚愿望："陵和南，弟子思出樊笼。"可以看出徐陵对智顗法师执弟子之礼。

毛喜，字伯武，荥阳阳武人，宣帝为骠骑将军，喜领中记室，府朝文翰皆喜辞。毛喜对智顗极尽渴仰之情，据《国清百录》卷二，毛喜曾接连给智顗四封书信，表述钟岭天台无殊，京师弥可言师，祈请智顗"何必适远方，诣道场，希勿忘京师"。此外，书信中常言"弟子毛喜和南"，书信中所表露的"弟子诸弟及儿等，悉蒙平安"，"秋色尚热，道体何如"等近似家常书信，"今奉

①　志磐撰：《佛祖统纪》，载《大正新修大藏经》第四十九卷，佛陀教育基金会出版部1990年版，页353。

②　灌顶撰：《国清百录》，载《大正新修大藏经》第四十六卷，佛陀教育基金会出版部1990年版，页799。

③　灌顶撰：《隋天台智者大师别传》，载《大正新修大藏经》第五十卷，佛陀教育基金会出版部1990年版，页193。

寄笺香二片,熏陆香二斤,槟榔三百子,不能得多,示表心,勿责也",显现他与智𫖮法师不同凡响的关系。据灌顶《国清百录序》,太建十年,陈宣帝敕名修禅寺,吏部尚书毛喜题篆榜送安寺门。另据《隋天台智者大师别传》,智𫖮入瓦官寺开《法华经》题时,尚书毛喜等俱服戒香,同餐法味。《修习止观坐禅法要》释元照序曰:"不定止观,即陈尚书毛喜请大师出。"①

钱玄智,生平不详,张正见曾有《与钱玄智泛舟诗》一首。《隋天台智者大师别传》曰:"方舟江上,讲《流水品》,又散粳粮,为财法二施。船出海口,望芙蓉山。耸峭丛起,若红莲之始开;横石孤垂,似菱华之将落。师云:'昔梦游海畔,正似于此。'沙门慧承、郡守钱玄智,皆著书嗟咏,文繁不载。"②

陈暄,字不详,义兴国山人,后主之世,日与后主游宴后庭,谓为狎客。据《续高僧传》卷十七,陈暄曾作《奏请诏智𫖮还都》,书中盛赞智𫖮"德迈风霜,禅镜渊海"。

王固,字子坚,颇涉文史。据《隋天台智者大师别传》,智𫖮入瓦官寺开《法华经》题时,金紫光禄王固等俱服戒香,同餐法味。

孔奂,字休文,会稽山阴人,经史百家,莫不通涉。据《隋天台智者大师别传》,智𫖮入瓦官寺开《法华经》题时,侍中孔奂等俱服戒香,同餐法味。

周弘正,字思行,汝南安城人,特善玄言,兼明释典。据《隋天台智者大师别传》,智𫖮入瓦官寺开《法华经》题时,仆射周弘正等俱服戒香,同餐法味。

徐孝克,徐陵之弟,笃信佛教,蔬食长斋,持菩萨戒,昼夜讲诵《法华经》。据《隋天台智者大师别传》,天台基压巨海,黎民渔捕为业,先师为此而运普悲乘舍身衣。并诸劝助,赎簖一所,永为放生之池。陈宣帝曾敕文此地严禁采捕,永为放生之地。徐孝克撰有《天台修禅寺智者放生碑》,盛赞智𫖮"道冠当今,声高前古"。《国清百录》卷四载有智𫖮《遗书临海镇将解拔国述放生碑》,有言"国子祭酒徐孝克,宿植德本,才地兼美。闻斯积善,请树高碑"云云。又据宋代净梵《智者大禅师年谱事迹》,太建十三年(581),四十四岁,讲《金光明经》,渔人舍簖梁,立放生池。

---

① 智𫖮撰:《修习止观坐禅法要》,载《大正新修大藏经》第四十六卷,佛陀教育基金会出版部1990年版,页462。

② 灌顶撰:《隋天台智者大师别传》,载《大正新修大藏经》第五十卷,佛陀教育基金会出版部1990年版,页193。

三　智颛法师与陈代佛学中兴

陈代帝王继承齐梁传统,礼僧崇佛,支持佛教。陈朝时期,佛教"已成了维系社会安定的重要道德支柱。即佛教一方面将其慈道与儒家忠孝之道糅合起来,以'救苦救难'、'施舍'等补充传统道德内涵;另一方面则为后者'树以前因,报以后果',以报应轮回之说加强了道德在心理上的约束力"①。智颛由北入南时,陈代笃信佛义者甚众,而南朝名僧多尚论辩,但对北方佛学颇为排斥,因此智颛在金陵深感"知音者寡"②,但他奉法虔敬,以其精妙严密的义理和卓绝的辩才在复杂的政治状况下赢得了陈朝上下的敬重与护持。智颛与当时名僧智辩、僧晃、警韶、宝琼、慧荣等一一交锋,"应对事理,涣然清遣"③,闻者无不折服,由此名声大振,朝野风闻。《续高僧传》卷十七曰:"江表法会由来争竞不足,及颛之御法即座,肃穆有余。"④梁代宿德大忍法师等一代高流"皆舍其先讲,欲启禅门,率其学徒问津取济"⑤。《续高僧传》卷十七"昔在京邑,群贤所宗"⑥,即是记载其名满京城的盛况,其佛法教化甚至达到福建,时人"陈疑请道,日升山席"⑦。

在三论之学风靡金陵之时,智颛深感"通道惟人王为法寄"⑧,以求获得政治上的扶持,因此他"奉扬皇风"⑨,结交显贵,与陈朝统治者建立了比较恰当的互动关系,陈宣帝盛赞他"佛法雄杰,时匠所宗,训兼道俗,国之望

---

① 严耀中:《陈朝崇佛与般若三论的复兴》,《历史研究》1994年第4期,页166。

② 灌顶撰:《隋天台智者大师别传》,载《大正新修大藏经》第五十卷,佛陀教育基金会出版部1990年版,页192。

③ 道宣撰:《续高僧传》,载《大正新修大藏经》第五十卷,佛陀教育基金会出版部1990年版,页564。

④ 道宣撰:《续高僧传》,载《大正新修大藏经》第五十卷,佛陀教育基金会出版部1990年版,页565。

⑤ 道宣撰:《续高僧传》,载《大正新修大藏经》第五十卷,佛陀教育基金会出版部1990年版,页564—565。

⑥ 道宣撰:《续高僧传》,载《大正新修大藏经》第五十卷,佛陀教育基金会出版部1990年版,页564—565。

⑦ 道宣撰:《续高僧传》,载《大正新修大藏经》第五十卷,佛陀教育基金会出版部1990年版,页564—565。

⑧ 道宣撰:《续高僧传》,载《大正新修大藏经》第五十卷,佛陀教育基金会出版部1990年版,页565。

⑨ 严可均校辑:《全上古三代秦汉三国六朝文》,中华书局1987年版,页4081。

也"①。据《隋天台智者法师别传》,仪同沈君理延请其入瓦官寺开《法华经》题,宣帝曾敕令一日停朝事。智𫖮得到陈朝上下的极力结好,士族、贵胄"舍倾山积,虔拜殷重"②,他们或顶礼敬事,禀其戒法,或恭请讲说,或为撰制碑文,为传播教义、弘扬佛理作出了巨大贡献,极大地推动了权贵阶层的信佛热情,促成了权贵、文士与天台佛学的密切联系,一时间禅学大盛,有力地促进了陈代佛学中兴局面的形成。

虽然陈朝不断延请智𫖮入住金陵,但智𫖮能坚守自我。据《隋天台智者法师别传》,智𫖮在入天台之前,陈宣帝曾敕其留在金陵,但他"匪从物议,直指东川"③,执意归隐天台。据《续高僧传》卷十七,智𫖮入天台后,陈后主曾降玺重沓征入,智𫖮以众法之务而婉拒。陈后主前后派遣使者传诏十七次,并亲写诏书,在永阳王苦谏之下才返回金陵论佛。智𫖮对朝政亦有一定的干预能力,据《佛祖统纪》卷三七,至德三年(585),当时朝廷欲让"策经不通"之僧尼休道,智𫖮上谏认为,"调达日诵,万言未免沦坠;般特唯忆,一偈乃证四果"。后主大悦,宣令停止有关禁令,"万人出家,由𫖮一谏矣"④。智𫖮在与朝廷的斡旋中既能左右逢源,争取比较高的政治地位,又能习禅修定,保持清静之心,为天台宗的创制提供了良好的契机。

在"徒众转多,得法转少"⑤等的影响下,他"托业玉泉,遁迹台岭"⑥,选择"皆玄圣之所游化,灵仙之所窟宅"⑦的天台作为修行之地,智𫖮深感天台"风烟山水,外足忘忧;妙慧深禅,内充愉乐"⑧。其《摩诃止观》卷四曰:

---

① 灌顶撰:《隋天台智者大师别传》,载《大正新修大藏经》第五十卷,佛陀教育基金会出版部1990年版,页193。

② 灌顶撰:《隋天台智者大师别传》,载《大正新修大藏经》第五十卷,佛陀教育基金会出版部1990年版,页192。

③ 灌顶撰:《隋天台智者大师别传》,载《大正新修大藏经》第五十卷,佛陀教育基金会出版部1990年版,页193。

④ 道宣撰:《续高僧传》,载《大正新修大藏经》第五十卷,佛陀教育基金会出版部1990年版,页565。

⑤ 灌顶撰:《隋天台智者大师别传》,载《大正新修大藏经》第五十卷,佛陀教育基金会出版部1990年版,页193。

⑥ 智𫖮撰:《摩诃止观》,载《大正新修大藏经》第四十六卷,佛陀教育基金会出版部1990年版,页264。

⑦ 严可均校辑:《全上古三代秦汉三国六朝文》,中华书局1987年版,页1806。

⑧ 灌顶撰:《隋天台智者大师别传》,载《大正新修大藏经》第五十卷,佛陀教育基金会出版部1990年版,页193。

"深山远谷,途路艰险。永绝人踪,谁相恼乱。恣意禅观,念念在道,毁誉不起,是处最胜。"①因此,天台成了智𫖯"息缘兹岭,啄峰饮涧"②的栖隐之地,也由此成了陈代权贵、文士心中的圣地,他们或栖志法门,历行精苦,或寻访游憩,或寄情托志,天台甚至已经取代了摄山,成了陈隋传播佛学的重要基地。

总之,智𫖯法师创弘禅法,以讲经授戒、广结百僚周旋于陈朝,时贵望学"并禀禅慧,俱传香法"③,他们或亲往请教,或书信问候,与智𫖯、天台结下了深厚情缘。智𫖯又积极参与社会活动和宗教实践,既赢得了政治资源,又博取了佛学界的认可,备极荣显,成了统驭陈代佛学的领袖人物。在陈代上下崇奉智𫖯法师的大环境下,经过智𫖯法师长期的凝聚、整合和建设,天台成了当时重要的佛教修持中心,对陈代以及隋唐佛学的发展和走向都有着重要的意义和历史贡献。

第三节　周弘正与陈代玄学

周弘正(496—574),字思行,汝南安成(今河南汝南)人,曾历仕梁陈两朝,是梁陈之际玄学的领军人物。梁陈时期玄风仍盛,如梁简文帝萧纲"博综儒书,善言玄理"④,在侯景围攻建康之时仍论议玄理。《梁书·何敬容传》曰:"(太清)二年,侯景袭京师,敬容自府移家台内。……是年,太宗频于玄圃自讲《老》、《庄》二书,学士吴孜时寄詹事府,每日入听。"⑤梁元帝萧绎在江陵之时亦好玄理,《颜氏家训·勉学》曰:"元帝在江、荆间,复所爱习,召置学生,亲为教授,废寝忘食,以夜继朝,至乃倦剧愁愤,辄以讲自释。"⑥及至陈世,文士们更是倾心于此,如顾越"特善《庄》、《老》,尤长论

---

① 智𫖯撰:《摩诃止观》,载《大正新修大藏经》第四十六卷,佛陀教育基金会出版部1990年版,页42。

② 灌顶撰:《隋天台智者大师别传》,载《大正新修大藏经》第五十卷,佛陀教育基金会出版部1990年版,页193。

③ 道宣撰:《续高僧传》,载《大正新修大藏经》第五十卷,佛陀教育基金会出版部1990年版,页564。

④ 姚思廉撰:《梁书》,中华书局1973年版,页109。

⑤ 姚思廉撰:《梁书》,中华书局1973年版,页533。

⑥ 王利器撰:《颜氏家训集解》(增补本),中华书局1993年版,页187。

难"①;龚孟舒"善谈名理"②;徐孝克"少为《周易》生,有口辩,能谈玄理"③;
文坛领袖徐陵亦通《老》、《庄》义④;儒学名士全缓,其学以"三玄"为主,兼
及其他,《陈书·儒林·全缓传》曰:"缓治《周易》、《老》、《庄》,时人言玄者
咸推之。"⑤而周弘正儒玄兼修,因善玄言而被誉为"梁末玄宗之冠"⑥和"一
代之国师"⑦。他广招弟子,亲授玄学,以他为中心形成了陈代颇具影响的
玄学群体。《颜氏家训·勉学》曰:"周弘正奉赞大猷,化行都邑,学徒千余,
实为盛美。"⑧其玄学群体服膺玄学之风,清谈玄妙之习,著述《老》、《庄》、
《易》之盛,极大地推动了梁陈乃至隋唐玄学的发展。

一　以周弘正为中心的玄学群体

　　玄学兴起于魏晋时期,由清谈演化而来。刘大杰先生《魏晋思想论》认
为,魏晋清谈可分为谈玄和谈名理两派,玄学主要是从谈玄一派发展而来,
伴随名理派的衰微,玄学成为了清谈的主流⑨。梁陈之际,聚众玄谈之风
颇为盛行。《陈书·孙瑒传》曰:"常于山斋设讲肆,集玄儒之士,冬夏资奉,
为学者所称。……时兴皇寺朗法师该通释典,瑒每造讲筵,时有抗论,法侣
莫不倾心。"⑩马枢兼通儒释亦善玄学,《陈书·马枢传》曰:"梁邵陵王纶为
南徐州刺史,素闻其名,引为学士。纶时自讲《大品经》,令枢讲《维摩》、《老
子》、《周易》,同日发题,道俗听者二千人。"⑪这种集儒、释、玄于一堂的授
课方式显现出梁陈时期新的学术风尚。这一时期,周弘正谈玄授业最为突
出,一时名士云集,梁武帝在建康城西立士林馆,"弘正居以讲授《周易》,
听者倾朝野焉"⑫。周弘正更有学徒千人。其门生可考者如下:

　　① 李延寿撰:《南史》,中华书局 1975 年版,页 1753。
　　② 姚思廉撰:《陈书》,中华书局 1972 年版,页 445。
　　③ 姚思廉撰:《陈书》,中华书局 1972 年版,页 337。
　　④ 姚思廉撰:《陈书》,中华书局 1972 年版,页 325。
　　⑤ 姚思廉撰:《陈书》,中华书局 1972 年版,页 443。
　　⑥ 李延寿撰:《南史》,中华书局 1975 年版,页 899。
　　⑦ 姚思廉撰:《陈书》,中华书局 1972 年版,页 315。
　　⑧ 王利器撰:《颜氏家训集解》(增补本),中华书局 1993 年版,页 187。
　　⑨ 刘大杰撰,林东海导读:《魏晋思想论》,上海古籍出版社 1998 年版,页 165—168。
　　⑩ 姚思廉撰:《陈书》,中华书局 1972 年版,页 321。
　　⑪ 姚思廉撰:《陈书》,中华书局 1972 年版,页 264。
　　⑫ 姚思廉撰:《陈书》,中华书局 1972 年版,页 307。

张讥，《陈书·儒林·张讥传》曰："（讥）笃好玄言。受学于汝南周弘正，每有新意，为先辈推伏。"①张讥不仅受学于周弘正，而且自己也招纳门生，"讥性恬静，不求荣利，常慕闲逸，所居宅营山池，植花果，讲《周易》、《老》、《庄》而教授焉。吴郡陆元朗、朱孟博、一乘寺沙门法才、法云寺沙门慧休、至真观道士姚绥，皆传其业"②。陆元朗即陆德明，曹道衡、沈玉成《中古文学史料丛考》"张讥为陆德明师"认为，以张讥年岁考之，其当卒于陈亡之年(589)，年七十六岁，逆推生年，当是梁武帝天监十三年(514)。依钱大昕、吴承仕考证陆德明生卒年，则讥长德明二十岁左右，其为德明师亦宜③。潘徽亦为张讥弟子，《隋书·文学·潘徽传》曰："潘徽字伯彦，吴郡人也。性聪敏，少受《礼》于郑灼，受《毛诗》于施公，受《书》于张冲，讲《庄》、《老》于张讥，并通大义。"④

陆瑜，《南史·陆慧晓传附陆瑜传》曰："太建中，累迁太子洗马，中舍人。瑜聪敏强记，常受《庄》、《老》于汝南周弘正。"⑤陈叔宝《与江总书悼陆瑜》对其评价甚高，认为他"博综子史，谙究儒墨"，"语玄析理，披文摘句，未尝不闻者心伏，听者解颐，会意相得"⑥。

吴明彻，《陈书·吴明彻传》曰："及高祖镇京口，深相要结，明彻乃诣高祖，高祖为之降阶，执手即席，与论当世之务。明彻亦微涉书史经传，就汝南周弘正学天文、孤虚、遁甲，略通其妙，颇以英雄自许，高祖深奇之。"⑦

陈叔宝，《陈书·周弘正传》曰："太建五年，授尚书右仆射，祭酒、中正如故。寻敕侍东宫讲《论语》、《孝经》。太子以弘正朝廷旧臣，德望素重，于是降情屈礼，横经请益，有师资之敬焉。"⑧

周确，《陈书·周弘正传附周确传》曰："确字士潜，美容仪，宽大有行检，博涉经史，笃好玄言，世父弘正特所钟爱。"⑨

徐则，《隋书·隐逸传·徐则传》曰："徐则，东海郯人也。幼沉静，寡嗜

①　姚思廉撰：《陈书》，中华书局 1972 年版，页 443。
②　姚思廉撰：《陈书》，中华书局 1972 年版，页 444—445。
③　曹道衡、沈玉成著：《中古文学史料丛考》，中华书局 2003 年版，页 664。
④　魏徵、令狐德棻撰：《隋书》，中华书局 1973 年版，页 1743。
⑤　李延寿撰：《南史》，中华书局 1975 年版，页 1203。
⑥　姚思廉撰：《陈书》，中华书局 1972 年版，页 464。
⑦　姚思廉撰：《陈书》，中华书局 1972 年版，页 160。
⑧　姚思廉撰：《陈书》，中华书局 1972 年版，页 309。
⑨　姚思廉撰：《陈书》，中华书局 1972 年版，页 311。

欲。受业于周弘正,善三玄,精于议论,声擅都邑。"①柳䛒赞之曰:"可道非道,常道无名。上德不德,至德无盈。玄风扇矣,而有先生。凤炼金液,怡神玉清。石髓方软,云丹欲成。言追葛稚,将侣茅嬴。我王遥属,爰感灵诚。柱下暂启,河上沉精。留符告信,化杖飞声。永思灵迹,曷用摅情? 时披素绘,如临赤城。"②

陆德明,《旧唐书·儒林·陆德明传》曰:"陆德明,苏州吴人也,初受学于周弘正,善玄理。"③褚亮为之赞曰:"经学为贵,玄风可师。励学非远,通儒在兹。"④由此可见,陆德明受玄学影响较深并且能融经学与玄学而成为通儒。

贺德仁、贺德基,《旧唐书·文苑·贺德仁传》曰:"贺德仁,越州山阴人也。父朗,陈散骑常侍。德仁少与从兄德基俱事国子祭酒周弘正,咸以词学见称,时人语曰:'学行可师贺德基,文质彬彬。'兄弟八人时比汉荀氏……贞观初,德仁转赵王友,无几卒,年七十。"⑤曹道衡、沈玉成《中国文学家大辞典》推测他大概卒于 632 年,生于 562 年左右⑥。又,《陈书·儒林·贺德基传》曰:"贺德基字承业,世传《礼》学。……德基于《礼记》称为精明,居以传授,累迁尚书祠部郎。德基虽不至大官,而三世儒学,俱为祠部,时论美其不坠焉。"⑦

另据《南史·周朗传附周弘让传》,弘正弟弘让性简素,博学多通。始仕不得志,隐于句曲之茅山,频征不出⑧。其弟弘直亦参与玄谈,据《陈书·儒林·张讥传》,天嘉中,发《周易》题,弘正、弘直亦在讲席⑨。因此,周弘让、周弘直亦当在其玄学群体之列。

周弘正诸门生如张讥、陆瑜、吴明彻、周确、周弘让、周弘直等由梁入陈,陈叔宝、徐则等由陈入隋,而陆德明、贺德仁等则横跨陈、隋、唐,以上诸

　① 魏徵、令狐德棻撰:《隋书》,中华书局 1973 年版,页 1758。
　② 魏徵、令狐德棻撰:《隋书》,中华书局 1973 年版,页 1759—1760。
　③ 刘昫撰:《旧唐书》,中华书局 1975 年版,页 4944。
　④ 刘肃撰,许德楠、李鼎霞点校:《大唐新语》卷三,中华书局 1984 年版,页 41。
　⑤ 刘昫撰:《旧唐书》,中华书局 1975 年版,页 4987。
　⑥ 曹道衡、沈玉成编撰:《中国文学家大辞典》(先秦汉魏晋南北朝卷),中华书局 1996 年版,页 319。
　⑦ 姚思廉撰:《陈书》,中华书局 1972 年版,页 442。
　⑧ 李延寿撰:《南史》,中华书局 1975 年版,页 901。
　⑨ 姚思廉撰:《陈书》,中华书局 1972 年版,页 444。

弟子追随其学习,尤以学玄谈为主要目的。周弘正通过聚徒授业的方式促进了陈代玄学的传播,其弟子多成为梁陈乃至隋唐时期玄学发展的骨干力量。

二　注重对《老》、《庄》、《易》的阐发

周弘正玄学群体对《老》、《庄》、《易》等注疏甚多。《颜氏家训·勉学》曰:"泊于梁世,兹风复阐,《庄》、《老》、《周易》,总謂三玄。"①据《陈书·周弘正传》,周弘正著有《周易讲疏》十六卷(《隋书·经籍志》作《周易义疏》十六卷)、《庄子疏》八卷(《隋书·经籍志》作《庄子内篇讲疏》八卷)。据《陈书·儒林·张讥传》,张讥撰有《周易义》三十卷(《隋书·经籍志》作《周易讲疏》三十卷)、《老子义》十一卷、《庄子内篇义》十二卷、《外篇义》二十卷、《杂篇义》十卷、《玄部通义》十二卷,又撰《游玄桂林》二十四卷(《隋书·经籍志》作《游玄桂林》二十卷目一卷)。《隋书·经籍志》又著录张讥《庄子义》二卷。据《隋书·经籍志》等,陆德明著有《易疏》二十卷、《周易并注音》七卷、《周义大义》二卷、《周义文外大义》二卷、《周易文句义疏》二十四卷、《老子疏》十五卷、《庄子文句义》二十卷。虽然这些著作今多已不存,但由此足以窥见其玄学群体注疏《老》、《庄》、《易》之盛。

马国翰《玉翰山房辑佚书》辑有周弘正《周易周氏义疏》一卷、《周易张氏讲疏》一卷,王谟《汉魏遗书钞》、黄奭《黄氏逸书考·汉学堂经解》辑有周弘正《易注》各一卷,从中略可窥其注疏之风格。《隋书·经籍志一·周易》曰:"梁陈郑玄、王弼二注,列于国学。"②周弘正多宗王弼之学,如弘正说《易》曰:"《易》称立象以尽意,系辞以尽言,然后知圣人之情,几可见矣。自非含微体极,尽化穷神,岂能通志成务,探赜致远。"③周弘正《易》学虽时据郑玄之义,然而却多违失郑旨,实则宗王学。马国翰《玉函山房辑佚书·周易周氏义疏序》曰:"大抵衍辅嗣之旨,亦或用郑说,而于《序卦》分六门以主摄之,颇见新意。"④经学此时已成为玄谈之资,周弘正注释《周易》也呈现出明显的儒学思想,"玄学家虽然崇尚虚无玄远,却又都离不开现实的学术

---

① 王利器撰:《颜氏家训集解》(增补本),中华书局1993年版,页187。
② 魏徵、令狐德棻撰:《隋书》,中华书局1973年版,页913。
③ 姚思廉撰:《陈书》,中华书局1972年版,页307。
④ 马国翰辑:《玉函山房辑佚书·周易周氏义疏序》,广陵书社2004年版,页259。

土壤,不得不研究儒学,以从儒学中概括出玄理"①。如他注《系辞下》"是故其辞危"曰:"谓当纣时,不敢指斥纣恶,故其辞微危而不正也"②,这显然是运用了"微言大义"的春秋笔法。他在《序卦》中提出了《天道门》和《人事门》③的命题,反映出了儒学所提倡的"顺天道,尽人事"的思想,充分说明了他释解《周易》不是以疏证文字而是以阐发义理为旨归,探寻玄学义理。周弘正玄学群体以儒家思想解构玄学经典体现了对玄学与文学关系之间藩篱的突破,他们用文学性的眼光解剖玄学经典,在他们的注疏之学中体现出浓郁的文学意识,显现出了玄学的文学化倾向。周弘正注疏玄学典籍对后世产生了很大影响,陆德明《经典释文》对周弘正、张讥观点多所引述。王利器《经典释文考》认为,德明既师弘正,复事张讥,《释文》中往往称引师说,如《易》"王弼注"《释文》云:"今本或无注字,师说无者非。"《需》,"有孚光亨贞吉",《释文》于光字下曰:"师读绝句。"诸如此类,所称师说,为周为张,今莫能质定矣④。不管为周为张,但仅此也就充分说明了周弘正玄学思想对陆德明的影响。此外,王弼、韩康伯注,孔颖达疏《周易正义》亦多引用周弘正、张讥之观点。

三　尚好清谈雅论

《南史》、《陈书》等周弘正传记中屡次提及其"善清谈"。清谈又称为玄谈,魏晋以后清谈以《老》、《庄》、《易》为主要内容。汤用彤认为:"南朝重清谈雅论,剖析玄微,宾主往复,娱心悦耳……至于陈世,玄风亦甚。"⑤作为玄学表达方式的清谈在梁陈时期进入了新的阶段,清谈时常用互相辩论的方式以"辨名析理",此时清谈的主要方式是"自设宾主",一方诘难,一方答辩。如《陈书·袁宪传》曰:

> 宪时年十四,被召为国子《正言》生,谒祭酒到溉,溉目而送之,爱其神彩。在学一岁,国子博士周弘正谓宪父君正曰:"贤子今兹欲策试不?"君正曰:"经义犹浅,未敢令试。"居数日,君正遣门下客岑文豪与

---

① 张立文主编,向世陵著:《中国学术通史》(魏晋南北朝卷),人民出版社2004年版,页404。
② 马国翰辑:《玉函山房辑佚书·周易周氏义疏序》,广陵书社2004年版,页262。
③ 马国翰辑:《玉函山房辑佚书·周易周氏义疏序》,广陵书社2004年版,页262。
④ 王利器著:《晓传书斋集》,华东师范大学出版社1997年版,页10。
⑤ 汤用彤著:《汉魏两晋南北朝佛教史》(增订本),昆仑出版社2006年版,页628—629。

宪候弘正,会弘正将登讲坐,弟子毕集,乃延宪入室,授以麈尾,令宪树义。时谢岐、何妥在坐,弘正谓曰:"二贤虽穷奥赜,得无惮此后生耶!"何、谢于是递起义端,深极理致,宪与往复数番,酬对闲敏。弘正谓妥曰:"恣卿所问,勿以童稚相期。"时学众满堂,观者重沓,而宪神色自若,辩论有余。弘正请起数难,终不能屈,因告文豪曰:"卿还咨袁吴郡,此郎已堪见代为博士矣。"

这次谈玄可以称得上是盛大的聚会,袁宪年龄虽小但却可树义,谢岐、何妥"递起义端,深极理致",而袁宪却能"往复数番,酬对闲敏",周弘正虽于义理"清转无穷"①,然终不能屈。他们玄谈的内容已无记载,但从他们回还往复的辩对来看,其清谈是颇为激烈的。

当时的清谈之风亦相当开脱。《陈书·儒林·张讥传》曰:

> 天嘉中,迁国子助教。是时周弘正在国学,发《周易》题,弘正第四弟弘直亦在讲席。讥与弘正论议,弘正乃屈,弘直危坐厉声,助其申理。讥乃正色谓弘直曰:"今日义集,辩正名理,虽知兄弟急难,四公不得有助。"弘直曰:"仆助君师,何为不可?"举座以为笑乐。弘正尝谓人曰:"吾每登座,见张讥在席,使人懔然。"

张讥敢于辩难自己的老师周弘正,并且使其屈服,师徒之间学术交流自由、坦荡,体现出比较开通的学术风尚。这时请谈的主角手持麈尾较为随便,据《陈书·张讥传》,后主尝幸钟山开善寺,召从臣坐于寺西南松林下,敕召讥竖义。时索麈尾未至,后主敕取松枝,手以属讥,曰"可代麈尾"②。

以周弘正为中心的玄学群体又兼明儒释。《陈书·周弘正传》曰:"弘正特善玄言,兼明释典,虽硕学名僧,莫不请质疑滞。"③张讥与僧侣交往甚密,陆瑜亦"学《成实论》于僧滔法师,并通大旨"④。儒释玄兼通是梁陈文士所共有的特点,赵翼《廿二史札记》卷八"六朝清谈之习"条曰:"当时虽从事经义,亦皆口耳之学,开堂升座,以才辩相争胜,与晋人清谈无异,特所谈者不同耳。况梁时所谈,亦不专讲五经。……五经之外,仍不废《老》、

---

① 姚思廉撰:《陈书》,中华书局1972年版,页308。
② 姚思廉撰:《陈书》,中华书局1972年版,页444。
③ 姚思廉撰:《陈书》,中华书局1972年版,页309。
④ 李延寿撰:《南史》,中华书局1975年版,页1203。

《庄》,且又增佛义。"①简文在东宫,曾置宴集玄儒之士,"先命道学互相质难,次令中庶子徐摛驰骋大义,间以剧谈。摛辞辩从横,难以答抗,诸人慑气,皆失次序。衮时骋义,摛与往复,衮精采自若,对答如流,简文深加叹赏"②。当时兼综儒玄释已成为思想主流,诸多经生讲经时的议题、论难的形式与清谈完全一致。《陈书·徐陵传》曰:"至德中,皇太子入学释奠,百司陪列,孝克发《孝经》题,后主诏皇太子北面致敬。"③太建十一年(579)春,皇太子幸太学,诏新安王于辟雍发《论语》题。

梁陈经学在讲论形式和讲疏内容上都受到了玄学的重要影响,刘师培《中国中古文学史讲义》曰:"迄于梁代,世主尤崇讲学,国学诸生,惟以辩论儒玄为务,或发题申难,往复循环,具详《南史》各传。用是讲论之词,自成条贯,及笔之于书,则为讲疏、口义、笔对,大抵辨析名理,既极精微,而属词有序,质而有文,为魏、晋以来所未有。当时人士,既习其风,故析理之文,议礼之作,迄于陈季,多有可观,则亦士崇讲论之效也。"④儒学的辩议在形式上受到玄学的重要影响,有利于文士们深入探析经学词句之精微。

以周弘正为中心的玄学群体注疏"三玄"并组织了较大规模的玄学聚谈活动,其弟子及再传弟子代代相因,有力地推进了梁陈乃至隋唐玄学的发展,反映了梁末陈初玄学重振之一侧面。皮锡瑞《经学历史》曰:"南人善谈名理,增饰华词,表里可观,雅俗共赏。故虽以亡国之余,足以转移一时风气,使北人舍旧而从之"⑤。玄学于陈代依然在士大夫阶层广有影响,但是在思想文化领域却退居于儒学与佛学之后。玄谈注重义理的阐发和言语的简练,方法上讲究逻辑思辨、崇尚辨析名理,这些清谈析理精微,文辞简约,进一步提升了士人们的思辨能力。

总之,陈代儒、释、玄三家思想得到进一步的发展,并呈三足鼎立之势并存,互相竞争,又相互影响,形成了三家思想圆融的大趋势。范子烨《中古文人生活》所说"齐、梁二代,是清谈从分科到融合的过渡时代。清谈发展到陈代,儒学的特征更为突出,似乎是在玄学渐趋寝迹的同时,人们又复

---

① 赵翼著,王树民校证:《廿二史札记校证》(订补本)卷八,中华书局1984年版,页169。
② 姚思廉撰:《陈书》,中华书局1972年版,页440。
③ 姚思廉撰:《陈书》,中华书局1972年版,页338。
④ 刘师培著:《中国中古文学史讲义》,中国人民大学出版社2004年版,页96。
⑤ 皮锡瑞著,周予同注释:《经学历史》,中华书局1959年版,页194。

归于儒学了。在南朝清谈的发展历程中,道教一直没有渗透进来,而儒、释、玄三家思想遂以圆融合一的风貌弥掩士林。"①文士们儒、释、玄兼通,不断地丰富了陈代文学的思想,为文学创作打下了三家思想的烙印,深化了这一时期的文学描写与艺术构思。

---

① 范子烨著:《中古文人生活研究》,山东教育出版社 2001 年版,页 157。

第三章　陈代文学的思想倾向

陈代未有专门的文学理论著作留存于世,未有形成比较独特的文学思想体系,但在陈代文人的创作和零星的文学主张中我们可以窥见陈代文学的通俗化、审美化、娱情性以及新变意识等思想倾向,这些思想倾向在陈代文学的理论倡导和创作实践上具有重要的地位与意义。

第一节　《玉台新咏》与陈代文学的通俗化、审美化倾向

陈代文学是在梁代宫体诗成熟和《玉台新咏》编撰的影响下成长起来的。有关《玉台新咏》编纂时间和编纂者的论证上还存在着颇多分歧①,"在意见没有统一、学术界尚未公认之前,我们姑且还按以前的共识(即宋人的记载——《郡斋读书志》:'昔陵在梁世……故采西汉以来词人所著乐府艳诗,以备讽览。'《直斋书录解题》:'陈徐陵孝穆集,且为之序。'),而认定采编者或辑录者为徐陵。"②本书也暂从兴膳宏、傅刚先生《玉台新咏》成书于中大通六年(534)的说法③。

一　《玉台新咏》与陈代文学的通俗化

《玉台新咏》的撰录标准对陈代文学的创作倾向具有重要影响。《玉台

---

① 关于《玉台新咏》的编纂时间和编纂者,章培恒先生《〈玉台新咏〉为张丽华所"撰录"考》(《文学评论》2004 年第 2 期)、《〈玉台新咏〉的编者与梁陈文学思想的实际》(《复旦学报》社会科学版 2007 年第 2 期)、樊荣先生《〈玉台新咏〉"撰录"真相考辨——兼与章培恒先生商榷》(《中州学刊》2004 年第 6 期)、邬国平先生《〈玉台新咏〉张丽华撰录说献疑——向章培恒先生请教》(《学术月刊》2004 年第 9 期)、胡大雷先生《〈玉台新咏〉为梁元帝徐妃所"撰录"考》(《文学评论》2005 第 2 期)、谈蓓芳先生《〈玉台新咏〉版本补考》(《上海师范大学学报》2006 年第 1 期)等有激烈争鸣。

② 邹然著:《中国文学批评史》,北京大学出版社 2006 年版,页 137。

③ 兴膳宏《〈玉台新咏〉成书考》(载于《中国古典文学丛考》第一辑,复旦大学出版社 1985 年版)认为此书成于中大通六年(534);傅刚先生《〈玉台新咏〉编纂时间再讨论》(《北京大学学报》2002 年第 3 期)认为成于梁中大通四年(532)至大同元年(535)之间。

新咏》是一部"撰妇人事"、"以给后宫"①的女性读本,其序文曰:"虽复投壶玉女,为欢尽于百娆;争博齐姬,心赏穷于六箸。无怡神于暇景,惟属意于新诗。"具体阐释了文学与娱乐的关系,对文学通俗化具有重要指导意义。

《玉台新咏》对陈代文学通俗化的影响首先表现为形成了有利于陈代宫体诗创作的文化氛围,从而形成了颇受诟病的"不过嘲风雪、弄花草而已"②的文坛局面。《梁书·徐摛传》曰:"属文好为新变,不拘旧体……摛文体既别,春坊尽学之,'宫体'之号,自斯而起。"③梁代宫体诗的成熟与帝王及侍从文人的提倡密切相关,《梁书·简文帝纪》曰:"雅好题诗,其序云:'余七岁有诗癖,长而不倦。'然伤于轻艳,当时号曰'宫体'。"④唐杜确《岑嘉州集序》曰:"梁简文帝及庾肩吾之属,始为轻浮绮靡之辞,名曰'宫体',自后沿袭,务为妖体。"⑤"轻艳"、"绮靡"的涵义相近,这也是对宫体诗风格的评价。唐刘肃《大唐新语》曰:"梁简文帝为太子,好作艳诗,境内化之,浸以成俗,谓之宫体。晚年改作,迫之不及,乃令徐陵撰《玉台集》,以大其体。"⑥章必功先生认为:"《玉台新咏》顾名思义即'后宫新咏'……乃是徐陵为宫廷妇女提供的一部可资悦目赏心的诗歌读本。其性质,是服务于萧梁宫廷文化娱乐生活的工具,是萧梁宫廷文学的产物……是一本宣传宫体'艳歌',推广宫体'艳歌'的范本。"⑦因此,《玉台新咏》为陈代文士提供了可资学习借鉴的创作摹本,对宫体诗的传播和风靡具有重要的推动作用。由梁入陈的文士一旦有宫体诗生成的政治、文化环境,"上之所好,下必随之"⑧,他们就会乐此不疲地投入到宫体诗创作之中。

其次表现为陈代文人情感抒发更为绮靡。明代钟惺、谭元春说:"才人

---

①　姚思廉撰:《梁书》,中华书局1973年版,页475。

②　白居易撰:《与元九书》,载《白居易集》卷四五,中华书局1979年版,页961。

③　姚思廉撰:《梁书》,中华书局1973年版,页446—447。

④　姚思廉撰:《梁书》,中华书局1973年版,页109。

⑤　岑参撰,廖立笺注:《岑嘉州诗笺注》,中华书局2004年版,页1。

⑥　刘肃撰,许德楠、李鼎霞点校:《大唐新语》卷三,中华书局1984年版,页42。另,吴冠文《关于今本〈大唐新语〉的真伪问题》(《复旦学报》2004年第1期)认为唐刘肃《大唐新语》已失传,今本《大唐新语》是明人的伪作。虽为伪作但也必有所本,而且今本《大唐新语》有很多唐刘肃《大唐新语》的材料,而此句话所云其张大宫体诗扩大它的影响则是无可否认的。

⑦　章必功:《玉台体》,《文史知识》1986年第7期,页108。

⑧　刘肃撰,许德楠、李鼎霞点校:《大唐新语》卷三,中华书局1984年版,页41。

之靡绮,不在词而在情。"①《文心雕龙·定势》曰:"色糅而犬马殊形,情交而雅俗异势。"②认为,"情"与体势的雅正和庸俗密切相关。《文心雕龙·定势》又说:"模经为式者,自入典雅之懿。"③《文心雕龙·体性》曰:"典雅者,镕式经诰,方轨儒门者也。"④"典雅"显然是遵从儒家经典的作品,与此对应的"通俗"显然是"摈落六艺,吟咏情性","淫文破典","非止乎礼义"的文学创作。陈叔宝在创作题材上主张"雅篇艳什,迭互锋起"⑤,喜用艳丽绮靡之辞写宴享欢娱之事。刘永济《十四朝文学要略》说:"降及陈世,运极屯难,情尤颓放。声色之娱,惟日不足。于是君臣赓唱,莫非哀思之音。而金陵王气,亦黯然销矣。"⑥陈代宫体诗继承了梁代"重娱乐、尚轻艳"的基本特点,但主要集于拟作《三妇艳》(相和歌辞)、《杂曲》(杂曲歌辞)、《长相思》(杂曲歌辞)、《乌栖曲》(清商曲辞)、《采桑》(相和歌辞)、《日出东南隅行》(相和歌辞)、《东飞伯劳歌》(杂曲歌辞)、《自君之出矣》(杂曲歌辞)等流传已久"相和歌辞"和"杂曲歌辞"上。这些诗作注重题材与形式上的创新,声情益荡,不断扩大对女性美的审美表现领域,女性的媚姿柔情、歌容舞态等外在感性之美在其文学群体的创作中得到集中体现,诗风越趋绮艳。胡大雷先生认为,陈叔宝文学集团的创新之处在于"把南朝乐府的曲调与宫体诗创作结合起来,对宫体诗实施了进一步'新变',但这'新变'再辅以放浪的吟咏方式则把宫体诗作送上了'末路'"⑦。

二　《玉台新咏》与陈代文学的审美化倾向

《玉台新咏序》旨在"撰录艳歌"⑧,"此序先叙女子之貌,继叙女子之才,终述女子之思,而以编书宗旨,系之篇末"⑨。晁公武《郡斋读书志》卷二"玉台新咏"条引唐李康成《玉台新咏序》曰:"昔(徐)陵在梁世,父子俱事

---

① 钟惺撰:《古诗归》卷十四、《明诗话全编》本,江苏古籍出版社1997年版,页7330。
② 周振甫著:《文心雕龙今译》,中华书局1986年版,页279。
③ 周振甫著:《文心雕龙今译》,中华书局1986年版,页279。
④ 周振甫著:《文心雕龙今译》,中华书局1986年版,页257。
⑤ 严可均校辑:《全上古三代秦汉三国六朝文》,中华书局1987年版,页3423。
⑥ 刘永济著:《十四朝文学要略》,中华书局2007年版,页188。
⑦ 胡大雷著:《宫体诗研究》,商务印书馆2004年版,页226。
⑧ 严可均校辑:《全上古三代秦汉三国六朝文》,中华书局1987年版,页3457。
⑨ 刘麟生著:《中国骈文史》,东方出版社1996年版,页59。

东朝,特见优遇。时承平好文,雅尚宫体,故采西汉以来词人所著乐府艳诗,以备讽览。"①

徐陵在《玉台新咏序》中明确地表达了他的编纂目的是为"优游少托,寂寞多闲"的后宫妇女们"微蠲愁疾",表面上看是作为她们娱情遣兴、消遣烦闷的文学读本,其实是在于倡导"缘情绮靡"的诗风,宣扬其审美主张。章培恒先生认为:"创造美就成了文学的首要任务,而美的创造绝不只是用字、骈俪、声律等问题,首先是内容的问题;也即必须以内容和形式的结合来形成美的意境。于是写自然景色的美、歌舞的美、人体的美等等,就成为一时的风尚,遭人诟病的宫体诗,就是这样一种致力于创造美的文字。"②

《玉台新咏》的编纂对梁陈文学的审美表达和审美追求具有深刻影响。由梁入陈的文士是在宫体诗的创作和《玉台新咏》编纂的文化熏陶下逐渐成长的。如江总入陈后"崇长淫纵"③,诗作"丽藻时闻,语多新颖"④。其《杂曲》三首艳丽缠绵,清陈祚明《采菽堂古诗选》评此诗曰:"此与徐陵同赋,并是张丽华初入宫时作","妖艳无比"⑤。《梅花落》其一极力形容美女的盛装巧饰,"妖姬坠马髻,未插江南珰。转袖花纷落,春衣共有芳"句描绘了一位转袖摇动、春风拂衣、娇羞柔媚、妖艳动人的女子的动态之美。《长相思》"红罗斗帐里,绿绮清弦绝"、"暗开脂粉弄花枝,红楼千愁色,玉箸两行垂"句描绘出了相思时"愁思三秋结"、"望望何由知"的苦闷情态,"声调流畅圆美,情韵委婉缠绵,然而词语失之轻艳"⑥。此外《长安道》"日暮延平客,风花拂舞衣",《病妇行》"羞开翡翠帷,懒对蒲萄酒",《七夕》"此时机杼息,独向红妆羞",《东飞伯劳歌》"年时二八新红脸,宜笑宜歌羞更敛",《姬人怨》"寒灯作花羞夜短,霜雁多情恒结伴"等充斥着"风花"、"红妆"、"香气"、"脂粉"等香艳气息的字词和"羞"、"懒"、"转"、"拂"等纤细的情态

①　晁公武撰、孙猛校证:《郡斋读书志校证》卷二,上海古籍出版社 1990 年版,页 97。
②　章培恒:《关于魏晋南北朝文学的评价》,《复旦学报》(社会科学版)1987 年第 1 期,页 85。
③　魏徵、令狐德棻撰:《隋书》,中华书局 1973 年版,页 655。
④　陆时雍《古诗镜》,《明诗话全编》本,江苏古籍出版社 1997 年版,页 10701。
⑤　陈祚明评选:《采菽堂古诗选》补遗卷三,《续修四库全书》本,上海古籍出版社 2003 年版,页 343—344。
⑥　王筱云主编:《中国古典文学名著分类集成》(诗歌卷),百花文艺出版社 1994 年版,页 409。

描摹,使得诗作越发细密精巧,绮靡纤弱。又如阴铿"风格流丽"①,其《和〈登百花亭怀荆楚〉》是和湘东王萧绎登江州百花亭怀荆楚所作,"阳台可忆处,唯有暮将朝"是替萧绎表现思念李桃儿的情思的②,"落花轻未下,飞丝断易飘"等句善于构建华美绮艳的外饰之美。再如张正见《采桑》、《艳歌行》、《三艳妇》、《怨诗》、《有所思》、《折杨柳》、《洛阳道》、《采桑》(残句)、《山家闺怨》等诗作均显现出清新流丽的审美情趣。

第二节　陈代文学的娱情性特征

齐梁重视文学的娱情性功能,就连重视文学政教作用的萧统也认为:"譬陶匏异器,并为入耳之娱;黼黻不同,俱为悦目之玩。"③重娱乐、尚轻艳是陈代延续齐梁风尚的重要表现,他们的生活闲适、游乐,在宴饮欢娱之时组织大型的文学竞技活动,玩味文学。

首先,陈代文学的娱情性表现在统治阶层的文学创作方式上。陈代君臣多承继宋、齐、梁以来招纳文士的传统,并有宴乐赋诗的风尚。《陈书·高祖纪》,永定二年(558)三月乙卯,"高祖幸后堂听讼,还于桥上观山水,赋诗示群臣"④。《陈书·文学·徐陵传》曰:"世祖尝宴群臣赋诗,徐陵言之于世祖,即日召铿预宴,使赋新成安乐宫,铿授笔便就,世祖甚叹赏之。"⑤宣帝北伐成功之后,诏曰:"今月十七日,可幸乐游苑,设丝竹之乐,大会文武。"⑥《陈书·孙玚传》曰:"后主频幸其第,及著诗赋述勋德之美,展君臣之意焉。"⑦侯安都功勋卓著以后,"数招聚文武之士,或射驭驰骋,或命以诗赋,第其高下,以差次赏赐之"⑧。《陈书·文学·徐伯阳传》曰:"鄱阳王为江州刺史,伯阳尝奉使造焉,王率府僚与伯阳登匡岭,置宴,酒酣,命笔赋

---

①　陈祚明评选:《采菽堂古诗选》补遗卷三,《续修四库全书》本,上海古籍出版社 2003 年版,页 327。

②　赵以武著:《唱和诗研究》,甘肃文化出版社 1997 年版,页 175。

③　严可均校辑:《全上古三代秦汉三国六朝文》,中华书局 1987 年版,页 3067。

④　姚思廉撰:《陈书》,中华书局 1972 年版,页 36。

⑤　姚思廉撰:《陈书》,中华书局 1972 年版,页 472。

⑥　姚思廉撰:《陈书》,中华书局 1972 年版,页 89—90。

⑦　姚思廉撰:《陈书》,中华书局 1972 年版,页 321。

⑧　姚思廉撰:《陈书》,中华书局 1972 年版,页 147。

剧韵二十，伯阳与祖孙登前成，王赐以奴婢杂物。"①陈叔宝身边的文士"皆以才学之美，晨夕娱侍"②，而且对陆琰、岑之敬"尤降赏接"③。陈代文人雅聚唱和虽然具有娱乐甚至游戏成分，但它促进了文学创作的繁荣，形成了文学创作的有利环境，同时也有一部分艺术性很强的作品问世。

其次，表现在文学创作主张上。文人雅聚不仅促进了文学创作的繁荣，而且还带动了文学批评的产生，特别是陈叔宝和其文学群体一起吟风弄月，其文学主张在文学创作过程中不断显现出来。陈叔宝在《与江总书悼陆瑜》中明确提出了"谭笑娱情，琴樽间作"，"间以嘲谑，俱怡耳目"等以诗歌为娱乐情性的观念。这种重娱乐的社会风尚丰富了文艺创作，是对文学娱乐价值的发掘和赞美，与儒家所强调的文学教化功能截然不同。刘跃进先生认为："在这种多元化的局面中，就当时文学发展而言，最值得注意也是最重要的一个特点，就是它的回归文学的非功利性特征。在中国文学发展史上，摆脱政教的束缚，将文学视为抒发情感的工具，追求艺术的完美，的确是这个时期文学的重要特征。"④

再次，表现在创作成就上，赋韵诗是陈代文学娱情性的重要表现。陈叔宝《五言画堂良夜履长在节歌管赋诗迥筵命酒十韵成篇》"复殿可以娱，于兹多延纳"；《初伏七夕已觉微凉既引应徐且命燕赵清风朗月以望七襄之驾置酒陈乐》"管弦檐外响，罗绮树中鲜"；《晚宴文思殿诗》"乐极未言醉，杯深犹恨稀"；《七夕宴乐修殿各赋六韵》"玉笛随弦上，金钿逐照回"，"笑靥人前敛，衣香动处来"；《春色禊辰尽当曲宴各赋十韵诗》"得性足为娱，高堂聊复拟"等是其宴饮生活的真实写照。《上巳宴丽晖殿各赋一字十韵诗》"文学且迥筵，罗绮令陈后"；《被禊泛舟春日玄圃各赋七韵诗》"置酒来英雅，嘉贤良所钦"；《上巳玄圃宣猷堂禊饮同共八韵诗》"带才尽壮思，文采发雕英"；《上巳玄圃宣猷嘉辰禊酌各赋六韵以次成篇诗》"既悦弦筒畅，复欢文酒和"等是他们宴饮欢娱时诗文相会的最好证明。

娱情性创作使得咏物诗具有游戏与玩赏的审美化倾向，文士们以"情

<hr>

① 姚思廉撰：《陈书》，中华书局1972年版，页469。
② 姚思廉撰：《陈书》，中华书局1972年版，页349。
③ 姚思廉撰：《陈书》，中华书局1972年版，页462。
④ 刘跃进著：《走向通融：世纪之交的中国古典文学研究》，知识产权出版社2005年，页198。

必极貌以写物,辞必穷力而追新"①为创作宗旨,在遣词用字和形式结构上追求新巧形似。王夫之《姜斋诗话》卷下曰:"咏物诗,齐梁始多有之。其标格高下,犹画之有匠作,有士气。征故实,写色泽,广比譬,虽极镂绘之工,皆匠气也。又其卑者,饾凑成篇,谜也,非诗也。李娇称'大手笔',咏物尤其属意之作,裁剪整齐而生意索然,亦匠笔耳。至盛唐以后,始有即物达情之作。"②陈代咏物之风亦承继齐梁文气,着意于纤巧等手法,语言雕琢精工,描写更趋工细,常常单纯地围绕物象的形貌、神情,从各种不同的角度刻画物象的外部特征,最大程度地追求外在的形似,一定程度上缺乏感情深度。

娱情性创作使得宫体乐府诗不断扩大对女性美的审美表现领域,女性的歌容舞态等外在感性之美在其文学群体的创作中得到集中体现,他们的诗歌创作在美感形式、表现技巧等方面汲取了"齐梁体"以来的声律和艺术成果,诗体更加精练,语言更为平易明快,描摹越发细密精巧。

在娱情性创作风尚的引导下,陈代的艳情文涉及表、章等文体,"其骈文也为宫体模样,也可称为狎客之文,艳冶露骨"③。陈代文章遣词以纤巧为尚,雕镂刻画,日趋讲究对偶,在整体风貌上更趋骈俪,注重语言的雕琢,讲究词藻的华美。

第三节　陈代文学的新变意识

永明时期,始有"新变"的文学思想,萧子显则比较明确地提出"新变"之说,《南齐书·文学传论》曰:"习玩为理,事久则渎,在乎文章,弥患凡旧。若无新变,不能代雄。"④陈代文学的新变意识主要体现在文学创作主张、文学创作成就和文体追求上。

首先,陈代文学的新变意识表现在文学创作主张上。《隋书·经籍志》曰:"梁简文之在东宫,亦好篇什,清辞巧制,止乎衽席之间,雕琢蔓藻,思极闺闱之内。后生好事,递相放习,朝野纷纷,号为宫体。流宕不已,讫于丧

①　周振甫著:《文心雕龙今译》,中华书局 1986 年版,页 67。
②　王夫之著:《姜斋诗话》,《清诗话》本,上海古籍出版社 1999 年版,页 18。
③　于景祥著:《南北朝骈文》,春风文艺出版社 1999 年版,页 52。
④　萧子显撰:《南齐书》,中华书局 1972 年版,页 908。

亡。陈氏因之,未能全变。"①萧纲、萧绎时期文士以求新变古的精神改变
了传统的诗作形式。《玉台新咏序》中亦具有强烈的"新变"意识,"无怡神
于暇景,唯属意于新诗"、"新制连篇,宁止蒲萄之树"、"长乐鸳鸯,奏新声于
度曲"中不断强调"新诗"、"新制"、"新声"等表达了徐陵对新的诗歌内容与
体制的追求,这些新追求和新意识对陈代文学具有重要影响。《南史·张
贵妃传》曰:"诸贵人及女学士与狎客共赋新诗,互相赠答。采其尤艳丽者,
以为曲调,被以新声。"②黄水云《六朝骈赋研究》认为:"至于陈、隋文体,乃
承梁代而增华,如陈后主荒于觞色,是以绮靡浪漫之风愈演愈烈……而顾
野望、沈炯、江总等大家莫不辞丽韵谐,立意以新奇为高,遣词以纤巧为尚,
雕镂刻画,俨然因袭齐梁之遗风。"③

与此同时,文士们也表现出对绮靡之风的批判和对"典实"、"不尚雕
靡"文风的推崇。何之元《梁典总论》表现出对绮靡文风的批判,他认为萧
纲"文章妖艳,堕坠风典,诵于妇人之口,不及君子之听",批判宫体诗是"文
士之深病,政教之厚疵"④,表现出了他革除绮艳文风的文学主张。《陈书》
卷三十四赞褚玠"能属文,词义典实,不好艳靡"⑤;《陈书》卷十六赞蔡景历
"属文,不尚雕靡,而长于叙事"⑥。这是对绮艳文风批判的最好例证。刘
师知《侍中沈府君集序》表达了与绮艳文风不同的文学主张,他认为:"至如
敦厚之词,足以吟咏情性,身之文也;贞固之节,可以宣被股肱,邦之光也",
主张文学应发挥"孝笃天伦,义感殊类"⑦等人伦教化功能。姚察、姚思廉
父子也表达了对丽靡、清绮文风的批判,指斥萧纲、陈叔宝等所倾心的轻丽
之文为君子不取的小道。如《梁书》卷四评简文帝萧纲文则"以轻华为累,
君子所不取焉",诗则"伤于轻艳"⑧;《陈书》卷二十七指斥江总"伤于浮
艳","多有侧篇"⑨。

① 魏徵、令狐德棻撰:《隋书》,中华书局 1973 年版,页 1090。
② 李延寿撰:《南史》,中华书局 1975 年版,页 348。
③ 黄水云著:《六朝骈赋研究》,文津出版社 1999 年版,页 42。
④ 严可均校辑:《全上古三代秦汉三国六朝文》,中华书局 1987 年版,页 3430。
⑤ 姚思廉撰:《陈书》,中华书局 1972 年版,页 460。
⑥ 姚思廉撰:《陈书》,中华书局 1972 年版,页 228。
⑦ 严可均校辑:《全上古三代秦汉三国六朝文》,中华书局 1987 年版,页 3488。
⑧ 姚思廉撰:《梁书》,中华书局 1973 年版,页 109。
⑨ 姚思廉撰:《陈书》,中华书局 1972 年版,页 347。

陈代的史传文散体单行,风格质朴,与当时盛行的骈俪文风迥异,其散体之文为这一时期的文风注入了较多新鲜的气息。隋文帝对姚察评价甚高,其文曰:"文帝知察蔬菲,别日乃独召入内殿,赐果菜,乃指察谓朝臣曰:'闻姚察学行当今无比,我平陈唯得此一人。'"①隋文帝极为推崇姚察,颇为欣赏其史书。《陈书·姚察传》曰:"察所撰梁、陈史虽未毕功,隋文帝开皇之时,遣内史舍人虞世基索本,且进上,今在内殿。"②隋文帝的欣赏与姚察的创作才能不无关联。《陈书·姚察传》载陈后主赞曰:"姚察达学洽闻,手笔典裁,求之于古,犹难辈匹,在于今世,足为师范。"③因此,方北辰先生说:"北周曾经大力提倡古文,后来隋文帝对姚察才学评价很高,大约与姚察文风的质朴有关。"④

姚察、姚思廉父子在《梁书》、《陈书》中显现了一定的古文革新主张,推扬"有骨气"、"典而速"文风。《梁书》卷四十赞刘之遴"好属文,多学古体,与河东裴子野、沛国刘显常共讨论书籍"⑤;《梁书》卷五十五赞武陵王萧纪"属辞不好轻华,甚有骨气"⑥;《梁书》卷三十赞裴子野"为文典而速,不尚丽靡之词,其制作多法古,与今文体异"⑦。裴子野在沈约《宋书》基础上更删撰为《宋略》二十卷。《梁书》评曰:"叙事评论多善。"⑧沈约慨叹弗逮也。因此,蒙文通《中国史学史》评裴子野曰:"盖深疾流俗藻绘之文,故取法经传质直之笔。虽乖时尚,庶亦独立不惧耶?"⑨《梁书·文学传》曰:"文者妙发性灵,独拔怀抱。"⑩姚氏父子在提倡风骨的同时也主张文学创作应具备情感性,具有深刻的思想意义。

处于"后三国"时代的陈代文士表现出了比较强烈的倾慕北方文学和南北融合的意识。北周崔彦穆聘陈时,"风韵闲旷,器度方雅,善玄言,解谈

---

①　姚思廉撰:《陈书》,中华书局1972年版,页352。
②　姚思廉撰:《陈书》,中华书局1972年版,页354。
③　姚思廉撰:《陈书》,中华书局1972年版,页353。
④　方北辰著:《魏晋南北朝江东世家大族述论》,文津出版社1991年版,页170。
⑤　姚思廉撰:《梁书》,中华书局1973年版,页574。
⑥　姚思廉撰:《梁书》,中华书局1973年版,页825。
⑦　姚思廉撰:《梁书》,中华书局1973年版,页443。
⑧　姚思廉撰:《梁书》,中华书局1973年版,页442。
⑨　蒙文通著:《中国史学史》,上海人民出版社2006年版,页45。
⑩　姚思廉撰:《梁书》,中华书局1973年版,页727。

谑,甚为江陵所称"①。柳弘接待陈使者从容得体,又至陈报聘,占对详敏,为世人所称道。北齐崔瞻在陈朝更是名声大扬,其聘陈时"词韵温雅,南人大相钦服"②,其见重如此。陈天嘉二年(561),殷不害使陈,将北周李昶的《陪驾终南》《人重阳阁》《荆州大乘寺》《宜阳石像碑》四篇诗文带入陈朝,徐陵称赞其"铿锵并奏""辉焕相华""甘泉卤藻尽在清文,扶风辇路,悉陈华简",给予高度评价和认可。

其次,表现在陈代文士的文学创作成就上。陈初重新把文学创作与社会现实相结合,具有反映社会现实的生命力,内容真实、感情真挚,在一定程度、较短的时期摆脱了齐梁文风和娱情创作风尚的影响,抒写侯景之乱后的凄怆之感、悲壮之情和深沉的乡关之思,表达了以悲为主的文学追求,诗风沉郁苍凉,显现出其特有风格和一定的转型,提升了诗歌的社会价值,体现了新的时代风貌,具有比较典型的文学史意义。

陈代文人突破了赋得诗、边塞乐府诗、宫体乐府诗的原有体制,并对题辞进行了自己的选择,表现出了一定的新意。在赋得诗创作上,陈代赋得诗以赋咏古人诗句、咏史为主,形成了比较固定的赋得体的诗题形式,这些诗作工于写景、情景交融,艺术技巧和审美特征进一步增强。在边塞乐府诗创作上,陈代文人偏好拟作汉横吹曲、横吹曲辞所使用的箫、笳、角等多是以"哀"为主要基调的,显现出浓郁的哀婉情愁和质朴雄健之气。"群相切磋"的群体性参与使得文士们围绕同一题材集中而反复地表现,从而形成了一定范式的趋同性的创作手法,给陈代文坛以新的活力和动机。在宫体乐府诗创作上,陈叔宝文学群体多采用模拟乐府古题的创作方式,把南朝乐府的曲调与宫体诗创作相结合,对宫体诗实施了进一步的新变。其宫体拟乐府诗注重题材与形式上的创新,情感表述时见新意,不断扩大对女性的审美表现领域。

再次,陈代文士的新变意识表现在文体追求上。在诗歌体例上,陈代文学群体的文会活动极大地推动了五七言诗创作的兴盛与成熟,促使齐梁新体诗向唐人近体诗的转化。骈文至梁陈而告定型,徐陵文在骈对、用典、藻饰、平仄等方面取得了相当成就,"使当时的骈文凝固成一种典型的文

---

① 令狐德棻等撰:《周书》,中华书局1971年版,页640—641。
② 李百药撰:《北齐书》,中华书局1972年版,页336。

体,而成了后来唐宋四六和律赋的先导"①。《陈书·徐陵传》记载,徐陵入陈后"其文颇变旧体,缉裁巧密,多有新意"②。徐陵"颇变旧体"即是指他后期的文风与其在梁东宫时期的创作有很大不同,"所谓的'变',是在保留梁代语言形式美的艺术特质之外,更在本质与气魄方面弥补梁代骈文艺术的不足"③。

　　总之,陈代文人的新变意识、新变思想没有非常强烈的表现,但即使是些许的新变意识也给陈代文学的发展注入了新的活力。

第四节　陈代文学的思想局限及其对文学创作的影响

　　陈代文人生活条件相对安适,视野狭窄,导致许多文学创作只为消遣玩乐,注重物象外在形态的描绘和绮靡情感的抒发,在一定程度上缺乏寓意和寄托,总体上审美价值有限。

一　陈代文学的思想局限

　　从陈代文学发展的几个阶段来看,陈代文人思想局限比较显著,主要表现为以下几个方面:

　　首先,陈代初期文士们虽然深受侯景之乱的影响抒写了一些反映现实的作品,对齐梁绮靡文风的艺术缺陷具有反拨。然而,他们入陈后受到较多礼遇,还一如既往地沉湎于佛教、玄学思想之中。梁太清二年,何敬容曾竭力批判梁末社会风尚,"昔晋代丧乱,颇由祖尚玄虚,胡贼殄覆中夏。今东宫复袭此,殆非人事,其将为戎乎?"④何敬容看似在批判当时空谈玄远、远离政治的社会习气,其实却真实地道出了梁末士风与文风的现状。《颜氏家训》更明确地指出"世中文学之士,品藻古今,若指诸掌","居承平之世,不知有丧乱之祸","难可以应世经务"⑤。梁末离乱、梁朝覆亡并未改变他们的精神面貌。如周弘正为梁末"玄宗之冠",入陈后"特善玄言,兼明

---

① 王瑶著:《中古文学史论》,北京大学出版社1986年版,页290。
② 姚思廉撰:《陈书》,中华书局1972年版,页335。
③ 何祥荣著:《梁陈骈文艺术之演变》,北京大学1997博士论文,页122。
④ 姚思廉撰:《梁书》,中华书局1973年版,页533。
⑤ 王利器撰:《颜氏家训集解》(增补本),中华书局1993年版,页317。

释典"①；徐孝克入陈后仍然热衷"与诸僧讨论释典"，"昼夜讲诵《法华经》"②；江总更是"官陈以来，未尝逢迎一物，干预一事"③。生活状况、创作环境的改善导致他们的文风并未有根本性的改变。

其次，陈代文人生活上相对安逸，大部分文士还仅仅局限于宫廷苑囿之中，在这样的文化氛围中，以歌咏宴饮享乐生活，描绘女人服饰、仪态，描写物态为主题的文学创作大量涌现，作品视野随之偏狭。

再次，陈叔宝文学群体经常性雅聚，这种成规模的、经常性举行的雅聚活动极大地钳制了陈代文人的生活空间和抒情言志的表达视野，诗作多以应制、唱和为主，思想表达比较局促。

二　陈代文学的思想局限对文学创作的影响

首先，陈代文学的抒情功能和实用功能减弱，作品中缺乏远大理想和志向。特别是在赋得诗、宫体乐府诗等具有趋同性创作特点的诗作中，作者在特殊的政治文化环境中的真实情感体验被削弱，普遍缺乏关心国家危亡、民生疾苦和渴望建功立业的进取精神。曹道衡、沈玉成先生认为："南朝文学的根本弱点，不在于作品题材的狭窄和细小，也不在于感情的强烈或平和，最致命的还是作家缺乏远大的理想，高尚的胸襟，致使作品缺乏深厚的内蕴。"④

其次，群体创作中对语言的美感追求以及对某种文体形式的偏好严重妨碍了文体功能的实现，造成结构上的程式化特征，这样的程式化的创作氛围抑制了诗人的创新精神，使得这一时期的作品结构相对较为单调、呆板，缺乏应有的生机和活力。《采菽堂古诗选》卷二一曰："梁陈之弊，在舍意问辞，因辞觅态。"⑤陈代文学在一定程度上存在偏重追求词藻华美的倾向，艺术形式愈益精巧，总体上审美价值具有一定的局限性，抒情功能相对弱化。

---

①　姚思廉撰：《陈书》，中华书局 1972 年版，页 309。

②　姚思廉撰：《陈书》，中华书局 1972 年版，页 337。

③　姚思廉撰：《陈书》，中华书局 1972 年版，页 346。

④　曹道衡、沈玉成编著：《南北朝文学史》，人民文学出版社 1991 年版，页 17。

⑤　陈祚明评选：《采菽堂古诗选》卷二十一，《续修四库全书》本，上海古籍出版社 2003 年版，页 216。

第四章 "后三国"格局下的
南北聘问与文化交流

　　侯景之乱后形成了陈、齐、周"后三国"格局,严重削弱了南朝的经济、军事实力。邓奕琦先生认为:"南北朝时期,从北魏统一北方至梁末的百余年中,南北政权形成势均力敌态势。军事争夺集中在梁州、襄樊和淮水以北,双方都很难超过这条相持地带。纵或偶有逾越,又很快恢复到原来的边界形势,侯景之乱打破了这一均势。"①到了陈代,其领域只剩下了江左以南和淮南江北的一些地方了,其领地在南朝中最小。侯景之乱后北强南弱的格局明显形成,南方的政治、军事势力更加微弱,但外交、文化的影响力依然强劲。南北虽处于政治、军事上的对峙局面,但相互间的聘问往来却更加频繁。陈朝时期,从天嘉五年(564)到祯明二年(588)短短二十四年,出使北方政权者达 36 人次,与此同时北方政权出使南朝的人次也很多②。这时的使者不仅肩负着政治使命,还承担着文化交流传播的使命,"南北聘使接触过程中,相互以文化、学术问题凌轹对方,论难所及包括文化、学术的各个方面和领域,上至天文,下至地理,诸子百家、文学艺术、诗词歌赋、历史知识、释道经义……几乎无所不包"③。在这些聘问往来中南北文士积极参与接待问对,他们在才辩问对、评点诗文、书籍往还、异域风情的传播等方面的频繁碰撞中有力促进了南北之间的文化交流。

第一节　才辩问对与文化碰撞

　　南北间聘使承担着本国政治、文化、学术等方面的重要角色,他们的才华口辩在南北文化融合过程中起着重要作用。赵翼《廿二史札记》曰:"南北通好,尝借使命增国之光,必妙选行人,择其容止可观,文学优赡者,以充

---

① 邓奕琦:《试论侯景之乱》,《北京师范大学学报》1989 年第 6 期,页 92。
② 张承宗:《魏晋南北朝时期的南北交往》,《中国史研究》1994 年第 3 期,页 86。
③ 黎虎著:《汉唐外交史》,兰州大学出版社 1989 年版,页 188。

聘使。……其邻国之接待聘使,亦必选有才行者充之。"①宋、齐与北魏时期,南方使者入北后都会受到北人的赞誉,北方使臣南来都会钦慕南方文化;而梁、陈与东魏、西魏、北齐、北周时期,南北使者各有才辩,南北文学也都各具特色,北人才学渐与南人抗衡。据《北史·李谐传》,梁武帝萧衍见到东魏使臣李谐等人后,曾感叹道:"朕今日遇勍敌,卿辈常言北间都无人物,此等何处来?"②可见,南人对北人逐渐重视。

才辩问对活动对文士们的要求甚高,不仅要学识渊博还要能言善辩。《北史·李谐传》曰:"既南北通好。务以俊乂相矜,衔命接客,必尽一时之选,无才地者不得与焉。"③南北双方要求聘使者既要有"才"又要有"口辩"。黄宝实先生说:"南北朝时代之行人,除赗吊会葬外,皆泛使,无具体使命,美才硕学,徒为口辩之资耳。"④陈陆琼因"风神警亮,进退详审"⑤,"见识优敏,文史足用"⑥而为徐陵所举荐,不久聘齐,因此每次聘使,"邺下为之倾动,贵胜子弟盛饰聚观,礼赠优渥,馆门成市"⑦;陈萧密因"博学有文词"而被选"聘于齐"⑧;北周崔彦穆聘陈时,"风韵闲旷,器度方雅,善玄言,解谈谑,甚为江陵所称"⑨。双方才俊之士的聘问应对在很大程度上促成了南北文士间的相互交流和学习,聘使者也甚得南北双方的高度认可和赞誉。柳弘是北周颇为出色的聘使者,《周书·柳弘传》曰:"陈遣王偃民来聘,高祖令弘劳之。偃民谓弘曰:'来日,至于蓝田,正逢滋水暴长,所赍国信,溺而从流。今所进者,假之从吏。请勒下流人,见为追寻此物也。'弘曰:'昔淳于之献空笼,前史称以为美。足下假物而进,讵是陈君之命乎。'偃民惭不能对。高祖闻而嘉之,尽以偃民所进之物赐弘,仍令报聘。占对详敏,见称于时。"⑩柳弘接待陈使者从容得体,又至陈报聘,占对详敏,为

①　赵翼著,王树民校证:《廿二史札记校证》(订补本)卷十四,中华书局1984年版,页294—295。

②　李延寿撰:《北史》,中华书局1974年版,页1604。

③　李延寿撰:《北史》,中华书局1974年版,页1604。

④　黄宝实著:《中国历代行人考》,台湾中华书局1985年版,页196。

⑤　姚思廉撰:《陈书》,中华书局1972年版,页396。

⑥　姚思廉撰:《陈书》,中华书局1972年版,页397。

⑦　李延寿撰:《北史》,中华书局1974年版,页1604。

⑧　姚思廉撰:《陈书》,中华书局1972年版,页290。

⑨　令狐德棻等撰:《周书》,中华书局1971年版,页640—641。

⑩　令狐德棻等撰:《周书》,中华书局1971年版,页373。

世人所称道。北齐崔瞻在陈朝更是名声大扬,其聘陈时"词韵温雅,南人大相钦服"①,其见重如此。李德林接对陈朝使者江总,因善谈吐被江总誉为"河朔之英灵"②。隋使魏澹与陈人潘徽之间的才辩问对尤为引人瞩目。《隋书·潘徽传》曰:

> 澹将返命,为启于陈主曰:"敬奉弘慈,曲垂饯送。"徽以为"伏奉"为重,"敬奉"为轻,却其启而不奏。澹立议曰:"《曲礼》注曰:'礼主于敬。'《诗》曰:'维桑与梓,必恭敬止。'《孝经》曰:'宗庙致敬。'又云:'不敬其亲,谓之悖礼。'孔子敬天之怒,成汤圣敬日跻。宗庙极重,上天极高,父极尊,君极贵,四者咸同一敬,五经未有异文,不知以敬为轻,竟何所据?"徽难之曰:"向所论敬字,本不全以为轻,但施用处殊,义成通别。《礼》主于敬,此是通言,犹如男子'冠而字之',注云'成人敬其名也'。《春秋》有冀缺,夫妻亦云'相敬'。既于子则有敬名之义,在夫亦有敬妻之说,此可复并谓极重乎? 至若'敬谢诸公',固非尊地,'公子敬爱',止施宾友,'敬问''敬报',弥见雷同,'敬听''敬酬',何关贵隔! 当知敬之为义,虽是不轻,但敬之于语,则有时混漫。今云'敬奉',所以成疑。聊举一隅,未为深据。"澹不能对,遂从而改焉。

魏澹将返命启于陈主时用"敬奉"二字,潘徽以为"伏奉"为重,"敬奉"为轻,却其启而不奏。于是两人之间展开了有关"敬"字之意的论辩,魏澹引用《曲礼》《诗经》《孝经》等后认为,五经对"敬"字的用法是极为敬重的。潘徽却认为,《礼》主于敬只是通言;《春秋》有冀缺,夫妻也说"相敬";至于"敬谢诸公"固非尊地,"公子敬爱"止施宾友,"敬问"、"敬报"更是雷同之意;"敬听"、"敬酬"与尊贵无关! 潘徽最后得出结论,"敬"之为义虽是不轻,但"敬"之于语则有时混漫。他有理有据地反驳了魏澹的观点,使得"澹不能对,遂从而改焉",潘徽争取了外交场合上的一场胜利,张扬了陈主之尊威。而北周杜杲护送陈顼归国时,面对陈文帝的诘难,大胆直陈文帝不念骨肉之情而贪区区之鲁山,使得文帝惭恶久之。由此看来,聘使者的形象、风度、才学、口辩直接与本朝的形象威望紧密联系在一起。赵翼《廿二史札

---

① 李百药撰:《北齐书》,中华书局 1972 年版,页 336。

② 魏徵、令狐德棻撰:《隋书》,中华书局 1973 年版,页 1208

记》曰："若事涉朝政边事,而能以片言全国体,折敌谋,则尤有足尚者。"①

南北聘问常有激烈的辩论,其场面宏阔壮观。据《续高僧传》卷八《释昙延传》,陈周弘正衔命使周,周武帝讶其机捷,"敕境内能言之士,不限道俗,及搜采岩穴遁逸高世者,可与弘正对论,不得坠于国风"②,释昙延应命出对,挫其锋芒,周弘正大为折服。由于南北对峙,聘问应对之间不免有揶揄讽刺之嫌。据《太平广记》卷二四七载,北齐卢思道聘陈,陈主令朝贵设酒食,与思道宴会,联句作诗。有一人先唱,曰:"榆生欲饱汉,草长正肥驴。"讽刺北方人是食榆嚼草的蠢驴。卢思道反唇相讥,曰:"共甑分炊饮,同铛各煮鱼。"③嘲谑南人不重亲情,父子分食。据《陈书·徐陵传》,徐陵出使东魏,魏人授馆宴会。是日甚热,其主客魏收嘲陵曰:"今日之热,当由徐常侍来。"陵即答曰:"昔王肃至此,为魏始制礼义;今我来聘,使卿复知寒暑。"④魏收感到大为羞惭。《太平广记》卷二百五十三载有徐陵聘周的故事,其文曰:

> 隋文帝以徐陵辩捷,无人酬对,深以为耻。乃访朝官:"谁可对使?"当时举思道,文帝甚喜。即诏对南使,朝官俱往。徐陵遥见,思道最小,笑曰:"此公甚小。"思道遥应曰:"以公小臣,劳长者。"须臾坐定,徐陵谓思道曰:"昔殷迁顽人,本居兹邑,今存并是其人。"思道应声笑曰:"昔永嘉南渡,尽居江左,今之存者,唯君一人。"众皆大笑。徐陵无以对。

徐陵以殷迁顽民讥讽隋人为顽固不化之人,而卢思道反唇相讥汀左颓废、政局日下,这也从一个侧面反映了南北文人不同的世风观念。聘使双方相互贬抑之嫌就要求接待应对者不仅要伶牙俐齿,而且还要熟稔史实典故。牟发松先生认为,北方文士"在陈朝时敢于揶揄南朝文士,除了反映北朝文化自身的进步以外,也在一定程度上反映出南北文化力量对比的改变"⑤。

---

① 赵翼著,王树民校证:《廿二史札记校证》(订补本)卷十四,中华书局1984年版,页296。
② 释道宣撰:《续高僧传》卷八《释昙延传》,载《大正新修大藏经》第五十卷,佛陀教育基金会出版部1990年版,页488。
③ 李昉等编:《太平广记》卷二百五十三,中华书局1961年版,页1915。
④ 姚思廉撰:《陈书》,中华书局1972年版,页326。
⑤ 牟发松:《梁陈之际南人北迁及其影响》,载《北朝史研究——魏晋南北朝国际学术研讨会论文集》,商务印书馆2004年版,页161。

南北聘使在才辩问对时讲究揖让进退、引经说史,进行巧妙的周旋和斗争,使得彼此在激烈的文化碰撞中发生着强烈的影响。

第二节　赋诗往还与诗文评点

南北聘问接待方于馆中置酒高会,席间往返辩议,往往赋诗作文,切磋技艺,于折冲樽俎之间进行外交较量。裴让之《公馆宴酬南使徐陵诗》、阴铿《广陵岸送北使诗》、薛道衡《人日思归》、潘徽《赠北使诗》等显现出当时赋诗应对之盛。薛道衡于隋开皇四年(584)聘陈,为《人日诗》曰:"入春才七日,离家已二年。"南人嗤之,及云:"人归落雁后,思发在花前。"南人则喜谓曰:"名下固无虚士。"①此后其诗作被陈叔宝所称美,轰动一时。《隋书·薛道衡传》曰:"江东雅好篇什,陈主尤爱雕虫,道衡每有所作,南人无不吟诵焉。"②其与陈使傅绛赋诗酬唱,"绛赠诗五十韵,道衡和之,南北称美"③。阮卓聘隋,"隋主夙闻卓名,乃遣河东薛道衡、琅邪颜之推等,与卓谈宴赋诗,赐遗加礼"④。

聘问双方的诗文往还使得彼此有评点对方创作的可能。陈天嘉二年(561),殷不害使陈,将北周李那的《陪驾终南》、《入重阳阁》、《荆州大乘寺》、《宜阳石像碑》四篇诗文带入陈朝,得到了包括徐陵等陈朝文士的一致称赞。徐陵《与李那书》主要是对以上诗文的评点,其文曰:

> 获殷公所借《陪驾终南》、《入重阳阁》诗,及《荆州大乘寺》、《宜阳石像碑》四首,铿锵并奏,能惊赵孂之魂;辉焕相华,时瞬安丰之眼。山泽晻霭,松竹参差,若见三峻之峰,依然四皓之庙。甘泉卤簿,尽在清文;扶风辇路,悉陈华简。昔魏武虚帐,韩王故台,自古文人,皆为词赋。未有登兹旧阁,叹兹幽宫,标句清新,发言哀断。岂止悲闻帝瑟,泣望羊碑,一咏歌梁之言,便掩盈怀之泪。至如披文相质,意致纵横,才壮风云,义深渊海。

①　刘𫗧著,程毅中点校:《隋唐嘉话》,中华书局 1979 年版,页 1。
②　魏徵、令狐德棻撰:《隋书》,中华书局 1973 年版,页 1406。
③　魏徵、令狐德棻撰:《隋书》,中华书局 1973 年版,页 1406。
④　姚思廉撰:《陈书》,中华书局 1972 年版,页 472。

"铿锵并奏"、"辉焕相华"等评价极尽褒扬之语,文中以大量篇幅描写了李那作品在南朝的接受盛况和轰动效应,"循环省览,用忘饥渴。握之不置,恒如赵璧;玩之不足,同于玉枕。京师长者,好事才人,争造蓬门,请观高制,轩车满路,如看太学之碑,街巷相填"等句,是对其作品的侧面赞扬。吉定先生认为:"李那创作推动了南北朝文学双向交流。这就从根本上扭转了此前南朝文学单向影响北朝文学的状况。"①李那《答徐陵书》亦对徐陵极尽赞美之辞,徐陵的诗被其赞美为"丽藻星铺,雕文锦缛。风云景物,义尽缘情,经纶宪章,辞殚表奏。久已京师纸贵,天下家藏,调移齐右之音,韵改河西之俗"②。其中的"调移"、"韵改"充分说明了徐陵作品在北周所产生的巨大影响。王运熙、杨明先生认为李那《答徐陵书》反映了当时南北文学交流、南人争睹北国文人作品的情景③。

梁末入北文士萧悫的诗在北方也得到了众多文士的评赏。《颜氏家训·文章》曰:

> 兰陵萧悫工于篇什。尝有《秋思诗》云:"芙蓉露下落,杨柳月中疏。"时人未之赏也。吾爱其萧散,宛然在目。颍川荀仲举、琅玡诸葛汉亦以为尔。而卢思道之徒,雅所不惬。

胡应麟《诗薮》评此句诗曰:"足为北朝第一。"④许顗《彦周诗话》曰:"六朝诗人之诗,不可不熟读。如'芙蓉露下落,杨柳月中疏',锻炼至此,自唐以来,无人能及也。"⑤他们对萧悫诗的共同探讨就充分说明了其文化认同感,同时通过探讨进一步加深了其艺术审美上的趋同性。钟涛先生认为,萧氏之诗文多有婉转、清丽之辞,给以豪放为风气的北方注入了新的活力⑥。

南北聘使揖让问对风流儒雅,不仅推崇本国文化而且还高度赞誉并广泛吸纳外来文化,诗文往还与评点成为南北间相互学习、交流的一个重要

---

① 吉定:《论北周作家李昶及其作品的价值》,《民族文学研究》2005 年第 3 期,页 30。
② 蒋士铨撰:《评选四六法海》卷四,上海文瑞楼石印本,页 31。
③ 王运熙、顾易生主编,王运熙、杨明著:《中国文学批评通史·魏晋南北朝卷》,上海古籍出版社 1996 年版,页 297。
④ 胡应麟撰:《诗薮·杂编》卷三,《明诗话全编》本,江苏古籍出版社 1997 年版,页 5673。
⑤ 许顗撰:《彦周诗话》,《宋诗话全编》本,江苏古籍出版社 1998 年版,页 1398。
⑥ 钟涛:《梁季入北文人述略》,《青海师范大学学报》(社会科学版)1991 年第 3 期,页 96—101;另见其《雅与俗的跨越——汉魏六朝及元代文学论集》,巴蜀书社 2001 年版。

平台和加深彼此了解的纽带，他们的互相激赏有力地引导了南北诗风、文风的融合。

第三节　书籍往还与文学交流

永嘉之乱后，文化重心南移。《魏书·文苑传序》曰："永嘉之后，天下分崩，夷狄交驰，文章殄灭。"①北朝文学处于相对的衰落期。魏孝文帝太和(477)改革之后，北方文士开始向往并学习南方文学，同时加上帝王的倡导，北方文士更是争趋效仿南方"新风"。《周书·柳庆传》曰："时北雍州献白鹿，群臣欲草表陈贺。尚书苏绰谓庆曰：'近代以来，文章华靡，逮于江左，弥复轻薄。洛阳后进，祖述不已。相公柄民轨物，君职典文房，宜制此表，以革前弊。'庆操笔立成，辞兼文质。绰读而笑曰：'枳橘犹自可移，况才子也。'"②北魏时的温子升，时人称之为"足以陵颜(延之)轹谢(灵运)，含任(昉)吐沈(约)"③。这句话固然是赞美温子升的，但北魏人以南朝为典范作为比拟的对象，可见南人作品在北方广为流传并产生了深远影响。

侯景之乱后，南方的书籍也随着战争流失到北方，建康的公私藏书由王僧辩运到江陵。江陵陷落后，萧绎纵火焚于外城，公私图籍所剩十之一二，即被运往北周。《周书·萧大圜传》曰："梁武帝集四十卷，简文集九十卷，各止一本，江陵平后，并藏秘阁。大圜既入麟趾，方得见之。乃手写二集，一年并毕。识者称叹之。"④北方不仅劫掳南朝文士而且也极为重视书籍的掠夺，这无疑是一次文化的大洗劫，客观上起到了文化传播和交流的重要作用。这一时期，南北聘使成了双方赠索书籍的传送人，为双方的书籍交流作出了很大贡献。殷不害使陈时带来了北周李那的诗文《陪驾终南》、《入重阳阁》、《荆州大乘寺》、《宜阳石像碑》等。殷仪同归国之时，徐陵作《与李那书》转寄给李那，李那亦有《答徐陵书》，对其诗文有高度评价。唐刘禹锡《洛中寺北楼见贺监草书题诗》曰："北朝文士重徐陵。"⑤徐陵的

① 魏收撰：《魏书》，中华书局1974年版，页1869。
② 令狐德棻等撰：《周书》，中华书局1971年版，页370。
③ 魏收撰：《魏书》，中华书局1974年版，页1876。
④ 令狐德棻等撰：《周书》，中华书局1971年版，页757。
⑤ 《全唐诗》卷三百五十九《刘禹锡六》，中华书局1960年版，页4051。

文集在北方具有广泛影响,《陈书·徐陵传》曰:"每一文出手,好事者已传写成诵,遂被之华夷,家藏其本。"①王瑶先生认为:"所谓'被之华夷'自然是指风行南北的。"②《旧唐书·李百药传》曰:

> 七岁解属文。父友齐中书舍人陆乂、马元熙尝造德林宴集,有读徐陵文者,云:"既取成周之禾,将刈琅邪之稻。"并不知其事。百药时侍立,进曰:"《传》称'郹人藉稻'。杜预《注》云'郹国在琅邪开阳'。"乂等大惊异之。

李德林、陆乂、马元熙都是当时知名文士,他们在宴会上共同推赏徐陵之文章,可见徐陵的文集曾流传到北齐并产生了相当程度的影响。唐长孺先生由此推断南朝文学对北方具有指导地位③。

沈炯之作对北方文学创作亦有重要影响,陈寅恪先生认为庾信之《哀江南赋》受到沈炯《归魂赋》之重要影响,"今观《归魂赋》,其体制结构固与《哀江南赋》相类,其内容次第亦少差异。至其词句如'而大盗之移国','斩蚩尤之旗','去莫敖之所缢','但望斗而观牛'等,则更符同矣。颇疑南北通使,江左文章本可以流传关右,何况初明失喜南归之作,尤为子山思归北客所亟欲一观者耶? 子山殆因缘机会,得见初明此赋。其作《哀江南赋》之直接动机,实在于是"④。此外,江总《遇长安使寄裴尚书诗》是在陈遇到北周使者而写给流寓到北周的裴尚书的诗。

北方文士亦有想把其文集传往南方的,希望能得到南方文士的认可。唐刘悚《隋唐嘉话》曰:

> 梁常侍徐陵聘于齐,时魏收文学北朝之秀,收录其文集以遗陵,令传之江左。陵还,济江而沉之,从者以问,陵曰:"吾为魏公藏拙。"

魏收为北朝文学之秀,徐陵访问北齐时,魏收收录文集赠送给徐陵,很想把自己的名声传到南朝。徐陵渡江时却随手把他的文集扔到了江中,虽然徐陵轻蔑魏收的才华,但魏收能主动送文集于徐陵,显现出魏收对徐陵的认

---

① 姚思廉撰:《陈书》,中华书局1972年版,页335。

② 王瑶:《徐庾与骈体》,载《中古文学史论》,北京大学出版社1986年版,页288。

③ 唐长孺:《论南朝文学的北传》,《武汉大学学报》(社会科学版)1993年第6期,页61。

④ 陈寅恪著:《金明馆丛稿初编·读哀江南赋》,生活·读书·新知三联书店2001年版,页240。

可以及南北交流的宏伟愿望。此外,据《太平御览》引《三国典略》可知,北齐后主编撰《修文殿御览》时也是以南梁徐僧权等所编《华林遍略》为蓝本的①。

南方的许多才俊及其著作流入北方,北方书籍也时有传入南方者,书籍成了南北文学交流的重要载体,有力地促进了双方文化知识的传播。

第四节　聘北使者与北朝风俗的南传

江德藻、姚察出使北齐、北周时所著《北征道里记》、《西聘道里记》记载出使北朝沿途的行程见闻、山川道里、异域的民俗风情等,为北方文化的南传作出了重要贡献。天嘉四年(563),江德藻与刘师知使齐。《陈书·江德藻传》曰:"天嘉四年,兼散骑常侍,与中书郎刘师知使齐,著《北征道里记》三卷。"②江德藻所著《北征道里记》,《隋书·经籍志》著录为《聘北道里记》三卷,《通志》亦著录为三卷。《北征道里记》今已不存,但它被《酉阳杂俎》、《北户录》、《太平寰宇记》等书所引用,使我们得以窥见其大致面貌。如《酉阳杂俎》续集卷四"贬误"引《聘北道里记》曰:

> 北方婚礼必用青布幔为屋,谓之青庐。于此交拜,迎新妇。夫家百余人挟车,俱呼曰:"新妇子催出来。"其声不绝,登车乃止,今之催妆是也。

江德藻记载了北朝青庐交拜仪式的详细过程,还向南朝人介绍了迎娶新妇时送亲、催妆等风俗,这些对于南朝人都是非常新鲜的。段成式《酉阳杂俎》续集卷四"贬误"条认为:"江德藻记此为异,明南朝无此礼也。"③《酉阳杂俎》前集卷一"礼异"条曰:"北朝婚礼,青布幔为屋,在门内外,谓之青庐,于此交拜。"④此记载当为转述江德藻语。江德藻还记载有北朝的地名渊源,《酉阳杂俎》续集卷四"贬误"条引《聘北道里记》曰:"自邵伯埭三十六里至鹿筋,梁先有逻。此处足白鸟,故老云,有鹿过此,一夕为蚊所食,至晓见

---

①　李昉等撰:《太平御览》卷六〇一,中华书局1960年版,页2706—2707。

②　姚思廉撰:《陈书》,中华书局1972年版,页457。

③　段成式撰,方南生点校:《酉阳杂俎》,中华书局1981年版,页241。

④　段成式撰,方南生点校:《酉阳杂俎》,中华书局1981年版,页7。

筋,因以为名。"①段公路《北户录》卷三引《聘北道里记》曰:"木龙寺,寺有三层砖塔。侧生一大树,萦绕至塔顶,枝干交横,上平,容十余人坐枝杪,四向下垂,团团如百子帐,经过莫有辨者。梁武帝曾遣人图写树形还都,大体屈盘似龙,因呼为木龙寺。"②又《酉阳杂俎》续集卷九"支植"条曰:"木龙树,徐之高冢城南有木龙树,寺有三层砖塔,高丈余,塔侧生一大树,萦绕至塔顶,枝干交横,上平,容十余人坐,枝杪四向下垂如百子帐,莫有识此木者,僧呼为龙木,梁武帝曾遣人图写焉。"③此当为转述《聘北道里记》所载。江德藻此两段话对鹿筋、木龙寺之名的来源有清晰的解释,对于南北朝人了解地名沿革很有助益。《酉阳杂俎》还有助于我们了解地名区位,如《太平寰宇记》卫州卫县下引《北征道里记》曰:"枋头城,故虞国之险,淇水经其后,清水经其前。"④

姚察聘北周时著有《西聘道里记》,《陈书·姚察传》曰:"太建初,补宣明殿学士,除散骑侍郎、左通直。寻兼通直散骑常侍,报聘于周。……江左耆旧先在关右者,咸相倾慕。沛国刘臻窃于公馆访《汉书》疑事十余条,并为剖析,皆有经据。臻谓所亲曰:'名下定无虚士。'著《西聘道里记》,所叙事甚详。"⑤此条是南北朝《汉书》传播史的重要资料。《隋书·经籍志》著录姚察《西聘道里记》一卷,《浙江通志·地理类》亦著录《西聘道里记》一卷。《西聘道里记》虽已不存,但于此可窥见其记载了姚察出行北周的史实,而且还记载有与北方文士论辩等故事。以上两书中详细记载了北方的风土人情、风俗习惯,这对于南方了解北方风土文化具有重要的作用。此外《隋书·经籍志》还载有刘师知《聘游记》三卷等⑥,亦当为北方风俗人情的重要记载。

南北交融还体现在佛教、书法、艺术等多个方面。如王褒等既有文才又长于书法,《周书·艺术·赵文深传》曰:"及平江陵之后,王褒入关,贵游等翕然并学褒书。文深之书,遂被遐弃。文深惭恨,形于言色。后知好尚难反,亦攻习褒书,然竟无所成,转被讥议,谓之学步邯郸焉。至于碑榜,余

---

① 段成式撰,方南生点校:《酉阳杂俎》,中华书局1981年版,页237。
② 段公路撰,龟图注:《北户录》,《文渊阁四库全书》本,台湾商务印书馆1983年版,页60。
③ 段成式撰,方南生点校:《酉阳杂俎》,中华书局1981年版,页284。
④ 乐史撰,王文楚点校:《太平寰宇记》,中华书局2007年版,页1156。
⑤ 姚思廉撰:《陈书》,中华书局1972年版,页348。
⑥ 魏徵、令狐德棻撰:《隋书》,中华书局1973年版,页542。

人犹莫之逮。王褒亦每推先之。"①王褒把南方书体带入北方,成为时人效仿的对象,有力地促进了南北书法的交融与贯通。周健、李福莲《南北边贸及聘使对佛教交流的作用》②等对这一时期聘使与佛教的交流已有详论,兹不赘述。

　　总之,侯景之乱后南北聘问成了沟通彼此的重要渠道,聘使们都会得到彼此一定程度的礼遇和尊重,这在南北尖锐对峙的情境下尤为可贵。他们在外交场合中尽情地挥洒自己丰富的历史、文化、风俗知识,时而吟咏赋诗,时而切磋学艺,时而激烈论辩,文化成了彼此斗争的有力武器,成为得到对方礼遇和尊重的重要媒介。南北聘问往来使得彼此间有接触并吸纳异域文化的机会,各种书籍、诗文往还和民俗风情的传播给彼此带来了巨大的吸引力,南北双方都被彼此丰富多彩、深邃奥妙的文化所吸引,也因之掀起了学习彼此文化的热潮。在聘问往来中,南北双方必然会产生激烈的交流和碰撞,不自觉地发生着相互影响。聘使们承继春秋时期外交使节的《诗》礼揖让、风流儒雅,不仅推崇本国文化而且还广泛吸纳外来文化,表现出较为开通的文化意识和民族融合精神。南北彼此各种形式的文化交流"促进了民族融合的发展和南北鸿沟的消弭,为南北文化、心理的趋同和最终实现南北的统一创造了条件,起了积极的作用"③。南北聘问进一步丰富了中华民族的文化内涵,提升了构建民族和谐、民族融合的内蕴,为南北文学的大融合、大统一奠定了坚实的基础。

---

① 令狐德棻等撰:《周书》,中华书局1971年版,页849。
② 周健、李福莲:《南北边贸及聘使对佛教交流的作用》,《许昌师专学报》(社科版)1996年第2期。
③ 黎虎著:《汉唐外交史》,兰州大学出版社1989年版,页191。

下　编

第五章　侯景之乱与陈初诗风、文风之变①

侯景之乱是江东社会上划分时期之大事②，它打破了文士们耽于逸乐的和平生活，改变了文士们的情志和文学创作，促使他们关注自我流离的命运，抒写侯景之乱后的凄怆之感、悲壮之情和深沉的乡关之思，表达以悲为主的文学追求，一洗侯景之乱前的艳冶绮靡之风，为南朝诗风、文风注入了一股悲凉浑厚之气。

第一节　侯景之乱前的社会风尚与文风

侯景之乱前"朝野欢娱，池台钟鼓"③，士大夫"居承平之世，不知有丧乱之祸；处庙堂之下，不知有战阵之急"，"难可以应世经务"④，"竟谈玄理，不习武事"⑤，"皆尚褒衣博带，大冠高履，出则车舆，入则扶持，郊郭之内，无乘马者"⑥。他们皆"吟啸谈谑，讽咏辞赋，事既优闲，材增迂诞"⑦，沉涵于歌舞升平、安逸享乐之中。

周勋初先生《梁代文论三派述要》认为梁代中期文坛主要有复古派、折衷派、新变派三大流派⑧。中大通三年（531），萧统病卒之后，萧纲被立为太子，以其为代表的新变派占据了梁代文坛。《隋书·文学传序》曰："梁自大同之后，雅道沦缺，渐乖典则，争驰新巧。简文、湘东，启其淫放。"⑨萧纲大胆提出了立德修身与文学创作相分离的观点，其《诫当阳公大心书》曰：

---

① 侯景之乱对陈代作家影响深远，本书的时间跨度上自侯景之乱下自陈朝覆亡，因此侯景之乱后入陈的作家我们都把他们称之为陈代作家。

② 陈寅恪著：《金明馆丛稿初编》，生活·读书·新知三联书店 2001 年版，页 113。

③ 严可均校辑：《全上古三代秦汉三国六朝文》，中华书局 1987 年版，页 3922。

④ 王利器撰：《颜氏家训集解》（增补本），中华书局 1993 年版，页 317。

⑤ 姚思廉撰：《梁书》，中华书局 1973 年版，页 863。

⑥ 王利器撰：《颜氏家训集解》（增补本），中华书局 1993 年版，页 322。

⑦ 王利器撰：《颜氏家训集解》（增补本），中华书局 1993 年版，页 166。

⑧ 参见《周勋初文集》第 3 册《文史探微》，江苏古籍出版社 2000 年版，页 79—102。

⑨ 魏徵、令狐德棻撰：《隋书》，中华书局 1973 年版，页 1730。

"立身之道,与文章异。立身先须谨重,文章且须放荡。"①他强调文学的特点,使得文章与立身割裂,认为生活中应克制的"性情"可以在文章中得到放纵,这种主张使得其文学群体敢于大胆描写情欲和女性之美。其《答渝侯和诗书》中更是推崇华艳诗风,提倡抒写女性姿色,赞叹那三首和诗"性情卓绝,新致英奇"。其《劝医论》"丽辞方吐,逸韵乃生",《庶子王规墓志铭》"文雅与绮縠相宣,逸气并云霞俱远",《临安公主集序》"文同积玉,韵比风飞"等要求文章应辞藻华美,韵趣高远。《梁书·敬帝纪》评曰:"太宗聪睿过人,神彩秀发,多闻博达,富赡词藻。然文艳用寡,华而不实,体穷淫丽,义罕疏通。"②萧纲最有创作特色的是描写妇女动作和体态的诗,据罗宗强先生统计,萧纲294首诗中写妇女或男女情怀的诗有112首之多③,如《咏内人昼眠》、《戏赠丽人》、《和人爱妾换马》等或表达女性体态之美或表现女子细腻婉致的内心世界,其文如《舞赋》、《采莲赋》等也多有轻艳绮靡之气。

　　湘东王萧绎追同萧纲的新变理论,其《金楼子·立言》曰:"至如文者,惟须绮縠纷披,宫徵靡曼,唇吻遒会,情灵摇荡。"④他注重文学的外在形式之美,表现出追求"绮"、"艳"的独特审美趣味。其诗歌如《和林下作妓应令》、《寒闺》、《代旧姬有怨》、《夕出通波阁下观妓》,其文如《采莲赋》、《荡妇秋思赋》等皆抒写女子情愁,文风"婉丽多情"⑤。因此,强调求新、求异,追求华艳绮丽的新变文风,在萧纲、萧绎文学创作中占据主导地位。

　　萧纲、萧绎积极接纳文士,时常与他们宴集赋诗。《梁书·简文帝纪》曰:"(萧纲)引纳文士,赏接无倦,恒讨论篇籍,继以文章。"⑥据《梁书·刘缓传》载,萧绎在"西府盛集文学"⑦。以萧纲、萧绎为中心的文学群体唱和赋诗,影响了一代文坛风尚,侯景之乱后有诗作流传于世的徐陵、江总、阴铿等均是他们集团中的重要成员。徐陵是梁代宫体诗作的开创者,也是萧

----

① 严可均校辑:《全上古三代秦汉三国六朝文》,中华书局1987年版,页3010。
② 姚思廉撰:《梁书》,中华书局1973年版,页151。
③ 罗宗强著:《魏晋南北朝文学思想史》,中华书局1996年版,页408。
④ 萧绎著:《金楼子》,影印《百子全书》本,浙江古籍出版社1998年版,页911。
⑤ 张溥著,殷孟伦注:《汉魏六朝百三家集题辞注·梁元帝集》,人民文学出版社1960年版,页289。
⑥ 姚思廉撰:《梁书》,中华书局1973年版,页109。
⑦ 姚思廉撰:《梁书》,中华书局1973年版,页692。

纲文学集团的重要成员,徐摛、徐陵父子与庾肩吾、庾信父子"出入禁闼,恩礼莫与比隆。既文并绮艳,故世号为'徐庾体'焉"①。其早期诗作多为"奉和"、"应令"、"侍宴"、"咏物"之作,如《咏美人》《咏美人自看画应令》《咏主人少姬应教》,咏及女子头髻饰物、面部妆抹和全身时装,诗作艳丽缠绵,脂粉气味十足。江总在梁时"迁太子洗马,又出为临安令,还为中军宣城王府限内录事参军,转太子中舍人"②,是萧纲文学群体的重要成员。曹道衡先生认为,侯景之乱前他的创作辞藻华美,着意于学习萧纲、萧绎及"徐庾体"的文风③。阴铿是萧绎文学集团的成员,曾"释褐梁湘东王法曹参军"④,诗作"风格流丽"⑤。如《和〈登百花亭怀荆楚〉》是和湘东王萧绎《登江州百花亭怀荆楚》所作,"阳台可忆处,唯有暮将朝"是替萧绎表现思念李桃儿的情思的⑥,"落花轻未下,飞丝断易飘"等句善于构建华美绮艳的外饰之美。

总之,侯景之乱前,这些"摛艳藻之辞,无郁抑之虞,不遭向时之患"⑦的文士多耽于声色,其文学创作极力追求形式的华美,他们以繁富细巧的笔致描写女子的形态神貌乃至生活环境中所使用的器物等,辞采秾丽,描写工巧。沈德潜《古诗源》曰:"诗至萧梁,君臣上下,惟以艳情为娱,失温柔敦厚之旨,汉魏遗轨,荡然扫地矣。"⑧他们的文学创作严重脱离现实社会,真情内蕴不足,将文士言志的本位推向了娱情的边缘,形成了"艳冶绮靡"的文风。

第二节 侯景之乱影响下的世风与文人

梁武帝太清年间发生的侯景之乱,对江东社会来说是一划分时期之大

---

① 李延寿撰:《北史》,中华书局 1974 年版,页 2793。

② 姚思廉撰:《陈书》,中华书局 1972 年版,页 344。

③ 曹道衡:《论江总及其作品》,《齐鲁学刊》1991 年第 1 期,页 91。

④ 姚思廉撰:《陈书》,中华书局 1972 年版,页 472。

⑤ 黄伯思著:《东观余论·跋何水曹集后》,《文渊阁四库全书》本,台湾商务印书馆 1983 年版,页 358。

⑥ 赵以武著:《唱和诗研究》,甘肃文化出版社 1997 年版,页 175。

⑦ 姚思廉撰:《梁书》,中华书局 1973 年版,页 728。

⑧ 沈德潜选:《古诗源》,中华书局 1963 年版,页 248。

事①。侯景之乱来之突然，"五十年中，江表无事"②的局面被彻底打破。太清二年(548)八月戊戌"侯景举兵反"，冬十月辛亥"景师至京"③，十一月辛酉侯景攻陷东府城，"纵兵杀掠，交尸塞路，富室豪家，恣意裒剥，子女妻妾，悉入军营。及筑土山，不限贵贱，昼夜不息，乱加殴棰，疲羸者因杀之以填山，号哭之声，响动天地。百姓不敢藏隐，并出从之，旬日之间，众至数万"④。太清六年(552)三月，萧绎攻占建康，侯景在北逃途中死于其部下之手。侯景死后，梁朝随之发生了骨肉相残的皇位争夺战，萧绎逐一剪除了萧伦、萧纪等异己势力，于承圣元年(552)十一月据江陵称帝。承圣三年(554)十一月，西魏和萧詧联军攻陷江陵，荆州覆亡，"衣冠士人多没为贼"⑤。面对国破家亡的危难局面，士大夫的表现却十分拙劣，《陈书·孔奂传》曰："时景军士悉恣其凶威，子鉴景之腹心，委任又重，朝士见者，莫不卑俯屈折。"⑥身为重臣的贺琛竟"舆至阙下，求见仆射王克、领军朱异，劝开城纳贼"⑦。朝中上下失去了抵御侯景的基本士气和斗志。

侯景之乱使得"溥天之下，斯文尽丧"⑧，士人们宽松优裕的生活环境和较高的社会地位随之灰飞烟灭，昔日的优游荣耀已成为过眼云烟，国危、世乱、民苦的现实给士族阶层以强烈的冲击。《颜氏家训·涉务》曰："及侯景之乱，肤脆骨柔，不堪行步，体羸气弱，不耐寒暑，坐死仓猝者，往往而然。"⑨侯景之乱造成了梁末文士命运的巨大变迁，他们在战乱中有避难崎岖，流寓他乡者。如江总被迫逃出建康，四处避难。《陈书·江总传》曰："台城陷，总避难崎岖，累年至会稽郡，憩于龙华寺。"⑩之后他离开会稽，转至广州，依附舅父萧勃，承圣三年(554)，梁元帝诏他去江陵，"会江陵陷，遂

①　陈寅恪著：《金明馆丛稿初编》，生活·读书·新知三联书店2001年版，页113。
②　严可均校辑：《全上古三代秦汉三国六朝文》，中华书局1987年版，页3922。
③　姚思廉撰：《梁书》，中华书局1973年版，页94。
④　姚思廉撰：《梁书》，中华书局1973年版，页843。
⑤　魏徵、令狐德棻撰：《隋书》，中华书局1973年版，页1765。
⑥　姚思廉撰：《陈书》，中华书局1972年版，页283。
⑦　姚思廉撰：《梁书》，中华书局1973年版，页550。
⑧　严可均校辑：《全上古三代秦汉三国六朝文》，中华书局1987年版，页4099。
⑨　王利器撰：《颜氏家训集解》（增补本），中华书局1993年版，页322。
⑩　姚思廉撰：《陈书》，中华书局1972年版，页344。

不行,总自此流寓岭南积岁"①。其他如张讥"崎岖避难"②,谢岐"流寓东阳"③,谢嵊"之广州依萧勃"④,章华"乃游岭南,居罗浮山寺,专精习业"⑤,沈洙"窜于临安"⑥,等等。

有归隐乡里者。如刘之遴"太清二年,侯景之乱,之遴避难还乡,未至,卒于夏口"⑦;张种"侯景之乱,种奉其母东奔,久之得达乡里"⑧;陆琼"及侯景作逆,携母避地于县之西乡,勤苦读书,昼夜无怠,遂博学,善属文"⑨;岑之敬于侯景之乱时"率领所部,赴援京师,至郡境,闻台城陷,乃与众辞诀,归乡里"⑩。而世族大家东海徐孝克因无力供养其母,乃逼迫其妻臧氏嫁给侯景将士孔景行,来换取谷帛以活命,之后他又剃发为僧,以乞食为生。

又有滞留于北方者。徐陵因侯景之乱而滞留北方。《南史·徐摛传附徐陵传》曰:"太清二年,兼通直散骑常侍使魏……及侯景入寇,陵父摛先在围城之内,陵不奉家信,便蔬食布衣,若居哀恤。会齐受魏禅,梁元帝承制于江陵,复通使于齐。陵累求复命,终拘留不遣,乃致书于仆射杨遵彦,不报。及魏平江陵,齐送贞阳侯明为梁嗣,乃遣陵随还。"⑪梁太清二年,徐陵出使东魏,直到绍泰元年(555)还南,他在北方过了长达七年之久的羁旅生活。庾信于梁元帝承圣三年(554)出使西魏,因江陵之陷而被拘不遣,及南北通好,流寓之士各许还其旧国,"信及褒并留而不遣"⑫。而江陵之陷使得梁朝文士如王褒、宗懔、殷不害、王克、刘钰、颜之仪、刘臻、沈炯等被掳至长安,造成了南方文士的大迁徙。

他们还有在动乱中被俘遭受凌辱者。《陈书·沈炯传》曰:"京城陷,景将宋子仙据吴兴,遣使召炯,委以书记之任。炯固辞以疾,子仙怒,命斩之。

① 姚思廉撰:《陈书》,中华书局 1972 年版,页 345。
② 李延寿撰:《南史》,中华书局 1975 年版,页 1751。
③ 姚思廉撰:《陈书》,中华书局 1972 年版,页 232。
④ 姚思廉撰:《陈书》,中华书局 1972 年版,页 279。
⑤ 姚思廉撰:《陈书》,中华书局 1972 年版,页 406。
⑥ 姚思廉撰:《陈书》,中华书局 1972 年版,页 436。
⑦ 姚思廉撰:《梁书》,中华书局 1973 年版,页 574。
⑧ 姚思廉撰:《陈书》,中华书局 1972 年版,页 280。
⑨ 姚思廉撰:《陈书》,中华书局 1972 年版,页 396。
⑩ 姚思廉撰:《陈书》,中华书局 1972 年版,页 462。
⑪ 李延寿撰:《南史》,中华书局 1975 年版,页 1523。
⑫ 令狐德棻等撰:《周书》,中华书局 1971 年版,页 734。

炯解衣将就戮,碍于路间桑树,乃更牵往他所,或遽救之,仅而获免……及侯景东奔至吴郡,获炯妻虞氏,子行简,并杀之,炯弟携其母逃而获免……荆州陷,为西魏所虏。"①

　　侯景之乱造成了南朝政治社会的巨大变化,面对"妻息诛夷,昆季冥灭"②,迁徙流寓之苦,文士们"引古今之悲凉,并攒心而沾袂"③,他们"痛哉悯梁祚"④,以沉郁痛楚的笔调抒写了梁末陈初的悲郁气氛与时代精神,真实而典型地反映了战乱给梁陈带来的残破的社会现实,有触目惊心的惨痛感,士人们的忧愤凄苦、家国之思与诗风的沉郁苍凉成了这一时代的主旨。《文心雕龙·时序》曰:"文变染乎世情,兴废系乎时序。"⑤文学的发展变化与社会环境、社会风尚密切相关,侯景之乱后的文学"良由世积乱离,风衰俗怨"⑥而成,诗歌、文章作为抒发感情的重要载体,"关乎人伦日用及古今成败兴坏"⑦,在一定程度上显现出了"志深而笔长","梗概而多气"⑧之习。侯景之乱的史实成了士人们在特定境遇下悲楚郁结的情怀表现,追求哀怨悲凉的艺术境界是这一时期文士们的普遍追求,它表达了身处乱世时充溢于胸的悲情,这种悲情的抒发寄寓着对侯景之乱不可遏制的悲愤控诉。

第三节　侯景之乱与陈初诗风之变

　　侯景之乱对梁末陈初士人的文学创作具有强烈冲击。曹道衡先生《南朝文学与北朝文学研究》认为:"值得注意的则是不少过去的'宫体诗人'在遭到'侯景之乱'等事件后,也曾作过一些沉郁悲壮之作,更不能加以忽视。"⑨乱世之悲改变了文士们的情志和文学创作,之前兴盛一时的宫体诗暂时失去了创作的文化土壤,士人们"感于哀乐,缘事而发"⑩,表达了强烈

① 姚思廉撰:《陈书》,中华书局 1972 年版,页 253—254。
② 姚思廉撰:《陈书》,中华书局 1972 年版,页 254。
③ 欧阳询撰:《艺文类聚》,上海古籍出版社 1999 年版,页 496—497。
④ 逯钦立辑校:《先秦汉魏晋南北朝诗》,中华书局 1983 年版,页 2581。
⑤ 周振甫著:《文心雕龙今译》,中华书局 1986 年版,页 408。
⑥ 周振甫著:《文心雕龙今译》,中华书局 1986 年版,页 404。
⑦ 沈德潜:《清诗别裁集·凡例》,上海古籍出版社 1984 年版,页 1。
⑧ 周振甫著:《文心雕龙今译》,中华书局 1986 年版,页 404。
⑨ 曹道衡著:《南朝文学与北朝文学研究》,江苏古籍出版社 1999 年版,页 144。
⑩ 班固撰:《汉书》,中华书局 1962 年版,页 1756。

的乱世悲情。

大宝二年(551)八月戊午,萧纲被废,幽禁于永福省后愤激至极,"无复纸,乃书壁及板鄣为文……又为文数百篇。崩后,王伟观之,恶其辞切,即使刮去"①,数百篇辞切之文今多散亡,仅有《题壁自序》、《被幽述志诗》、《连珠》二首留存于世,"文并凄怆"②。《被幽述志诗》"怳忽烟霞散,飕飅松柏阴","阙里长芜没,苍天空照心"述写他被幽禁在永福省,昨日的美梦像烟霞一样消散,只留下阴森凄冷的风声,"长芜没"、"空照心"等进一步衬托出其凄怆之感。王夫之《古诗评选》认为此作"沉郁慷慨,动人千年之下"③。其《赋得白羽扇》不再是简单的咏物,"终无顾庶子,谁为一挥军"说明梁朝渴慕像顾荣这样的人才,衬托出了梁朝末日的来临。庾肩吾晚年因战乱而颠沛流离,受尽凌辱,《被执作诗一首》多悲怆之情,"发与年俱暮,愁将罪共深"句以"俱暮"、"共深"表达了作者凄怆、悲绝的心情;"聊持转风烛,暂映广陵琴"句寄寓了人生变幻飘忽的无限感慨,表现出作者面对死亡的凄楚和悲愤。此外,萧绎在江陵遭受西魏之师凌辱时所作《幽逼诗》四首亦多凄怆之语,诗作中"南风且绝唱,西陵最可悲","何言异蝼蚁,一旦损鲲鹏","寂寥千载后,谁畏轩辕台"等句充满了苍凉悲咽之苦。庾肩吾劫后余生,西行而间道,辗转北上至江陵,途中写下了《乱后行经吴邮亭》、《过建章故台》、《乱后经夏禹庙》等,这些诗作凝重悲凉,充满"泣血悲走"④之苦。如《乱后行经吴邮亭》描写作者离乱奔波途经邮亭时所见的凄惨景象,"邮亭一回望,风尘千里昏","泣血悲东走,横戈念北奔"句感伤凭吊,充满羁旅漂泊之苦。陈祚明《采菽堂古诗选》评此作曰:"情事悲切,殊能淋漓。"⑤又如《过建章故台》"鲁国观遗殿,韩城想旧台"道出侯景之乱后的沧桑巨变;"及君欢四望,知余念七哀"句借王粲《七哀诗》表达使人"喟然伤心肝"的乱世凄凉。

陈代文人大多由梁入陈,侯景之乱使得江左"万里靡沸,四方瓦解,社

①　李延寿撰:《南史》,中华书局 1975 年版,页 234。

②　李延寿撰:《南史》,中华书局 1975 年版,页 234。

③　王夫之评选,张国星校点:《古诗评选》卷六,文化艺术出版社 1997 年版,页 303。

④　逯钦立辑校:《先秦汉魏晋南北朝诗》,中华书局 1983 年版,页 1990。

⑤　陈祚明评选:《采菽堂古诗选》卷二十七,《续修四库全书》本,上海古籍出版社 2003 年版,页 266。

稷沦胥,龟玉毁废"①,它打破了士人们安流平进、不事营求的生活,促使他们关注自我流离的命运,抒写侯景之乱后的凄怆之感、悲壮之情和深沉的乡关之思,表达了以悲为主的文学追求,为陈初诗坛带来了别样的文学气息。

一　凄怆之感

侯景之乱一改萧梁"伤于轻艳"②之习。江总诗作中充满了"塞外离群客"③的颠沛流离之苦。如《秋日登广州城南楼诗》、《别南海宾化侯诗》、《赠贺左丞萧舍人诗》等都有真实的记录,《秋日登广州城南楼诗》曰:

> 秋城韵晚笛,危榭引清风。远气疑埋剑,惊禽似避弓。海树一边出,山云四面通。野火初烟细,新月半轮空。塞外离群客,颜鬓早如蓬。徒怀建邺水,复想洛阳宫。不及孤飞雁,独在上林中。

此诗为梁末避乱广州时所作,作者登楼有感,抒发了离乱避祸的伤感和流落异乡的孤苦。"远气疑埋剑,惊禽似避弓"句真切描述了作者躲避侯景之乱时的颠沛流离,作者用"离群客"、"孤飞雁"以自况,抒发孤苦凄冷的无限伤感。

侯景之乱对阴铿的影响是极其深远的,以致入陈后他游历破败之迹时仍有无限悲怆。如《游巴陵空寺诗》曰:

> 日宫朝绝磬,月殿夕无扉。网交双树叶,轮断七灯辉。香尽龛犹馥,幡尘画渐微。借问将何见,风气动天衣。

巴陵曾是侯景军与梁军的主要战场。《梁书·元帝纪》曰:"(大宝二年四月)庚戌,领军将军王僧辩帅众屯巴陵。甲子,景进寇巴陵。五月癸未,世祖遣游击将军胡僧祐、信州刺史陆法和帅众下援巴陵。任约败,景遂遁走。"④阴铿游历此处记录了其破败荒凉的景象,同时也显现出怅然失望之情。"绝磬"、"无扉"、"网交"、"轮断"衬托出寺庙的荒芜凄清。"香尽龛犹馥,幡尘画渐微",可见当年寺庙的繁荣,更进一步反衬今日的破败,这些描

---

① 严可均校辑:《全上古三代秦汉三国六朝文》,中华书局1987年版,页3430。
② 姚思廉撰:《梁书》,中华书局1973年版,页109。
③ 逯钦立辑校:《先秦汉魏晋南北朝诗》,中华书局1983年版,页2579。
④ 姚思廉撰:《梁书》,中华书局1973年版,页116。

写都深深暗合了诗题中的"空"字,显现出作者无限的怅惘和悲凉之感。又如《登武昌岸望诗》曰:

> 游人试历览,旧迹已丘墟。巴水萦非字,楚山断类书。荒城高仞落,古柳细条疏。烟芜遂若此,当不为能居。

梁大宝元年(550)、大宝二年(551),梁军与侯景军在武昌有过几次激烈的争夺,武昌城遭到了严重的破坏。此诗是作者登临武昌江岸所作,前两句写登眺及所感,中间四句写景,描绘了"巴水"、"楚山"的山水奇景,而"荒城"、"古柳"等给人以无限荒芜苍凉之感,"烟芜遂若此,当不为能居"句由景兴叹,抒发不能居此的慨叹。

沈炯《长安还至方山怆然自伤诗》虽为南归后所作,但也同样表现了作者心有余悸,恍若隔世之感。诗曰:

> 秦军坑赵卒,遂有一人生。虽还旧乡里,危心曾未平。淮源比桐柏,方山似削成。犹疑屯虏骑,尚畏值胡兵。空村余拱木,废邑有颓城。旧识既已尽,新知皆异名。百年三万日,处处此伤情。

诗之前四句以秦军坑杀赵卒来说明西魏攻陷江陵时的惨烈场面,"犹疑"、"尚畏"句写噩梦悸动,"空村"以下四句描写家乡的荒败凄凉景象,延及国家的满目疮痍,给人以无限的伤感和凄凉。

此外,江总《别南海宾化侯诗》表达了避乱后流落异乡的孤楚,诗中"终谢能鸣雁,还同不系舟。其如江海泣,惆怅徒离忧"句情调哀怨,显现出作者对侯景之乱的愤懑,诗作"景中有情,语并悲亮"[①]。《赠贺左丞萧舍人诗》"中朝流寓士,痛哉悯梁祚"为梁末奔波流离的文士哀痛哭号,作者与朋友"凄然缀辞藻"而别,最后抒发了"斗酒未为别,垂堂深自保"的无奈感慨。《入龙丘岩精舍》"溢此哀时命,吁嗟世不容"等也情调悲苦,蕴含无限的哀思。《摄官梁小庙》"平生复能几,语事必伤悲"句"殊悲怆"[②],当为悲怆梁代社会的灾难而作。贺力牧《乱后别苏州人诗》同样抒写了侯景之乱后诗人的泣血悲走之苦。诗作中"徘徊睇闉阇,怅望极姑苏","慨矣嗟荒运,悲

---

① 陈祚明评选:《采菽堂古诗选》卷三十,《续修四库全书》本,上海古籍出版社 2003 年版,页345。

② 陈祚明评选:《采菽堂古诗选·补遗》卷三,《续修四库全书》本,上海古籍出版社 2003 年版,页 536。

哉惜霸图",“言离已惆怅,念别更踟蹰”等句真切描述了乱后作者离别时徘徊、怅茫的无限苦痛。

二　乡关之思

侯景之乱打破了沈炯“窥洞庭于五湖,登姑苏于九曲”①的悠闲自适的生活,使得他颠沛流离,有着无限的乡关情思。明张溥《汉魏六朝百三家集题辞·沈侍中集》曰:“文人颠沛,若沈初明者,其真穷乎! 年齿知命,位仅邑长,遭乱执节,濒死幸生。”②其《望郢州城诗》曰:

> 魂兮何处返,非死复非仙。坐柯如昨日,石合未淹年。历阳顿成浦,东海果为田。空忆扶风咏,谁见岘山传。世变才良改,时移民物迁。悲哉孙骠骑,悠悠哭彼天。

诗作前两句抒写了作者对故国家园的深切思念,同时慨叹“世变才良改,时移民物迁”的世道变迁,“悲哉孙骠骑,悠悠哭彼天”句是对战将孙骠骑亡逝的无限伤悼和怀恋,寄寓着他浓郁的思乡之情。又如《赋得边马有归心诗》曰:

> 穷秋边马肥,向塞甚思归。连镳渡蒲海,束舌下金微。已却鱼丽阵,将摧鹤翼围。弥忆长楸道,金鞭背落晖。

作者通过边马表现自己深沉的思归之情,王利锁先生认为:“此诗可能也是在西魏时或归国后的创作,因为它表现的思想感情与本传说‘陈己思归之意’是基本吻合的。”③此外,其《建除诗》叙述了归国后见到故乡景物时的心情,颇为深沉真切,“空忆平生前”,“朝市忽崩迁”,“破家徒徇国”,“力弱不扶颠”等充满浓郁的乡关之思。陈祚明《采菽堂古诗选》评此诗曰:“直述真情,激昂悲痛。”④

阴铿于侯景之乱后长期处于颠沛流离的生活状态之中,景物描写与诗

---

① 严可均校辑:《全上古三代秦汉三国六朝文》,中华书局 1987 年版,页 3483。
② 张溥著,殷孟伦注:《汉魏六朝百三家集题辞注·沈侍中集》,江苏古籍出版社 2002 年版,页 195。
③ 王利锁:《沈炯初论》,《浙江学刊》1989 年第 6 期,页 42。
④ 陈祚明评选:《采菽堂古诗选》卷二十九,《续修四库全书》本,上海古籍出版社 2003 年版,页 333。

人落寞无依的思乡愁情融为一体，使得山水描写著染上了别样的凄楚别绪。明陆时雍《古诗镜》曰："阴铿近情着衷，幽韵亲人，陈时得此，尤是不易。"①如《晚出新亭诗》曰：

> 大江一浩荡，离悲足几重。潮落犹如盖，云昏不作峰。远戍唯闻鼓，寒山但见松。九十方称半，归途讵有踪。

此诗是作者逃离建康途经江陵所作，浩荡的大江、汹涌的浪潮、浑茫的云气、孤立的寒松等构成了满目萧索的悲愁图景。作者以素描笔法把离别时的清冷萧杀渲染得淋漓尽致，这些描写有力地烘托出作者仓惶躲避战乱的无限思乡情愁。明谢榛《四溟诗话》认为"大江一浩荡，离悲足几重"句"突然而起，造语雄深，六朝亦不多见"②。又如《和傅郎岁暮还湘洲诗》同样描述了其避乱时的羁旅愁思。诗曰：

> 苍茫岁欲晚，辛苦客方行。大江静犹浪，扁舟独且征。棠枯绛叶尽，芦冻白花轻。戍人寒不望，沙禽迥未惊。湘波各深浅，空轸念归情。

傅郎即傅绰，梁太清三年（549），台城陷落，傅绰往依湘州刺史萧循。《陈书·傅绰传》："梁太清末，携母南奔避难，俄丁母忧，在兵乱之中，居丧尽礼，哀毁骨立，士友以此称之。后依湘州刺史萧循。"③此诗是阴铿在长江岸边送傅绰溯江而上归湘州时的所见所闻，抒写傅绰能归而自己却不能归去的深沉感慨。"大江静犹浪，扁舟独且征"句写傅绰逆江而上，扁舟独行，行途寂寞，接着作者想像傅绰沿途所见到的萧瑟景象，通过"绛叶"、"白花"、"戍人"、"沙禽"等岁暮两岸寒寂荒凉之景的凝练描写，衬托出离别时的惨淡悲凉。"湘波各深浅，空轸念归情"句感叹君行我滞，空有念归之悲情，在一片凄清之中沾染着作者浓郁的伤感。清张玉谷《古诗赏析》评曰："前四，叙明岁晚客行，递入江行无尽，十字有力。中四，遥写水行所见之景，俱切岁暮。后二，言同此湘彼，君行我滞，拍到和诗之意。"④

　　侯景攻陷台城（宫城），江总被迫逃出建康，四处避难。《遇长安使寄裴

---

① 陆时雍撰：《古诗镜》，《明诗话全编》，江苏古籍出版社 1997 年版，页 10699。
② 谢榛撰：《四溟诗话》卷一，《历代诗话续编》本，中华书局 1983 年版，页 1181。
③ 姚思廉撰：《陈书》，中华书局 1972 年版，页 400。
④ 张玉谷著，徐逸民点校：《古诗赏析》卷二十一，上海古籍出版社 2000 年版，页 487。

尚书诗》抒写了流寓岭南时的思乡之苦。其诗曰：

> 传闻合浦叶，远向洛阳飞。北风尚嘶马，南冠独不归。去云目徒
> 送，离琴手自挥。秋蓬失处所，春草屡芳菲。太息关山月，风尘客
> 子衣。

诗之前两句用《金楼子》"合浦叶"、《左传》"南冠"典故表达了自己羁旅离别的苦楚，"秋蓬失处所，春草屡芳菲"句以秋蓬的流离失所、离群客的风尘仆仆等寄寓了侯景之乱后淹留他乡的痛楚。陈祚明《采菽堂古诗选》评此诗曰："翻以极清极淡见真情。"①

此外，阴铿《渡青草湖》"滔滔不可测，一苇讵能航"抒发人生如舟的由衷感叹；《五洲夜发》"劳者时歌榜，愁人数问更"点出了"愁人"在长夜漫漫，夜不能寐，伫立船头遥望明月，寓意羁旅离愁之重；《晚泊五洲》"遥怜一柱观，欲轻千里风"句则显现出侯景之乱后日暮奔命的焦急心情。这些诗作中写景之句随处可见，但写景是为抒情作铺垫的，周围的景物道出了漂泊在外诗人的无限乡情，自然景物的描写与诗人主观情感的抒发融为一体，寓情于景、意与境谐，充满了羁旅漂泊之感，颇为沧桑凄凉。

总之，侯景之乱等一系列的社会动荡使得文士们开始关注社会现实，以诗歌的形式记录下了侯景之乱后这个时代的真实血泪史。这些诗作使我们深切感受到世运的衰微和文士们对国事及自身危难的悲叹，其凄苦感伤之情溢于纸面，它一改"清辞巧制，止乎衽席之间；雕琢蔓藻，思极闺闱之内"②的绮靡轻艳之风，抒发了乱世之痛的哀思，融入了奔波离别的惆怅和痛楚，诗风沉郁苍凉。这些诗作不仅在诗歌史上应占有一席之地，而且能有力弥补侯景之乱这一重大历史事件史料性不足的问题。

第四节　侯景之乱与陈初文风之变

侯景之乱影响下的文士以犀利笔法、恢弘之体描绘了梁末陈初的悲郁气氛与时代精神，情感真挚充沛，真实而典型地反映了战乱带给梁陈的深

---

① 陈祚明评选：《采菽堂古诗选》卷三十，《续修四库全书》本，上海古籍出版社 2003 年版，页345。

② 魏徵、令狐德棻撰：《隋书》，中华书局 1973 年版，页 1090。

重灾难，悲凉忧愤、家国之思等成了这一时代的主旨，一洗侯景之乱前雕藻绮艳之气，为南朝文坛注入了一股沉郁悲凉、刚健浑厚之风。

一　对战争的控诉与愤激之情

侯景之乱后"千里绝烟，人迹罕见，白骨成聚如丘陇焉"[①]。文士们面对"妻息诛夷，昆季冥灭"[②]之苦，"痛哉悯梁祚"[③]，以犀利笔法极力控诉战争的残酷和给人们带来的深重灾难，言辞质直沉痛。如徐陵《与王僧辩书》曰：

> 昔者云师火帝，非无战阵之风；尧誓汤征，咸用干戈之道。至于摇山荡海，驱电乘雷，歼厥凶渠，无亏皇极。若夏钟夷羿，周厄犬戎，汉委珠囊，秦亡宝镜，然则皆闻之矣；未有膺龙图以建国，御凤邸以承家，二后钦明，三灵交泰，而天崩地坼，妖寇横行者也。自古铜头铁额，兴暴皇年；梼杌穷奇，流灾中国。王弥石勒，吞噬关河。绿林青犊之群，黑山白马之众，校彼兵荒，无闻前史。八王故事，曾未混淆，九州春秋，非去祸乱。

作者借"尧誓汤征"、"周厄犬戎"、"王弥石勒"、"铜头铁额"、"绿林青犊"等古往之凶顽暴虐之事引出侯景战乱之凶残自古未有，显现出其对侯景叛逆的无比痛恨。

沈炯《归魂赋》是其侯景之乱后颠沛流离的真实写照，作者痛惜萧梁破亡，伤悼民众哀苦，对侯景之乱进行强烈谴责。文曰：

> 嗟五十之逾年，忽流离于凶忒。值中军之失权，而大盗之移国。何赤疹之四起，岂黄雾之云塞。祈瘦弟于赤眉，乞老亲于剧贼。免伏质以解衣，遂窘身而就勒。既而天道祸淫，否终斯泰。灵圣奋发，风云飙会。扫欃枪之星，斩蚩尤之旆。余技逆而效从，遂妻诛而子害。虽分珪而祚土，迤长河之如带。肌肤之痛何泯，潜翳之悲无伏。我国家之沸腾，我天下之匡复。我何辜于上玄，我何负于邻睦。背盟书而我欺，图信神而我戮。

---

① 李延寿撰：《南史》，中华书局 1975 年版，页 2009。
② 姚思廉撰：《陈书》，中华书局 1972 年版，页 254。
③ 逯钦立辑校：《先秦汉魏晋南北朝诗》，中华书局 1983 年版，页 2581。

残酷的战乱造成了"妻诛而子害",作者"肌肤之痛"、"潜翳之悲"无以名状。《陈书·沈炯传》曰:"及侯景东奔至吴郡,获炯妻虞氏,子行简,并杀之,炯弟携其母逃而获免。"①文中"我国家之沸腾,我天下之匡复。我何辜于上玄? 我何负于邻睦"等把个人的命运与国家的兴亡联系起来,国破家亡的悲哀,深沉哀痛,感人至深。"和风四起,具物初荣","随六合之开朗,与风云而自轻"等显现出作者南返后的愉悦心情,同样的山川景物,而来去各异其情,通过反衬来表现对侯景之乱的深切控诉。

侯景之乱后在南方流离失所的江总多有愤激之辞。《陈书·江总传》云:"台城陷,总避难崎岖,累年至会稽郡,憩于龙华寺,乃制《修心赋》,略序时事。"②其序文曰:"啜泣濡翰,岂摅郁结,庶后生君子,悯余此概焉。"③意在抒展其内心的悲慨郁结之情。"异曲终而悲起,非木落而悲始","何远客之可悲,知自怜其何已"句皆是悲从心来,不胜感慨;"不意华戎莫办,朝市倾沦,以此伤情,情可知矣"句表达了对政局的不满和对战争的控诉,以致文末发出"久遗荣于势利,庶忘累于妻子。惑意气于畴日,寄知音于来祀"的深沉慨叹,与沈炯《归魂赋》主旨近似。

文士们在表达忧愤之情的同时,也显现出了诛灭叛贼的慷慨之情,生气远出。如徐陵《与齐尚书仆射杨遵彦书》满怀悲愤地向杨遵彦提出了八个"斯所未喻"的问题,"涛翻波涌,自具漭洄盘礴之势"④,一一驳斥了北齐人不准其南归的理由,每一条结语都用"斯其未喻一也"排列下去,气势轩昂,然后列举史实,从风教到人情,从睦邻到战争,证明扣留客卿的无益,申说了自己南归的理由,情感激越跌宕,义正词严,充分显现了他英勇的抗争精神。如言"归后必不附侯景"⑤曰:

　　又若以吾徒应还侯景,侯景凶逆,歼我国家,天下含灵,人怀愤厉。既不获投身社稷,卫难乘舆,四冢磔蚩尤,千刀剸王莽,安所谓俯首顿膝,归奉寇仇,珮弭腰韣,为其皂隶? 日者通和,方敦囊睦,凶人狙诈,遂骇狼心。颇疑宋万之诛,弥惧荀莹之请。所以奔蹄劲角,专恣凭陵,

①　姚思廉撰:《陈书》,中华书局1972年版,页253—254。
②　姚思廉撰:《陈书》,中华书局1972年版,页344。
③　姚思廉撰:《陈书》,中华书局1972年版,页344。
④　蒋士铨撰:《评选四六法海》卷四,上海文瑞楼石印本,页19。
⑤　高步瀛选注,孙通海点校:《南北朝文举要·陈文》,中华书局1998年版,页562。

凡我行人，偏应仇憾，政复俎筋醢骨，抽舌探肝，于彼凶情，犹当未雪，海内之所知也，君侯之所具焉。又闻本朝王公，都人士女，风行雨散，东播西流，京邑丘墟，奸蓬萧瑟，偃师还望，咸为草莱，霸陵回首，俱沾霜露，此又君之所知也。彼以何义，争免寇仇？我有何亲，争归委质？昔钜平贵将，悬重于陆公；叔向名流，深知于鬷篾。吾虽不敏，常慕前修，不图明庶有怀，翻其以此量物。昔魏氏将亡，群凶挺争，诸贤戮力，想得其朋，为葛荣之党邪？为邢杲之徒邪？如曰不然，斯所未喻四也。

面对"凶人狙诈"、"俎筋醢骨，抽舌探肝"，作者表现出了"投身社稷"、"卫难家国"的豪情。"安所谓俯首顿膝，归奉寇仇，珮弭腰鞬，为其皂隶"等句对北齐所谓南归后向侯景投诚的看法进行了有力的反驳。文章析理透彻，声情激越、顿挫低徊、文气遒劲，确有"苏李悲歌"之概。蒋士铨《评选四六法海》曰："祈请之书至数千言，可谓呕出心肝矣，然无一语失体。"[①]

二　羁旅愁思与凄苦之情

侯景之乱后，文士们长期流离漂泊的生活使得其文学创作中融入了羁旅愁思和对故国、亲人的凄苦思念。如沈炯《经汉武通天台为表奏陈思归意》是其入北后"恒思归国"、"陈己思归"[②]之作。其文曰：

臣闻乔山虽掩，鼎湖之灵可祠，有鲁既荒，大庭之迹无泯。伏惟陛下降德猗兰，纂灵丰谷，汉道既登，神仙可望，射之罘于海浦，礼日观而称功，横中流于汾河，指柏梁而高宴，何其乐也，岂不然欤！既而运属上仙，道穷晏驾，甲帐珠帘，一朝零落，茂陵玉碗，遂出人间，陵云故基，共原田而肌肌，别风余址，对陵阜而茫茫，羁旅缧臣，岂不落泪。昔者承明见厌，严助东归，驷马可乘，长卿西返，恭闻故实，窃有愚心。黍稷非馨，敢望徼福，爵台之荐，空怆魏君，雍丘之祠，未光夏后，瞻仰徽猷，伏增凄惧。

作者借凭吊汉武帝所筑通天台，表露"东归"、"西返"的思归之情，虽为官样文章，却能翻出以古例今、言彼寓此之新意。明张溥《汉魏六朝百三家集题辞·沈侍中集》曰："行经通天，上表汉武，亦雀台雍丘，凭吊常事，何至发

---

① 蒋士铨撰：《评选四六法海》卷四，上海文瑞楼石印本，页23。
② 姚思廉撰：《陈书》，中华书局1972年版，页254。

梦帝宫,还身故壤。邓晨有云:'忠信感灵。'其事异,其志悲矣。"①作者抒发了别离邦国、埋形胡戎、抱北思、望南飞、泣沾襟、悲微吟的故国之思,离愁别绪、悲凉之感怆然纸上。郑振铎《插图本中国文学史》评此文曰:"竟乞哀于故鬼,尤可悲痛……借古人之酒杯,浇自己之块垒,并是血泪成书,不徒抒情写意而已。"②

侯景之乱后徐陵羁留北方长达八年,他在北齐所写的一系列书札表达了强烈的故国之思。《在北齐与宗室书》是羁留北齐时写给南朝宗室族人的书信。文曰:

> 胡贼凭陵,中原倾覆。我则供牺牲于东国,载主祏于南都。二百余年,家于扬越;此则卢谌不去,裴宁仍留,高官燕秦,迟回乡壤,山河有隔,叙觐无缘。望冀马而增劳,瞻宾鸿而永叹。

作者叙写自己羁留异邦的苦闷心情,书中言及"迟回乡壤"、"叙觐无缘"等苦状,抒写了"望冀马而增劳,瞻宾鸿而永叹"的悲苦心情,表达了沉痛的羁旅愁苦和对家国的眷恋。又如《与齐尚书仆射杨遵彦书》曰:

> 且天伦之爱,何得忘怀;妻子之情,谁能无累。夫以清河公主之贵,余姚书佐之家,草限高卑,皆被驱掠。自东南丑虏,抄败饥民,台署郎官,俱馁墙壁。况吾生离死别,多历暄寒,孀室婴儿,何可言念。如得身还乡壤,躬自推求,犹冀提携,俱免凶虐。

徐陵动之以情、晓之以理,倾诉了对"天伦之爱"、"妻子之情"、"故国之思"的强烈渴望,表达了强烈的悲痛之情和思乡之苦。此外,《与王吴郡僧智书》:"年迫桑榆,岂期酬报,政以川波非远,对奉无因,夜梦子长之游,朝览希道之疏。浮云西北,徒怀魏帝之文,行雨东南,思假飞山之便。"借司马迁之游、曹丕《杂诗》等典实抒发羁旅怀归之情,深切透澈,凄楚动人。

深重灾难使得士人们之羁旅愁思颇为沉郁悲痛。如徐陵《与王僧辩书》极言其思归之哀痛,叙写了羁留异邦之苦和怀国思乡时"肝肠屠殒,酷痛奈何"的无限痛楚,情感至深,读之让人动容。如"明明日月,号叫无闻;

① 张溥著,殷孟伦注:《汉魏六朝百三家集题辞注·沈侍中集》,江苏古籍出版社2002年版,页195。

② 郑振铎著:《插图本中国文学史》,人民文学出版社1963年版,页249。

茫茫宇宙,容身何所,穷剧奈何","余息空留,非为全死,同冰鱼之不绝,似蛰虫之犹苏,良可哀也! 良可哀也","听别马而长号,杖归旌而永恸"等抒写其去国怀乡时幽囚哽咽、罹难初苏之情,沉痛至极。张溥《汉魏六朝百三家集题辞·徐仆射集》曰:"至羁旅篇牍,亲朋报章,苏李悲歌,犹见遗则,代马越鸟,能不凄然。"①此外,徐陵《在北齐与宗室书》也表现出同样的凄楚,由于思念家国以致于"肝胆屠殒,烦冤胸臆",并发出了"不自堪居,无心奈何! 无状奈何","形如槁木,心若死灰"的悲痛嗟叹。

三　陈初文章体制与题材的变化

侯景之乱后的文风之变还体现在文章体制与用词的变迁等方面。齐梁之文在体制上多为美赡可玩的短篇,如萧纲《舞赋》、《采莲赋》,萧绎《采莲赋》、《荡妇秋思赋》、《秋风摇落》,庾信《荡子赋》、《灯赋》、《对烛赋》、《镜赋》、《鸳鸯赋》等多关注精小细致之物,舒展情感多陷入琐屑,风力不飞。钱基博《中国文学史》说:"汉文雄杰,故多大篇;论者每以齐梁小文鄙之,为才气薄弱,为用事不得奇,其说似矣。"②与此相比,侯景之乱后徐陵《与齐尚书仆射杨遵彦书》、《与王僧辩书》,沈炯《归魂赋》,庾信《哀江南赋》,颜之推《观我生赋》等,皆洋洋洒洒两千字左右,多有汉文雄杰之势,气体恢弘,抒情深至透彻。

侯景之乱前的齐梁作者笔下多关注皇宫苑囿、帝王府第等,诗文题材单调狭小,由咏山水之态到咏宫中之物什,进而到咏宫中之女人。士人多"摘艳藻之辞"③,注重刻意修饰,追求"绮縠纷披,宫徵靡曼,唇吻遒会"④等质文分离、弃质重文的审美趋向。黄侃《文心雕龙札记》曰:"齐梁之世,其时文体方趋于缛丽,以藻饰相高,文胜质衰。"⑤文士们"俪采百字之偶,争价一句之奇"⑥,在语言的对称美、音律美、辞藻美上穷力求新。如萧纲《鸳鸯赋》"亦有佳丽自如神,宜羞宜笑复宜颦。既是金闺新入宠,复是兰房得

---

①　张溥著,殷孟伦注:《汉魏六朝百三家集题辞注·徐仆射集》,江苏古籍出版社 2002 年版,页 113。

②　钱基博著:《中国文学史》,中华书局 1993 年版,页 233。

③　姚思廉撰:《梁书》,中华书局 1973 年版,页 728。

④　萧绎著:《金楼子》,影印《百子全书》本,浙江古籍出版社 1998 年版,页 853。

⑤　黄侃撰:《文心雕龙札记》,上海古籍出版社 2000 年版,页 112。

⑥　周振甫著:《文心雕龙今译》,中华书局 1986 年版,页 61。

意人。见兹禽之栖宿，想君意之相亲”，萧绎《对烛赋》“月似金波初映空，云如玉叶半从风。……花抽珠渐落，珠悬花更生。风来香转散，风度焰还轻”，庾信《春赋》“镂薄窄衫袖，穿珠帖领巾。百丈山头日欲斜，三晡未醉莫还家。池中水影悬胜镜，屋里衣香不如花”等皆铺列锦绣，雕缋满眼，辞气流靡。

而侯景之乱后的陈代作家文中多悲情之字句，如徐陵《与王僧辩书》“汉之谷吉，捐躯者几人？楚之申胥，埋魂者何极？孤子何所叹焉。但顿伏苫庐，徒延光晷。夫以啁噍燕雀，踯躅鸣号，含识怀灵，未有其痛。且夫曾耕雨雪，犹尚悲歌，苏使幽囚，无驰哽咽”，沈炯《归魂赋》“去父母之邦国，埋形影于胡戎。绝君臣而辞胥宇，蹐厚地而跼苍穹。抱北思之胡马，望南飞之夕鸿。泣沾襟而杂露，悲微吟而带风”等虽全用骈体，但却于严整的格律中略带疏放，具有苍凉凄婉之气。以上诸文虽以骈体隶事行文，却能语偶势遒不伤平滞，自然流畅而又内蕴丰饶，使得文章主旨更加明晰。

总之，侯景之乱后文士们揭露了战乱所造成的凄惨景象和给人民带来的深重灾难，情感真挚充沛，与侯景之乱前追求摇荡性情、雕藻淫艳的文学主张截然不同。文士们亲历了侯景之乱等梁季动荡的社会现实，经受了妻离子散、家破人亡的痛楚甚至受尽凌辱，他们开始关注自我流离的命运，不仅表达了身处乱世时充溢于胸的悲情，而且还寓意着对侯景之乱的不可遏制的悲愤控诉，文笔从清绮转入顿挫悲凉而又气体恢弘、刚健浑厚。

第五节　侯景之乱后徐陵、沈炯的政治性文书

侯景之乱对南朝社会造成了强烈冲击，对当时的政治性文书也有重要影响。中国古代的政治学包含政治思想和典章制度两个部分，政治思想是对先哲学说的阐发和现实问题的探讨；典章制度为皇权、军事、法律、职官等服务的①。一般把服务于政治思想和典章制度的文书叫政治性文书。侯景之乱后，徐陵、沈炯的政治性文书影响最大。张溥《汉魏六朝百三家集题辞》曰：“江南文体，入陈更衰，非徐仆射、沈侍中，代无作者。乃故崎岖其

① 张思齐著：《六朝散文比较研究》，文津出版社1997年版，页300—301。

遇,俾光词苑,斯文之际,天岂无意乎!"①他们的文书除具歌功颂德、献计献策的功能外,还有鲜明的时代特色,不仅一改绮靡之风,而且气魄恢宏,充满阳刚之气,具有强烈的感召力和鼓舞性。文书内容丰沛、缉裁巧密,体现了文士们求新、求变的鲜明的艺术追求。

一　虽为代言,颇变旧体

侯景之乱后,徐陵、沈炯之文大多替权贵而作,具有鲜明的政治性和代言特色。徐陵于太清二年(548)出使东魏,因侯景之乱而被拘不遣,《陈书·徐陵传》曰:"及江陵陷,齐送贞阳侯萧渊明为梁嗣,乃遣陵随还。太尉王僧辩初拒境不纳,渊明往复致书,皆陵词也。"②王僧辩得徐陵后大喜,"以陵为尚书吏部郎,掌诏诰"。入陈后,文檄军书、禅授诏策、国家有大手笔皆陵所制③。沈炯于侯景之乱后为王僧辩典羽檄军书,"及简文遇害,四方岳牧皆上表于江陵劝进,僧辩令炯制表,其文甚工,当时莫有逮者"④。徐陵、沈炯的政治性文书根据自己对代言对象的了解,以"设身处地"的方式站在主人公的立场上说话,但在接撰言辞时,还是比较鲜明地表达了自己的立场和见解。据《陈书·徐陵传》载,徐陵入陈后"其文颇变旧体,缉裁巧密,多有新意"⑤。徐陵"颇变旧体"即是指他后期的文风与其在梁东宫时期的创作有很大不同,"所谓的'变',是在保留梁代语言形式美的艺术特质之外,更在本质与气魄方面弥补梁代骈文艺术的不足"⑥。徐陵为萧渊明所作的六篇文书竭力说服王僧辩接纳萧渊明,不断申说其重兴国家的强烈愿望。此类文书说理性强,并有汉大赋长篇巨制的宏伟气象,论析详尽透辟,理足气盛。如《为梁贞阳侯与王太尉僧辩书》曰:

> 凡厥凶徒,谁不歼扑,岂图天未悔祸,丧乱荐臻,羌虏无厌,乘此多难,虔刘我南国,荡覆我西京,奉问惊号,肝胆崩溃……今者武皇之子,无复一人,藐是孤孙,还同三叛,等子颓而为暴,同刘芳而入关,乞命诸

---

① 张溥著,殷孟伦注:《汉魏六朝百三家集题辞注·沈侍中集》,江苏古籍出版社 2002 年版,页 195。

② 姚思廉撰:《陈书》,中华书局 1972 年版,页 332。

③ 姚思廉撰:《陈书》,中华书局 1972 年版,页 332。

④ 姚思廉撰:《陈书》,中华书局 1972 年版,页 253。

⑤ 姚思廉撰:《陈书》,中华书局 1972 年版,页 335。

⑥ 何祥荣著:《梁陈骈文艺术之演变》,北京大学 1997 博士论文,页 122。

戎，势何支久。孤宗室之长，爰自布衣，皇运之初，弥承天德，何则？据鞍辍哭，虽绍霸图，独居掩涕，终讨家怨，孤二三昆季，方可戴天，披此恩慈，如何酬答，所以徐彭之役，不吝轻躯，哀荷之诚，久闻朝听；况复邦家不造，至此横流，宗社无依，何所逃责？因以提戈负剑，卧泣行号，言念荆巫，志雪仇耻。

面对皇室骨肉相戕的政治残局，徐陵替萧渊明表达出"咸预戎行，共指乡国"，渴望回归故土、志雪仇耻、重振国家的强烈愿望，希望王僧辩能尽快接纳他们回到故土。此类篇章不仅以篇幅体制的雄浑取胜，而且词义贞刚，充满激昂慷慨之气。孙梅《四六丛话》评曰："孝穆使魏求还诸篇，推波助澜，万斛之源泉也。"①徐陵滞留东魏后，"累求复命，终拘留不遣"②，东魏灭亡后，自此为齐臣。徐陵曾向齐尚书仆射杨遵彦表达了"长怀向汉之悲"、"恒表思乡之梦"的羁旅愁思，但"遵彦竟不报书"③。因此，徐陵为萧渊明所作文书蕴涵着无尽的乡国之思和报国之志，这些文书晓之以理，动之以情，终于打动王僧辩接纳萧渊明，并使王僧辩大喜，"接待馈遗，其礼甚优"④。

侯景之乱后，徐陵、沈炯的劝进文书语含慷慨，激扬文字。徐陵《劝进梁元帝表》于北齐邺城遥寄忠贞劝说，力劝萧绎"因百姓之心，拯万邦之命"而登基，此文激昂充沛，"感慨兴亡，声泪并发"⑤。在这些劝进表中，最为引人注目的是沈炯为王僧辩所作的《劝进梁元帝三表》，这些劝进表不像阮籍的《为郑冲劝进晋王笺》、任昉的《百辟劝进今上》等一味歌功颂德，而是感兴而发，语含恳勉。《陈书》史臣评沈炯文曰："及下笔盟坛，属辞劝表，激扬旨趣，信文人之伟者欤！"⑥他的劝进之文写得声光奕奕、慷慨激昂、笔致俊朗。如《劝进梁元帝二表》曰：

> 天下者高祖之天下，陛下者万国之欢心，万国岂可无君？高祖岂

① 孙梅著，李金松校点：《四六丛话》卷十七，人民文学出版社 2010 年版，页 244—245。
② 姚思廉撰：《陈书》，中华书局 1972 年版，页 326。
③ 姚思廉撰：《陈书》，中华书局 1972 年版，页 332。
④ 姚思廉撰：《陈书》，中华书局 1972 年版，页 332。
⑤ 张溥著，殷孟伦注：《汉魏六朝百三家集题辞注·徐仆射集》，江苏古籍出版社 2002 年版，页 113。
⑥ 姚思廉撰：《陈书》，中华书局 1972 年版，页 265。

可废祀？即日五星夜聚，八风通吹，云烟纷郁，日月光华，百官象物而动，军政不戒而备，飞舻巨舰，竟水浮川；铁马银鞍，陵山跨谷。英杰接踵，忠勇相顾，湛宗族以酬恩，焚妻子以报主。莫不覆盾衔威，提斧击众，风飞电耀，志灭凶丑。所待陛下昭告后土，虔奉上帝，广发明诏，师出以名，五行夕返，六军晓进，便当尽司寇之威，穷蚩尤之伐，执石赵而求玺，斩姚秦而取钟，修扫茔陵，奉迎宗庙，陛下岂得不仰存国计，俯从民请。

文中盛赞萧绎英雄特达，堪比文王之子、帝挚之季，对萧绎平定侯景之乱褒扬有加。当奸臣互起、黔首衔悲之时，萧绎横剑泣血、枕戈尝胆、运筹帷幄、决胜千里。作者阐述萧绎继位乃人心所向、大势所趋，并气势雄厚地连用"国有具臣，谁敢奉诏？""天下者高祖之天下，陛下者万国之欢心，万国岂可无君？高祖岂可废祀？"等三个反问句，力劝萧绎能承担起拯救危亡之重责。最后，作者展望萧绎继位后英杰忠勇、酬恩报主，众志成城、荡除敌寇的宏伟愿景，再次恳请其在国家危难之时担起重任。张溥《汉魏六朝百三家集题辞》评曰："劝进三表，长声慷慨，绝近刘越石，陈情辛宛，又有李令伯风。"[1]刘越石即刘琨，刘琨《劝进表》劝晋元帝称制江左，创建东晋王朝，精忠报国之情、慷慨忠贞之志溢于言表。《晋纪》曰："刘琨作《劝进表》，无所点篡，封印既毕，对使者流涕而遣之。"[2]李令伯即李密，其《陈情表》亲孝备述，具以墨文，其情其纯感动圣听。而沈炯劝进之文兼具刘琨"长声慷慨"和李密"陈情辛宛"之特色，《南史》史臣论曰："沈炯才思之美，足以继踵前良"[3]。在梁元帝承圣元年（552）即位之前，沈炯、徐陵劝进之表回还往复，不仅发挥了此种文体的政治性功能，而且表达了自己的慨然雄壮之气。

这一时期类于劝进之文的其他文书亦颇有生气。如徐陵《册陈公九锡文》在陈述陈霸先之功劳时多有昂扬之辞，对平定侯景之乱，他赞赏其"枕戈尝胆，提剑拊心，气涌青霄，神飞紫闼"[4]，赞其平定任约叛乱时曰："任约叛换，枭声不悛，戎羯贪婪，狼心无改，穹庐毡幕，抵北阙而为营，乌孙天马，

---

① 张溥著，殷孟伦注：《汉魏六朝百三家集题辞注·沈侍中集》，江苏古籍出版社2002年版，页195。

② 萧统编，李善注：《文选》，中华书局1977年版，页526。

③ 李延寿撰：《南史》，中华书局1975年版，页1692。

④ 严可均校辑：《全上古三代秦汉三国六朝文》，中华书局1987年版，页3433。

指东都而成阵，公左甄右落，箕张翼舒，扫是欃枪，驱其獫狁，长狄之种，埋于国门，椎髻之酋，烹于军市，投秦坑而尽沸，噎濉水而不流，此又公之功也。”[①]此文气体渊雅，语义匀称，谭献评此文曰：“霸先崛起，功绩炳如。胪陈事实，尚非出于夸饰。文于元茂（潘勖），便似晋帖唐临。”又评此文曰：“尚有生气，后人不能。”[②]而沈炯《为陈太傅让表》是劝进陈霸先为太傅的文书，陈霸先以谦恭礼让示天下，沈炯代其表达意愿，陈辞谨严有气势，如“若使幅巾衡巷，口绝平吴，朝游赤松，暮过济北，出就侯服，入褫龙章，则四郊有垒，谁守社稷？如其雄戟在前，强弩自卫，负孺子之图，饰缘鹤之鼎，军威重于护将，国礼贵于寒门，则臣道尚卑，孰云非逼”等反问句式替陈霸先表达了辞让太傅的意愿，气势激昂充沛。张溥《汉魏六朝百三家集题辞》对其表评价甚高，曰：“至为陈太傅让表，义正辞壮，即阮嗣宗上晋王笺，曷加焉。”[③]

二 激昂斗志与慷慨之气

徐陵、沈炯之军事文书是在侯景之乱、江陵之陷和入陈后平定地方叛乱及宣帝北伐战争的背景下写成的，文书中表现出了侯景之乱前政治性文书中所未有的雄伟气势、壮阔场面和凛然之气。如沈炯《为王僧辩与陈武帝盟文》曰：

> 贼臣侯景，凶羯小胡，逆天无状，构造奸恶，违背我恩义，破掠我国家，毒害我生民，移毁我社庙。我高祖武皇帝灵圣聪明，光宅天下，劬劳兆庶，亭育万民，如我考妣，五十所载。哀景以穷见归，全景将戮之首，置景要害之地，崇景非次之荣。我高祖于景何薄？我百姓于景何怨？而景长戟强弩，陵蹙朝廷，锯牙郊甸，残食含灵，刳肝斫趾，不厌其快，曝骨焚尸，不谓为酷。高祖韭食卑宫，春秋九十，屈志凝威，愤终贼手。大行皇帝温严恭默，丕守鸿名，于景何有，复加忍毒，皇枝襁抱已上，缌功以还，穷刀极俎，既屠且鲙，岂有率土之滨，谓为王臣，食人之禾，饮人之水，忍闻此痛，而不悼心？

---

① 严可均校辑：《全上古三代秦汉三国六朝文》，中华书局1987年版，页3433。

② 李兆洛选辑：《骈体文钞》卷七，上海书店1988年版，页127。

③ 张溥著，殷孟伦注：《汉魏六朝百三家集题辞注·沈侍中集》，江苏古籍出版社2002年版，页195。

此文是一篇侯景之乱的实录,《陈书·高祖纪》:"僧辩已发湓城,会高祖于白茅湾,乃登岸结坛,刑牲盟约。"①沈炯历列了侯景忘恩负义之罪行,如高祖萧衍"哀景以穷见归,全景将戮之首,置景要害之地,崇景非次之荣",在危难中帮扶侯景,而侯景却违背恩义,陵蹙朝廷、锯牙郊甸、残食含灵,甚至使萧衍"菲食卑宫"以致"愤终贼手",文中字字血,声声泪,惨不忍闻。作者于文中连用反问句对侯景极力指责,"我高祖于景何薄?我百姓于景何怨?""食人之禾,饮人之水,忍闻此痛,而不悼心"等句感情充沛淋漓,国破家亡之痛、羁留他乡之苦都融入了对侯景罪行的沉痛指责之中。作者对侯景罪行控诉之后,表达了誓师诛逆的决心。文曰:

> 况臣僧辩、臣霸先等,荷称国藩,湘东王臣绎泣血衔哀之寄,摩顶至足之恩,世受先朝之德,身当将帅之任,而不能沥胆抽肠,共诛奸逆,雪天地之痛,报君父之仇,则不可以禀灵含识,戴天履地。今日相国至孝玄感,灵武斯发,已破贼徒,获其元帅,止余景身,尚在京邑。臣僧辩与臣霸先协和将帅,同心共契,必诛凶竖,尊奉相国,嗣膺鸿业,以主郊祭,前途若有一功,获一赏,臣僧辩等不推己让物,先身帅众,则天地宗庙百神之灵,共诛共责。

当时,王僧辩奉萧绎之命,自浔阳率军东讨侯景,陈霸先也率军自南江出湓口,与王僧辩会师于白茅湾,于是歃血立盟。此盟虽为"代言"之作,但表达了沥胆抽肠、同心协力共诛逆贼的决心和"雪天地之痛,报君父之仇"的昂扬斗志,慷慨陈辞、文情并茂、催人泪下。此后不久,陈霸先与王僧辩联军东下,直指侯景盘踞的京师建康,势如破竹,终于平定了侯景之乱。

徐陵《武皇帝作相时与北齐广陵城主书》对北齐背信弃义强烈谴责,怨愤之情溢于言表。文曰:

> 近遣张都来此,具是行人所见,但广陵建业,才隔一江,战场去岸,不盈五里,军人退散,理反乡家,缘岸村人,复有舟楫,且芦簰荻筏,竟浦浮江,千百为群,前后相继,吾又勒兵案甲,不听讨捕,若无恐惧,并应安达,假使在此,不可更生,至彼而殂,差非吾过,如其枉理,必是兴军,见伐于有道之人,加兵于无罪之国,若彼王师如此,又是违盟,后土

---

① 　姚思廉撰:《陈书》,中华书局 1972 年版,页 5。

皇天,山川社稷,察其怨语,宁容相佑。辱告承上党殿下及匹娄领军,
应来江右,师出无名,此是和义,小之事大,差无违礼,彼之陵我,自是
乖言,玄天所伐,匹马无违,翻见怨尤,一何非理? 若彼鬼神有知,宁可
斯背,鬼神无知,何用盟歃。

书中痛斥北齐再度兴兵相威胁,师出无名是为不义,违背盟约是为不信,不
信不义何用盟歃! 此文晓畅通达,辞采丰茂,表现出了陈霸先英勇果敢和
荡除外患的雄心壮志,颇为雄阔壮观,吟诵起来豪情万丈。徐陵《为陈武帝
与周冢宰宇文护论边境事书》与此文书一样,书中愤然谴责后梁萧岿的侵
扰行径和不断扩大疆域的阴谋,并指出后梁之所以"为暴边城",在于"良凭
大国",得到北周的支持。作者接着用愤激之辞谴责北周的背信弃义,奉劝
其"幸承邻惠,无候涉言",并指出他们不过是"江陵小寇",陈霸先随之能
"既尔虔刘"。作者以犀利的笔法批判其为追逐尺寸之地而不惜用尽各种
卑劣手段的行径。

　　文宣之治的强盛国力为政治性文书的慷慨之气奠定了基础,因此这类
文书中有着充沛的自信,充满着昂扬的斗志和气势。如徐陵《移齐文》是陈
平华皎乱后向北齐的晓喻之文,作者对克定华皎之乱时陈军的勇猛奋战极
尽夸耀之能事。文曰:

　　　　我之元戎上将,协力同心,承禀朝谟,致行明罚,为风为火,殪彼蒙
　　冲,如霆如雷,击其舟舰,羌兵楚贼,赴水沈沙,弃甲则两岸同奔,横尸
　　则千里相枕,江川尽满,譬睢水之无流,原隰穷胡,等阴山之长哭,于是
　　黑山叛邑,诸城洞开,白虏连群,投戈请命,长沙鵩鸟,靡复为妖,湘川
　　石燕,自然还舞,克翦无算,缧禽不赀,欲计军俘,终难巧历,所获其龙
　　驹骥子,百队千群,更开首蓿之园,方广驹骎之厩,于是卫霍甘陈,虬髭
　　瞋目,心驰垄路,志饮河源,乘胜长驱,未知所限。

作者笔下的陈军英猛无敌,使得华皎叛军折戟沉沙、横尸遍野、投戈请命。
本文虽简短疏阔,但对战争场面的描写让人身临其境,热血澎湃,突出了将
士们奋不顾身、临阵不惧、慷慨赴死的精神,向北齐帝王炫耀了军威,有力
地张扬了陈军的斗志。蒋士铨评此文曰:"风神态度,远出寻常。至唐则雕

琢有余,气质大减。"①此外,《檄周文》是徐陵为北伐所作声讨北周的文书。陈宣帝于太建九年(577)北周初平北方之际,诏令吴明彻北伐,文中对北周招降纳叛,僭立萧詧傀儡政权的险恶用心进行了强烈谴责,批判其藏匿叛臣,空竭关垄,致使荆梁之地百姓吁地呼天,望停哀救,犹怆满堂。作者对威著荆湘,平定宿豫、寿阳,席卷江淮,战胜并席卷北周充满信心,有力地鼓舞了士气,壮大了宣帝之军威。徐陵《武皇帝作相时与岭南酋豪书》炫耀武帝平定动乱之功,获傅泰不劳于一箭,擒欧阳无待于尺兵,就是北齐之军初次侵略亦"不日清殄"。而其警戒北齐若敢挑战必将"土崩瓦解,投险赴坑,大小皆擒,鲸鲵尽戮,三江之上,寒水无流,千里之间,伏尸相枕"。军事文书中表现出了荡气回肠的雄壮之气,跌宕起伏、慷慨悲壮,显现出文宣之时斩除叛逆的决心和勇气,为陈代的统治奠定了坚实的政治基础。

这一时期,徐陵、沈炯的政治性文书受骈俪化发展的影响而日臻完善,特别是徐陵之骈文是集大成之作②,他们的政治性文书呈现异常典雅的风格。这些文书不仅"缉裁巧密"③,注重形式的华美,在音韵上运用平仄,讲究韵律和谐,在句法结构上注重"纬以经史","四六属对"④;而且还"多有新意"⑤,内容丰沛有力,感情真挚动人,音情顿挫、光英朗练,具有雄壮的气势和力量。王瑶先生说:"骈文的极致是在竭力顾全和制造声色丽语等形式美的条件下,而又使这些形式的规律不至妨碍到意义内容的表现;要使骈体如散文一样地流畅自然,而又能作到骈体所要求的各种限制和规律。"⑥徐陵、沈炯的政治性文书"以生气见高"⑦,可谓深有"文质相宣,当于事理"⑧之旨。

总之,徐陵、沈炯的政治性文书虽为代言之作,但在情感性和艺术性上都取得了比较大的成就,他们充分表达了对叛逆者的无限愤慨和对和平生活的无限向往,意致纵横、喷薄宣情,不仅一改绮靡之风而且语含慷慨,与

---

①　蒋士铨撰:《评选四六法海》卷五,上海文瑞楼石印本,页8。

②　刘麟生著:《中国骈文史》,东方出版社1996年版,页52。

③　姚思廉撰:《陈书》,中华书局1972年版,页335。

④　徐陵撰,许逸民校笺:《徐陵集校笺》,中华书局2008年版,9。

⑤　姚思廉撰:《陈书》,中华书局1972年版,页335。

⑥　王瑶:《徐庾与骈体》,载《中古文学史论集》,北京大学出版社1986年版,页310。

⑦　张溥著,殷孟伦注:《汉魏六朝百三家集题辞注·徐仆射集》,江苏古籍出版社2002年版,页113。

⑧　李兆洛选辑:《骈体文钞》卷十九,上海书店1988年版,页350。

侯景之乱后的其他文书中的凄苦之情有所不同，使得这些文书气魄恢宏，充满阳刚之气，于侯景之乱后起到鼓舞士气、壮大军威的效用，具有强烈的感召力和鼓舞性。

第六章　陈代文学群体、文会与文学创作

陈文帝以来,渐崇文学,南返和南方流寓的文士重新得到朝廷的重用,这些文士很快融入到了以帝王和显贵为中心的群体性文会活动之中,歌舞升平、游宴赋诗成了其文学创作的主题。在他们的群体唱和下,陈代"赋得"诗以赋咏古人诗句、以咏史为主,形成了比较固定的"赋得"体的诗题形式,这些诗作工于写景,情景交融,具有鲜明的艺术特色,对唐宋科举"始专以古句命题"①的试帖诗具有重要影响。陈代边塞诗创作主要集中在《陇头》、《折杨柳》、《关山月》、《紫骝马》、《雨雪》等汉横吹曲上,这些诗作注重赋题法、咏物性,把意象描写与闺怨情思和征战之苦相结合,显现出浓郁的家国之思和慷慨悲凉之气。

第一节　陈代文学群体与文会活动

侯景之乱后,梁朝衰败,以萧纲、萧绎为中心的文学集团已失去了群体性文学创作功能。入陈后很长一段时间,政局相对平稳。柏杨先生《中国人史纲》说:"陈帝国是南北朝唯一没有出过暴君的政权。"②陈霸先即位后,提出"务在廉平"③的主张;陈文帝陈蒨"起自艰难,知百姓疾苦。国家资用,务从俭约"④,《陈书》魏徵论曰:"世祖天姿睿哲,清明在躬,早预经纶,知民疾苦,思择令典,庶几至治。德刑并用,戮济艰虞,群凶授首,强邻震慑。"⑤宣帝陈顼继位后,"亲耕籍田"⑥、"旰食早衣"⑦,一时形成了"十余

---

① 永瑢等撰:《四库全书总目》卷一六五,中华书局 1965 年版,页 2184。
② 柏杨著:《中国人史纲》,时代文艺出版社 1987 年版,页 453。
③ 姚思廉撰:《陈书》,中华书局 1972 年版,页 33。
④ 姚思廉撰:《陈书》,中华书局 1972 年版,页 61。
⑤ 姚思廉撰:《陈书》,中华书局 1972 年版,页 118。
⑥ 姚思廉撰:《陈书》,中华书局 1972 年版,页 77。
⑦ 姚思廉撰:《陈书》,中华书局 1972 年版,页 82。

年间,江东狭小,遂称全盛"①的局面。这些都为陈代文学的繁荣奠定了良好的基础。在"陈代的学术群体"一章中曾论及陈代帝王都重视儒学,留意经史,爱悦文义,这些对文学的发展都具有很大的推动作用。据《陈书·世祖纪》,天嘉元年诏曰:"新安太守陆山才有启,荐梁前征西从事中郎萧策,梁前尚书中兵郎王暹,并世胄清华,羽仪著族,或文史足用,或孝德可称,并宜登之朝序,擢以不次。"②只要"文史足用"便可"擢以不次"③,于是文士们纷纷投靠于陈代帝王或权贵门下,形成了以文帝、宣帝、陈叔宝以及侯安都、陈伯固、孙玚等显贵为中心的文学群体。

一　以帝王为中心的文学群体

陈代的君主多承继宋、齐、梁以来招纳文士的传统,并有以诗文相尚的风气,形成了一定的文学群体。

(一)以陈文帝为中心的文学群体

陈文帝招纳文士,以诗文相尚。《陈书·文学·徐陵传》曰:"世祖尝宴群臣赋诗,徐陵言之于世祖,即日召铿预宴,使赋新成安乐宫,铿授笔便就,世祖甚叹赏之。"④世祖文学群体成员除阴铿外,主要有:

陆琰,《陈书·陆琰传》曰:"世祖听览余暇,颇留心史籍,以琰博学,善占诵,引置左右。尝使制《刀铭》,琰援笔即成,无所点窜,世祖嗟赏久之,赐衣一袭。"⑤

徐陵,《陈书·徐陵传》曰:"自有陈创业,文檄军书及禅授诏策,皆陵所制,而《九锡》尤美。为一代文宗,亦不以此矜物,未尝诋诃作者。其于后进之徒,接引无倦。世祖、高宗之世,国家有大手笔,皆陵草之。其文颇变旧体,缉裁巧密,多有新意。每一文出手,好事者已传写成诵,遂被之华夷,家藏其本。后逢丧乱,多散失,存者三十卷。"⑥

陆琼,《陈书·陆琼传》曰:"琼素有令名,深为世祖所赏。及讨周迪、陈宝应等,都官符及诸大手笔,并中敕付琼。迁新安王文学,掌东宫管

①　姚思廉撰:《陈书》,中华书局 1972 年版,页 390。
②　姚思廉撰:《陈书》,中华书局 1972 年版,页 51。
③　姚思廉撰:《陈书》,中华书局 1972 年版,页 51。
④　姚思廉撰:《陈书》,中华书局 1972 年版,页 472。
⑤　姚思廉撰:《陈书》,中华书局 1972 年版,页 463。
⑥　姚思廉撰:《陈书》,中华书局 1972 年版,页 335。

记。……太建元年，重以本官掌东宫管记。除太子庶子，兼通事舍人。……又领大著作，撰国史。"①

此外，陈武帝霸先亦嗜好文学，永定二年(558)三月乙卯，"高祖幸后堂听讼，还于桥上观山水，赋诗示群臣"②。

（二）以陈宣帝为中心的文学群体

据《陈书·宣帝纪》，太建四年(572)十二月，"舆驾幸乐游苑，采甘露，宴群臣"③。太建五年(573)三月宣帝北伐，"太建中，频年北伐，诸将累捷，尽复淮南之地。更经略淮北，大破齐军于吕梁。及旋师，属高齐亡，又总军北伐，至吕梁，周军来拒，又大破之"④。自太建五年北伐，七年破齐军，九年又破周将梁士彦，悉得其梁、淮北城镇、下邳、朐山。太建十年，宣帝进行了最后一次北伐，夺取了一些失地。

宣帝北伐节节胜利后，举国同庆。据《陈书·宣帝纪》，太建六年诏曰："王者以四海为家，万姓为子，一物乖方，夕惕犹厉，六合未混，旰食弥忧。朕嗣纂鸿基，思弘经略，上符景宿，下叶人谋，命将兴师，大拯沦溺。灰琯未周，凯捷相继，拓地数千，连城将百。"⑤太建八年又诏曰："元戎凯旋，群师振旅，旌功策赏，宜有飨宴。今月十七日，可幸乐游苑，设丝竹之乐，大会文武。"⑥宣帝所组织的文武之会的成员已不可考，但从其诏书中能强烈感受到其文会之盛。

二　以显贵为中心的文学群体

侯景之乱后南方残余士族从此一蹶不振。与此同时，出身低微的地方豪族势力迅速崛起，成为统御南朝社会的支柱力量，"他们掌握政权以后，也很快地'士族化'"⑦。这些豪族势力多聚合文士以附庸风雅，他们以文会友，互相交流、唱和，对陈代文会之事具有重要的推动作用。

---

① 姚思廉撰：《陈书》，中华书局 1972 年版，页 396—397。
② 姚思廉撰：《陈书》，中华书局 1972 年版，页 36。
③ 姚思廉撰：《陈书》，中华书局 1972 年版，页 83。
④ 张敦颐撰、王进珊校点：《六朝事迹编类》，南京出版社 1989 年版，页 15。
⑤ 姚思廉撰：《陈书》，中华书局 1972 年版，页 86。
⑥ 姚思廉撰：《陈书》，中华书局 1972 年版，页 89—90。
⑦ 曹道衡著：《南朝文学与北朝文学研究》，江苏古籍出版社 1999 年版，页 143。

　　(一)以侯安都为中心的文学群体

　　侯安都功勋卓著以后,便召集文士游宴赋诗。《陈书·侯安都传》曰:
"自王琳平后,安都勋庸转大,又自以功安社稷,渐用骄矜,数招聚文武之
士,或射驭驰骋,或命以诗赋,第其高下,以差次赏赐之。文士则褚玠、马
枢、阴铿、张正见、徐伯阳,刘删、祖孙登,武士则萧摩诃、裴子烈等,并为之
宾客,斋内动至千人。"①《建康实录》曰:"世祖嗣位,讨留异于桃枝岭,中流
矢,血流至踝,容色不变,收其妻子人马甲仗,振旅而归。自以为勋庸渐高,
骄恣,数招文武之客,阴铿、褚玠、张正见等每有表启,事所未尽,乃开封更
自书之,云又启某事。"②又,《陈书·文学·徐伯阳传》曰:"天嘉二年,诏侍
晋安王读。寻除司空侯安都府记室参军事,安都素闻其名,见之,降席为
礼。甘露降乐游苑,诏赐安都,令伯阳为谢表,世祖览而奇之。"③

　　(二)以新安王伯固为中心的文学群体

　　《陈书·文学·徐伯阳传》曰:"及新安王为南徐州刺史,除镇北新安王
府中记室参军,兼南徐州别驾,带东海郡丞。鄱阳王为江州刺史,伯阳尝奉
使造焉,王率府僚与伯阳登匡岭,置宴,酒酣,命笔赋剧韵二十,伯阳与祖孙
登前成,王赐以奴婢杂物。及新安王还京,除临海嗣王府限外咨议参
军。"④汪春泓先生《中国文学编年史·两晋南北朝卷》认为,此次聚会当在
575 年或稍后⑤。

　　除徐伯阳和祖孙登外,其文学群体成员还有:

　　陆琼,《陈书·陆琼传》曰:"吏部尚书徐陵荐琼于高宗曰:'新安王文学
陆琼,见识优敏,文史足用,进居郎署,岁月过淹,左西掾缺,允膺兹选,阶次
小逾,其屈滞已积。'乃除司徒左西掾。寻兼通直散骑常侍,聘齐。"⑥

　　陆琰,《陈书·文学·陆琰传》曰:"还为云麾新安王主簿,迁安成王长
史,宁远府记室参军。太建初,为武陵王明威府功曹史,兼东宫管记。"⑦

　　阮卓,《陈书·文学·阮卓传》曰:"天康元年,转云麾新安王府记室参

----

　①　姚思廉撰:《陈书》,中华书局 1972 年版,页 147。
　②　许嵩撰、张忱石点校:《建康实录》卷十九《世祖文皇帝》,中华书局 1986 年版,页 765。
　③　姚思廉撰:《陈书》,中华书局 1972 年版,页 468。
　④　姚思廉撰:《陈书》,中华书局 1972 年版,页 469。
　⑤　汪春泓编著:《中国文学编年史·两晋南北朝卷》,湖南人民出版社 2006 年版,页 553。
　⑥　姚思廉撰:《陈书》,中华书局 1972 年版,页 397。
　⑦　姚思廉撰:《陈书》,中华书局 1972 年版,页 463。

军,仍随府转翊右记室,带撰史著士。"①

（三）以孙玚为中心的文学群体

《陈书·孙玚传》史臣论评曰:"孙玚有文武干略,见知时主,及行军用兵,师司马之法,至于战胜攻取,屡著勋庸,加以好施接物,士咸慕向。"②当时士人慕名归附于孙玚,赋诗宴乐之事必不可少。孙玚颇受后主亲幸,《陈书·孙玚传》曰:"后主频幸其第,及著诗赋述勋德之美,展君臣之意焉。……其自居处,颇失于奢豪,庭院穿筑,极林泉之致,歌钟舞女,当世罕俦,宾客填门,轩盖不绝。及出镇郢州,乃合十余船为大舫,于中立亭池,植荷芰,每良辰美景,宾僚并集,泛长江而置酒,亦一时之胜赏焉。"③参与其宴乐成员虽不可考,但于此亦可窥见其游宴赋诗之盛。

（四）以鲁悉达为中心的文学群体

鲁悉达,字志通,《南史·鲁悉达传》曰:"琳不得下,乃连结于齐,齐遣清河王高岳助之。会裨将梅天养等惧罪,乃引齐军入城,悉达勒麾下数千人济江而归武帝……虽仗气任侠,不以富贵骄人,雅好词赋,招礼才贤,与之赏会。"④参与其赏会成员已不可考。

陈代高祖、世祖都"爱悦文义",后主嗣业后更是"雅尚文词,旁求学艺"⑤,南返和南方流寓之士都得到朝廷的重用。《北史·庾信传》曰:"时陈氏与周通好,南北流寓之士,各许还其旧国。陈氏乃请王褒及信等十数人。武帝唯放王克、殷不害等,信及褒并惜而不遣。"⑥永定二年(558),陈武帝下诏曰:"梁时旧仕,乱离播越,始还朝廷,多未铨序。"⑦于是随材擢用者五十余人。他们奖掖后学、论议诗文,宣帝北伐成功后"大会文武"⑧,侯安都等权贵数招聚文武之士游宴赋诗,后主举行的文会更是不胜枚举。刘师培《中国中古文学史讲义》曰:"陈代开国之初,承梁季之乱,文学渐衰。然世祖以来,渐崇文学。后主在东宫,汲引文士,如恐不及。及践帝位,尤

---

①　姚思廉撰:《陈书》,中华书局1972年版,页471—472。
②　姚思廉撰:《陈书》,中华书局1972年版,页322。
③　姚思廉撰:《陈书》,中华书局1972年版,页321。
④　姚思廉撰:《陈书》,中华书局1972年版,页321。
⑤　姚思廉撰:《陈书》,中华书局1972年版,页453。
⑥　李延寿撰:《北史》,中华书局1974年版,页2794。
⑦　姚思廉撰:《陈书》,中华书局1972年版,页38。
⑧　姚思廉撰:《陈书》,中华书局1972年版,页90。

尚文章,故后妃宗室,莫不竞为文词。又开国功臣如侯安都、孙玚、徐敬成,均接纳文士。而李爽之流,以文会友,极一时之选。故文学复昌,迄于亡国。"①

《陈书·文学·徐伯阳传》:"太建初,中记室李爽、记室张正见、左民郎贺彻、学士阮卓、黄门郎萧诠、三公郎王由礼、处士马枢、记室祖孙登、比部贺循、长史刘删等为文会之友,后有蔡凝、刘助、陈暄、孔范亦预焉。皆一时之士也。游宴赋诗,勒成卷轴,伯阳为其集序,盛传于世。"②他们聚合文士以附庸风雅,唱和盛况空前。文学群体的频繁活动为文学的发展奠定了良好的基础,敏泽先生《中国文学思想史》认为:"建安时代是中国文学自觉的起点,而其后的魏晋南北朝文学正是在'文学自觉'的方向上不断地走向完善的。"③文学自觉在文学群体的诗文创作中得到进一步加强,"魏晋南北朝的文学集团及其文学活动客观上体现了文学的自觉的特点,而为文学自觉的又一显著之表现"④。

第二节　"赋得"诗的渊源与流变

"赋得"诗是兴起于梁陈时期的一种诗题形式,这些诗作多是分题作诗,敷衍成篇。梁陈时期的"赋得"诗以咏物、赋咏古人诗句和咏史为主,赋咏古人诗句的诗作成了唐宋科举试帖体的源头,有着明确的功利性和规范性。"赋得"诗作为"群相切磋"的一种诗歌创作方式,其艺术技巧和审美特征得到不断提升。

一　"赋得"诗的渊源与体例特征

"赋得"之诗一般以"赋得……"的形式呈现,此外还有以"赋……得……"为题的。曹道衡、沈玉成先生《南北朝文学史》认为:"'赋得'是赋诗得到某题缩称。"⑤俞樾《茶香室丛钞·四钞》卷十三"古人今韵法"条曰:

①　刘师培著:《中国中古文学史讲义》,中国人民大学出版社 2004 年版,页 90。
②　姚思廉撰:《陈书》,中华书局 1972 年版,页 468—469。
③　敏泽主编:《中国文学思想史》,湖南教育出版社 2004 年版,页 247。
④　敏泽主编:《中国文学思想史》,湖南教育出版社 2004 年版,页 273。
⑤　曹道衡、沈玉成编著:《南北朝文学史》,人民文学出版社 1991 年版,页 284。

《困学纪闻》云：'梁元帝《赋得兰泽多芳草诗》，古诗为题见于此，至今场屋中犹用之。'然所谓'赋得'之义，多习焉不察，今乃知亦赋予之赋。盖当时以古人诗句分赋众人，使以此为题也。"①《沧浪诗话·诗体》云："古人分题，或各赋一物，如云送某人分题得某物也。"②其实"赋"除"分题"之意外，在诗歌创作中亦有敷衍铺陈之意。《说文解字》曰："赋，敛也。从贝武声。"③知贡赋之赋是其本义，故其义当指赋税。我们常用"敷"、"布"、"铺"解释"赋"字。《诗经·大雅·烝民》："天子是若，明命使赋。"《毛传》："赋，布也。"《郑笺》："显明王之政教，使群臣施布之。"④朱熹《诗集传》释"敷"为"布"⑤。可见"敷"和"赋"音近义通。王念孙《广雅疏证·释诂》："赋，布也。""赋、布、敷、铺，并声近而义同。"⑥同时从"赋"的本义贡赋来看，古时贡赋必陈之于庭，引申之"赋"与"铺"之意相通。"赋得"诗作大部分是命题赋诗，文士们在得到某一诗题后依靠自己的智慧和才情敷衍成篇。蒋寅先生认为："这种非个人化的写作也促成了一种新的掌握诗体的方式，即处理虚拟题材时不是将表现的中心引向角色化的抒情即比兴的方向，而是引向体物的铺叙即赋的方向。"⑦

　　关于"赋得"诗的渊源有两种说法。一是认为，"赋得"为题的作品起源于南齐永明年间。《四库全书总目·集部·须溪四景诗集提要》曰："考晋宋以前，无以古人诗句为题者。沈约始有《江蓠生幽渚》诗，以陆机《塘上行》句为题，是齐梁以后例也。"⑧其诗曰："泽兰被荒径，孤芳岂自通。幸逢瑶池旷，得与金芝丛。朝承紫台露，夕润绿池风。既美修娙女，复悦繁华童。夙昔玉霜满，旦暮翠条空。叶飘储胥右，芳歇露寒东。纪化尚盈昃，俗志信颓隆。财殚交易绝，华落爱难终。所惜改欢眤，岂恨逐征蓬。愿回昭阳景，持照长门宫。"沈约此诗敷衍陆机《塘上行》成篇，言说"妇人衰老失

---

　　①　俞樾撰，贞凡、顾馨、徐敏霞点校：《茶香室丛钞·四钞》卷十三，中华书局 1995 年版，页 1679。

　　②　严羽撰：《诗法家数》，《历代诗话》本，中华书局 1981 年版，页 692。

　　③　许慎撰，徐铉校定：《说文解字》，中华书局 1963 年版，页 131。

　　④　《毛诗正义》，阮元校刻《十三经注疏》本，中华书局 1980 年版，页 568。

　　⑤　朱熹集注：《诗集传》，上海古籍出版社 1980 年版，页 236。

　　⑥　王念孙著，钟宇讯点校：《广雅疏证》，中华书局 2004 年版，页 101。

　　⑦　蒋寅：《张正见诗论》，《清华大学学报》2008 年第 3 期。

　　⑧　永瑢等撰：《四库全书总目》卷一六五，中华书局 1965 年版，页 2184。

宠，行于塘上而为此歌"①。

另一种说法认为，"赋得"诗起源更早。明冯惟讷《诗纪统论》云："刘琨有《胡姬年十五》，沈约有《江蓠生幽渚》，谓古诗为题自梁元帝始，非也。"《乐府诗集》卷六十三"杂曲歌辞"录有《胡姬年十五》一首，题为晋刘琨所作。其诗曰："虹梁照晓日，渌水泛香莲。如何十五少，含笑酒垆前。花将面自许，人共影相怜。回头堪百万，价重为时年。"诗作敷衍辛延年《羽林郎》"胡姬年十五"而成。曹道衡、沈玉成《中国文学家大辞典·魏晋南北朝卷》认为，《胡姬年十五》之格律情调皆与晋诗迥异，当系误题或为梁、陈间另一刘琨②。今尚未有定论。

从诗题的形式来看，沈约之前以古人诗句为题者非常少，而且这样的创作多以乐府诗的形式出现，没有明显的群体性创作特质。以上诗作虽然在形式上与"赋得"诗相似，但却未标有"赋得"字样，真正以"赋得"为名者始于梁元帝萧绎，其《赋得兰泽多芳草》取古诗十九首《涉江采芙蓉》句，王应麟认为是"取古诗句为题（赋得）之始"③。

二　梁代咏物诗风影响下的"赋得"诗作

梁陈时期的"赋得"之作与文人雅聚密切相关。据《梁书·王籍传》，王籍"尝于沈约坐赋得《咏烛》，甚为约赏"④。"赋得"诗诗题中标明应令、应教、应诏者颇多，如萧推《赋得翠石应令诗》、张正见《初春赋得池应教诗》、《赋得风生翠竹里应教诗》、《赋得梅林轻雨应教诗》、江总《赋得一日成三赋应令诗》、《赋得携手上河梁应诏诗》等即表明是集体宴乐时所作，这与权贵们的倡导和参与密不可分。"赋得"诗中亦有以侍宴为题的，如刘孝威《侍宴赋得龙沙宵月明》、江总《侍宴赋得起座弹鸣琴诗》、阴铿《侍宴赋得夹池竹诗》等亦显现出是集体宴会时所作。

梁代以萧纲、萧绎为中心形成了两个影响颇大的文人群体⑤，他们和文士们宴集唱和，以"赋得"为名创作了大量的咏物诗。据逯钦立《先秦汉

① 郭茂倩编撰，聂世美、仓阳卿校点：《乐府诗集》卷三十五，上海古籍出版社1998年版，页412。

② 曹道衡、沈玉成编撰：《中国文学家大辞典·魏晋南北朝卷》，中华书局1996年版，页131。

③ 王应麟撰：《困学纪闻》卷十八，《宋诗话全编》本，江苏古籍出版社1998年版，页9498。

④ 姚思廉撰：《梁书》，中华书局1973年版，页36。

⑤ 具体考述可参见胡大雷《中古文学集团》，广西师范大学出版社1996年版，页155—174。

魏晋南北朝诗》，梁代共有 17 人 50 首"赋得"诗作，其中尤以萧纲、萧绎、庾肩吾、庾信为多，分别有 10 首、7 首、8 首和 6 首。萧纲、萧绎的"赋得"诗几乎全是咏物的，萧纲有《赋得桥》、《赋得蔷薇》、《赋得枣》、《赋得舞鹤》、《赋得白羽扇》、《赋得入阶雨诗》等；萧绎有《赋得竹》、《赋得石榴诗》、《赋得春荻诗》、《赋得登山马诗》等。这一时期的"赋得"诗受咏物诗的影响，以单纯描写一个具体物象为主要特征，"巧构形似之言"，其寄托兴味日益单薄。如萧纲《赋得舞鹤诗》曰：

> 来自芝田远，飞渡武溪深。振迅依吴市，差池逐晋琴。奇声传迥涧，动翅拂花林。欲知情外物，伊洛有清浔。

全篇以白描手法，着意于鹤之情态的刻画，描绘其轻盈的体态，飞行的飘逸，活灵活现，生动真切。又如萧纲《赋得入阶雨诗》曰：

> 细雨阶前入，洒砌复沾帷。渍花枝觉重，湿鸟羽飞迟。傥令斜日照，并欲似游丝。

诗作描绘阶前细雨空濛的景象，前四句刻画了细雨中花、鸟、墙、帷等情态，末两句设想斜日映照，细雨犹如游丝的情景，整篇诗作都是围绕雨而写，是诗人对细微物象的审美体现。再如萧绎《赋得石榴诗》曰：

> 涂林未应发，春暮转相催。然灯疑夜火，连珠胜早梅。西域移根至，南方酿酒来。叶翠如新剪，花红似故裁。还忆河阳县，映水珊瑚开。

作者着眼于石榴树的外在美，集中描绘了其树姿优美、枝叶秀丽、繁花似锦等景象，无论在语言还是在形式上都体现了咏物诗作精巧细腻的特点。

此外，庾信的"赋得"之作亦是以咏物为主的，如《赋得鸾台诗》、《赋得集池雁诗》、《赋得荷诗》等以鸾台、池雁、荷花为吟咏对象进行穷形尽相的描摹。作为萧纲文学群体成员的庾肩吾有《赋得山》、《赋得转歌扇诗》、《赋得池萍诗》，刘孝威有《赋得曲涧诗》，徐摛有《赋得帘尘诗》等都是以咏物为主的。这些诗作不为抒情言志，与当下生活无涉，纯粹为作诗而作诗，这种创作形式成了梁代文人的群体意识，成了其提高艺术技巧的一种活动方式。

梁代的"赋得"诗作体现了咏物诗重赋写的特质，诗题和内容大都直接以生活中的具体物象为切入点;注重对客观事物进行描摹,构思精巧,"体物之情","状物之态",显现了梁代盛行的"文贵形似"①之风。

三　陈代"赋得"诗的新变

陈代以"赋得"为题的诗作在承继梁代"赋得"咏物的基础上又有了新的发展,"由这种咏物诗发展而来的分题作诗,渐渐扩大到以古诗中的句子、古人事迹及古代乐曲作为诗题"②,形成了比较固定的"赋得"体的诗题形式。据逯钦立《先秦汉魏晋南北朝诗》,陈代共有"赋得"之作 60 余首,其中张正见 21 首,江总 9 首,屡次参加文会活动的祖孙登、刘删、萧诠、阮卓等也有 3 首以上的"赋得"之作。陈代"赋得"之诗的变化主要体现在以下几个方面:

(一)以古人诗句为题的"赋得"诗逐渐增多

俞樾《茶香室丛钞·四钞》卷十三"古人今韵法"条曰:"盖当时以古人诗句分赋众人,使以此为题也。《江总集》中有《赋得谒帝承明庐》、《赋得携手上河梁》、《赋得泛泛水中凫》、《赋得三五明月满》等诗,并是此义。题非一题,人非一人,而己所得此句也,故曰'赋得'。"③俞樾认为"赋得"诗是多人以古代诗句分赋,这也可能是相互唱和而成的,如萧绎《赋得涉江采芙蓉诗》、《赋得兰泽多芳草诗》是以《古诗十九首·涉江采芙蓉》"涉江采芙蓉,兰泽多芳草"句分别为题的;庾信《赋得结客少年场诗》以曹植《结客篇》诗句为题。整个梁代以古诗句为题所作的"赋得"诗仅此 3 例。而陈代以古诗句为题的"赋得"之作迅速增多,张正见《赋得落落穷巷士诗》以左思《咏史诗》诗句为题,《赋得日中市朝满诗》以鲍照《结客少年场行》诗句为题,《赋得岸花临水发诗》以何逊《赠诸游旧诗》诗句为题,《赋得佳期竟不归诗》以庾肩吾《有所思》诗句为题;沈炯《为我弹鸣琴诗》、贺彻《赋得为我弹鸣琴诗》都是以阮籍《咏怀诗》诗句为题;周弘让《赋得长笛吐清气诗》、贺彻《赋得长笛吐清气诗》都是以曹丕《善哉行》诗句为题;徐伯阳《赋得日出东南隅》以乐府古辞《陌上桑》诗句为题;孔奂《赋得名都一何绮诗》以陆机《拟青

---

①　周振甫著:《文心雕龙今译》,中华书局 1986 年版,页 417。

②　曹道衡、沈玉成编著:《南北朝文学史》,人民文学出版社 1991 年版,页 284。

③　俞樾撰,贞凡、顾馨、徐敏霞点校:《茶香室丛钞·四钞》卷十三,中华书局 1995 年版,页 1679。

青陵上柏》诗句为题;祖孙登《赋得涉江采芙蓉诗》以《古诗十九首·涉江采芙蓉》诗句为题;萧诠《赋得往往孤山映诗》以谢朓《和刘西曹望海台诗》诗句为题;萧诠《赋得婀娜当轩织诗》以谢朓《和刘西曹望海台诗》诗句为题;贺循《赋得庭中有奇树诗》以《古诗十九首·庭中有奇树》诗句为题;蔡凝《赋得处处春云生诗》以谢朓《和刘西曹望海台》诗句为题;阮卓《赋得黄鹄一远别诗》以苏武《黄鹄一远别》诗句为题;江总《赋得置酒高殿上》以曹植《野田黄雀行》诗句为题,《赋得谒帝承明庐诗》以曹植《赠白马王彪》诗句为题,《赋得携手上河梁应诏诗》以李陵《录别诗二十一首》其二诗句为题,《赋得三五明月满诗》以《古诗十九首·孟冬寒气至》诗句为题;徐湛《赋得班去赵姬升诗》以鲍照《白头吟》诗句为题;孔范《赋得白云抱幽石诗》以谢灵运《过始宁墅》诗句为题。此外,刘删有《赋得独鹤凌云去诗》当是以何逊《日夕出富阳浦口和朗公》"独鹤凌空逝"诗句为题。

这种以古诗句为题的"赋得"诗具有集体吟咏的性质,充分显示了群体性创作中分得某诗之句敷衍成篇,共同唱和之特征。如萧诠、蔡凝分咏谢朓《和刘西曹望海台》诗"往往孤山映,处处春云生"之上下句,虽敷衍成篇却各具特色。萧诠《赋得往往孤山映诗》曰:

> 青山照落晖,映远望连飞。仙峰看玉笥,关路视金微。鼓吹声疑尽,香炉烟觉稀。共君临水别,劳此送将归。

诗之前六句围绕"山"而写景,描写了青山落晖、仙峰玉笥、关路金微以及香炉的袅袅烟雾,把山中之景描写得惟妙惟肖。陆时雍《古诗镜》曰:"结有余情。"[①]蔡凝《赋得处处春云生诗》曰:

> 春色遍空明,春云处处生。入风衣暂敛,随车盖转轻。作叶还依树,为楼欲近城。含愁上对影,似有别离情。

诗作敷衍"春云生"的主题,描绘了春色、春云的无限生机。陆时雍《古诗镜》曰:"五六巧思逶迤,结语余情余韵。"[②]又如江总《赋得携手上河梁应诏诗》曰:

> 早秋天气凉,分手关山长。云愁数处黑,木落几枝黄。鸟归犹识

---

① 陆时雍编:《古诗镜》卷二十六,《文渊阁四库全书》本,台湾商务印书馆1983年版,页220。
② 陆时雍编:《古诗镜》卷二十六,《文渊阁四库全书》本,台湾商务印书馆1983年版,页220。

路，流去不知乡。秦川心断绝，何悟是河梁。

诗作取李陵诗中的名句敷衍成篇，但却对仗工整，风格凄清，"离绪宛然"①。

在宴饮欢娱之时，以古诗句为题作诗，为诗歌创作提供了背景或补充，这些佳句能感发触兴，在原有诗作意境的基础上加以引申、发挥，它不仅激活了古诗句，而且也创作了新的诗意。

（二）以"赋得"为题的咏史诗不断涌现

最早以"赋得"为题的咏史诗是梁庾肩吾《赋得嵇叔夜》。据逯钦立《先秦汉魏晋南北朝诗》，梁代以"赋得"为题的咏史诗作也仅此 1 例。陈代以"赋得"为题的咏史诗有 8 首，分别为周弘直《赋得荆轲》、张正见《赋得韩信》、《赋得落落穷巷士》、祖孙登《赋得司马相如》、刘删《赋得苏武》、阳缙《赋得荆轲》、贺彻《赋得待诏金马门诗》、徐湛《赋得班去赵姬升》。如祖孙登《赋得司马相如诗》曰：

> 雍容文雅深，王吉共追寻。当垆应酤酒，托意且弹琴。上林能作赋，长门得赐金。唯当有汉主，知怀封禅心。

此诗完全是对《史记·司马相如传》历史故事的浓缩，叙述了司马相如善于击鼓弹琴，与卓文君临邛当垆酤酒，其《上林赋》、《长门赋》冠绝于世等。又如刘删《赋得苏武诗》表达了对苏武爱国之情的钦佩。诗曰：

> 奉使穷沙漠，扶泪上河梁。食雪天山近，思归海路长。系书秋待雁，握节暮看羊。因思李都尉，还汉不相忘。

诗中叙述了苏武奉使匈奴以及吃雪、牧羊的苦寒经历，最后是对苏武忠贞爱国之志的赞誉，歌颂了其爱国热情、民族气节和不屈不挠的意志②。再如张正见《赋得落落穷巷士》则以左思《咏史》其八中诗句为题，诗曰：

> 扬云不邀名，原宪本遗荣。草长三径合，花发四邻明。尘随幽巷静，啸逐远风清。门外无车辙，自可绝公卿。

此作是在左思主张"安贫知足"基础上的进一步发挥，"扬云不邀名"是对扬

---

① 陈祚明评选：《采菽堂古诗选》卷三十，《续修四库全书》本，上海古籍出版社 2003 年版，页347。

② 陈祚明评选：《采菽堂古诗选》卷三十，《续修四库全书》本，上海古籍出版社 2003 年版，页354。

雄高洁品格的称颂。清陈祚明《采菽堂古诗选》评此诗曰"高旷"①。而贺
胥《赋得待诏金马门诗》吟咏了东方朔"殿中可以避世全身,何必深山之中
蒿庐之下"的故事。

此外,阳缙《赋得荆轲诗》与陶渊明《咏荆轲》内容大致相同,表现出对
荆轲壮志的由衷赞佩和深切惋惜。周弘直《赋得荆轲诗》写得悲壮有力,
"留言与宋意,悲歌非自怜"句与阳缙之作的主题相同。徐湛《赋得班去赵
姬升》是对汉代班婕妤、赵飞燕故事的吟咏,"今日悲团扇,非是为秋风"意
在叙及班婕妤悯繁华之不滋,藉秋扇以自伤,表达了对班婕妤失宠的无限
惋惜。清陈祚明《采菽堂古诗选》曰"意浅调逸"②。

陈代咏史诗仅有19首,以"赋得"为形式的咏史诗已成为陈代咏史诗
的一种主要形式,可见其影响之深远。这类诗作以吟咏历史人物、历史故
事为主要形式,虽不是有感而发,但它毕竟成了咏史诗的另一种新形态,
"表现了作家对咏史诗娱乐功能的把握,体现了对咏史功能意义的开拓"③。

(三)陈代"赋得"诗作情景交融的艺术成就

吴功正、许伯卿先生《六朝文学》认为:"以'赋得'为题说明诗人们的审
题意识或曰创作主体参与意识进一步加强,同样是文学自觉精神的流
露。"④陈代"赋得"诗作为"群相切磋"的一种诗歌创作方式,在一定程度上
能突破应酬和竞技之目的,其艺术技巧和审美特征得到加强。如张正见
《赋得佳期竟不归诗》显现出离愁别恨的无限凄凉。其诗曰:

> 良人万里向河源,娼妇三秋思柳园。路远寄诗空织锦,宵长梦返
> 欲惊魂。飞蛾屡绕帷前烛,衰草还侵阶上玉。衔啼拂镜不成妆,促柱
> 繁弦还乱曲。时分年移竟不归,偏憎寒急夜缝衣。流萤映月明空帐,
> 疏叶从风入断机。自对孤鸾向影绝,终无一雁带书回。

诗作将思妇眼中之景与相思愁苦之情相结合,描绘了空织锦、夜长梦、飞蛾
屡绕、衰草侵阶等凄凉景象,流萤入空帐、疏风入断机等把少妇一夜的相思

---

①　陈祚明评选:《采菽堂古诗选》卷三十,《续修四库全书》本,上海古籍出版社2003年版,页342。

②　陈祚明评选:《采菽堂古诗选》卷三十,《续修四库全书》本,上海古籍出版社2003年版,页354。

③　韦春喜:《汉魏六朝咏史诗探论》,《中国韵文学刊》2004年第2期,页14。

④　吴功正、许伯卿著:《六朝文学》,南京出版社2003年版,页110。

苦痛之事描写得精致婉凄,风韵洒落。邬国平先生认为:"终无一雁',字字有力,正见思妇数雁相盼的焦切之情,减一字便无此效果。"① 又如阴铿《侍宴赋得夹池竹诗》曰:

> 夹池一丛竹,垂翠不惊寒。叶酝宜城酒,皮裁薛县冠。湘川染别泪,衡岭拂仙坛。欲见葳蕤色,当来蒐苑看。

此诗是陪侍皇帝饮宴之作,以秋末冬初曲池丛竹为题,歌咏其垂翠不惊寒、仍有葳蕤色等高贵品质,诗作典则流丽,寄托深远。

"赋得"之作不仅能做到情景交融而且能寓有深意,寄寓着作者无限的情思。如张正见《赋得阶前嫩竹诗》曰:

> 翠竹梢云自结丛,轻花嫩笋欲凌空。砌曲横枝屡解箨,阶前疏叶强来风。欲知抱节成龙处,当于山路葛陂中。

诗作以精工的笔法描绘了翠竹嫩笋等物象,寄寓着作者"抱节成龙"的强烈愿望。又如阮卓《赋得莲下游鱼诗》曰:

> 春色映澄陂,涵泳且相随。未上龙门路,聊戏芙蓉池。触浪莲香动,乘流叶影披。相忘自有乐,庄惠岂能知。

这种描写起结平顺,与崇尚自然的生活、安于仕宦之外的逸乐相谐和,"'莲香动'、'叶影披',从香、影写动静,避实就虚,越有诗趣"②。

此外,张正见《赋新题得寒树晚蝉疏诗》表面写寒蝉,意在抒写寒士失意的不平之情。萧诠《赋得夜猿啼诗》让人体验到"别有三声泪,沾裳竟不穷"的无限凄凉。周弘让《赋得长笛吐清气诗》"羁旅情易伤,零泪如交雨"不仅写得"自然凄楚"③,而且表现出了玄远飘逸之气。刘删《赋松上轻萝诗》"山阿若近远,独有楚人知"句"雅有远情"④。萧诠《赋得往往孤山映诗》"共君临水别,劳此送将归"句"结有余情"⑤。李爽《赋得芳树诗》结句

---

① 邬国平选注:《汉魏六朝诗选》,上海古籍出版社 2005 年版,页 613。
② 邬国平选注:《汉魏六朝诗选》,上海古籍出版社 2005 年版,页 616。
③ 陈祚明评选:《采菽堂古诗选·补遗》卷三,《续修四库全书》本,上海古籍出版社 2003 年版,页 535。
④ 陈祚明评选:《采菽堂古诗选》卷三十,《续修四库全书》本,上海古籍出版社 2003 年版,页 351。
⑤ 陆时雍编:《古诗镜》卷二十六,《文渊阁四库全书》本,台湾商务印书馆 1983 年版,页 220。

"欲寄边城客，路远讵能持"亦有深意。作者不仅能摹写具体之形，而且能写得形神兼备，在题材、技巧等方面都有很大的开拓与提高。

四　唐宋科举制度影响下的"赋得"诗作

"赋得"之诗具有南方化特征，除庾信有五首"赋得"诗作外，陈代之前未有见到北方以"赋得"为题的诗作。隋朝统一南北后，相继出现了 15 首以"赋得"为题的诗作，这些诗作继承梁陈"赋得"诗的特点，基本上以咏物为主，有 11 首之多，如杨坚《赋得珠帘诗》、杨广《赋得笛诗》、岑德润《赋得临阶危石诗》、虞世基《赋得石诗》、李巨仁《赋得镜诗》等都是以赋咏具体物象的特征为出发点的，而赋咏古人诗句者只有 3 首，风格上与梁陈诗风一致，没有形成自己的显著特征。

"赋得"诗在唐宋时期，体现了"君倡于上，臣和于下"的显著特点，有着明确的功利性和规范性。按照科举考试的规定，唐宋考官常以古人诗句或景物为题，让考生赋诗，题目前须加"赋得"，诗之作法与咏物相类，起承转合分明，对仗工整。《四库全书总目提要》认为，这种以古人诗句为题的创作方式沿及唐宋科举，始专以古句命题①。梁陈时期兴起的"赋得"之作成了唐以后试帖诗的源头。《四库全书总目·集部·须溪四景诗集提要》曰："沿及唐宋科举，始专以古句命题。其程式之作，唐莫详于《文苑英华》，宋莫详于《万宝诗山》，大抵以刻画为工，转相效仿。"②如唐贞元十年，范传正、张汇、崔立之、郭遵等人各以陶渊明《拟古诗》"春风扇微和"句创作"赋得"诗。唐宋时期，"赋得"诗还广泛应用于文人宴集时命题赋诗，"赋韵"与"赋得"结合起来，得到了进一步的发展。如张说《晦日诏宴永穆公主亭赋得流字》、《侍宴浐水赋得浓字》，宗楚客《正月晦日侍宴浐水应制赋得长字》，武三思《奉和宴小山池赋得溪字应制》等。袁枚《随园诗话》曰："至唐人有五言八韵之试帖，限以格律，而性情愈远。且有'赋得'等名目，以诗为诗，犹之以水洗水，更无意味。从此，诗之道每况愈下矣。余幼有句云：'花如有子非真色，诗到无题是化工'，略见大意。"③这种诗作显然是应景之作，失去了其应有的娱乐性与消遣性的功能。顾炎武《日知录》卷二十一"诗

---

① 永瑢等撰：《四库全书总目》卷一六五，中华书局 1965 年版，页 2184。
② 永瑢等撰：《四库全书总目》卷一六五，中华书局 1965 年版，页 2184。
③ 袁枚著：《随园诗话》，人民文学出版社 1982 年版，页 228。

题"条曰:"唐人以诗取士,始有命题分韵之法,而诗学衰矣。"①

　　值得注意的是,白居易、张九龄等人的"赋得"诗作虽然是应考的习作,却能写得韵味十足,卓绝千古。如白居易《赋得古原草送别》曰:"离离原上草,一岁一枯荣。野火烧不尽,春风吹又生。远芳侵古道,晴翠接荒城。又送王孙去,萋萋满别情。"作者把深切的生活感受融入诗作之中,表达了对朋友的依依不舍之情,极其真切自然。又如张九龄《赋得自君之出矣》曰:"自君之出矣,不复理残机。思君如满月,夜夜减清辉。"其诗赋咏徐干《室思》之诗句,营造出残旧衰飒、少妇相思的氛围,将少妇相思哀怨之情表达得淋漓尽致,既含蓄婉转,又真挚动人。

　　唐宋之时,"赋得"体诗除了科举应试、文人宴集之外,还多用于即景赋诗者,其内容与形式则较为灵活,"凡唐人燕集祖送,必探题分韵赋诗,于众中推一人擅场者"②。如卢纶《送张成季往江上赋得垂杨》曰:"垂杨真可怜,地胜觉春偏。一穗雨声里,千条池色前。露繁光的皪,日丽影团圆。若到隋堤望,应逢花满船。"韦应物《赋得暮雨送李胄》曰:"楚江微雨里,建业暮钟时。漠漠帆来重,冥冥鸟去迟。海门深不见,浦树远含滋。相送情无限,沾襟比散丝。"钱起《赋得绵绵思远道送岑判官入岭》曰:"极目烟霞外,孤舟一使星。兴中寻白雪,梦里过沧溟。夜月松江戍,秋风竹坞亭。不知行远近,芳草日青青。"以上诗作都是送别友人的即兴唱和之作,对仗工整,感情真挚,充满浓郁的生活气息。

　　总之,"赋得"诗兴起于梁陈时期,这些诗作多是分题作诗,敷衍成篇。梁代文士集会唱和创作的"赋得"诗巧构形似之言,体现了咏物诗重赋写的特质。陈代"赋得"诗在承继梁代赋得咏物的基础上,逐渐扩展为以赋咏古人诗句、咏史为主,形成了比较固定的诗题形式,这些诗作工于写景、情景交融,艺术技巧和审美特征进一步增强。在唐宋科举制度的影响下,以"赋得"为题的试帖诗大量出现,格律对仗要求严苛,作者自由发挥的空间受到进一步限制。随着科举制度的废除,试帖诗中标明"赋得"字样的诗作也随之销声匿迹。

---

① 顾炎武著,黄汝成集释:《日知录集释》,上海古籍出版社 2006 年版,页 1170。
② 辛文房撰,傅璇琮主编:《唐才子传校笺》,中华书局 1989 年版,页 45。

第三节 边塞乐府诗的创作范式及诗学史意义

南朝时边塞乐府诗作盛行,据逯钦立《先秦汉魏晋南北朝诗》,宋代边塞乐府诗作 20 首,以相和歌辞、杂曲歌辞、琴曲歌辞为主;齐代 3 首,其中杂曲歌辞 2 首,鼓吹曲辞 1 首;梁代 55 首,以相和歌辞、琴曲歌辞、汉横吹曲为主。陈代边塞乐府诗多集中于《折杨柳》、《关山月》、《紫骝马》、《雨雪》、《陇头》《陇头水》》①等汉横吹曲。这些曲辞梁之前未有拟作者,梁代时拟作者仅有萧纲、萧绎、刘孝威、车鄯等少数几人,陈代拟作者急剧增多,有 17 人 41 首诗作。列表如下:

朝代　　横吹曲辞	梁　代	陈　代
《陇头》《陇头水》》	梁元帝、刘孝威、车鄯各 1 首	陈叔宝 3 首,张正见、江总各 2 首,徐陵、顾野王、谢燮各 1 首
《折杨柳》	梁元帝、柳恽、刘邈各 1 首	陈叔宝 2 首、岑之敬、徐陵、张正见、王瑳、江总各 1 首
《关山月》	梁元帝、王褒(由梁入北)各 1 首	陈叔宝、徐陵各 2 首,陆琼、张正见、贺力牧、阮卓、江总各 1 首
《紫骝马》	梁简文帝、梁元帝各 1 首	陈叔宝 2 首,李爽、徐陵、张正见、陈暄、祖孙登、独孤嗣宗、江总各 1 首
《雨雪》《雨雪曲》》	无有拟作者	陈叔宝、江晖、张正见、江总、陈暄、谢燮各 1 首
总　计	10 首	41 首

(按:以上所列诗题梁以前无有拟作者)

曹道衡、沈玉成《南北朝文学史》认为,陈代文人偏好拟作汉横吹曲,"也许和陈代开国的武臣喜好结纳文士有关"②。文会活动的群体性参与使得文士们围绕同一题材集中而反复地表现,从而形成了一定范式的趋同性的创作手法,并对唐代边塞乐府诗等的创作具有重要影响。

---

① 《陇头》在写作上没有使用南朝横吹曲普遍使用的"赋体法",因此不在本文的讨论之列。
② 曹道衡、沈玉成编著:《南北朝文学史》,人民文学出版社 1991 年版,页 283。

一　陈代文会活动与边塞乐府诗的集中拟作①

陈代边塞乐府诗的产生、发展,与陈代北伐战争、文会活动以及偏好凄切之辞的文化环境等密切相关。

首先,陈代边塞乐府诗的生成与陈文帝开拓疆域、陈宣帝北伐的历史文化背景密切相关。陈文帝永定三年(559)即位后,命侯瑱、侯安都在建康、芜湖讨伐萧庄、王琳势力,致使支持王琳的北齐军士"溺死者十二三,余皆弃船登岸,为陈军所杀殆尽"②,王琳、萧庄兵败后逃往北齐。宣帝太建元年(569)即位后,励精图治,想有一番作为,"受脤兴戎","无忘武备"③。太建五年(573)三月,宣帝"分命众军北伐"④,开启了旷日时久的太建北伐战争。太建十四年正月宣帝去世时,陈"众军并缘江防守"⑤,自此之后,陈朝撤军江南,采取守势策略。陈代诗人虽没有从军边塞的经历,但文帝的诛灭叛逆、宣帝的北伐战争等为他们传递了边塞景象,激发了他们的创作想象,为陈代边塞乐府诗提供了生动鲜活的创作素材。

其次,陈代文会活动为边塞乐府诗创作提供了良好契机。宣帝北伐以无比强劲之势一路北上,捷报频传,举国上下一片欢腾,多次举行大型文会活动。同时,在平定叛乱和北伐战争中屡立奇功的大将亦常常召集文士游宴赋诗。如侯安都尚好召聚文武之士命以诗赋。文会活动为陈代文士集体参与诗歌创作提供了良好条件,文学一时昌盛,使得陈代边塞乐府诗在诗作题目、主题等方面都呈现出高度集中化、趋同化的现象。刘师培《中国中古文学史讲义》曰:"开国功臣如侯安都、孙玚、徐敬成,均接纳文士。而李爽之流,以文会友,极一时之选。故文学复昌。"⑥他们聚合文士以附庸风雅,唱和盛况空前,形成相互模仿、相互借鉴的文学创作风尚,促进了创作范式的形成。

再次,陈代边塞乐府诗风格的形成与偏尚凄切之音密切相关。萧梁时期文士们就表现出对凄切之音的喜爱。萧绎《玄览赋》曰:"闻羌笛之哀怨,

---

① 关于这一方面的具体论述,第一章"陈代文学生成的文化背景"中已有详论。
② 司马光编著,胡三省音注:《资治通鉴》,中华书局 1956 年版,页 5195。
③ 姚思廉撰:《陈书》,中华书局 1972 年版,页 81。
④ 姚思廉撰:《陈书》,中华书局 1972 年版,页 83。
⑤ 司马光编著,胡三省音注:《资治通鉴》,中华书局 1956 年版,页 5453。
⑥ 刘师培著:《中国中古文学史讲义》,中国人民大学出版社 2004 年版,页 90。

听胡笳之凄切。"①《北史·王褒传》曰："褒曾作《燕歌》,妙尽塞北寒苦之状,元帝及诸文士并和之,而竞为凄切之辞。"②陈代时南北聘问频繁,南北聘问往来使得彼此有接触并吸纳异域文化的机会,各种书籍、诗文往还和风俗民情的传播给彼此带来了巨大的吸引力,南北双方都被彼此丰富多彩、深邃奥妙的文化所吸引,也因之掀起了学习彼此文化的热潮。陈代诗人偏尚拟作汉横吹曲,横吹曲辞所使用的箫、笳、角等多是以"哀"为主要基调的。江淹《横吹赋》曰:"西骨秦气,悲憾如怼;北质燕声,酸极无已。"③萧纲《折杨柳》曰:"城高短箫发,林空画角悲。"④江总《梅花落》曰:"横笛短箫凄复切。"⑤横吹曲的异域情调为陈代文士生活带来了新鲜气息。《陈书·章昭达传》曰:"每饮会,必盛设女伎杂乐,备尽羌胡之声,音律姿容,并一时之妙,虽临对寇敌,旗鼓相望,弗之废也。"⑥《隋书·乐志》曰:"(陈后主)尤重声乐,遣宫女习北方箫鼓,谓之《代北》,酒酣则奏之。"⑦这种以"哀"为主的曲调对陈代边塞乐府诗创作具有重要影响。杨载《诗法家数》曰:"征行之诗,要发出凄怆之意,哀而不伤,怨而不乱。要发兴以感其事,而不失情性之正。或悲时感物,触物寓情方可。若伤亡悼屈,一切哀怨,吾无取焉。"⑧抒发悲怆之音是边塞诗表达情感的重要方式,这种凄切哀怨的抒情基调在陈代边塞乐府的集中拟作中得到了不断强化,成为一种类型化的创作手法。

二　按题取义与注重意象描绘相结合

边塞诗兴起于齐梁年间,"完全是拟乐府赋题法的产物"⑨。所谓赋题

---

① 严可均校辑:《全上古三代秦汉三国六朝文》,中华书局1987年版,页3036。
② 李百药撰:《北齐书》,中华书局1972年版,页2792。
③ 江淹撰,胡之骥注:《江文通集汇注》,中华书局1999年版,页63。
④ 逯钦立辑校:《先秦汉魏晋南北朝诗》,中华书局1983年版,页1911。
⑤ 逯钦立辑校:《先秦汉魏晋南北朝诗》,中华书局1983年版,页2574。
⑥ 姚思廉撰:《陈书》,中华书局1972年版,页184。
⑦ 魏徵、令狐德棻撰:《隋书》,中华书局1973年版,页309。
⑧ 杨载撰:《诗法家数》,《历代诗话》本,中华书局1981年版,页733。
⑨ 钱志熙:《齐梁拟乐府诗赋题法初探》,《北京大学学报》(哲学社会科学版)1995年第4期,页63。

法,"就是紧紧抓住旧曲的题面意义,刻意形容"①,在一定程度上摆脱了古题的限制,有利于作者的自由发挥。陈代诗人没有边塞征战的经历甚至少有亲临边塞,普遍缺乏真切的边关感受和体验,因此其创作往往按题取义,"或不睹于本章,便断题取义"②,凭借自己对边塞生活的理解和想象,以汉魏边塞乐府为蓝本,运用富有边塞特色的地名、物名、景观等密集的边地文化符号敷衍成篇。

陈代边塞乐府诗作注重对"杨柳"、"月"、"马"、"雨雪"等意象的铺写刻画。《文心雕龙·物色》曰:"自近代以来,文贵形似,窥情风景之上,钻貌草木之中。"③诗人们追求形式美,把对客观物象细致刻画的技巧引入到边塞诗创作之中。如以《关山月》为题的边塞诗运用大量笔墨描绘月的形象,月光、月色、月影、月轮、月晕等成为主要的描绘对象。阎福玲先生认为:"与其说唐前的《关山月》是抒情诗,不如说是咏物诗,即咏月诗,'月'是诗歌表现的重点和焦点"④。如陆琼《关山月》曰:

> 边城与明月,俱在关山头。燧烽望别垒,击斗宿危楼。团团婕好扇,纤纤秦女钩。乡园谁共此,愁人屡益愁。

从关山月色写起,以"月"为全诗的焦点,并用婕好扇、秦女钩比喻月圆月缺,圆月好似美人的团扇,弯月犹如佳人的笼钩。又如贺力牧《关山月》描绘了秋天傍晚的月色,诗曰:

> 重关敛暮烟,明月下秋前。照石疑分镜,临弓似引弦。雾暗迷旗影,霜浓湿剑莲。此处离乡客,遥心万里悬。

暮霭烟云消散后,冉冉升起的月光倾洒在边塞的沙石上,显得格外孤寂和冷清。再如陈叔宝《关山月》其一描绘了秋月远照关山的情景,其诗曰:

> 秋月上中天,迥照关城前。晕缺随灰减,光满应珠圆。带树还添桂,衔峰乍似弦。复教征戍客,长怨久连翩。

---

① 钱志熙:《乐府古辞的经典价值——魏晋至唐代文人乐府诗的发展》,《文学评论》1998年第2期,页70。

② 吴兢撰:《乐府古题要解》卷下,《历代诗话续编》本,中华书局1983年版,页24。

③ 周振甫著:《文心雕龙今译》,中华书局1986年版,页417。

④ 阎福玲:《横吹曲辞〈关山月〉创作范式考论》,《河北师范大学学报》(哲学社会科学版)2005年第2期,页48。

作者通过比喻的方式形象地描绘了月晕、月圆、月缺时的各种情态。

张正见笔下的"月"更是形象生动。其诗曰：

> 岩间度月华，流彩映山斜。晕逐连城璧，轮随出塞车。唐蔀遥合影，秦桂远分花。欲验盈虚理，方知道路赊。

诗作描写了月光普照关山的景象，进一步地把月晕和月轮描绘成连城璧玉和出塞车轮。明陆时雍《诗镜总论》曰："《关山月》'晕逐连城璧，轮随出塞车'，唐人无此映带。……此皆得意象先，神行语外，非区区模仿推敲之可得者。"①

以《紫骝马》为题的诗作对"马"之姿态作了生动、形象、准确的刻画。如徐陵《紫骝马》曰：

> 玉镫绣缠鬃，金鞍锦覆幪。风惊尘未起，草浅埒犹空。角弓穿两兔，珠弹落双鸿。日斜驰逐罢，连翩还上东。

诗作以精致的笔法描绘了马鞍、马的行姿、马络的精美等，着力刻画了马的健壮和英姿。又如陈叔宝《紫骝马》二首极为注重色彩渲染，侧面烘托"马"的灵动形态。其诗曰：

> 嫖姚紫塞归，蹀躞红尘飞。玉珂鸣广路，金络耀晨辉。盖转时移影，香动屡惊衣。禁门犹未闭，连骑恣相追。

> 蹀躞紫骝马，照耀白银鞍。直去黄龙外，斜趋玄菟端。垂鞭还细柳，扬尘归上兰。红脸桃花色，客别重羞看。

诗作中的"紫"、"红"、"金"、"白"、"黄"、"玄"等具有炫目的色彩映衬效果，而"'嫖姚''蹀躞''禁门''照耀'等叠韵字，'嫖姚''蹀躞''玉珂''骝马'等同偏旁字在听觉和视觉上都予人富丽的感觉"②，有力地衬托了"马"的雄壮英姿。

陈代边塞乐府诗以赋题法为创作方式，从各种不同角度刻画物象的外部特征，笔法细密精微，提高了体物赋形方面的创作技巧，物象的审美特征得到了张扬。胡震亨《唐音癸签》曰："古诗之妙，专求意象。"③"杨柳"、

---

① 陆时雍编：《古诗镜》卷二十六，《文渊阁四库全书》本，台湾商务印书馆 1983 年版，页 218。
② 龚显宗著：《论梁陈四帝诗》，高雄复文图书出版社 1995 年版，页 103。
③ 胡震亨著：《唐音癸签》卷三，上海古籍出版社 1981 年版，页 16。

"月"、"马"、"雨雪"等意象成为边塞诗"内部构成及发展的共同因子"[①],成为诗人抒情言志的情感媒介,在发展过程中被赋予了独特的思想内涵,形成了较为固定的意象符号,在边塞乐府诗的情感深化和艺术表达等方面都发挥了重要作用。

三 意象描绘与情感抒发相结合的创作范式

在陈代诗人的反复咏叹和集体唱和之下,边塞乐府诗的意象描写与情感抒发相结合,形成了两大基本创作范式。首先,陈代《关山月》、《折杨柳》等把意象描写与闺怨情愁的抒发相结合。《关山月》通过对"月"的描绘来抒发边塞之幽情。如江总《关山月》曰:

> 兔月半轮明,狐关一路平。无期从此别,复欲几年行。映光书汉奏,分影照胡兵。流落今如此,长戍受降城。

诗作描绘戍边士卒面对月夜油然而生的乡怨情愁。清陈祚明《采菽堂古诗选》评此诗曰:"翻只写情,使月皆愁。"[②]又如陈叔宝《关山月》其二曰:

> 戍边岁月久,恒悲望舒耀。城遥接晕高,涧风连影摇。寒光带岫徙,冷色含山峭。看时使人忆,为似娇娥照。

边塞凄美的月光谱洒在将士忧郁苦闷的心中,烘托他们思恋故乡的悲凉愁苦。

徐陵《关山月》其一中客子思妇的情感抒发描绘更为精妙。其诗曰:

> 关山三五月,客子忆秦川。思妇高楼上,当窗应未眠。星旗映疏勒,云阵上祁连。战气今如此,从军复几年?

此诗用高楼上思妇的当窗未眠反衬征夫的思乡之切,"月"成了沟通彼此思念的纽带。

此外,张正见《关山月》"欲验盈虚理,方知道路赊"用月之圆缺来喻归途无望;陈叔宝《关山月》其一"复教征戍客,长怨久连翩"抒发悬隔两地的凄苦;陆琼《关山月》"乡园谁共此,愁人屡益愁",贺力牧《关山月》"此处离

---

① 陈植锷著:《诗歌意象论》,中国社会科学出版社 1990 年版,页 9。

② 陈祚明评选:《采菽堂古诗选》卷三十,《续修四库全书》本,上海古籍出版社 2003 年版,页343。

乡客,遥心万里悬"等借助于"月"意象融入作者的情感旨趣和审美体验,着力于表现征人望月怀归的情愁,散发着浓郁的思乡之情。

　　陈代《折杨柳》注重"杨柳"之形态的描写与抒发,使得"杨柳"具有情感表达的指向。如岑之敬《折杨柳》"将军始见知,细柳绕营垂。悬丝拂城转,飞絮上宫吹。塞门交度叶,谷口暗横枝",张正见《折杨柳》"杨柳半垂空,袅袅上春中。枝疏董泽箭,叶碎楚臣弓。色映长河水,花飞高树风",王瑳《折杨柳》"塞外无春色,上林柳已黄。枝影侵宫暗,叶彩乱星光",徐陵《折杨柳》"袅袅河堤树,依依魏主营",陈叔宝《折杨柳》"杨柳动春情,倡园妾屡惊。入楼含粉色,依风杂管声","长条黄复绿,垂丝密且繁"等或描写柳叶、柳枝、柳干之形态,或描写其摇曳之姿态。作者以清丽自然的笔调描绘杨柳之仪态是有所寄托的。如王瑳《折杨柳》曰:

　　　　塞外无春色,上林柳已黄。枝影侵宫暗,叶彩乱星光。陌头藏戏鸟,楼上掩新妆。攀折思为赠,心期别路长。

轻盈袅娜的杨柳寄托了征人遥想佳人的相思之情。又如岑之敬《折杨柳》曰:

　　　　将军始见知,细柳绕营垂。悬丝拂城转,飞絮上宫吹。塞门交度叶,谷口暗横枝。曲成攀折处,唯言怨别离。

诗作描绘了柳枝轻柔细长、姿态婆娑、悬丝拂城的绵绵景象,寄寓了"唯言怨别离"的相思之痛,寓情于景,情景交融。再如徐陵《折杨柳》曰:

　　　　袅袅河堤树,依依魏主营。江陵有旧曲,洛下作新声。妾对长杨苑,君登高柳城。春还应共见,荡子太无情!

诗作极写柳枝秀色夺目、婀娜多姿,在春风吹拂下,柳枝荡起少妇的思念之情,抒写了思妇守盼征人归来的无限哀怨。清陈祚明《采菽堂古诗选》评此诗曰:"流宕,'春还应共见'用意妙。"[①]

　　此外,如江总《折杨柳》"春心自浩荡,春树聊攀折。共此依依情,无奈年年别",张正见《折杨柳》"莫言限宫掖,不闭长杨宫",陈叔宝《折杨柳》其一"还将出塞曲,仍共胡笳鸣",《折杨柳》其二"聊持暂攀折,空足忆中园"等

---

　　①　陈祚明评选:《采菽堂古诗选》卷二十九,《续修四库全书》本,上海古籍出版社2003年版,页331。

都是借物寄情,以物传情,使得"杨柳"之意象与离别、相思等建立起稳定的情感联系,从而使得诗中之哀怨、相思的表达更加具体贴切,显示出鲜明的边塞乐府诗色彩。

其次,陈代以《紫骝马》、《雨雪》(《雨雪曲》)等为题的诗作通过歌咏物象的属性来表现诗人的思想感情,有着开阔的想象力,富有气势和力量。陈代《紫骝马》诗作注重"马"之情态的描写,往往以"马"为喻,显现出作者豪迈的情怀。如徐陵《紫骝马》曰:

> 玉镫绣缠鬃,金鞍锦覆幪。风惊尘未起,草浅埒犹空。角弓穿两兔,珠弹落双鸿。日斜驰逐罢,连翩还上东。

诗作看似写"马",实则通过"马"抒写征战士卒的雄姿和立功疆场的豪情壮志,是一首明朗深挚、劲健有力之作。又如张正见《紫骝马》曰:

> 将军入大宛,善马出从戎。影绝乾河上,声流水窟中。似鹿犹依草,如龙欲向空。须还千万里,试为一追风。

诗作以"马"自喻,通过描绘"马"的英勇来表现作者高扬的生活情趣和追求。"须还千万里,试为一追风"句借对"马"的礼赞抒发自己的远大抱负和雄心壮志。再如李爕《紫骝马》曰:

> 紫燕忽踟蹰,红尘起路隅。园人移苜蓿,骑士逐蘼芜。三边追黠虏,一鼓定强胡。安用珂为玉,自有汗成珠。

诗作通过"马"来歌颂大将征战沙场的豪情,气势沉郁,疏朗俊迈。明徐献忠《乐府原》评此诗曰:"大将军专征与紫骝同在沙漠,得立战功实资其力。"[①]而陈暄《紫骝马》中的"马"成了自己的化身,其诗曰:

> 天马汗如红,鸣鞭度九嵕。饮伤城下冻,嘶依北地风。笳寒芳树歇,笛怨柳枝空。横行意未已,羞往毂车中。

诗作刻画了战马在塞外险恶的自然环境下纵横驰骋的英姿,"马"其实是自身形象的化身,借咏"马"寄托自己坚毅勇猛的情怀。

此外,祖孙登《紫骝马》"飞尘暗金勒,落泪洒银鞍。抽鞭上关路,谁念

客衣单",江总《紫骝马》"识是东方骑,犹带北风嘶",陈叔宝《紫骝马》其二"垂鞭还细柳,扬尘归上兰"等都是通过"马"之意象的描绘来抒发英勇雄武之豪情的。

　　陈代《雨雪》以别出心裁的比喻、新颖独特的联想来描写"雨雪"之形态,通过雨雪情境的描绘来表达征战的艰辛悲壮和慷慨之气。如江总《雨雪曲》曰:

　　　　雨雪隔榆溪,从军度陇西。绕阵看狐迹,依山见马蹄。天寒旗彩坏,地暗鼓声低。漫漫愁寒起,苍苍别路迷。

此诗通过雨雪严寒来表达征戍之苦,重在表现地之远和天之寒上,"绕阵看狐迹,依山见马蹄"句"似画家布景,点缀得佳"[①],衬托了边塞的凄凉荒芜,"漫漫愁寒起,苍苍别路迷"句融入了无尽的寒苦之情,有壮丽之美。又如陈叔宝《雨雪曲》曰:

　　　　长城飞雪下,边关地籁吟。蒙蒙九天暗,霏霏千里深。树冷月恒少,山雾日偏沉。况听南归雁,切思胡笳音。

诗作通过一系列的景物描写塑造了雨雪霏霏、凄冷苦寒的边地景象,"况听南归雁,切思胡笳音"句借景抒情,把边地的萧瑟之景和士卒的思乡苦痛相融合,显得尤为悲壮。再如张正见《雨雪曲》曰:

　　　　胡关辛苦地,云路远漫漫。含冰踏马足,杂雨冻旗竿。沙漠飞恒暗,天山积转寒。无因辞日逐,团扇掩齐纨。

诗作通过雨雪情境衬托曲折难行、人迹罕至的苦寒险恶之地,描写苍凉劲直,很有气骨。

　　以《雨雪》为题的诗作也表现了作者的激昂慷慨之气。如江晖《雨雪曲》曰:

　　　　边城风雪至,客子自心悲。风哀笳弄断,雪暗马行迟。轻生本为国,重气不关私。恐君犹不信,抚剑一扬眉。

前四句写风哀雪暗的苦寒之境和征人悲愁,着笔之处尽是边塞的荒凉凄清,后四句转而歌颂征人英勇卫国的勇气,似壮实悲,很有风力。又如谢燮

---

　　① 　陆时雍编:《古诗镜》卷二十七,《文渊阁四库全书》本,台湾商务印书馆1983年版,页223。

《雨雪曲》曰：

> 朔边昔离别，寒风复凄切。峨峨六尺冰，飘飘千里雪。未塞袁安
> 户，行封苏武节。应随陇水流，几过空呜咽。

前四句写边地苦寒，后四句通过"袁安困雪"、"苏武持节"等典故颂扬戍守
士卒身处穷困仍守节操的可贵精神。

　　此外，陈暄《雨雪》"都尉出祁连，雨雪满鸡田。雕陵持抵鹊，属国用和
毡"等借助"雨雪"意象不断地渲染边塞苦寒之境，表达征戍者的苦难和艰
辛，从而营造出特定的情感境界。

　　陈代边塞乐府诗《折杨柳》、《关山月》、《紫骝马》、《雨雪》等经过长期的
传承、模拟和积淀，"杨柳"、"月"、"马"、"雨雪"等已成为具有象征意蕴的符
号系统，成为诗人在特定情境中表达悲壮情感的媒介，这些意象符号又与
哀婉情愁、质朴雄健的情感抒发巧妙地结合在一起，成为征人思妇寄托情
感的固定载体，将边塞的苦寒、征戍的艰辛充分表达出来，从而形成比较固
定、稳定的抒情模式。

四　陈代边塞乐府诗的诗学史意义

　　陈代边塞乐府诗在意象的描绘、情感的抒发、篇制的定型以及五言诗
的格律化进程上都取得了比较高的成就，为唐代边塞乐府诗等奠定了基本
范式和基调，具有重要的诗学史意义。

　　首先，《关山月》、《折杨柳》、《紫骝马》、《雨雪》等所表达的情感基调在
陈代得到了固定和加强。《关山月》、《折杨柳》等通过边关物象描绘寄托闺
怨情思，把女性与征战的苦辛联结起来，映衬边地士卒之苦与相思之痛。
据郭茂倩《乐府诗集》，南北朝以《关山月》为题的诗作有 11 首，梁代仅有 1
首，陈代 9 首，由南入北的诗人王褒 1 首。梁代诗作已初具边塞思乡特点。
如萧绎《关山月》曰："朝望清波道，夜上白登台。月中含桂树，流影自徘徊。
寒沙逐风起，春花犯雪开。夜长无与晤，衣单谁为裁。"诗作通过"月"意象
的描写抒发了边塞凄苦之景和相思之情。陈代《关山月》通过对"月"的集
中描绘抒发边塞之幽情。唐吴兢《乐府古题要解》认为，《关山月》"皆言伤

离别也"①。陈代的集中拟作为《关山月》思乡怀归、闺怨情思主旨的形成和定型奠定了坚实的基础。

南北朝以《折杨柳》为题者共 10 首,其中陈代 7 首。"杨柳"意象源于《诗经·小雅·采薇》,王夫之《姜斋诗话》曰:"'昔我往矣,杨柳依依。今我来思,雨雪霏霏。'以乐景写哀,以哀景写乐,一倍增其哀乐。"②"杨柳依依"将分别的依恋之情借助"杨柳"意象生动地表现出来,有力地渲染了离别愁绪,寄寓着征人不愿与亲人惜别的痛楚。乐府曲辞其他形式的《折杨柳》、《折杨柳行》等在内容上与折柳送别无涉。如《乐府诗集·相和歌辞》有《折杨柳行》五首多是"贤者谏不得行,而作诗以讽,其言危切"③。梁鼓角横吹曲《折杨柳歌辞》五首、《折杨柳枝歌》四首中的"杨柳"并没有特殊的意义指向。到了梁代,汉横吹曲《折杨柳》之"杨柳"与离别相结合,成了离愁别恨的载体。如柳恽《折杨柳》曰:"杨柳乱成丝,攀折上春时。叶密鸟飞碍,风轻花落迟。城高短箫发,林空画角悲。曲中无别意,并是为相思。"柳絮的飞扬与相思之情相联结。又如萧绎《折杨柳》曰:"山高巫峡长,垂柳复垂杨。同心且同折,故人怀故乡。山似莲花艳,流如明月光。寒夜猿声彻,游子泪沾裳。"折柳与游子相联结。两首诗作均与边塞诗无涉。陈代《折杨柳》通过杨柳意象的描写,使得杨柳意象与征夫、思妇紧密地结合在一起。明徐献忠《乐府原》曰:"折杨柳者,边塞戍征之士见春光再荣,别离难合,折之以寓悲感之思也。其或闺中思妇缝衣欲寄寒信,忽回春柳,复变感而悲焉,亦其情也。"④陈代诗人通过集中拟作使得《折杨柳》闺怨情愁、相思之苦的主题得到强化,进一步突出其所具有的边塞诗特征。

陈代《紫骝马》、《雨雪》等把"马"、"雨雪"意象描绘与悲凉慷慨之气的表达相结合。钱志熙先生认为:"乐府古题唤醒了齐梁陈诗人久已沉沦的阳刚之美、充实之美的审美理想。"⑤诗作中的悲凉情调、质朴雄健之气给陈代诗坛以新的生机和活力。南北朝以《紫骝马》为题者有 11 首,陈代 9 首,

---

①　吴兢撰:《乐府古题要解》卷下,《历代诗话续编》本,中华书局 1983 年版,页 52。

②　王夫之著,戴鸿森笺注:《姜斋诗话笺注》,人民文学出版社 1981 年版,页 10。

③　转引自黄节撰《汉魏乐府风笺》,中华书局 2007 年版,页 44。

④　徐献忠撰:《乐府原》卷四《汉横吹曲原总》,《明诗话全编》本,江苏古籍出版社 1997 年版,页 3046。

⑤　钱志熙:《齐梁拟乐府诗赋题法初探——兼论乐府诗写作方法之流变》,《北京大学学报》(哲学社会科学版)1995 年第 4 期,页 64。

萧纲、萧绎各 1 首。梁代诗作主要抒写闺怨相思之情。如萧纲《紫骝马》曰："贱妾朝下机，正值良人归。青丝悬玉镫，朱汗染香衣。骤急珂弥响，蹄多尘乱飞。雕菰幸可荐，故心君莫违。""贱妾"、"良人"、"玉镫"、"香衣"等使得诗作多着香艳气息。而陈代以《紫骝马》为题的诗作看似写马实为喻己，虽未写人，但却以马衬人，实现了人马合一。诗中的"马"刚毅勇敢、不辞辛苦、不畏艰难险阻，"马"之健壮刚烈与英雄豪迈之气相结合，通过对"马"之外形的极力渲染来衬托士卒实现人生价值、渴慕建功立业的雄心壮志。

南北朝以《雨雪》为题者共 6 首，都是出自陈代作家之手。《乐府诗集》曰："《采薇》诗曰：'昔我往矣，杨柳依依。今我来思，雨雪霏霏。'《穆天子传》曰：'天子游于黄室之曲，筮猎苹泽，天子乃休。日中大寒，北风雨雪，有冻人，天子作诗三章以哀之，曰：'我徂黄竹'是也。《雨雪曲》盖取诸此。"①王夫之《诗广传》卷三曰："往伐，悲也；来归，愉也。往而咏杨柳之依依，来而叹雨雪之霏霏。善用其情者，不敛天物之荣凋以益己之悲愉而已。"②陈代《雨雪》以别出心裁的比喻、新颖独特的联想来描写"雨雪"之形态，往往通过雨雪情境的描绘来表达征战的艰辛悲壮。

陈代诗人通过集中反复拟作《关山月》、《折杨柳》、《紫骝马》、《雨雪》等，使得诗作的意象指向更加明确，表现主题更加鲜明，使得相关诗作的抒情方式得到固定和强化，经过长期、反复的模拟，逐渐积淀下来，并形成了相应的创作范式。

其次，陈代边塞乐府诗对后世边塞诗作具有垂范和启迪意义。从构思方式和创作形式上看，唐代边塞乐府诗基本承袭了陈代的创作范式与艺术经验。元稹《乐府古题序》评拟乐府创作时说："沿袭古题，唱和重复。"③唐代以《关山月》为题拟作者共 13 首诗作，在创作技巧和风格上明显具有继承陈代《关山月》的特点。如卢照邻"相思在万里，明月正孤悬"，崔融"夜夜闻悲笳，征人起南望"，长孙左辅"今宵照独立，顾影自茕茕"，耿㐲"今夜青楼上，还应照所思"，翁绶"况是故园摇落夜，那堪少妇独登楼"等把月意象

---

①　郭茂倩编撰，聂世美、仓阳卿校点：《乐府诗集》卷二十四，上海古籍出版社 1998 年版，页296。

②　王夫之撰：《船山全书》，岳麓书社 1988 年版，页 392。

③　元稹著，冀勤点校：《元稹集》，中华书局 1982 年版，页 255。

描绘与征人思乡的抒发相结合。唐代以《折杨柳》为题拟作者共 15 首诗作，主要沿袭陈代边塞乐府"折柳寄远"的创作传统，寄寓着浓郁的闺怨情愁。如沈佺期"拭泪攀杨柳，长条宛地垂"、"妾自肝肠断，旁人那得知"，欧阳瑾"朝朝倦攀折，征戍几时回"，张祜"舞带萦丝断，娇蛾向叶嚬。横吹凡几曲，独自最愁人"，张九龄"纤纤折杨柳，持此寄情人"、"更愁征戍客，鬓老边城尘"，李白"美人结长恨，相对心凄然。攀条折春色，远寄龙庭前"，孟郊"莫言短枝条，中有长相思。朱颜与绿杨，并在别离期"等皆通过"杨柳"意象描绘来抒写征夫、思妇的相思之痛。唐代以《紫骝马》为题拟作者共 4首，如卢照邻"骝马照金鞍，转战入皋兰"、"不辞横绝漠，流血几时干"，李益"歇鞍珠作汗，试剑玉如泥"等通过描写雄猛的马借以歌颂将士的英雄气概；李白"紫骝行且嘶，双翻碧玉蹄"、"挥鞭万里去，安得念春闺"以"马"的行为烘托征人积极进取的精神面貌。唐代以《雨雪》为题者仅李端、翁绶 2首，李端"丁零苏武别，疏勒范羌归。若著关头过，长榆叶定稀"，翁绶"斜飘旌旆过戎帐，半杂风沙入戍楼。一自塞垣无李蔡，何人为解北门忧"等皆通过"雨雪"意象抒写忧愁与悲愤。

与此同时，唐代边塞乐府诗正是在继承陈代边塞乐府的基础上不断创新发展的。如李白《关山月》曰："明月出天山，苍茫云海间。长风几万里，吹度玉门关。汉下白登道，胡窥青海湾。由来征战地，不见有人还。戍客望边邑，思归多苦颜。高楼当此夜，叹息未应闲。"诗作通过"月"等意象描写来衬托战争的残酷，进而抒写边地的相思之苦，虽然基本上还是承袭陈代《关山月》的创作模式，但笔力浑宏，境界大开，在思想深度和艺术风格上都胜过陈代。又如卢照邻《紫骝马》曰："骝马照金鞍，转战入皋兰。塞门风稍急，长城水正寒。雪暗鸣珂重，山长喷玉难。不辞横绝漠，流血几时干？"诗作的意象描绘不再局限于陈代的虚构想象，大多数依实而作，从而使情感的抒发更具有现实性，极大地拓展了诗作的意境。

陈代边塞乐府诗为唐代诗作奠定了凄切哀婉的抒情基础，从陈代、唐代诗歌的句式、立意的相似之处，我们可以看到唐代边塞乐府对陈代的形式体制、抒情手段的继承与发展。陈代边塞乐府诗的创作范式不仅对后世《关山月》、《折杨柳》、《紫骝马》、《雨雪》的不断成熟、定型具有重要的推动作用，而且还为边塞诗乃至整个古典诗歌创作注入了新鲜血液。

最后，陈代边塞乐府诗为五言律诗的发展与成熟创造了条件。陈代文

会活动的主要成员多善于五言诗作。如侯安都"为五言诗,亦颇清靡"①,
陆琼"为五言诗,颇有词采"②,张正见"五言诗尤善"③,阮卓"尤工五言
诗"④,阴铿"尤善五言诗"⑤。陈代边塞乐府诗集中拟作的《折杨柳》《关山
月》《紫骝马》《雨雪》等几乎都是以五言八句的形式出现的,这种大规模
集中拟作的现象在乐府诗兴盛的梁代、唐代从未有过。据郭茂倩《乐府诗
集》,以《折杨柳》为题者陈代 7 首,均为五言八句;梁代五言八句 3 首;唐代
五言八句 9 首、五言十二句 1 首、五言十六句 1 首、五言二十句 1 首、七言
四句 1 首、七言八句 2 首。以《关山月》为题者陈代 9 首,均为五言八句;梁
代五言八句 2 首;唐代五言八句 5 首、五言四句 2 首、五言十二句 2 首、五
言二十四句 1 首、七言六句 1 首、七言八句 1 首、七言十四句 1 首。以《紫
骝马》为题者陈代 9 首,均为五言八句;梁代五言八句 1 首、五言四句 1 首;
唐代五言八句 3 首、七言八句 1 首。以《雨雪》为题者陈代 6 首,均为五言
八句;梁代未有以此题为作者;唐代五言八句 1 首、七言八句 1 首。从以上
数据可以看出,陈代边塞乐府诗的集中拟作为五言八句句式的定型和发展
奠定了坚实的基础,从而有力地推进了五言诗的格律化进程。

　　总之,以《折杨柳》《关山月》《紫骝马》《雨雪》等为题的诗作在陈代
文人竞相模拟的群相切磋中,其创作技巧和方法在日渐成熟的同时也显现
出了趋同性的创作范式。这些诗作常常运用"赋题法",充分发挥相应的艺
术想象,注重传达物象的精神气韵,"杨柳""月""马""雨雪"等成为陈代
独具深刻文化意义和审美内蕴的固定意象之一,在这些意象的不断渲染
下,边塞诗中的闺怨情愁、慷慨悲凉之气等情感指向得到了进一步的生发。
这些创作范式为隋唐以后的边塞诗创作奠定了基本主题和风格,《折杨
柳》《关山月》哀婉之情的描写,《雨雪》《紫骝马》悲壮情怀的抒发,多为唐
代边塞乐府诗等所继承。

---

①　姚思廉撰:《陈书》,中华书局 1972 年版,页 143。

②　姚思廉撰:《陈书》,中华书局 1972 年版,页 396。

③　姚思廉撰:《陈书》,中华书局 1972 年版,页 470。

④　姚思廉撰:《陈书》,中华书局 1972 年版,页 471。

⑤　姚思廉撰:《陈书》,中华书局 1972 年版,页 472。

第七章　陈叔宝文学群体的文学创作

陈叔宝文学集团注重群体性游宴活动,他所倡导的集体赋韵诗使得其文学群体在"群相切磋"的诗歌创作中提高了艺术技巧。他们对宫体诗实施了进一步"新变",把南朝乐府的曲调与宫体诗创作相结合,使得这些诗作脂粉气息浓郁、心理描写细腻,具有鲜明的审美追求。

第一节　陈叔宝侍从文人考

陈叔宝为太子和继皇位后"宾礼诸公,唯寄情于文酒;昵近群小,皆委之以衡轴"①,以他为中心形成了庞大的文学群体。《陈书》史臣曰:"后主昔在储宫,早标令德,及南面继业,实允天人之望矣。至于礼乐刑政,咸遵故典,加以深弘六艺,广辟四门,是以待诏之徒,争趋金马;稽古之秀,云集石渠。"②其文学群体的组成非常复杂,主要成员大致可分为四类:

一　侍从东宫的文人

陈叔宝为太子时就多有群体性的文学创作活动,身边聚集了一批东宫学士从事文学创作,"皇太子好酒德,每共幸人为长夜之宴"③,"济阳江总、吴国顾野王、陆琼、从弟瑜、河南褚玠、北地傅𬤇等,皆以才学之美,晨夕娱侍"④。其成员可考者有:

江总,《陈书·江总传》曰:"天嘉四年,以中书侍郎征还朝,直侍中省。累迁司徒右长史,掌东宫管记,给事黄门侍郎,领南徐州大中正。授太子中庶子、通直散骑常侍,东宫、中正如故。迁左民尚书,转太子詹事,中正如

---

①　姚思廉撰:《陈书》,中华书局1972年版,页119。
②　姚思廉撰:《陈书》,中华书局1972年版,页120。
③　姚思廉撰:《陈书》,中华书局1972年版,页390。
④　姚思廉撰:《陈书》,中华书局1972年版,页349。

故。以与太子为长夜之饮,养良娣陈氏为女,太子微行总舍,上怒免之。"①

顾野王,《陈书·顾野王传》曰:"后主在东宫,野王兼东宫管记,本官如故。六年,除太子率更令,寻领大著作,掌国史,知梁史事,兼东宫通事舍人。时宫僚有济阳江总,吴国陆琼,北地傅縡,吴兴姚察,并以才学显著,论者推重焉。"②

陆琼,《陈书·陆琼传》曰:"琼素有令名,深为世祖所赏。及讨周迪、陈宝应等,都官符及诸大手笔,并中敕付琼。迁新安王文学,掌东宫管记……太建元年,重以本官掌东宫管记……又领大著作,撰国史……后主即位。直中书省,掌诏诰。"③

陆琰,"琰年十八,上《善政颂》,甚有词采,由此知名"④。《陈书·陆瑜传附陆琰传》曰:"掌东宫管记,太子爱琰才辩,深礼遇之。"⑤

傅縡,太建年间,兼东宫管记。《陈书·傅縡传》曰:"縡为文典丽,性又敏速,虽军国大事,下笔辄成,未尝起草,沉思者亦无以加焉。"⑥

姚察,太建初,报聘于周。《陈书·姚察传》曰:"使还,补东宫学士。于时济阳江总、吴国顾野王、陆琼、从弟瑜、河南褚玠、北地傅縡等,皆以才学之美,晨夕娱侍。察每言论制述,咸为诸人宗重。储君深加礼异,情越群僚,宫内所须方幅手笔,皆付察立草。又数令共野王递相策问,恒蒙赏激。"⑦

陆瑜与兄陆琰同为东宫学士。《陈书·陆瑜传》曰:"时皇太子好学,欲博览群书,以子集繁多,命瑜钞撰,未就而卒,时年四十四。太子为之流涕,手令举哀,官给丧事,并亲制祭文,遣使者吊祭。"⑧由此可见其深受陈叔宝的恩幸。《陈书·陆瑜传》曰:"转军师晋安王外兵参军、东宫学士。兄琰时为管记,并以才学娱侍左右,时人比之二应。太建二年,太子释奠于太学,宫臣并赋诗,命瑜为序,文甚赡丽。迁尚书祠部郎中,丁母忧去职。服阕,

①　姚思廉撰:《陈书》,中华书局1972年版,页345。
②　姚思廉撰:《陈书》,中华书局1972年版,页399—400。
③　姚思廉撰:《陈书》,中华书局1972年版,页396—397。
④　姚思廉撰:《陈书》,中华书局1972年版,页465。
⑤　姚思廉撰:《陈书》,中华书局1972年版,页465。
⑥　姚思廉撰:《陈书》,中华书局1972年版,页405。
⑦　姚思廉撰:《陈书》,中华书局1972年版,页349。
⑧　姚思廉撰:《陈书》,中华书局1972年版,页463—464。

为桂阳王明威将军功曹史,兼东宫管记。累迁永阳王文学、太子洗马、中舍人。"①《陈书·陆琰传》曰:"太建初,为武陵王明威府功曹史,兼东宫管记。"②

褚玠,《陈书·褚玠传》曰:"及长,美风仪,善占对,博学能属文,词义典实,不好艳靡……十年,除电威将军、仁威淮南王长史。顷之,以本官掌东宫管记。"③

周弘正,太建五年,"敕侍东宫讲《论语》、《孝经》。太子以弘正朝廷旧臣,德望素重,于是降情屈礼,横经请益,有师资之敬焉"④。

王元规,《陈书·王元规传》曰:"后主在东宫,引为学士,亲受《礼记》、《左传》、《丧服》等义,赏赐优厚。"⑤

徐陵,太建八年,"加翊右将军、太子詹事,置佐史",太建十三年,"为中书监,领太子詹事……后主在东宫,令陵讲大品经,义学名僧,自远云集,每讲筵商较,四座莫能与抗"。后主即位,"迁左光禄大夫、太子少傅,余如故。至德元年卒,时年七十七"⑥。

毛喜,《陈书·毛喜传》曰:"皇太子好酒德,每共幸人为长夜之宴……初,后主为始兴王所伤,及疮愈而自庆,置酒于后殿,引江总以下,展乐赋诗,醉而命喜。"⑦

陈暄,《南史·陈暄传》曰:"后主之在东宫,引为学士。"⑧

柳庄,《陈书·后主柳皇后传附柳庄传》曰:"后从祖弟庄,清警有鉴识,太建末,为太子洗马,掌东宫管记。"⑨

王劢,《陈书·王通附王劢传》曰:"美风仪,博涉书史,恬然清简……天嘉元年,征为侍中、都官尚书,未拜,复为中书令。迁太子詹事,行东宫事,侍中并如故。"⑩

①　姚思廉撰:《陈书》,中华书局 1972 年版,页 463。
②　姚思廉撰:《陈书》,中华书局 1972 年版,页 463。
③　姚思廉撰:《陈书》,中华书局 1972 年版,页 460—461。
④　姚思廉撰:《陈书》,中华书局 1972 年版,页 309。
⑤　姚思廉撰:《陈书》,中华书局 1972 年版,页 449。
⑥　姚思廉撰:《陈书》,中华书局 1972 年版,页 334。
⑦　姚思廉撰:《陈书》,中华书局 1972 年版,页 390—391。
⑧　李延寿撰:《南史》,中华书局 1975 年版,页 1503。
⑨　姚思廉撰:《陈书》,中华书局 1972 年版,页 130。
⑩　姚思廉撰:《陈书》,中华书局 1972 年版,页 238—239。

袁宪,宪时年十四,被召为国子《正言》生,《陈书·袁宪传》曰:"(太建)二年,转尚书吏部侍郎,寻除散骑常侍,侍东宫。"①

蔡凝,"博涉经传,有文辞",太建元年,"迁太子中舍人,以名公子选尚信义公主,拜驸马都尉,中书侍郎"②。

虞世基,《隋书·虞世基传》曰:"仕陈,释褐建安王法曹参军事,历祠部殿中二曹郎、太子中舍人。迁中庶子、散骑常侍、尚书左丞。陈主尝于莫府山校猎,令世基作《讲武赋》。"③据《陈书·高宗四十二男·建安王叔卿传》曰:"太建四年,立为建安王,授东中郎将、东扬州刺史。"④因此,虞世基仕陈当为太建四年(572),其《讲武赋》作于祯明二年(588)十月。

二 狎客群体

陈叔宝为皇帝时,其游宴赋诗活动更多。《陈书·文学传》曰:"后主嗣业,雅尚文词,傍求学艺,焕乎俱集。每臣下表疏及献上赋颂者,躬自省览,其有辞工,则神笔赏激,加其爵位,是以搢绅之徒,咸知自励矣。"⑤《隋书·音乐志》曰:"与幸臣等制其歌词,绮艳相高,极于轻薄。男女唱和,其音甚哀。"⑥于是在陈叔宝身旁形成了陈暄、孔范、王瑳等十余人的"狎客"群体,狎客群体的诗歌创作最多也最为淫艳。其成员可考者有:

江总,《陈书·江总传》曰:"能属文,于五言七言尤善;然伤于浮艳,故为后主所爱幸。"⑦时人孔奂认为江总乃"文华之人","有潘、陆之华"⑧。江总为狎客之时创作了许多艳冶之诗,冯夏京《说诗补遗》曰:"江尚书总诗,如《东飞伯劳》、《杂曲》首篇、《梅花落》、七言《闺怨》、内殿新诗《姬人怨》、《姬人怨服散》,极轻华之致,固是狎客本色。"⑨明陆时雍《古诗镜》曰:"江总丽藻时闻,语多新颖,独妖啼鬼哭,绝类后主,所谓亡国之征,于斯

---

① 姚思廉撰:《陈书》,中华书局 1972 年版,页 313。

② 姚思廉撰:《陈书》,中华书局 1972 年版,页 470。

③ 魏徵、令狐德棻撰:《隋书》,中华书局 1973 年版,页 1569。

④ 姚思廉撰:《陈书》,中华书局 1972 年版,页 368。

⑤ 姚思廉撰:《陈书》,中华书局 1972 年版,页 453。

⑥ 魏徵、令狐德棻撰:《隋书》,中华书局 1973 年版,页 309。

⑦ 姚思廉撰:《陈书》,中华书局 1972 年版,页 347。

⑧ 姚思廉撰:《陈书》,中华书局 1972 年版,页 286。

⑨ 冯夏京撰:《说诗补遗》卷四,《明诗话全编》本,江苏古籍出版社 1997 年版,页 7234。

可验。"①

陈暄，据《南史·陈暄传》曰："暄素通脱，以俳优自居，文章谐谬，语言不节，后主甚亲昵而轻侮之。"②

孔范，《南史·孔范传》曰："后主即位，为都官尚书，与江总等并为狎客。范容止都雅，文章赡丽，又善五言诗，尤见亲爱。"③

孙玚，《陈书·孙玚传》曰："后主嗣位，复除通直散骑常侍，兼起部尚书。寻除中护军，复爵邑，入为度支尚书，领步兵校尉。俄加散骑常侍，迁侍中、祠部尚书。后主频幸其第，及著诗赋述勋德之美，展君臣之意焉。"④

王瑳、陈叔达、袁权、陈褒、王仪等亦为其狎客之列。《陈书·江总传》曰："后主之世，总当权宰，不持政务，但日与后主游宴后庭，共陈暄、孔范、王瑳等十余人，当时谓之狎客。"⑤《南史·陈暄传》曰："及即位，迁通直散骑常侍，与义阳王叔达、尚书孔范、度支尚书袁权、侍中王瑳、金紫光禄大夫陈褒、御史中丞沈瓘、散骑常侍王仪等恒入禁中陪侍游宴，谓为狎客。"⑥

此外，太史令何胥常为陈叔宝等人谱写艳曲，亦当入为"狎客"之列。

三　宠妃及宫女

陈叔宝身边的宠妃也成为其游宴赋诗的重要成员。《陈书·后主沈皇后传》曰："后主每引贵妃与宾客游宴，贵妃荐诸宫女预焉。"⑦其成员主要有：

张丽华及龚、孔二贵嫔。《南史·陈后主纪》曰："后主愈骄，不虞外难，荒于酒色，不恤政事，左右嬖佞珥貂者五十人，妇人美貌丽服巧态以从者千余人。常使张贵妃、孔贵人等八人夹坐，江总、孔范等十人预宴，号曰'狎客'。先令八妇人襞采笺，制五言诗，十客一时继和，迟则罚酒。君臣酣饮，从夕达旦，以此为常。"⑧陈后主起三阁，自己居临春阁，张贵妃居结绮阁，

① 陆时雍编：《古诗镜》卷二十六，《文渊阁四库全书》本，台湾商务印书馆 1983 年版，页 221。
② 李延寿撰：《南史》，中华书局 1975 年版，页 1503。
③ 李延寿撰：《南史》，中华书局 1975 年版，页 1941。
④ 姚思廉撰：《陈书》，中华书局 1972 年版，页 321。
⑤ 姚思廉撰：《陈书》，中华书局 1972 年版，页 347。
⑥ 李延寿撰：《南史》，中华书局 1975 年版，页 1503。
⑦ 姚思廉撰：《陈书》，中华书局 1972 年版，页 131。
⑧ 李延寿撰：《南史》，中华书局 1975 年版，页 306。

龚、孔二贵嫔居望仙阁，"并复道交相往来"①，张丽华独享一阁，其地位和受宠程度可见一斑。

王、季二美人，张、薛二淑媛，袁昭仪、何婕妤、江修容、袁大舍等。《南史·后妃列传》曰："又有王、季二美人，张、薛二淑媛，袁昭仪、何婕妤、江修容等人，并有宠，递代以游其上。以宫人有文学者袁大舍等为女学士。后主每引宾客，对贵妃等游宴，则使诸贵人及女学士与狎客共赋新诗，互相赠答。采其尤艳丽者，以为曲调，被以新声。选宫女有容色者以千百数，令习而歌之，分部迭进，持以相乐。其曲有《玉树后庭花》、《临春乐》等。其略云：'璧月夜夜满，琼树朝朝新。'大抵所归，皆美张贵妃、孔贵嫔之容色。"②

沈婺华，《陈书·后妃传·沈后》曰："后主沈皇后讳婺华，仪同三司望蔡贞宪侯君理女也……后性端静，寡嗜欲，聪敏强记，涉猎经史，工书翰。"③

陈叔宝宠妃及宫女善文者似应还有更多，梁乙真《中国妇女文学史纲》认为："妇女作者，吾意当时必多，但传于今者，仅沈婺华等数人耳。"④

四　宗族成员

陈室宗族也成为其游宴的重要成员。《南史·陈宗室诸王·岳阳王叔慎传》："时后主尤爱文章，叔慎与衡阳王伯信、新蔡王叔齐等，日夕陪侍赋诗，恒被嗟赏。"⑤据法琳《辩正论》，陈代诸王如鄱阳王伯山、豫章王叔英、衡阳王伯信、桂阳王伯谋、义阳王叔达、新蔡王叔齐等"并渔猎坟典，游戏篇章"⑥。

岳阳王陈叔慎、衡阳王陈伯信、新蔡王陈叔齐。《陈书·高宗二十九王·岳阳王叔慎传》曰："至德四年，拜侍中、智武将军、丹阳尹。是时，后主尤爱文章，叔慎与衡阳王伯信、新蔡王叔齐等日夕陪侍，每应诏赋诗，恒被

---

①　李延寿撰：《南史》，中华书局 1975 年版，页 347。
②　李延寿撰：《南史》，中华书局 1975 年版，页 347—348。
③　姚思廉撰：《陈书》，中华书局 1972 年版，页 130。
④　梁乙真著：《中国妇女文学史纲》，上海书店 1990 年版，页 165。
⑤　李延寿撰：《南史》，中华书局 1975 年版，页 1589。
⑥　法琳著：《辩正论》卷三，载《大正新修大藏经》第五十二卷，佛陀教育基金会出版部 1990年版，页 504。

嗟赏。"①岳阳王叔慎，字子敬，高宗第十六子，"少聪敏，十岁能属文"②。衡阳王陈伯信字孚之，世祖第七子。新蔡王叔齐字子肃，高宗第十一子，"风彩明赡，博涉经史，善属文"③。

新安王伯固，世祖第五子。《陈书·新安王伯固传》曰："伯固颇知玄理，而堕业无所通，至于摘句问难，往往有奇意。为政严苛，国学有堕游不修习者，重加榎楚，生徒惧焉，由是学业颇进。……后主初在东宫，与伯固甚相亲狎。伯固又善嘲谑，高宗每宴集，多引之。"④

陈叔宝文学群体成员聚在一起，"或玩新花，时观落叶，既听春鸟，又聆秋雁，未尝不促膝举觞，连情发藻，且代琢磨，间以嘲谑，俱怡耳目，并留情致"⑤。他们切磋文义，唱和诗文，竞骋辞藻，创作了大量的赋韵诗和宫体乐府诗。这种"群相切磋"的创作方式极大地活跃了梁陈时期的诗歌创作，有力地促使文士们在注重修辞和讲究形式上下功夫。

第二节　陈叔宝文学群体宫体乐府诗的新变

陈叔宝文学集团注重群体性游宴活动，把促膝举觞、宴集赏乐等作为文学创作感兴的条件，创作了一系列娱乐性情、轻艳绮靡的宫体拟乐府诗。石观海先生认为："陈代宫体诗与萧梁宫体诗的重要差异在于其'乐府'系列诗作所选的曲目趋于集中和倾斜。"⑥陈叔宝文学群体集中拟作的《三妇艳》、《杂曲》、《长相思》、《有所思》、《乌栖曲》、《采桑》、《日出东南隅行》等均是流传已久的题目，这些诗作脂粉气息浓郁，心理描写细腻，具有鲜明的审美追求，显现出其文学创作的新变意识。

一　题材与形式上的变革

陈叔宝文学群体注重乐府同题之作，偏尚淫丽之文，呈现出轻艳靡丽的诗风。胡大雷先生认为，陈叔宝文学集团的创新之处在于"把南朝乐府

---

① 姚思廉撰：《陈书》，中华书局 1972 年版，页 371。
② 姚思廉撰：《陈书》，中华书局 1972 年版，页 371。
③ 姚思廉撰：《陈书》，中华书局 1972 年版，页 369。
④ 姚思廉撰：《陈书》，中华书局 1972 年版，页 498。
⑤ 严可均校辑：《全上古三代秦汉三国六朝文》，中华书局 1958 年版，页 3423。
⑥ 石观海著：《宫体诗派研究》，武汉出版社 2003 年版，页 260。

的曲调与宫体诗创作结合起来,对宫体诗实施了进一步'新变',但这'新变'再辅以放浪的吟咏方式则把宫体诗作送上了'末路'"①。我们以拟乐府《三妇艳》、《杂曲》为例进行分析。

《三妇艳》属相和歌辞,源于古辞《相逢行》(一曰《相逢狭路间行》,亦曰《长安有狭斜行》),《乐府诗集》卷三十五载有《长安有狭斜行》"古辞"一首,卷三十四均载有《相逢行》"古辞"一首。《长安有狭斜行》、《相逢行》后六句基本相同,如《长安有狭斜行》曰:"大妇织绮罗,中妇织流黄。小妇无所为,挟琴上高堂。丈夫且徐徐,调弦讵未央。"诗作通过官宦家中三妇的描绘有力渲染富贵人家的享乐生活。

南朝诗人刘铄、王融、萧统、沈约、王筠等敷衍这六句诗创作了一系列的《三妇艳》诗。宋刘铄最早作《三妇艳》,其诗在形式上和汉乐府《相逢行》后六句极为相似,只是内容上稍有变化,"犹未甚猥亵也"②。齐王融《三艳诗》中三妇及丈人情态的描写全然是《相逢行》后六句诗的翻版。萧统、沈约笔下的丈人变成了良人,吴均笔下的丈人则转变成了佳人,在结构和内容上与《相逢行》后六句诗基本一致。刘孝绰《三妇艳》把主要的笔墨倾洒在小妇身上,写出了小妇的窈窕多姿,"丈人慎勿去,听我驻浮云"描绘了小妇娇艳欲滴的情态。陈祚明《采菽堂古诗选》评曰:"《三妇艳》,惟此篇稍有致。"③

陈代以前对《相逢行》的拟作重在模拟其创作形式,总体上与汉乐府内容基本吻合。到了陈代,这一诗题渐染香艳气息。卢文弨认为:"梁昭明太子、沈约,俱有'良人且高卧'之句。王筠、刘孝绰尚称'丈人',吴均则云'佳人',至陈后主乃有十一首之多,如'小妇正横陈,含娇情未吐'等句,正颜氏所谓郑、卫之辞也。张正见亦然,皆大失本指。"④如张正见《三妇艳》曰:

> 大妇织残丝,中妇妒蛾眉。小妇独无事,歌罢咏新诗。上客何须起,为待绝缨时。

诗题在形式上变化虽不太显著,但"中妇妒蛾眉"句似有争风吃醋之感,"上

---

① 胡大雷著:《宫体诗研究》,商务印书馆 2004 年版,页 226。

② 王利器撰:《颜氏家训集解》(增补本),中华书局 1993 年版,页 479。

③ 陈祚明评选:《采菽堂古诗选》卷二十八,《续修四库全书》本,上海古籍出版社 2003 年版,页 290。

④ 王利器撰:《颜氏家训集解》(增补本)引卢文弨注,中华书局 1993 年版,页 479。

客何须起，为待绝缨时"句也已著有轻艳色彩。

陈叔宝创作了 11 首《三妇艳》，在题材和形式上对《相逢行》做了重大的变革，以绮艳相高，极于淫荡。陈祚明《采菽堂古诗选》认为陈叔宝之作"最有纤致者"[1]。其诗曰：

> 大妇避秋风，中妇夜床空。小妇初两鬓，含娇新脸红。得意非霞日，可怜那可同。（其一）大妇妒蛾眉，中妇逐春时。小妇最季少，相望卷罗帏。罗帏夜寒卷，相望人来迟。（其四）大妇上高楼，中妇荡莲舟。小妇独无事，拨帐掩娇羞。丈夫应自解，更深难道留。（其五）大妇怨空闺，中妇夜偷啼。小妇独含笑，正柱作乌栖。河低帐未掩，夜夜画眉齐。（其九）大妇年十五，中妇当春户。小妇正横陈，含娇情未吐。所愁晓漏促，不恨灯销炷。（其十一）

他把主要的笔墨涂洒在了"小妇"的身上，极力描写"小妇"的妖冶和娇媚，"大妇"和"中妇"只是"小妇"的陪衬，小妇婀娜的身姿、细腻的肌肤、娇美的妆饰、顾盼的眼神等都描写得大胆热辣，风格更趋妖艳、淫靡。郭建勋先生认为："南朝以士族文人为主的诗人们，倚仗他们叙写者的话语权，通过对'古辞'《长安有斜狭行》中女性的改造，用世俗的享乐尺度置换了汉代传统的伦理尺度，从而完成了女性从认知和描写方面由'德'向'色'的根本转变。"[2]

《杂曲》属杂曲歌辞，陈代之前仅有王筠作有《杂曲》二首，均为五言四句，篇制短小。如其一曰："鸟还夜已逼，虫飞晓尚赊。桂月徒留影，兰灯空结花。"侧重简单咏物性描写。而陈代《杂曲》则融入了艳情闺怨成分，夸耀张贵妃之美艳与得宠。如傅缚《杂曲》以绮艳的笔法描写了宫殿和宫女。其诗曰：

> 新人新宠住兰堂，翠帐金屏玳瑁床。丛星不如珠帘色，度月还如粉壁光。从来著名推赵子，复有丹唇发皓齿。一娇一态本难逢，如画如花定相似。楼台宛转曲皆通，弦管逶迤彻下风。此殿笑语恒长共，傍省欢娱不复同。讶许人情太厚薄，分恩赋念能斟酌。多作绣被为鸳

---

① 陈祚明评选：《采菽堂古诗选》卷二十九，《续修四库全书》本，上海古籍出版社 2003 年版，页 324。

② 郭建勋：《从〈长安有狭斜行〉到〈三妇艳〉的演变》，《文学遗产》2007 年第 5 期，页 26。

莺,长弄绮琴憎别鹤。人今投宠要须坚,会使岁寒恒度前。共取辰星
作心抱,无转无移千万年。

作者以流丽的笔法描绘了翠帐、金屏、玳瑁床等宫殿的华艳,以及与华美宫
殿相映衬的新人的丹唇皓齿、娇态美艳,歌舞升平、笑语欢娱成了他们生活
的主题,最后作者通过新旧的对比映衬,道出了被遗弃妇女的哀叹与悲怨。
清陈祚明《采菽堂古诗选》评此诗曰:"流艳中有健气。"①而徐陵《杂曲》用
秾艳之词描绘了张贵妃之美。诗曰:

倾城得意已无俦,洞房连阁未消愁。宫中本造鸳鸯殿,为谁新起
凤凰楼?绿黛红颜两相发,千娇百念情无歇。舞衫回袖胜春风,歌扇
当窗似秋月。碧玉宫妓自翩妍,绛树新声自可怜。张星旧在天河上,
从来张姓本连天。二八年时不忧度,傍边得宠谁应妒。立春历日自当
新,正月春幡底须故。流苏锦帐挂香囊,织成罗幌隐灯光。只应私将
琥珀枕,暝暝来上珊瑚床。

此诗词藻华美,运用正面和侧面描写相结合的手法刻画了一位倾国倾城、
美艳惊人的女子。"绿黛红颜两相发,千娇百念情无歇"句极言张贵妃千娇
妖艳的容貌,"舞衫回袖胜春风,歌扇当窗似秋月。碧玉宫妓自翩妍,绛树
新声最可怜"句描写其歌舞升平和淫奢享乐,作者最后通过流苏锦帐、香囊
罗幌、琥珀枕、珊瑚床等床饰的描绘进一步点出了其新艳淫奢之致。

江总《杂曲》三首艳丽缠绵,描写更为香艳。清陈祚明《采菽堂古诗选》
评此诗曰:"此与徐陵同赋,并是张丽华初入宫时作","妖艳无比"②。如
《杂曲》其一曰:

行行春径蘼芜绿,织素那复解琴心?乍惬南阶悲绿草,谁堪东陌
怨黄金?红颜素月俱三五,夫婿何在今追房。关山陇月春雪冰,谁见
人啼花照户?

前四句写思妇伤春之感,后四句写思妇怀人之情。一面写艳丽的春光,另
一面写少妇的哀怨,形成鲜明的对比,风格流丽。明陆时雍《诗镜总论》曰:

---

① 陈祚明评选:《采菽堂古诗选》卷三十,《续修四库全书》本,上海古籍出版社2003年版,页
349。

② 陈祚明评选:《采菽堂古诗选》卷三十,《续修四库全书》本,上海古籍出版社2003年版,页
343—344。

"江总自梁入陈,其诗犹有梁人余气。至陈之末,纤靡极矣。"①他善于通过艳丽辞藻的描摹来满足其文学群体游宴欢娱之需,诗作"丽藻时闻,语多新颖"②。

此外,徐陵《长相思》其二"念君今不见,谁为抱腰看",陈叔宝《长安道》"当垆晚留客,夜夜苦红妆",陈叔宝《洛阳道》其二"佳丽娇南陌,香气含风好",徐陵《洛阳道》其二"相看不得语,密意眼中来",岑之敬《洛阳道》"复有能留客,莫愁娇态新",陈暄《洛阳道》"路傍避骢马,车中看玉人。镇西歌艳曲,临淄逢丽神",江总《长安道》"日暮延平客,风花拂舞衣"等也多有艳丽柔靡之致。

陈叔宝文学群体的乐府同题之作是这一时期文坛的新风尚,文士们沿用乐府旧题创作了大量的宫体诗,这些诗作多涉风花雪月,风格轻靡,呈现出群体性的脂粉气息。

二 情感表达上的翻新

陈叔宝文学群体诗歌创作不仅有香艳气息,而且在情感描写上也颇为细腻别致。如陈叔宝、徐陵、江总、萧淳、陆琼等同题拟作的《长相思》,描写精工细致,情韵委婉缠绵。陈叔宝《长相思》其二曰:

> 长相思,怨成悲。蝶萦草,树连丝。庭花飘散飞入帷。帷中看只影,对镜敛双眉。两见同见月,两别共春时。

诗作描写了深情别致的思念之情,"蝶萦草,树连丝"等自然现象表现出两人缠绵的恋情。清陈祚明《采菽堂古诗选》评曰:"翻新见异。"③又如徐陵《长相思》其二曰:

> 长相思,好奉节,梦里恒啼悲不泄。帐中起,窗前咽。柳絮飞还聚,游丝断复结。欲见洛阳花,如君陇头雪。

前三句写春意的美好,独居的少妇也被这春意所感染。"帐中起,窗前咽"句写少妇的春愁,而柳絮重聚、游丝复结进一步衬托出少妇的缠绵感伤。

---

① 陆时雍撰:《诗镜总论》,《历代诗话续编》本,中华书局1983年版,页1410。
② 陆时雍编:《古诗镜》卷二十六,《文渊阁四库全书》本,台湾商务印书馆1983年版,页221。
③ 陈祚明评选:《采菽堂古诗选》卷二十九,《续修四库全书》本,上海古籍出版社2003年版,页326。

清陈祚明《采菽堂古诗选》曰："低徊之情,百咏不已。"①再如萧淳《长相思》曰:

> 长相思,久离别,新燕参差条可结。壶关远,雁书绝。对云恒忆阵,看花复愁雪。犹有望归心,流黄未剪截。

诗作以春燕、夏花、秋雁、冬雪来描绘离别相思的久长,一下子把思妇推到了一个处处都能牵动"春思"的氛围之中,"犹有望归心,流黄未剪截"句表达望归的痴迷和急切,委婉曲折,情意渺远。再如江总《长相思》其一曰:

> 长相思,久离别,征夫去远芳音灭。湘水深,陇头咽。红罗斗帐里,绿绮清弦绝。迢迤百尺楼,愁思三秋结。

诗作以细腻别致的笔法抒写了相思的绵绵之意,"声调流畅圆美,情韵委婉缠绵"②。王夫之《古诗评选》评曰:"为此调者恒苦遣句,遒急则入俚,与填词亡别矣,如江作有云'征夫去远芳音灭',纯乎其为《罗江怨》《醉扶归》,岂复得入乐府?此篇心有密理,笔有忍势。艳而不俗,方可不愧作者。"③

《梅花落》属横吹曲辞,陈代之前仅有鲍照、吴均以此题作诗,均为五言四句,这些诗作以咏梅言志为主题。如吴均《梅花落》曰:"隆冬十二月,寒风西北吹。独有梅花落,飘荡不依枝。流连逐霜彩,散漫下冰澌。何当与春日,共映芙蓉池。"诗作歌咏在寒风中俏丽无比的梅花,含蓄地抒写了作者渴望有所作为的心情。而陈代《梅花落》则融梅入情,婉转地表达了作者的细腻情致。如陈叔宝《梅花落》其一曰:

> 春砌落芳梅,飘零上凤台。拂妆疑粉散,逐溜似萍开。映日花光动,迎风香气来。佳人早插髻,试立且徘徊。

此诗形象地描绘了春天里佳人的无限愁怨之情,芳梅、春机虽有春色但亦蕴含伤感,"花光动"、"香气来"、"早插髻"更衬托出她的寂寞思怨,精细地刻画了其缠绵悱恻的相思之情。又如徐陵《梅花落》曰:

> 对户一株梅,新花落故栽。燕拾还莲井,风吹上镜台。娼家怨思

---

①　陈祚明评选:《采菽堂古诗选》卷二十九,《续修四库全书》本,上海古籍出版社 2003 年版,页 331。

②　王筱云主编:《中国古典文学名著分类集成》(诗歌卷),百花文艺出版社 1994 版,页 409。

③　王夫之评选,张国星校点:《古诗评选》卷一,文化艺术出版社 1997 年版,页 73。

妾，楼上独徘徊。啼看竹叶锦，簪罢未能裁。

此诗前四句写梅花，后四句写思妇的忧苦之情，细腻而含蓄地描写宫闱女子的心理状态及其微妙变化。再如江总《梅花落》其三曰：

> 腊月正月早惊春，众花未发梅花新。可怜芬芳临玉台，朝攀晚折还复开。长安少年多轻薄，两两共唱梅花落。满酌金卮催玉柱，落梅树下宜歌舞。金谷万株连绮甍，梅花密处藏娇莺。桃李佳人欲相照，摘叶牵花来并笑。杨柳条青楼上轻，梅花色白雪中明。横笛短箫凄复切，谁知柏梁声不绝。

作者将咏梅和赏梅融于一体，很有情致。前八句婉转歌咏长安轻薄少年饮酒、歌舞、狎妓的享乐生活，后四句又归结到咏梅及乐曲本意之上，借往事喻今，以惊醒世上纵欢享乐之人。邬国平先生认为："通篇围绕'梅花'反复咏唱，或指树，或指曲，或借二者衬托，或比喻'桃李佳人'。不直接使用规讽语，以摇摇曳曳、丝丝相扣的声辞描述，委婉传出寓意。"[①]

　　此外，陈叔宝《长相思》其一"羞将别后面，还似初相识"，陆琼《长相思》"室冷镜疑冰，庭幽花似雪"，王瑳《长相思》"柳叶眉上锁，菱花镜中灭"等也多为细腻的心理描绘。

三　对女性美的进一步发掘

　　由汉迄梁，社会女性美观念实现了从"惟持德自美"到"本以容见知"的转变。如萧纲《咏内人昼眠》、《美人晨妆》、《春闺情》，庾肩吾《咏美人自看画应令》等或描写女人的身材、姿容，或描写女人所用的绣领履袜、枕席卧具和其他生活用品，善于以器物之美衬托女子的姿容之美。陈叔宝文学群体的宫体乐府诗扩大了诗歌审美表现领域，女性的外在感性之美在其文学群体的创作中得到集中体现。

　　以《日出东南隅行》为例，陈代之前以此为题者甚多，他们大多注重对罗敷衣饰装扮的描绘，如陆机、张率等的《日出东南隅行》以大量笔墨描写罗敷的服饰之美，这些美貌的描绘都是为塑造女子的心灵之美服务的。陈叔宝文学群体则尽力展现罗敷娇艳姿态之美，体现了对女性美的发掘和赞

---

① 邬国平选注：《汉魏六朝诗选》，上海古籍出版社2005年版，页600。

美。如徐伯阳《日出东南隅行》曰:

> 朱城壁日起朱扉,青楼含照本晖晖。远映陌上春桑叶,斜入秦家
> 缃绮衣。罗敷妆粉能佳丽,镜前新梳倭堕髻。圆笼袅袅挂青丝,铁钩
> 冉冉胜丹桂。蚕饥日晚暂生愁,忽逢使君南陌头。五马停珂遣借问,
> 双脸含娇特好羞。妾婿府中轻小吏,即今来往专城里。欲识东方千骑
> 归,蔼蔼日暮红尘起。

诗作以较大的篇幅描绘了罗敷之美貌,清陈祚明《采菽堂古诗选》曰:"别以
闲处生致,故佳。"①特别是"罗敷妆粉能佳丽,镜前新梳倭堕髻"等句要比
汉乐府《陌上桑》"头上倭堕髻,耳中明月珠。缃绮为下裙,紫绮为上襦"更
为生动多姿,而"五马停珂遣借问,双脸含娇特好羞"句则生动描摹出了一
个娇艳欲滴的动态美形象。又如殷谋作《日出东南隅行》曰:

> 秦楼出佳丽,正值朝日光。陌头能驻马,花处复添香。

诗作虽短,但短小精悍,四句十二字集中描绘了女子的外在美,完全抛却了
其心灵坚贞之美的描绘,"诗以'朝日'喻其光彩照人,后二句则是侧面烘托
手法写其美貌动人,虽未正面刻画,但美人形象已跃入目前"②。再如陈叔
宝《采桑》曰:

> 春楼髻梳罢,南陌竞相随。去后花丛散,风来香处移。广袖承朝
> 日,长鬟碍聚枝。柯新攀易断,叶嫩摘前萎。采繁钩手弱,微汗杂妆
> 垂。不应归独早,堪为使君知。

诗作完全抛却了罗敷与使者的对话及其心理活动的描绘,以浓重的笔墨描
绘罗敷服饰、发型以及采桑的姿态之美,为读者铺展了一个灵动娇艳的女
子形象。马海英认为,陈叔宝"敏感地捕捉最能突出表现华美和明艳的事
物和特征,加以热烈的烘托和渲染,产生强烈动人的效果"③。

　　傅缚《采桑》"罗敷试采桑,出入城南傍。绮裙映珠珥,丝绳提玉筐。度
身攀叶聚,耸腕及枝长。空劳使君问,自有侍中郎",顾野王《罗敷行》"东隅

---

①　陈祚明评选:《采菽堂古诗选》卷三十,《续修四库全书》本,上海古籍出版社2003年版,页
349。

②　王筱云主编:《中国古典文学名著分类集成》(诗歌卷),百花文艺出版社1994版,页419。

③　马海英著:《陈代诗歌研究》,学林出版社2004年版,页103。

丽春日，南陌采桑时。楼中结梳罢，提筐候早期。风轻莺韵缓，霜洒落花迟。五马光长陌，千骑络青丝。使君徒遣信，贱妾畏蚕饥"等也都是侧重于对罗敷纤手细腰、结梳绮裙、玉腕生香等形象的细腻描写。

　　与梁代宫体诗人注重女人的身材、服饰及生活用品的描绘以衬托女性静态端庄之美相比，陈叔宝文学群体更加注重对女子动态之美的描绘。如陈叔宝《采莲曲》曰：

> 相催暗中起，妆前日已光。随宜巧注口，薄落点花黄。风住疑衫密，船小畏裾长。波文散动楫，荄花拂度航。低荷乱翠影，采袖新莲香。归时会被唤，且试入兰房。

前四句写女子起床后化妆时的点点细节，接着写女子在风吹波动的船上衫动袖舞的姿态，香艳动人。又如江总《梅花落》其一曰：

> 缥色动风香，罗生枝已长。妖姬坠马髻，未插江南珰。转袖花纷落，春衣共有芳。羞作秋胡妇，独采城南桑。

诗作极力描绘了美女转袖摇动、春风拂衣、娇羞柔媚等动态之美。再如陆琼《梁甫吟》曰：

> 临淄佳丽地，年少习名倡。似笑唇朱动，非愁眉翠扬。掩抑随竽转，和柔会瑟张。轻扇屡回指，飞尘亟绕梁。寄言诸葛相，此曲作难忘。

此诗描写了临淄佳丽地美女红唇愁眉的娇姿，竽转瑟张，轻扇摇动，都是女子动态美的真切描述。

　　此外，这一时期对女性舞姿的集中描写较为突出。宋吴正仲《优古堂诗话》"咏妇女多以歌舞为称"条曰："古今诗人咏妇人者多以歌舞为称……陈阴铿《侯司空宅咏妓》诗云：'莺啼歌扇后，花落舞衫前。'陈刘删亦云：'山边歌落日，池上舞《前溪》。'……江总《看妓》诗云：'并歌时转黛，息舞暂分香。'……陈李元操《春园听妓诗》云：'红树摇歌扇，绿珠飘舞衣。'"[①]吴正仲所引之诗全为香艳之作，诗作描写了一个又一个能歌善舞的舞女，女子的气质美、妆饰美、妖媚美在陈叔宝文学群体的笔下描绘得更加生动传神。

---

　　①　吴正仲撰：《优古堂诗话》，《历代诗话续编》本，中华书局 1983 年版，页 246。

　　总之,陈叔宝文学群体娱乐情性、赋诗集宴,体现了鲜明的生活情趣化。龚显宗先生认为:"陈后主的作品将文士和酒徒、狎客合而为一,上有所好者,下必有甚焉,江总、陈暄、孔范之流皆争相迎合唱和,使得文学和生活打成了一片,真正做到了'文学生活化'、'生活文学化'。"①他们的诗歌创作在美感形式、表现技巧等方面汲取了"齐梁体"以来的声律和艺术成果,诗体更加精练,语言更为平易明快,描摹越发细密精巧。

第三节　陈叔宝文学群体的赋韵诗

　　陈代文学集团注重群体性游宴活动,赋韵作诗成了他们的主要创作方式。赋韵作诗有规范化的程式,要求作诗者在限定韵脚或韵数的前提下创作诗歌,这种文学创作形式成了文人雅聚、切磋诗艺、提高技巧的一种活动方式,满足了他们的文化和娱乐需求。

一　文人雅集与赋韵作诗

　　魏晋以来,文人雅集同题共作之风始盛,其诗题往往集中在咏物之上。曹道衡、沈玉成《南北朝文学史》认为:"在宴集时分题或同题咏物也是常事,谢朓、王融、沈约有《同咏乐器》,谢朓、王融、虞炎、柳恽有《同咏坐上所见一物》,诗题本身就明白显示了诗的性质。"②"分题"是指诗人们分探得题目以赋诗,严羽《沧浪诗话·诗体》曰:"古人分题,或各赋一物,如云送某人分题得某物也,或曰探题。"③如谢朓《同咏乐器·琴》(王融咏琵琶,沈约咏篪)、谢朓《同咏坐上玩器·乌皮隐几》(沈约咏竹槟榔盘)、谢朓《同咏坐上所见一物·席》(柳恽咏同,王融咏幰,虞炎咏帘)等是文人间经常集会和锻炼写作技巧的反映。

　　赋韵诗作是在宫苑游宴、远行出游、君臣相对等场合下唱和完成的,宴乐时同题作诗,时间的相对集中性、题材的相对单一和相似性使得作者在有限时间内,必须依照事先限定的韵数,选用特定的篇制进行创作。《南史·谢方明传》曰:"时魏中山王元略还北,梁武帝饯于武德殿,赋诗三十

①　龚显宗著:《论梁陈四帝诗》,高雄复文图书出版社 1995 年版,页 149。
②　曹道衡、沈玉成编著:《南北朝文学史》,人民文学出版社 1991 年版,页 131。
③　严羽著:《沧浪诗话》,《历代诗话》本,中华书局 1981 年版,页 692。

韵,限三刻成。微二刻便就,文甚美,帝再览焉。"①梁武帝爱悦文义,聚合文士以附庸风雅,常常游宴分韵赋诗。《南史·曹景宗传》曰:"景宗振旅凯入,帝于华光殿宴饮连句,令左仆射沈约赋韵。景宗不得韵,意色不平,启求赋诗。帝曰:'卿伎能甚多,人才英拔,何必止在一诗。'景宗已醉,求作不已,诏令约赋韵。时韵已尽,唯余竞病二字。景宗便操笔,斯须而成,其辞曰:'去时儿女悲,归来笳鼓竞。借问行路人,何如霍去病。'帝叹不已。"②这是梁武帝于华光殿宴饮时,沈约把规定的一些字分给若干人做韵脚的一种作诗方法,是典型的文人雅集赋韵的活动。

以陈叔宝为中心的文学群体多有文会之事。《陈书》史臣曰:"后主昔在储宫,早标令德,及南面继业,实允天人之望矣。至于礼乐刑政,咸遵故典,加以深弘六艺,广辟四门。是以待诏之徒,争趋金马;稽古之秀,云集石渠。"③其文学群体的成员众多,《陈书·姚察传》曰:"补东宫学士。于时济阳江总、吴国顾野王、陆琼、从弟瑜、河南褚玠、北地傅𬘭等,皆以才学之美,晨夕娱侍。"④此外,其文学群体成员还有陈暄、虞世基等。他们聚在一起"或玩新花,时观落叶,既听春鸟,又聆秋雁,未尝不促膝举觞,连情发藻,且代琢磨,间以嘲谑,俱怡耳目,并留情致"⑤,创作了大量赋韵之作。洪迈《容斋随笔》卷第五"作诗先赋韵"曰:"予家有《陈后主文集》十卷,载王师献捷,贺乐文思,预席群僚,各赋一字,仍成韵……如此者凡数十篇。"⑥

赋韵作诗是在游宴欢愉的情况下进行的,文学群体的言情自娱对赋韵之诗的创作风格有重要影响。阮忠先生认为:"他们的诗在尽可能地以欢乐的场景展示娱情的一面,其群体性在一定程度上成为当时社会的一种生活潮流。"⑦从诗题中的"立春光风俱美泛舟玄圃"、"玄圃宣猷嘉辰禊酌"、"七夕宴宣猷堂"、"七夕宴重咏牛女"、"七夕宴乐修殿"、"七夕宴玄圃"、"上巳玄圃宣猷堂禊饮"、"祓禊泛舟玄圃"、"上巳宴丽晖殿"等,可以看出其诗歌创作多为节庆宴会欢娱之时,集体性、欢娱性特征非常显著。如

---

① 李延寿撰:《南史》,中华书局 1975 年版,页 530。
② 李延寿撰:《南史》,中华书局 1975 年版,页 1356。
③ 姚思廉撰:《陈书》,中华书局 1972 年版,页 120。
④ 姚思廉撰:《陈书》,中华书局 1972 年版,页 349。
⑤ 严可均校辑:《全上古三代秦汉三国六朝文》,中华书局 1958 年版,页 3423。
⑥ 洪迈著:《容斋随笔》卷五,岳麓书社 1994 年版,页 182—183。
⑦ 阮忠著:《中古诗人群体及其诗风演化》,武汉出版社 2004 年版,页 347。

《上巳玄圃宣猷堂禊饮同共八韵诗》曰：

> 绮殿三春晚，玉烛四时平。藤交近浦暗，花照远林明。百戏阶庭
> 满，八音弦调清。莺喧杂管韵，钟响带风生。山高云气积，水急溜杯
> 轻。簪缨今盛此，俊乂本多名。带才尽壮思，文采发雕英。乐是西园
> 日，欢兹南馆情。

禊饮即是上巳祓禊时的宴饮。《后汉书·礼仪志上》曰："是月上巳，官民皆
絜于东流水上，曰洗濯祓除去宿垢疢为大絜。絜者，言阳气布畅，万物讫
出，始絜之矣。"①祓禊中伴随着许多文娱活动，诗作中"簪缨今盛此，俊乂
本多名。带才尽壮思，文采发雕英。乐是西园日，欢兹南馆情"即是指此。

《被禊泛舟春日玄圃各赋七韵诗》"置酒来英雅，嘉贤良所钦"，《五言画
堂良夜履长在节歌管赋诗筵命酒十韵成篇》"复殿可以娱，于兹多延纳"，
《上巳玄圃宣猷嘉辰禊酌各赋六韵以次成篇诗》"既悦弦简畅，复欢文酒和"
等即是他们宴乐生活的真实写照。《上巳宴丽晖殿各赋一字十韵诗》"文学
且迥筵，罗绮令陈后"，《上巳玄圃宣猷堂禊饮同共八韵诗》"百戏阶庭满，八
音弦调清。莺喧杂管韵，钟响带风生"等则尽显其文学群体游宴欢娱之美。
文人雅集赋咏作诗成了他们自娱又娱人的生活方式，这种赋韵作诗的集体
性的诗艺竞赛成了他们的主要创作方式，深刻地体现了"诗可以群"的理论
观念。

二　赋韵作诗的体式之辨

赋韵作诗有限韵分赋作诗与分韵分赋作诗之别，限韵分赋作诗多是限
韵不限字，有相对自由发挥的空间；分韵分赋作诗者多是限韵又限字，依次
作诗，程序要求比较严格。梁朝时，限韵分赋作诗者较多。《梁书·王规
传》曰："高祖于文德殿饯广州刺史元景隆，诏群臣赋诗，同用五十韵，规援
笔立奏，其文又美。"②《梁书·褚翔传》曰："中大通五年，高祖宴群臣乐游
苑，别诏翔与王训为二十韵诗，限三刻成。"③《梁书·到洽传》曰："御幸华

---

① 范晔撰：《后汉书》，中华书局 1965 年版，页 3110—3111。
② 姚思廉撰：《梁书》，中华书局 1973 年版，页 582。
③ 姚思廉撰：《梁书》，中华书局 1973 年版，页 586。

光殿，诏洽及沆、萧琛、任昉侍宴，赋二十韵诗，以洽辞为工，赐绢二十匹。"[1]萧纲、庾肩吾、徐防等联句所作《八关斋夜赋四城门更作四首》是比较典型的限韵分赋作诗。其诗曰：

　　　[第一赋韵东城门病]伏枕爱危光，痾缠生易折。无因雪岸草，虑反邙山穴。(徐防)消渴朕肠腑，疼塞婴肢节。如何促龄内，忧苦无暂缺。(孔焘)

　　　[南城门老]虚蕉诚易犯，危藤复将啮。一随柯已微，当年信长诀。(诸葛崿)已同白驹去，复类红花热。妍容一旦罢，孤灯行自设。(君)

　　　[西城门死]绥心虽殊用，灭景宁优劣。一随业风尽，终归虚妄设。(王台卿)五阴诚为假，六趣宁有截。零落竟同归，忧思空相结。(李镜远)

　　　[北城门沙门]俗幻生影空，忧绕心尘暳。于兹排四缠，去矣求三涅。(殿下)下学辈留心，方从窈冥别。已悲境相空，复作泡云灭。

　　　[第二赋韵东城门病]……

　　　[第三赋韵东城门病]……

　　　[第四赋韵东城门病]……

这是一组比较典型的应制联句限韵之作，联句者分别以"东城门病"、"南城门老"、"西城门死"、"北城门沙门"为主题，在限定了韵脚的前提下用同一韵部的字轮流作诗，限韵不限字，每韵四首，共三十二首。诗作显现了梁简文帝、庾肩吾、徐防、孔焘等人以佛学观点抒发对现实中老、病、死、空等的生命体验，各具特色。

　　此外，庾肩吾《暮游山水应令赋得硕字诗》、吴均《共赋韵咏庭中桐诗》、王僧孺《在王晋安酒席数韵诗》、萧纲《九日赋韵诗》等也是比较典型的限韵分赋作诗。

　　分韵分赋作诗的情况在陈代则较为普遍。俞樾《茶香室丛钞·四钞》卷十三曰："所谓赋韵者，非诗赋之赋，乃赋予之赋。《汉书·元帝纪》'赋货种食'，注'给与也'。《翼奉传》'赋医药'，注'分给之'。赋韵者，谓以韵字

---

① 李延寿撰：《南史》，中华书局 1975 年版，页 681。

分给众人也。"①也即是把规定的一些字分配给每人作韵脚。宋程大昌《考古编》卷七"古诗分韵"条曰："梁天监中,曹景宗立功还,武帝宴华光殿,联句令沈约赋韵,独景宗不预,固启求赋,诗韵已尽,惟余'竞'、'病'二字。景宗操笔而成,所谓'归来笳鼓竞'者是也。初读此,了未晓赋韵韵尽为何等格法,偶阅《陈后主集》,见其序宣猷堂宴集五言曰:'披钩赋诗,逐韵多少,次第而用,座有江总、陆瑜、孔范等三人。'后主韵得连、格、白、赫、易、夕、掷、斥、拆、措字,其诗用韵与所得韵次前后正同,曾不搀乱一字,乃知其说,是先书韵为钩,坐客均探,各据所得,循序赋之,正后世次韵格也。"②这里的赋韵作诗不仅要按照规定的韵脚,而且还须按所探得韵脚的次序作诗,要求极为严苛。

分韵分赋作诗的真实情景我们从陈叔宝诗中略可探知。洪迈《容斋续笔》卷第五"作诗先赋韵"曰:"予家有《陈后主文集》十卷,载王师献捷,贺乐文思,预席群僚,各赋一字,仍成韵,上得'盛、病、柄、令、横、映、夐、并、镜、庆'十字,宴宣猷堂,得'连、格、白、赫、易、夕、掷、斥、坼、哑'十字,幸舍人省得'日、谧、一、瑟、毕、讫、橘、质、帙、实'十字。如此者凡数十篇。今人无此格也。"③俞樾《茶香室丛钞·四钞》卷十三"古人分韵法"条曰:"即陈后主集考之,颇得古人分韵之法,如云《立春日泛舟元圃各赋一字六韵成篇》,则所赋之韵止一字外,五韵任其自用者也。如云《献岁立春泛舟元圃各赋六韵》,则所赋者有六字,各人以所赋韵作六韵诗一首也。如云《上巳元圃宣猷堂禊饮同共八韵》,则所赋八字在坐同之,人人以此八字作八韵诗一首也。各赋一字最宽,如今诗限官韵耳,各赋六韵较严,六韵外不得更溢一字,然犹一人有一人之韵也。同共八韵,则人人用此八字,竟如今之次韵诗矣。"④这种作诗的方式根据参与者的多少规定韵数,很适合即席性的竞技性写作。如《五言画堂良夜履长在节歌管赋诗列筵命酒十韵成篇》曰:

　　季冬初阳始,寒气尚萧飒。原叶或委低,岫云时吐合。雕树乍疏

①　俞樾撰,贞凡、顾馨、徐敏霞点校:《茶香室丛钞·四钞》卷十三,中华书局1995年版,页1679。
②　程大昌撰,刘尚荣校点:《程氏考古编》卷七,辽宁教育出版社2000年版,页46—47。
③　洪迈著:《容斋随笔》卷五,岳麓书社1994年版,页182—183。
④　俞樾撰,贞凡、顾馨、徐敏霞点校:《茶香室丛钞·四钞》卷十三,中华书局1995年版,页1680。

回,远峰自重沓。云兴四山霾,风动万籁答。肃肃凝霜下,峨峨层冰合。复殿可以娱,于兹多延纳。迢迢百尺观,杳杳三休阁。前后训导屏,左右文卫匝。进退簪缨移,纵横壮思杂。幸矣天地泰,当无范雎拉。

诗题下注曰:"得沓、合、答、杂、纳、飒、匝、欲、拉、阁。"其诗歌也是完全按照规定好的韵脚进行创作的。启功先生对上述"赋韵"、"韵钩"、"探钩"、"披钩"、"次韵"等概念有详细解释。他认为,"赋韵"之"赋"是分配之义,"赋"的方法大致是"由赋韵的人从韵书某一韵部里挑选若干字,来供分配";"韵钩"的"钩"字即是"阄"字,"即是小纸卷、小纸团",上面写着一个韵字,"'探钩'即是'抓阄','披钩'即是展开纸阄";次韵"即是把抓得某些韵字按抓得的先后次序来作押韵的韵脚字"[①]。

陈叔宝文学群体的游宴赋诗兴盛,使得文士们有在一起互通声气、切磋文义的机会,分韵分赋成为这一时期赋韵作诗的主要体式。如《立春日泛舟玄圃各赋一字六韵成篇》诗题下曰:"座有张式、陆琼、顾野王、谢伸、褚玠、王缓、傅绰、陆瑜、姚察等九人上。"《献岁立春光风俱美泛舟玄圃各赋六韵诗》诗题下曰:"座有张式、陆琼、顾野王、殷谋、陆琰、岑之敬等六人上。"《上巳玄圃宣猷嘉辰禊酌各赋六韵以次成篇诗》诗题下曰:"座有张式、陆琼、顾野王、陆琰、岑之敬等五人上。"《七夕宴宣猷堂各赋一韵咏五物自足为十并牛女一首五韵物次第用得帐屏风案唾壶履诗》诗题下曰:"座有陆琼、傅绰、陆瑜、姚察等四人。"《七夕宴重咏牛女各为五韵诗》诗题下曰:"座有刘肋、安远侯方华、张式、陆琼、顾野王、褚玠、谢伸、周燮、傅绰、陆瑜、柳庄、王瑳等十三人上。"《同管记陆琛七夕五韵诗》、《同管记陆瑜七夕四韵诗》诗题下并曰:"陆瑜、王琼等二人上和。"《七夕宴乐修殿各赋六韵诗》诗题下曰:"座有张式、陆琼、褚玠、王琼、傅绰、陆瑜、姚察七人上。"《七夕宴玄圃各赋五韵诗》诗题下曰:"座有顾野王、陆琰、姚察等四人上。"《初伏七夕已觉微凉既引应徐且命燕赵清风朗月以望七襄之驾置酒陈乐各赋四韵之篇》诗题下并曰:"座有张式、陆琼、顾野王、傅绰、陆玠等五人上。"陈叔宝

① 启功著:《启功丛稿》(论文卷),中华书局1999年版,页272。

"宾礼诸公,唯寄情于文酒"①,以上诸文士"皆以才学之美,晨夕娱侍"②,为分韵分赋作诗创造了良好的生态环境。

三　赋韵诗在语言、修辞技巧上的成就

文人雅聚极大地活跃了这一时期赋韵诗的创作。《梁书·昭明太子传》曰:"每游宴祖道,赋诗至十数韵。或命作剧韵赋之,皆属思便成,无所点易。"③吴承学先生认为:"诗人要有娴熟的技巧和广博的知识,才能对各种题目应对自如,或在所限的韵中运用自如,不致受到拘束。"④赋韵作诗者指韵为咏,韵脚的限定性导致艺术构思的单一化、艺术形式的类型化,但这种"群相切磋"的作诗方式提高了诗作的表现技巧与形式之美,推动了梁陈五言诗的格律化进程。《梁书·萧子显传》曰:"时中庶子谢朓出守建安,于宣猷堂宴饯,并召时才赋诗,同用十五剧韵,恺诗先就,其辞又美。"⑤赋韵之作善于藻饰,工于写景,韵律有度,具有鲜明的艺术特色。如吴均《共赋韵咏庭中有桐诗》曰:

> 龙门有奇价,自言梧桐枝。华晖实掩映,细叶能披离。不降周王子,空将岁月移。严风忽交劲,遂使无人知。

此作本是赋咏庭院中的桐树,但他却能活用"龙门之桐"、"不降周王子"等典故,还反用嵇康《琴赋》之意,把王子乔的下降与桐树直接联系起来,寓意岁月无情流逝,诗中寄托着作者怀才不遇的悲叹。诗作用典方式不拘一格,富于变化,韵律和谐,具有强烈的艺术感染力。又如陈叔宝《上巳宴丽晖殿各赋一字十韵诗》曰:

> 芳景满辟窗,暄光生远皋。更以登临趣,还胜祓禊酒。日照源上桃,风摇城外柳。断云仍合雾,轻霞时映牖。远树带山高,娇莺含响偶。一峰遥落日,数花飞映绶。度鸟或邅檐,飘丝屡薄薮。言志递为乐,置筋方荐寿。文学且迥筵,罗绮令陈后。干戈幸勿用,宁须劳

---

① 姚思廉撰:《陈书》,中华书局1972年版,页119。
② 姚思廉撰:《陈书》,中华书局1972年版,页349。
③ 姚思廉撰:《梁书》,中华书局1973年版,页166。
④ 吴承学:《诗可以群——从魏晋南北朝诗歌创作形态考察其文学观念》,《中国社会科学》2001年第5期,页168。
⑤ 姚思廉撰:《梁书》,中华书局1973年版,页513。

马首。

这是他们欢娱宴乐时的景物描写，断云、轻霞、远树、鲜花、度鸟、飘丝等无不充满诗情画意，尽展春景韶茂。其诗典雅贴切，字句锤炼工巧。清陈祚明《采菽堂古诗选》评曰："宜句句分看，并能低徊见隽，押韵必取致。"①再如《祓禊泛舟春日玄圃各赋七韵诗》曰：

> 园林多趣赏，祓禊乐还寻。春池已渺漫，高枝自㯥森。日里丝光动，水中花色沉。安流浅易榜，峭壁迥难临。野莺添管响，深岫接铙音。山远风烟丽，苔轻激浪侵。置酒来英雅，嘉贤良所钦。

诗作描绘了玄圃泛舟游乐时的"春池"、"高枝"、"峭壁"、"深岫"等优美景色，不仅显现出作者高超的语言与修辞技巧，而且在韵律形式上已渐具格律之体。陈祚明《采菽堂古诗选》评曰："宜细玩其好句，各有生动之态。"②再如《七夕宴玄圃各赋五韵诗》曰：

> 殿深炎气少，日落夜风清。月小看针暗，云开见缕明。丝调听鱼出，吹响间蝉声。度更银烛尽，陶暑玉卮盈。星津虽可望，讵得似人情。

诗中"月小看针暗，云开见缕明"句描绘出了浮针乞巧的情趣，颇为细密新巧；"丝调听鱼出，吹响间蝉声"句描写游鱼亦具有灵性，且有蝉鸣和笛声相伴，语辞优美，情韵幽雅。

诸类之诗颇多炼意精工之句，如《上巳玄圃宣猷嘉辰禊酌各赋六韵以次成篇诗》"莺度游丝断，风驶落花多"、"峰幽来鸣嗺，洲横拥浪波"，《献岁立春光风具美泛舟玄圃各赋六韵诗》"沙长见水落，歌遥觉浦深"，《五言画堂良夜履长在节歌管赋诗迥筵命酒十韵成篇》"云兴四山霾，风动万籁答。肃肃凝霜下，峨峨层冰合"，《祓禊泛舟春日玄圃各赋七韵诗》"春池已渺漫，高枝自㯥森"等皆句隽音切，对偶精严。

赋韵诗对唐代次韵之作有很大影响。宋程大昌《考古编》卷七"古诗分韵"条曰："唐世次韵起元微之、白乐天二公，自号'元和体'，曰：'古未之有也。'抑不知梁、陈间已尝出此,但其所次之韵,以探钩所得,而非酬和先倡者,是小异耳。"①次韵之作多是唱和之诗,依次用所和诗中的韵作诗,这些诗作中有很多标明"探得某字"和"赋得某字"者。如张说《侍宴武三思第应制赋得风字》曰:"梁王池馆好,晓日凤楼通。竹町罗千卫,兰筵降两宫。清歌芳树下,妙舞落花中。臣觉筵中听,还如大国风。"押东韵。张说《端午三殿侍宴应制探得鱼字》曰:"小暑夏弦应,徽音商管初。愿赍长命缕,来续大恩余。三殿褰珠箔,群官上玉除。助阳尝麦彘,顺节进龟鱼。甘露垂天酒,芝花捧御书。合丹同蝘蜓,灰骨共蟾蜍。今日伤蛇意,衔珠遂阙如。"押鱼韵。

总之,陈代文学集团注重群体性游宴活动,他们所倡导的集体赋韵诗显现了其审美趣味的趋同性,形成了诗歌创作的良好环境,有力地发挥了"诗可以群"的功能。他们的诗歌创作在美感形式、表现技巧等方面汲取了"齐梁体"以来的声律和艺术成果,讲究形式美,善于藻饰、工于写景,语言更为平易明快,描摹越发细密精巧,促进了梁陈诗歌的格律化进程。

第四节　陈叔宝文学群体的文风特色

陈叔宝为太子和继皇位后以他为中心形成了庞大的文学群体,他们聚在一起"或玩新花,时观落叶,既听春鸟,又聆秋雁,未尝不促膝举觞,连情发藻,且代琢磨,间以嘲谑,俱怡耳目,并留情致"②。这些赏乐、宴饮、赋诗、观景等活动促使他们感荡情致,抒发情思。刘永济《十四朝文学要略》说:"降及陈世,运极屯难,情尤颓放。声色之娱,惟日不足。"③陈叔宝把娱乐情性、集宴赏乐等作为文学创作感兴的条件颇有创见,他们的诗文创作也是在其理论指导下进行的。其文学群体的文风受宫体诗风的影响而呈现出绮靡艳冶之气,受其诗歌创作的集体性、欢娱性的影响,其文风中亦呈现出深情婉致、诙谐娱乐的另一面。

---

① 程大昌撰,刘尚荣校点:《程氏考古编》卷七,辽宁教育出版社 2000 年版,页 47。
② 严可均校辑:《全上古三代秦汉三国六朝文》,中华书局 1958 年版,页 3423。
③ 刘永济著:《十四朝文学要略》,中华书局 2007 年版,页 188。

一　绮靡艳冶

齐梁文创作受宫体诗风的影响,沾溉了浓郁的艳情绮靡色彩,多涉风花雪月,风格轻靡。如沈约《伤美人赋》、《丽人赋》,江淹《丽色赋》、《倡妇自悲赋》、《水上神女赋》等大量描写女性仪容体态及表达对女性的爱慕,而萧纲《采莲赋》、《鸳鸯赋》,萧绎《采莲赋》、《荡妇秋思赋》,庾信《荡子赋》、《鸳鸯赋》等使得大量宫廷、闺闱生活的内容进入赋中,增添了绮艳秾丽色彩。倪璠《注释庾集题辞》曰:"若夫《三春》、《七夕》之章,《荡子》、《鸳鸯》之赋,《灯》前可出丽人,《镜》中惟有好面,此当时宫体之文,而非仕周之所作也。"①陈叔宝文学群体的艳情文涉及表、章等文体,江总的艳情文尤为值得注意,"其骈文也为宫体模样,也可称为狎客之文,艳冶露骨"②。如《为陈六宫谢表》曰:

> 鹤禽晨启,雀钗晓映。恭承盛典,肃荷徽章。步动云桂,香飘雾毂。愧缠艳粉,无情拂镜,愁萦巧黛,息意临窗。妾闻汉水赠珠,人间绝世;洛川拾翠,仙处无双。或有风流行雨,窈窕初日,声高一笑,价起两环,乃可桂殿迎春,兰房侍宠。借班姬之扇,未掩惊羞;假蔡琰之文,宁披悚戴。

此文着意于雕琢粉饰,专以纤巧取胜,描绘了女子之"步动"、"香飘"、"艳粉"、"拂镜"、"愁萦"、"息意"等丽姿艳影,蒋士铨认为此作"浮靡至斯而极"③。又如江总《为陈六宫谢章》曰:

> 恭膺礼命,愧集丹缕之颜;拜奉曲私,愁萦翠羽之色。鲁宫夜火,伯媛匪惊;楚榭奔涛,贞姜何惧?岂期日月腾影,风云写润?迟复位崇九御,声高六列,象服增华,丹靬耀采,何以弼佐王风,克柔阴化?兢惶并集,追想流荇之诗;荷遽相并,遂失鸣环之节。

此文刻意雕琢,句句精绝,但却染有宫体之习气,因此浮靡轻艳。明张溥《汉魏六朝百三家集题辞·江令君集》曰:"六宫谢章,美人应令,艳歌侧篇,

---

① 庾信撰,倪璠注,许逸民校点:《庾子山集注》,中华书局1980年版,页5。
② 于景祥著:《南北朝骈文》,春风文艺出版社1999年版,页52。
③ 蒋士铨撰:《评选四六法海》卷二,上海文瑞楼石印本,页12。

传诵禁庭。"①

陈叔宝《夜亭度雁赋》继承宫体赋创作的特色,更为绮艳华美。其赋曰:

> 春望山楹,石暖苔生。云随竹动,月共水明。暂消摇于夕径,听霜鸿之度声。度声已凄切,犹含关塞鸣。从风兮前倡融,带暗兮后群惊。帛久兮书字灭,芦束兮断衔轻。行杂响时乱,响杂行时散。已定空闺愁,还长倡楼叹。空闺倡楼本寂寂,况此寒夜褰珠幔。心悲调管曲未成,手抚弦,聊一弹。一弹管,且陈歌,翻使怨情多。

此赋构思精巧,造词华丽,绮错婉媚。赋的前一部分写景,首行四句叙写明净温煦的春景,描写月白风清之夜凄切悲苦的雁声,作者把感情倾注于"夜亭度雁"之上;后一部分写闺思,由雁及人,抒写闺妇独守空房的幽怨之苦。张国星《六朝赋》评此文曰:"流转纤折,幽回凄楚,独具蕴藉余韵。形式上也借用民歌创作的'顶真'格式,舒畅流宕,于浅明文词的严整清丽外,更添一段回澜层波的摇曳之姿。"②作者运用感物兴怀的方式拨动思妇心弦,层层推进,极见精思。

江总《南越木槿赋》则由咏南越木槿之美而联想到丽人,"啼妆梁冀妇,红妆荡子家。若持花并笑,宜笑不胜花。赵女垂金珥,燕姬插宝珈。谁知红槿艳,无因寄狭邪。徒令万里道,攀折自咨嗟"等句抒情成分大为增加,赋作借物而写艳情,"以物譬花,以花譬人,花人映衬,极为艳丽"③,并呈现出诗化特征。黄水云《六朝骈赋研究》认为:"至于陈、隋文体,乃承梁代而增华,如陈后主荒于觞色,是以绮靡浪漫之风愈演愈烈……而顾野望、沈炯、江总等大家莫不辞丽韵谐,立意以新奇为高,遣词以纤巧为尚,雕镂刻画,俨然因袭齐梁之遗风。"④

刘师培《中国中古文学史讲义》曰:"梁代妖艳之词,多施于词赋。至陈,则志铭书札,亦多哀思之音,绮靡之词。"⑤在陈叔宝、江总等人的影响

下,这一时期的文章日趋讲究对偶,力求对称工丽;在音韵上运用平仄,讲究韵律和谐;注重运用华丽的词藻和大量典故,在整体风貌上更趋骈俪,呈现出异常华丽典雅的风格。

二　深情婉致

陈叔宝文学群体因受宫体诗风的影响,显现出细腻的心理描写,情感表达深情婉致。如陈叔宝《与江总书悼陆瑜》曰:

> 管记陆瑜,奄然殂化,悲伤悼惜,此情何已……论其博综子史,谙究儒墨,经耳无遗,触目成诵,一褒一贬,一激一扬,语玄析理,披文摘句,未尝不闻者心伏,听者解颐,会意相得,自以为布衣之赏。吾监抚之暇,事隙之辰,颇用谈笑娱情,琴樽间作,雅篇艳什,迭互锋起,每清风明月,美景良辰,对群山之参差,望巨波之溟漾,或玩新花,时观落叶,既听春鸟,又聆秋雁,未尝不促膝举觞,连情发藻,且代琢磨,间以嘲谑,俱怡耳目,并留情致。自谓百年为速,朝露可伤,岂谓玉折兰摧,遽从短运,为悲为恨,当复何言。遗迹余文,触目增法,绝弦投笔,恒有酸恨。以卿同志,聊复叙怀,涕之无从,言不写意。

此文是作者悼惜陆瑜早逝而写给江总的书信。《陈书·陆瑜传》曰:"时皇太子好学,欲博览群书,以子集繁多,命瑜钞撰,未就而卒,时年四十四。太子为之流涕,手令举哀,官给丧事,并亲制祭文,遣使者吊祭。仍与詹事江总书曰:……"[①]陆瑜侍应于后主身边,颇得后主赏识。《陈书·陆瑜传》曰:"瑜字干玉。少笃学,美词藻。州举秀才。解褐骠骑安成王行参军,转军师晋安王外兵参军、东宫学士。兄琰时为管记,并以才学娱侍左右,时人比之二应。"[②]"二应"为三国魏人应场、应璩,均以才学为太子曹丕所重。时人把陆琰、陆瑜比之于"二应",说明其文学地位在陈代相当之高。陆瑜病逝后,陈叔宝"为悲为恨",流涕为文,文中描绘了山水风月、雁鸟花叶的美好风光,尽述陆瑜为人为文之美,深寓悼念之意。许梿《六朝文絜》评此文曰:"直抒胸臆,全不雕琢,由气格清华,故无一笔生涩。不图亡主竟获此

---

① 姚思廉撰:《陈书》,中华书局1972年版,页463—464。
② 姚思廉撰:《陈书》,中华书局1972年版,页463。

佳文。""情哀理感,能令铁石动心。"①

陈叔宝《题江总所撰孙玚墓志铭后四十字》写得情景交融,曲折有致,感情真挚动人。文曰:

> 秋风动竹,烟水惊波。几人樵径,何处山阿。今时日月,宿昔绮罗。天长路远,地久云多。功臣未勒,此意如何?

这是陈叔宝在江总为孙玚的墓志铭后又题的四十个字。孙玚是由梁人陈的一位将军,他颇有文武干略,屡著勋庸,深得后主亲幸。《陈书·孙玚传》曰:"后主频幸其第,及著诗赋述勋德之美,展君臣之意焉。"②他卒后,后主临哭尽哀,又题铭悼念,开头两句通过景物描写表现了大地哀伤、举国悲泣的情景,接着以死后葬身山间对比昔日的荣盛,表达死乃人生恨事之深意,最后是希冀死者陵墓长存,永显灵光。

江总之碑诔文亦哀婉动人,如其《特进光禄大夫徐陵墓志铭》"痛心期之徂谢,悯时代之销亡。冀镌石于玄冢,留清风于故乡",《司农陈暄墓志铭》"畴昔命觞,文可吟讽。今日酹酒,长悲且恸",《陈宣帝哀策文》"鸟哀哀而惊曙,松瑟瑟而吟枝。异故乡之丝竹,非旧宅之埙箎"等句,缠绵悱恻之情、哀痛凄婉之感溢于言外。江总碑诔文不仅叙事而且还寄寓哀感,体现了六朝以来碑诔文由注重叙事到侧重抒情的转变。

陈叔宝即位之初颁布的一系列诏书也体现了其深情婉致的一面。依《陈书》魏徵论,陈叔宝虽"不知有稼穑艰难",但即位之初"惧阽危,屡有哀矜之诏"③。如《课农诏》、《求贤诏》、《求言诏》、《禁繁费诏》、《原除望订租调积逋诏》、《讯狱诏》,可看到其举贤、求言、柔远、劝农、恤民、禁奢等,深刻体现了对百姓疾苦的真切同情。《文苑英华》"陈后主论"曰:"观其求忠谠之士,禁左道之人,淫祀妖书,镂薄假物,即古明哲何以加焉?"④我们无法探知这些诏书是否是他亲为所作,但从其"雅尚文词"、"躬自省览"⑤等可以看出这些诏书有他思想的遗痕。如《课农诏》曰:

---

① 许梿评选:《六朝文絜》,中华书局 1927 年聚珍版,页 5。
② 姚思廉撰:《陈书》,中华书局 1972 年版,页 321。
③ 姚思廉撰:《陈书》,中华书局 1972 年版,页 119。
④ 李昉等编:《文苑英华》卷七五二,中华书局 1966 年版,页 3939。
⑤ 姚思廉撰:《陈书》,中华书局 1972 年版,页 453。

躬推为劝，义显前经；力农见赏，事昭往诰。斯乃国储是资，民命攸属，丰俭隆替，靡不由之。夫入赋自古，输藁惟旧，沃饶贵于十金，碗确至于三易……今阳和在节，膏泽润下，宜展春耨，以望秋坻。其有新辟塍畎，进垦蒿莱，广袤勿得度量，征租悉皆停免。私业久废，咸许占作；公田荒纵，亦随肆勤。傥良守教耕，淳民载酒，有兹督课，议以赏擢，外可为格班下，称朕意焉。

陈叔宝表现出重视农业生产、体恤民情之风范，文中细巧婉致之笔亦能显现出其深切的爱民之心。李兆洛《骈体文钞》评此诏书曰："可谓知本务矣，虽空言亦可垂后。"①

陈叔宝文学群体中的褚玠"博学能属文，词义典实，不好艳靡"②，其《风里蝉赋》与当时小赋的清绮丽靡的风格不同。赋曰：

> 有秋风之来庭，于高柳之鸣蝉。或孤吟而暂断，乍乱响而还连。垂玄绥而嘶定，避黄雀而声迁。愁人兮易惊，静听兮伤情。听蝉兮靡倦，更相和兮风生。终不校树兮寂寞，方复饮露兮光荣。

作者以清新朗俊的笔法描写了秋蝉起伏不定的鸣叫，抒写"愁人兮易惊，静听兮伤情"的无限凄凉和感慨，最后表达了对秋蝉的羡慕，他感时伤世却不悲观哀叹，清静自守而不同流合污，表现出了高迈独立的人格。

这些具有抒情意味之文辞意简质，真情流溢，格调清华而不浮艳，与其文学群体后期作品的绮艳风格不同。

三　滑稽娱情

陈叔宝文学群体常有诗酒宴会，其群体性、欢娱性特征非常显著，因此其文学群体不免有诙谐娱乐之文。陈叔宝《与江总书悼陆瑜》曰："吾监抚之暇，事隙之辰，颇用谈笑娱情，琴樽间作，雅篇艳什，迭互锋起。"③罗宗强先生认为："陈后主时，尚娱乐的文学思潮又一度兴起"④。如陈暄《食梅赋》曰：

---

① 李兆洛选辑：《骈体文钞》卷六，上海书店1988年版，页118。
② 姚思廉撰：《陈书》，中华书局1972年版，页460。
③ 严可均校辑：《全上古三代秦汉三国六朝文》，中华书局1987年版，页3423。
④ 罗宗强著：《魏晋南北朝文学思想史》，中华书局1996年版，页414。

魏无林而止渴，范留信而前尝。赐一时之名果，遂怀核而矜庄。
昔咏酸枣之台，今食酸味之梅。眼同曹瞒之见树，形异韦诞之闻雷。
胸既咽而思鸠杖，闷欲死而想仙杯。非投壶而天笑，等王孙而客咍。

这是陈暄在宫中陪侍后主游宴取笑逗乐之作。《南史·陈庆之传附陈暄传》曰："(陈暄)与义阳王叔达、尚书孔范、度支尚书袁权、侍中王瑳、金紫光禄大夫陈褒、御史中丞沈瓘、散骑常侍王仪等恒入禁中陪侍游宴，谓为狎客。暄素通脱，以俳优自居，文章谐谬，语言不节，后主甚亲昵而轻侮之。"[1]徐陵《与顾记室书》亦曰："忽有陈庆之儿陈暄者，帽簪钉额，条布裹头，虏袍通踝，胡靴至膝，直来郎座，遍相排抱，或坐或立，且歌且咏，吾即呼舍吏责列，不答而走，反为憾恚，妄相陷辱。"[2]《食梅赋》描述了一个滑稽表演者的喜剧性的演出，作者先以庄典的言语描写了被赐食梅子时的虔敬矜庄，继而述写将食梅子的贪馋之相，然后描述吃下后酸得浑身发抖、憋闷难耐的一系列滑稽相，"非投壶而天笑，等王孙而客咍"句道出这只是一场诙谐滑稽场面的描写，只是为博取王公大臣的开心一笑而已。《文心雕龙·谐隐》曰："谐之言皆也，辞浅会俗，皆悦笑也。"[3]刘师培《中国中古文学史》曰："谐隐之文，亦起源古昔，宋代袁淑，所作益繁。惟宋、齐以降，作者益为轻薄，其风盖昌于刘宋之初。嗣则卞铄、丘巨源、卞彬之徒，所作诗文，并多讥刺。梁则世风益薄，士多嘲讽之文，而文体亦因之愈卑矣。"[4]南齐卞彬《蚤虱赋》、《尺蠖赋》、《修竹弹甘蕉文》，孔稚珪《北山移文》、《雕虫论》等寓庄于谐，重在讽喻。此文打破了赋的传统手法，创造出了喜剧小品文式的风格，其情节的戏剧性、人物塑造的鲜活性以及语庄意谐的表达等都别具一格。

虞世基所作《讲武赋》亦是陪侍陈叔宝时的娱情之作。《隋书·虞世基传》曰："陈主尝于莫府山校猎，令世基作《讲武赋》，于座奏之。"[5]讲武又称大阅、校阅、检阅，是古代君王检阅军队的礼仪。《礼记·月令第六》曰："天子乃命将帅讲武，习射御，角力。"[6]汉魏以后沿袭此礼，如建安二十一年

---

① 李延寿撰：《南史》，中华书局1975年版，页1503。
② 严可均校辑：《全上古三代秦汉三国六朝文》，中华书局1987年版，页3451。
③ 周振甫著：《文心雕龙今译》，中华书局1986年版，页133。
④ 刘师培著：《中国中古文学史讲义》，中国人民大学出版社2004年版，页97。
⑤ 魏徵、令狐德棻撰：《隋书》，中华书局1973年版，页1569。
⑥ 《礼记正义》，阮元校刻《十三经注疏》本，中华书局1980年版，页1382。

（216），曹操进攻孙权之前举行阅兵仪式，"王亲执金鼓以令进退"①。而虞世基所作《讲武赋》只是在校猎之后的一次习作，校猎本身就具有娱乐性质，因此其赋只是夸耀娱乐之辞，如"我大陈之创业，乃拨乱而为武。戡定艰难，平壹区宇。从喋喋之乐推，爰苍苍而再补。故累仁以积德，谅重规而袭矩。惟皇帝之休烈，体徇齐之睿哲。敷九畴而咸叙，奄四海而有截。既搜扬于帝难，又文思之安安。幽明请吏，俊乂在官。御璇玑而七政辨，朝玉帛而万国欢"等句只是对陈叔宝盲目的夸饰而已。

　　总之，陈叔宝文学群体唱和诗文，竞聘辞藻，在赓和宫体诗之时也有文章创作的群体性倾向。其文风不仅呈现出浮华侧艳之气，藻彩纷披，辉煌夺目，而且有细腻婉致之作，与此同时，亦嗜好生动谐趣的语言，其文调笑戏谑，风格诙谐，是其文学创作风格的另一生动体现。

---

① 　陈寿撰：《三国志》，中华书局1982年版，页49。

第八章　陈代文学的文体特色

王世贞《艺苑卮言》卷四曰:"六朝之末,衰飒甚矣。然其偶俪颇切,音响稍谐,一变而雄,遂为唐始,再加整栗,便成沈宋。人知沈宋律家正宗,不知其权舆于三谢,囊钥于陈隋也。"①王世贞虽直言陈诗"衰飒",却辩证地认识到其形式上的变化对唐代律诗的成型所起到的重要作用。陈代诗歌在体式上呈现出共性特征,五言八句体式在群体性活动的推动下更加成熟,七言诗也呈现出群体性的创作特征,而且为七言歌行诗的发展奠定了基础。这些诗歌上承永明声律论和齐梁以来的声律追求而显现出更为精工的格律特征。

第一节　五言八句体式的成熟与五言诗的律化

钟嵘《诗品序》曰:"五言居文词之要,是众作之有滋味者也。"②五言诗在两汉形成之后,经过魏、晋、宋的发展,齐梁时的格律化日益显著。陈代文学群体的文会活动极大地推动了五言诗创作的兴盛与成熟,促使齐梁新体诗向唐人近体诗的转化。

一　文会活动与五言诗的创作

陈代高祖、世祖都"爱悦文义",后主嗣业后更是"雅尚文词,旁求学艺"③,南返和南方流寓之士都得到朝廷的重用。《北史·庾信传》曰:"时陈氏与周通好,南北流寓之士,各许还其旧国。陈氏乃请王褒及信等十数人。武帝唯放王克、殷不害等,信及褒并惜而不遣。"④永定二年(558),陈

---

① 王世贞撰:《艺苑卮言》卷四,《历代诗话续编》本,中华书局 1983 年版,1007—1008。
② 钟嵘著,周振甫译注:《〈诗品〉译注》,江苏教育出版社 2006 年版,页 8。
③ 姚思廉撰:《陈书》,中华书局 1972 年版,页 453。
④ 李延寿撰:《北史》,中华书局 1974 年版,页 2794。

武帝下诏曰:"梁时旧仕,乱离播越,始还朝廷,多未铨序。"①于是随材擢用者五十余人。这两批人很快又融入了以帝王为中心的文会活动。

从太建时期的文会到陈叔宝文学群体的文人雅聚,其成员都非常善于五言诗的创作。《陈书·侯安都传》曰:"安都工隶书,能鼓琴,涉猎书传,为五言诗,亦颇清靡。"②参与其文会活动的文士也都工于五言诗作,如张正见"五言诗尤善,大行于世"③,阴铿"博涉史传,尤善五言诗,为当时所重"④。以新安王伯固为中心的文学群体亦工于五言诗作,如阮卓"尤工五言诗"⑤,陆琼"为五言诗,颇有词采"⑥。陈叔宝文学群体更加重视五言诗创作,《南史·后主纪》曰:"后主愈骄,不虞外难,荒于酒色,不恤政事,左右嬖佞珥貂者五十人,妇人美貌丽服巧态以从者千余人。常使张贵妃、孔贵人等八人夹坐,江总、孔范等十人预宴,号曰'狎客'。先令八妇人襞采笺,制五言诗,十客一时继和,迟则罚酒。君臣酣饮,从夕达旦,以此爲常。"⑦宴会欢娱的赋诗活动为五言诗创作提供了良好的条件。陈叔宝文学群体因善五言诗作而深受宠爱,如江总"能属文,于五言七言尤善;然伤于浮艳,故为后主所爱幸"⑧,孔范"文章赡丽,又善五言诗,尤见亲爱"⑨。

二 文会活动与五言八句体式的成熟

文学群体的文会活动为诗歌创作提供了良好的条件,这样的群体活动使得其创作集中于某一诗体,五言八句诗便成为诗人们创作的共同追求。南朝以前,五言诗篇无定制,主要以多于八句的长篇为主,四句的短篇较多,八句的形式极少。晋宋时期,五言诗仍以多于八句的篇制为主,但其篇幅有所缩短,趋向于十句、十二句的体制,四句、八句的体制都有所增加。五言诗在南朝齐、梁、陈时期发生了显著变化,呈现出趋于短小、固定的大

① 姚思廉撰:《陈书》,中华书局 1972 年版,页 38。
② 姚思廉撰:《陈书》,中华书局 1972 年版,页 143。
③ 姚思廉撰:《陈书》,中华书局 1972 年版,页 470。
④ 姚思廉撰:《陈书》,中华书局 1972 年版,页 472。
⑤ 姚思廉撰:《陈书》,中华书局 1972 年版,页 471。
⑥ 姚思廉撰:《陈书》,中华书局 1972 年版,页 396。
⑦ 李延寿撰:《南史》,中华书局 1975 年版,页 306。
⑧ 姚思廉撰:《陈书》,中华书局 1972 年版,页 347。
⑨ 李延寿撰:《南史》,中华书局 1975 年版,页 1941。

势。吴小平先生根据丁福保《全汉三国晋南北朝诗》对这一时期五言诗句式有详尽统计,其表如下:

首数朝代句式	齐	梁	陈	合计
四　句	69	369	53	491
六　句	2	102	25	129
八　句	83	489	269	841
十　句	51	284	49	384
十二句	34	115	36	185
十四句以上	47	310	61	418
五言诗小计	286	1669	493	2448
存诗总数	304	1903	504	2771

由上表可见,五言八句诗在齐梁陈趋于成熟,齐、梁的五言八句诗各占其总五言诗数的约29％,而陈代五言八句诗则高达55％,无论数量还是比率,都远远超过其他形式的诗,占有明显的优势[1]。据逯钦立《先秦汉魏晋南北朝诗·陈诗》,陈代文人存诗576首,其中五言四句57首,占10％;五言十句以上138首,占24％;而五言八句则多达278首,占48％。

　　陈代诗人集中拟作的《陇头》、《折杨柳》、《关山月》、《紫骝马》、《雨雪》、《有所思》、《洛阳道》、《长安道》、《梅花落》、《刘生》等乐府诗几乎都是以五言八句的形式出现的。而此前或其后都没有如此大规模群体性拟作此一主题的诗作,如陈代以《陇头》为题者有7人10首诗作,全为五言八句。陈代之前有刘孝威五言十句《陇头》1首和梁武帝五言八句《陇头》2首,到了唐代以此题为诗者异彩纷呈,除于濆、僧皎然、罗隐等的五言八句外,还有杨师道的五言十四句,鲍溶等的五言四句,而且以此题为诗者还出现了七言句式,如王建的七言十二句,王维、张籍等的七言十句,翁绶的七言八句等。

　　今以郭茂倩《乐府诗集》中所录陈代集中拟作的情况和梁代、唐代作一比较。列表如下:

---

[1]　吴小平著:《中古五言诗研究》,江苏古籍出版社1998年版,页251。

诗题＼朝代	梁	陈	唐
《陇头》（《陇头水》）	五言八句2首，五言十句1首	10首全为五言八句	五言八句4首，五言四句1首，五言十四句1首；七言十句2首，七言八句1首，七言十二句1首
《折杨柳》	五言八句3首	7首全为五言八句	五言八句9首，五言十二句1首，五言十六句1首，五言二十句1首；七言四句1首，七言八句2首
《关山月》	五言八句2首	9首全为五言八句	五言八句5首，五言四句2首，五言十二句2首，五言二十四句1首；七言六句1首，七言八句1首，七言十四句1首
《紫骝马》	五言八句1首，五言四句1首	9首全为五言八句	五言八句3首，七言八句1首
《雨雪》（《雨雪曲》）		6首全为五言八句	五言八句1首，七言八句1首
《有所思》	五言八句8首，五言四句2首，五言十句3首	6首全为五言八句	五言八句2首；七言六句1首，七言八句2首，七言二十句1首
《洛阳道》	五言八句5首	五言八句17首，五言十句1首（此首为陈叔宝《洛阳道四首》其一，其他三首均为五言八句）	五言四句1首，五言八句1首；七言八句1首
《长安道》	五言八句3首	五言八句7首	五言四句首，五言八句3首，五言十二句1首；七言十句1首；七言二十八句28首；杂言2首
《梅花落》	五言八句1首	五言八句7首，七言十六句1首	五言八句3首
《刘生》	五言八句1首	五言八句6首	五言八句1首

（按：陈之前和之后以这些诗题拟作者绝大部分集中于梁代和唐代）

　　由以上列表可见，陈代诗人倾向于以五言八句体式进行拟作，而此前这些体式在梁代很少出现，之后的唐代则诗体总杂，呈现出多样化的发展趋向,充分说明了陈代诗人创作的群体性倾向。兴膳宏先生认为:"在这类多角度描写同一主题的系列诗中,五言八句的形式相当有效地发挥了机能。"①

与此同时,五言八句徒诗的数量也大为增加,如张正见五言徒诗 50 首,其中五言八句诗 37 首;阴铿五言徒诗 31 首,其中五言八句 15 首;江总五言徒诗 54 首,其中五言八句诗 20 首;徐陵五言徒诗 23 首,其中五言八句诗 12 首。

以上都充分说明了文会等群体性活动为五言八句体式的成熟奠定了基础。五言八句体式的成熟也是陈代诗歌律化的重要表现。吴小平先生认为:"当这种形式(五言八句)与声律和对偶完美结合时,便构成了五言律诗,因此,五言八句式便成为五言律诗的句式基础,成为五律的必要条件。"②

三　五言诗的律化

永明诗人是声律论的倡导者,梁陈诗人则进一步发挥运用了这一理论。王夫之《古诗评选》曰:"言诗至陈可谓有近体而无古诗,不但妆致柔密者为然,即有风骨亦用之为雄爽矣……徐孝穆、张见赜健笔标举,而古诗尽,近体成矣。"③陈代文会活动使得诗人们不断切磋诗艺和声律技巧,促使他们更为自觉地追求诗作声律的精美。

经徐陵、阴铿、江总等的共同努力,五言诗之平仄、粘对、篇章、对偶等已经非常成熟,基本符合五言律诗的声律标准。据统计,梁代律句数有 34.06%,陈代律句数则达 45.60%,其中阴铿 41.03%,张正见 51.90%,陈叔宝 40.66%,徐陵 55.12%,江总 45.99%,就律句数量而言,陈代远远高于梁代④。胡震亨《唐音癸签·体凡》曰:"自古诗渐作偶对,音节亦渐叶而谐。宫体而降,其风弥盛。徐、庾、阴、何,以及张正见、江总持之流,或数联独调,或全篇通稳,虽未有律之名,已浸具律之体。"⑤沈德潜《说诗晬语》亦

---

①　兴膳宏:《五言八句诗的成长和永明体诗人》,《东方丛刊》2001 年第 2 期。

②　吴小平著:《中古五言诗研究》,江苏古籍出版社 1998 年版,页 251。

③　王夫之评选,张国星校点:《古诗评选》卷六,文化艺术出版社 1997 年版,页 318。

④　杨德才著:《梁陈文学编年与考论》,山东大学博士论文 1999 年,页 131—133。

⑤　胡震亨著:《唐音癸签》,上海古籍出版社 1981 年版,页 3。

云:"五言律,阴铿、何逊、庾信、徐陵已开其体;唐初人研揣声音,稳顺体势,其制乃备。"①

　　徐陵五言诗格律已非常成熟,日僧遍照金刚《文镜秘府论》引唐人刘善经语曰:"吴人徐陵,东南之秀,所作文笔,未曾犯声。"②沈德潜《说诗晬语》曰:"五言律……徐陵已开其体。"③如徐陵《折杨柳》曰:

> 袅袅河堤树,依依魏主营。　　仄仄平平仄,平平仄仄平。
> 江陵有旧曲,洛下作新声。　　平平仄仄仄,仄仄仄平平。
> 妾对长杨苑,君登高柳城。　　仄仄平平仄,平平平仄平。
> 春还应共见,荡子太无情。　　平平平仄仄,仄仄仄平平。

此诗平仄相对,完全符合"粘对"规律,押"清"韵,"乃沈宋近体之椎轮"④。萧涤非《汉魏六朝乐府文学史》认为:"对仗、平仄、粘对,无一不与唐人五律吻合,徐氏以前,尚无其作。然则即视为五律之鼻祖,固无不可也。"⑤又如徐陵《刘生》曰:

> 刘生殊倜傥,任侠遍京华。　　平平平仄仄,仄仄仄平平。
> 戚里惊鸣筑,平阳吹怨笳。　　仄仄平平仄,平平平仄平。
> 欲儒排左氏,新室忌汉家。　　仄平平仄仄,平仄仄仄平。
> 高才被摈压,自古共怜嗟。　　平平仄仄仄,仄仄仄平平。

诗作平仄相对,只有三下与四上不符合"粘"规律,押"麻"韵。

　　徐陵已开五言排律之先,冯夏京《说诗补遗》曰:"真徘律,则徐陵《春情》、《山斋》二首。"⑥如《山斋》曰:

> 桃源惊往客,鹤峤断来宾。　　平平平仄仄,仄仄仄平平。
> 复有风云处,萧条无俗人。　　仄仄平平仄,平平平仄平。
> 山寒微有雪,石路本无尘。　　平平平仄仄,仄仄仄平平。
> 竹径蒙茏巧,茅斋结构新。　　仄仄平平仄,平平仄仄平。

①　沈德潜著,霍松林校注:《说诗晬语》卷上,人民文学出版社 1998 年版,页 213。
②　遍照金刚撰,卢盛江校考:《文镜秘府论汇校汇考》,中华书局 2006 年版,页 981。
③　沈德潜著,霍松林校注:《说诗晬语》卷上,人民文学出版社 1998 年版,页 213。
④　黄伯思著:《东观余论·跋何水曹集后》,《文渊阁四库全书》本,台湾商务印书馆 1983 年版,页 358。
⑤　萧涤非撰:《汉魏六朝乐府文学史》,人民文学出版社 1984 年版,页 257。
⑥　冯夏京撰:《说诗补遗》卷四,《明诗话全编》本,江苏古籍出版社 1997 年版,页 7230。

烧香披道记，悬镜厌山神。	平平平仄仄，平仄仄平平。
砌水何年溜，檐桐几度春。	仄仄平平仄，平平仄仄平。
云霞一已绝，宁辨汉将秦。	平平仄仄仄，平仄仄平平。

此诗全都符合"粘对"规律，押"真"韵。明钟惺《古诗归》"徐陵《山斋》"批语曰："全首排律，比唐太宗等作反觉响些、洁些、活些、熟些。六朝诗至此，虽欲不为唐不可得矣。"①王夫之《古诗评选》更赞此诗曰："宋人排律有极意学此者，时复一似，乃必闲枝乱叶横出其中，不得如其纯朗。"②此外，徐陵《关山月》、《洛阳道》之一、《长安道》、《梅花落》、《内园逐凉》、《斗鸡》、《别毛永嘉诗》、《奉和山池》、《同江詹事登宫城南楼》等诗格律已非常完整。

　　阴铿"五言声尽入律"③，"在诗体方面，除个别地方外，已暗合五律规格，可见阴诗在律诗形成过程中的先导作用"④。如《新成安乐宫》曰：

新宫实壮哉！云里望楼台。	平平仄仄平，平仄仄平平。
迢递翔鹍仰，连翩贺燕来。	平仄平平仄，平平仄仄平。
重檐寒雾宿，丹井夏莲开。	平平平仄仄，平仄仄平平。
砌石披新锦，梁花画早梅。	仄仄平平仄，平平仄仄平。
欲知安乐盛，歌管杂尘埃。	仄平平仄仄，平仄仄平平。

此诗完全符合"粘对"规律，押"哈"韵，已经比较接近律诗的格式。明胡应麟《诗薮》对此诗评论颇高，曰："五言十句律诗，气象庄严，格调鸿整；平头上尾，八病咸除；切响浮声，五音并协；实百代近体之祖。"又曰："若《安乐》则通篇唐人气韵矣。"⑤由此可见，此诗在律诗形成过程中具有重要的地位。他的许多诗作除个别字句平仄不调外，总体上已基本接近唐人的律诗了。又如《晚出新亭诗》曰：

大江一浩荡，离悲足几重。	仄平仄仄仄，平平仄仄平。
潮落犹如盖，云昏不作峰。	平仄平平仄，平平仄仄平。
远戍唯闻鼓，寒山但见松。	仄仄平平仄，平平仄仄平。

---

①　钟惺撰：《古诗归》卷十五，《明诗话全编》本，江苏古籍出版社 1997 年版，页 7336—7337。
②　王夫之评选，张国星校点：《古诗评选》卷六，文化艺术出版社 1997 年版，页 316。
③　许学夷著，杜维沫校点：《诗源辩体》，人民文学出版社 1987 年版，页 129。
④　刘畅、刘国珺注：《何逊集注阴铿集注》，天津古籍出版社 1988 版，页 229。
⑤　胡应麟撰：《诗薮·内编》卷四，《明诗话全编》本，江苏古籍出版社 1997 年版，页 5488。

　　　　　九十方称半,归途讵有踪。　　仄仄平平仄,平平仄仄平。

此诗一下与二上句不符合"粘"规律,三下与四上亦不符合,押"钟"韵。再
如《行经古墓》曰:

　　　　　偃松将古墓,年代理当深。　　仄平平仄仄,平仄仄平平。

　　　　　表柱应堪烛,碑书欲有金。　　仄仄平平仄,平平仄仄平。

　　　　　迥坟由路毁,荒隧受田侵。　　平平平仄仄,平仄仄平平。

　　　　　霏霏野雾合,昏昏陇日沉。　　平平仄仄仄,平平仄仄平。

　　　　　悬剑今何在,风杨空自吟。　　平仄平平仄,平平仄仄平。

此诗前三联完全符合严格律句的要求,第四联虽不符合平仄对应要求,但
第八句符合格律对应要求,只有第九句失粘,通篇押平声"侵"韵。此外,阴
铿《蜀道难》、《观钓》、《和侯司空登楼望乡》、《登武昌岸望》、《江津送刘光禄
不及》、《南征闺怨》、《侯司空斋咏妓》、《临行与故游夜别》、《相送》、《慈姥
矶》、《与胡兴安夜别》、《边城思》、《赠诸游旧》等作已接近唐诗格律。曹道
衡、沈玉成《南北朝文学史》认为:"从总体上来看,他的诗歌在格律上是自
齐梁诗向初唐沈佺期、宋之问成熟的五言律诗转变的重要环节。"①

　　江总诗作的律句比例很高,其诗作已基本符合规范的声律要求。明胡
应麟《诗薮》曰:"陈江总持等,篇什浸盛,然音乡时乖,节奏未协,正类当时
五言律体。"②如《三善殿夜望山灯诗》曰:

　　　　　百花疑吐夜,四照似含春。　　仄平平仄仄,仄仄仄平平。

　　　　　的的连星出,亭亭向月新。　　仄仄平平仄,平平仄仄平。

　　　　　采珠非合浦,赠珮异江滨。　　仄平平仄仄,仄仄仄平平。

　　　　　若任扶桑路,堪言并日轮。　　仄仄平平仄,平平仄仄平。

此诗完全符合"粘对"规律,押"谆"韵。

　　江总亦有格律谨严之律绝,如《于长安归还扬州九月九日行薇山亭赋
韵诗》曰:

　　　　　心逐南云逝,形随北雁来。　　平仄平平仄,平平仄仄平。

　　　　　故乡篱下菊,今日几花开。　　仄平平仄仄,平仄仄平平。

①　曹道衡、沈玉成编著:《南北朝文学史》,人民文学出版社 1991 年版,页 276。

②　胡应麟撰:《诗薮·内编》卷四,《明诗话全编》本,江苏古籍出版社 1997 年版,页 5474。

此诗平仄粘对已完全合乎近体,押"咍"韵,已是一首比较标准的五言绝句了,具有初唐诗的韵味。明陆时雍《古诗镜》认为此作"渐启唐音"①。唐许敬宗有《拟江令于长安归扬州九日赋》二首,用的就是江总的原韵。此外,江总《和衡阳殿下高楼看妓》、《陇头水》之二、《梅花落》之二、《奉和东宫经故妃旧殿》、《经始兴广果寺题恺法师山房》、《春夜山庭》、《侍宴》等也都格律谨严。

　　张正见亦多规范的五言律诗,王世贞《艺苑卮言》曰:"张正见诗律法已严于'四杰',特作一二拗语为六朝耳。"②如《关山月》曰:

<blockquote>
岩间度月华,流彩映山斜。　　平平仄仄平,平仄仄平平。
晕逐连城璧,轮随出塞车。　　平仄平平仄,平平仄仄平。
唐冀遥合影,秦桂远分花。　　平平平仄仄,平平仄平平。
欲验盈虚理,方知道路赊。　　仄仄平平仄,平平仄仄平。
</blockquote>

此诗完全符合"粘对"规律,押"麻"韵,其声律、对偶、篇制已完美地结合在一起。明胡应麟《诗薮》认为此诗"真唐律也"③。此外,张正见《有所思》、《刘生》、《赋得题新云》、《紫骝马》、《从籍田应衡阳王教作》之三、《和衡阳王秋夜》、《陪衡阳王游耆阇寺》、《对酒》、《秋夜还彭泽》、《雨雪曲》、《从军行》、《薄帷鉴明月》、《战城南》、《赋得山卦名》、《公无渡河》、《度关山》、《采桑》等格律亦谨严有法。

　　这一时期的其他作家的五言诗也多合于声律。如陈叔宝诗"声尽入律"④。其《梅花落》之一曰:

<blockquote>
春砌落芳梅,飘零上凤台。　　平仄仄平平,平平仄仄平。
拂妆疑粉散,逐溜似萍开。　　仄平平仄仄,平平仄平平。
映日花光动,迎风香气来。　　仄仄平平仄,平平平仄平。
佳人早插鬓,试立且裴徊。　　平平仄平仄,仄仄仄平平。
</blockquote>

此诗完全符合"粘对"规律,押"咍"韵。又如陈昭《昭君词》曰:

<blockquote>
跨鞍今永诀,垂泪别亲宾。　　仄平平仄仄,平仄仄平平。
</blockquote>

①　陆时雍编:《古诗镜》卷二十六,《文渊阁四库全书》本,台湾商务印书馆 1983 年版,页 222。
②　王世贞撰:《艺苑卮言》卷三,《历代诗话续编》本,中华书局 1983 年版,页 999。
③　胡应麟撰:《诗薮·内编》卷四,《明诗话全编》本,江苏古籍出版社 1997 年版,页 5487。
④　许学夷著,杜维沫校点:《诗源辩体》,人民文学出版社 1987 年版,页 133。

　　　　汉地随行尽,胡关逐望<u>新</u>。　　仄仄平平仄,平平仄仄平。

　　　　交河拥塞雾,陇日暗沙<u>尘</u>。　　平平平仄仄,仄仄仄平平。

　　　　唯有孤明月,犹能远送<u>人</u>。　　平仄平平仄,平平仄仄平。

此诗完全符合"粘对"规律,押"真"韵。

　　祖孙登、刘删、徐伯阳、阮卓等都为陈代五言诗的声律规范做出过一定的贡献。明张溥《汉魏六朝百三家集题辞·张散骑集》曰:"夫陈隋诗格,风气开唐,五言声响,尤为近之,祖孙登莲调,刘删泛宫亭湖,全首唐律,固不足道。"①明冯复京《说诗补遗》曰:"徐参军伯阳《游开善寺》云'鸟声不测处,松吟未觉风',阮学士卓《咏风》云'吹云旅雁断,临谷晓松吟',皆可备律诗取材。"②

　　总之,徐陵、阴铿、江总、张正见、陈叔宝等人的创作实践有力地推动了齐梁新体诗向唐人近体诗的转化。沈德潜在《说诗晬语》曰:"五言律,阴铿、何逊、庾信、徐陵已开其体,唐人研揣声音,顺稳体势,其制乃备。"③正是由于这些作家的不懈探索,才使五言格律诗的创制取得了平仄格式的决定性的突破。

第二节　七言诗创作的群体特征与七言歌行诗的成熟

　　陈代是七言诗作渐趋成熟的阶段,在七言诗发展上具有重要的地位。胡应麟《诗薮》曰:"七言古诗,概曰歌行。余漫考之,歌之名义,由来远矣。《南风》、《击壤》,兴于三代之前;《易水》、《越人》,作于七雄之世;而篇什之盛,无如骚之《九歌》,皆七言所自始也。"④张衡《四愁诗》可以称得上是第一篇比较规范的七言诗,除每章首句中间有"兮"字外,其余都是标准的七言诗句。胡应麟《诗薮》评此诗曰:"平子《四愁》,优丽柔婉,百代情语,独畅此篇。其章法实本风人,句法率由骚体,但结构天然,绝无痕迹,所以为工。

---

　　①　张溥著,殷孟伦注:《汉魏六朝百三家集题辞注·张散骑集》,江苏古籍出版社 2002 年版,页 263。

　　②　冯复京撰:《说诗补遗》卷四,《明诗话全编》本,江苏古籍出版社 1997 年版,页 7234—7235。

　　③　沈德潜著,霍松林校注:《说诗晬语》卷上,人民文学出版社 1998 年版,页 97。

　　④　胡应麟撰:《诗薮·内编》卷三,《明诗话全编》本,江苏古籍出版社 1997 年版,页 5471。

后人句模而章袭之,实为厌饫之余耳。"①魏晋时仅有曹丕《燕歌行》、晋代舞曲歌辞《白纻辞》等七言诗作,这些诗作都是句句押韵、一韵到底。到了鲍照七言诗才有了长足的发展,他有《白纻辞》六首、《拟行路难》十八首,变曹丕《燕歌行》逐句用韵为隔句用韵,近于唐代七言歌行体。南朝齐梁时,七言诗继续发展,不但出现了大量的七言体民歌,而且文人七言诗也得到了较快发展,萧衍父子、王融、萧子显、沈约、吴均等均有七言诗问世。到了陈代,七言诗创作具有鲜明的群体性特征,七言歌行体式也渐趋成熟定型。

一　七言诗创作的群体性特征

石观海先生认为:"入陈后七言诗的创作已经不是某个文人的个别现象,不少文人都有意参与七言诗新体的变革与定型。"②据逯钦立《先秦汉魏晋南北朝诗》,江总、徐伯阳、徐陵、张正见、傅縡、陆瑜、岑之敬、萧诠、贺循、阳缙、阮卓、顾野王、陈叔宝等均有七言诗之作,江总 18 首,陈叔宝 6 首,徐陵 3 首,张正见 2 首,其他人各 1 首。

江总、傅縡、陆瑜、岑之敬、顾野王等为陈叔宝文学群体的重要成员,而张正见、阮卓、萧诠、贺循、徐伯阳为太建文会的重要成员。《陈书·文学·徐伯阳传》曰:"中记室李爽、记室张正见、左民郎贺彻、学士阮卓、黄门郎萧诠、三公郎王由礼、处士马枢、记室祖孙登、比部贺循、长史刘删等为文会之友,后有蔡凝、刘助、陈暄、孔范亦预焉,皆一时之士也。游宴赋诗,勒成卷轴,伯阳为其集序,盛传于世。"③他们的七言诗创作与其文学群体有着极为密切的关系。如《乌栖曲》有陈叔宝、徐陵、岑之敬、江总 4 人同作;《杂曲》有徐陵、傅縡、江总 3 人同作;《东飞伯劳歌》也是陆瑜与后主唱和的诗作。而陈叔宝文学群体的七言诗作几乎都是宫体诗,如傅縡《杂曲》、陆瑜《东飞伯劳歌》、岑之敬《乌栖曲》、顾野王《燕歌行三首》其二、江总《怨诗》二首、《乌栖曲》、《东飞伯劳歌》、《杂曲》三首、《梅花落》、《宛转歌》、《秋日新宠美人应令诗》、《新人姬人应令诗》、《闺怨篇》二首、《姬人怨》、《姬人怨复散篇》等,陈叔宝《玉树后庭花》、《乌栖曲》三首、《东飞伯劳歌》、《听筝诗》等已显现出较为明显的群体创作特征。以徐伯阳为首的文学群体的七言诗作

① 胡应麟撰:《诗薮·内编》卷三,《明诗话全编》本,江苏古籍出版社 1997 年版,页 5471。
② 石观海著:《宫体诗派研究》,武汉大学出版社 2003 年版,页 280。
③ 姚思廉撰:《陈书》,中华书局 1972 年版,页 468—469。

都是以"赋得"为题的,如徐伯阳《赋得日出东南隅行》、张正见《赋得佳期竟不归》、《赋得阶前嫩竹》、萧诠《赋得婀娜当轩织诗》、贺循《赋得庭中有奇树》、阮卓《赋得黄鹄一远别》等都应是太建年间唱和切磋的产物。江总对七言诗的发展具有开创之功,《陈书·江总传》曰:"好学,能属文,于五言七言尤善。"①江总共有七言诗18首,尤为引人瞩目,其《梅花落》、《宛转歌》在郭茂倩《乐府诗集》的同题诗作中,只有江总用七言形式。此外,《宛转歌》有三十八句,是唐以前最长的七言歌行诗。

总体上,陈代七言诗在篇制上比梁代要长。据逯钦立《先秦汉魏晋南北朝诗》,梁代七言诗作59首,七言八句以下39首,占梁代七言诗的66.1%,七言八句以上20首,占梁代七言诗的33.9%;而陈代七言诗作38首,七言八句以下仅13首,占陈代七言诗的34.2%,七言八句以上20首,占陈代七言诗的65.8%。陈代长篇七言诗占有绝对的优势数,显现出陈代在七言诗创作上较为娴熟的技巧,为七言篇制的逐渐定型奠定了良好的基础。

二　七言歌行诗的成熟

到了陈代,歌行体基本定型。胡应麟《诗薮》曰:"建安以后,五言日盛。晋宋齐间,七言歌行寥寥无几。独《白纻歌》、《行路难》时见文士集中,皆短章也。梁人颇尚此体,《燕歌行》、《捣衣曲》诸作实为初唐鼻祖。陈江总持、卢思道等篇什浸盛,然音响时乖,节奏未协,正类当时五言律体。垂拱四子一变而精华浏亮,抑扬起伏,悉协宫商,开合转换,咸中肯綮。七言长体,极于此矣。"②七言歌行的基本特征是四句一转韵。据王从仁先生统计,陈代七言歌行共22首,大多数作品均呈现出四句一单元的形式特征,而这一特征与韵脚的平仄互换相结合,构成四句一转,韵脚平仄互递为主的基本格局③。徐陵《杂曲》已是典型的七言歌行诗。其诗曰:

> 倾城得意已无俦,洞房连阁未消愁。
> 宫中本造鸳鸯殿,为谁新起凤凰楼。
> 绿黛红颜两相发,千娇百念情无歇。

---

① 姚思廉撰:《陈书》,中华书局1972年版,页347。
② 胡应麟撰:《诗薮·内编》卷三,《明诗话全编》本,江苏古籍出版社1997年版,页5474。
③ 王从仁:《七言歌行体制溯源》,《上海师范大学学报》1990年第3期,页22。

舞衫回袖胜春风，歌扇当窗似秋<u>月</u>。

碧玉宫妓自翩<u>妍</u>，绛树新声最可<u>怜</u>。

张星旧在天河上，从来张姓本连<u>天</u>。

二八年时不忱<u>度</u>，旁边得宠谁相<u>妒</u>。

立春历日自当新，正月春幡底须<u>故</u>。

流苏锦帐挂香囊，织成罗幌隐灯<u>光</u>。

只应私将琥珀枕，暝暝来上珊瑚<u>床</u>。

一、二押"尤"韵，三、四押"月"韵，五六押"先"韵，七、八押"暮"韵，九、十押"阳"韵，整首诗歌像是由若干七言绝句组成的，而内容和气势又是首尾连贯通畅的。这种写法"把梁代开始盛行的齐言的七言歌行发展成一种规范体式"[①]，对唐人产生了很大的影响，王勃《滕王阁》、高适《燕歌行》都是采用这一手法。如王勃《滕王阁》曰：

滕王高阁临江<u>渚</u>，佩玉鸣鸾罢歌<u>舞</u>。

画栋朝飞南浦云，珠帘暮卷西山<u>雨</u>。

闲云潭影日悠悠，物换星移几度<u>秋</u>。

阁中帝子今何在？槛外长江空自<u>流</u>。

此诗一、二押"虞"韵，三、四押"尤"韵，采用整齐的七言句式。

江总《梅花落三首》使得这一诗体能以七言歌行的形式固定下来。其《梅花落》之三曰：

腊月正月早惊春，众花未发梅花<u>新</u>。

可怜芬芳临玉台，朝攀晚折还复<u>开</u>。

长安少年多轻薄，两两共唱梅花<u>落</u>。

满酌金卮催玉柱，落梅树下宜歌<u>舞</u>。

金谷万株连绮甍，梅花密处藏娇<u>莺</u>。

桃李佳人欲相照，摘叶牵花来并<u>笑</u>。

杨柳条青楼上轻，梅花色白雪中<u>明</u>。

横笛短箫凄复切，谁知柏梁声不<u>绝</u>。

---

①　骆玉明、张宗原著：《南北朝文学》，安徽教育出版社 1991 年版，页 152。

一句押"真"韵,二句押"咍"韵,三句押"铎"韵,四句押"虞"韵,五句押"耕"韵,六句押"笑"韵,七句押"清"韵,八句押"屑"韵,此作句句押韵,两句一换韵。今存于《乐府诗集》的同题之作有十余篇,除江总此篇外全为五言诗,而且篇制也相对短小。江总能把此主题扩充转化为七言长篇,句句押韵,两句一转,对后代七言歌行具有重要影响。王夫之《古诗评选》曰:"历乱出入,如晴风卷云,断虹带雨。李白《听莺》、岑参《白雪》皆其支裔也。"[①]

江总的七言代表作《宛转歌》长达三十八句,在转韵上采用十句或八句一转韵的形式,与一般诗作的六句或四句一转韵不同。诗曰:

> 七夕天河白露明,八月涛水秋风惊。
> 楼中恒闻哀响曲,塘上复有辛苦行。
> 不解何意悲秋气,直置无秋悲自生。
> 不怨前阶促织鸣,偏愁别路捣衣声。
> 别燕差池自有返,离蝉寂寞讵含情。
> 云聚怀情四望台,月冷相思九重观。
> 欲题芍药诗不成,来采芙蓉花已散。
> 金樽送曲韩娥起,玉柱调弦楚妃叹。
> 翠眉结恨不复开,宝鬓迎秋度前乱。
> 湘妃拭泪洒贞筠,策药浣衣何处人。
> 步步香飞金薄履,盈盈扇掩珊瑚唇。
> 已言采桑期陌上,复能解佩就江滨。
> 竞入华堂要花枕,争开羽帐奉华茵。
> 不惜独眠前下钓,欲许便作后来薪。
> 后来瞑瞑同玉床,可怜颜色无比方。
> 谁能巧笑特窥井,乍取新声学绕梁。
> 宿处留娇堕黄珥,镜前含笑弄明珰。
> 菤葹摘心心不尽,茱萸折叶叶更芳。
> 已闻能歌洞箫赋,讵是故爱邯郸倡。

---

① 　王夫之评选,张国星校点:《古诗评选》卷一,文化艺术出版社 1997 年版,页 73。

《宛转歌》属乐府《琴曲歌辞》,一曰《神女宛转歌》,《乐府诗集》收录晋刘妙
容《宛转歌》二首,为杂言体。江总之作突破了此种句式,采用了长篇七言
体的形式。一、二、三、四、五押"真"韵,六、七、八、九押"桓"韵,十、十一、十
二、十三、十四押"真"韵,十五、十六、十七、十八、十九押"阳"韵,这已经是
比较完整的歌行,而且"以赋为诗"的特征颇为显著。除徐陵、江总外,这一
时期创作七言歌行者还有顾野王、阮卓、张正见等。如顾野王《艳歌行》其
二曰:

> 齐倡赵女尽妖妍,珠帘玉砌并神仙。
> 莫笑人来最落后,能使君恩得度前。
> 岂知洛渚罗尘步,讵减天河秋夕渡。
> 妖姿巧笑能倾城,那思他人不憎妒。
> 莲花藻井推芰荷,采菱妙曲胜阳阿。

一、二押"先"韵,三、四押"暮"韵,五句押"歌"韵。此诗隔句押韵,四句一转
韵,平仄声韵交错,已近歌行体。又如阮卓《赋得黄鹄一远别诗》曰:

> 霜风秋月映楼明,寡鹤偏栖中夜惊。
> 月下徘徊顾别影,风前凄断送离声。
> 离声一去断还续,别响时来疏复促。
> 聊看远客赠绫纹,弥怨闲宵雅琴曲。
> 恒思昔日稻粱恩,理翮整翰上君轩。
> 独舞轻飞向吴市,孤鸣清唳出雷门。
> 王子吹笙忽相值,自觉飘飘云里驶。
> 一举千里未能归,惟有田饶解深意。

一二押"庚"韵,三四押"烛"韵,四、五、六押"痕"韵,六、七、八押"职"韵,四
句或六句一转韵,平仄变化,已近歌行体。

在诸多诗人的共同努力下,这一时期的歌行体渐趋成熟。王运熙《汉
魏六朝诗简论》认为:"他们不但运用《燕歌行》、《白纻歌》、《行路难》等旧题
写七言或杂言诗,还创制了不少新题,像《乌栖曲》、《春别》、《玉树后庭花》
等。在体式上则大抵继承了鲍照的传统,多隔句用韵。可以说,在这时候
由于不少诗人的努力,七言诗、杂言诗在诗坛开始占据重要的地位,为唐代

五言、七言诗并驾齐驱的局面奠定了基础。"①这时的歌行体对后世具有重要影响,明何良俊《四友斋丛说》曰:"初唐人歌行,盖相沿梁陈之体,仿佛徐孝穆、江总持诸作,虽极其绮丽,然不过将浮艳之词模仿凑合耳。"②

此外,这一时期的杂言诗创作也取得了突出的成就。如陈叔宝《长相思》曰:

> 长相思,久相忆,关山征戍何时极?望风云,绝音息。上林书不归,回文徒自织。羞将别后面,还似初相识。

> 长相思,怨成悲。蝶萦草,树连丝。庭花飘散飞入帷。帷中看只影,对镜敛双眉。两见同见月,两别共春时。

此两首诗三、五、七言间杂,语言通俗易懂,具有民歌的韵味,而且第一首从句式和声韵上都是依照梁张率《长相思》的模式。又如顾野王《艳歌行》曰:

> 燕姬妍,赵女丽,出入王宫公主第。倚鸣瑟,歌未央。调弦八九弄,度曲两三章。唯欣春日永,讵愁秋夜长。歌未央,倚鸣瑟。轻风飘落蕊,乳燕巢兰室。结罗帷,玩朝日。窗开翠幔卷,妆罢金星出。争攀四照花,竞戏三条术。

诗作采用了三、五、七言间杂形式。石观海先生认为:"此诗虽为瑟调曲,但在形式上明显受到梁张率以来的杂曲歌辞《长相思》的影响,前半首与《长相思》的格式相同,只是对韵式进行了调整,改仄声韵一韵到底为先仄声韵而后转平声韵。后半首对《长相思》的格式稍作变动,把第三句的七言句易为两个五言句。从古辞以来唱到陈代季世的《艳歌行》,即由顾野土以这种'相思'复'相思'的形式划上了休止符。"③

第三节　文体的进一步骈化

《说文解字》曰:"骈,驾二马也。"段玉裁注曰:"骈之引申,凡二物并曰

---

①　王运熙:《汉魏六朝诗简论》,载《汉魏六朝唐代文学论丛》(增补本),复旦大学出版社 2002 年版,页 286。

②　何良俊撰:《四友斋丛说》卷二十四《诗二》,中华书局 1959 年版,页 226。

③　石观海著:《宫体诗派研究》,武汉出版社 2003 年版,页 293。

骈。"①因此"骈"也即是并列、对偶之意。骈文是与散文相对而言的,其主要特点是以对偶句式为主,讲究对仗,因句式两两相对,犹如两马并驾齐驱,故称骈体。骈文在字句上讲究对偶,力求对称工丽;在音韵上运用平仄,讲究韵律和谐;注重运用华丽的词藻和大量典故。骈文并不一定要限定每句的特定的字数,但到了南北朝时期,骈文逐渐以四六句式为主,但又富有变化。刘勰《文心雕龙·章句》曰:"四字密而不促,六字格而非缓。或变之以三五,盖应机之权节也。"②

骈文风靡于整个南朝,胡适《白话文学史》曰:"六朝的文学可以说是一切文体都受了辞赋的笼罩,都'骈俪化'了。议论文也成了辞赋体,记叙文(除了少数史家)也用了骈俪文,抒情诗也用骈偶,纪事与发议论的诗也用骈偶,甚至于描写风景也用骈偶。故这个时代可说是一切韵文与散文的骈偶化的时代。"③在"文笔说"和"永明声律论"的影响下,齐梁时期的文章开始分辨清浊四声,向雕琢字句的方向发展。陈代文章受此风尚影响,这一时期的各种散文,论说文、章表、书牍等在整体风貌上更趋骈俪,而呈现异常华丽典雅的风格。孙德谦《六朝丽指》曰:"凡君上诰敕、人臣奏章,以及军国檄移,与友朋往还书疏,无不袭用斯体……亦一时风尚,有以致此。"④陈代骈文之风影响到了历史和哲学著作,如傅缚《明道论》、何之元《梁典总论》等均用骈体,这些骈文辞丽韵谐,遣词以纤巧为尚,俨然是因袭齐梁之遗风。

到梁陈之际的徐陵,其骈文创作达到了"此种文体的极高境界"⑤,"成为骈体文上难以企及的千古宗师"⑥。刘麟生《骈文学史》曰:"骈文发展,汉魏奠其基,六朝登其极。晋宋始臻绮靡,齐梁始洽宫商。至徐、庾而造极峰,后之作者,变化权奇,终莫之逮也。"又曰:"六朝文至徐庾,骈文始臻极峰,然则徐庾之文,可谓集骈文之大成,达美文之顶点。当时有徐庾体之称,良非过誉。"⑦徐陵骈文在骈对、用典、藻饰、平仄等方面都取得了相当

① 许慎撰,段玉裁注:《说文解字注》,上海古籍出版社 1981 年版,页 492。
② 周振甫著:《文心雕龙今译》,中华书局 1986 年版,页 310。
③ 胡适撰,骆玉明导读:《白话文学史》,上海古籍出版社 1999 年版,页 75。
④ 孙德谦著:《六朝丽指》,四益宦刊本 1923 年版,页 6。
⑤ 于景祥:《骈文的形成与鼎盛》,《文学评论》1996 年第 6 期,页 128。
⑥ 于景祥:《骈文的形成与鼎盛》,《文学评论》1996 年第 6 期,页 128。
⑦ 刘麟生著:《中国骈文史》,东方出版社 1996 年版,页 52。

成就，"徐庾的主要成就，即在将宫体诗所运用的隶事声律和缉裁丽辞的形式特点，完全巧妙地移植到在'文'上，使当时的骈文凝固成一种典型的文体，而成了后来唐宋四六和律赋的先导"①。徐陵的骈文成就主要体现在以下几个方面。

一　骈对精工，四六对增多

骈文至梁陈而告定型。孙德谦《六朝丽指》曰："吾观六朝文中以四句作对者，往往只用四言，或以四字五字相间而出；徐庾两家，固多四六语，已开唐人之先，但非后世骈文，全取排偶，遂成四六格调。"②徐庾之前单句对很多，而四六复句对相对较少，徐庾时四六复句对大量出现。徐陵的骈文虽以四字句、六字句为主，却参差错落，或以四字句自对，或以六字句自对，或四六字句相间为对，这样就使整篇文章错落有致，变化无常。如《让五兵尚书表》"仲尼大圣，犹云书不尽言；士衡高才，当称文不逮意"，《陈公九锡文》"百楼不战，云梯之所未窥；万弩各张，高堞之所非敌"，《玉台新咏序》"楚王宫内，无不推其细腰；魏国佳人，俱言讶其纤手"，《与王吴郡僧智书》"林宗道主，时人多慕德之宾；无忌雄豪，天下尽希风之客"，《玉台新咏序》"至若宠闻长乐，陈后知而不平；画出天仙，阏氏览而遥妒。至若东邻巧笑，来侍寝于更衣；西子微矉，得横陈于甲帐。陪驱游姱，骋纤腰于结风；长乐鸳鸯，奏新声于度曲"等皆四六相间为对。

徐陵之文不仅骈对精工而且还骈散结合，富于变化。孙德谦《六朝丽指》曰："骈体之中，使无散行，则其气不能疏逸，而叙事亦不清晰。……倘一篇之内始终无散行处，是后世书启体，不足与言骈文矣。"又曰："作骈文而全用排偶，文气易致窒塞。即对句之中，亦当少加虚字，使之动宕。"③徐陵之文又多于对句之中嵌入转接连词或虚词，从而使板滞的句式多有抑扬顿挫之致。如《玉台新咏序》"其佳丽也如彼，其才情也如此"，虽然只是两个"也"字，但顿然使人感到活脱有致。《玉台新咏序》"虽非画图，入甘泉而不分；言异神仙，戏阳台而无别"于上下联之首分别冠以"虽非"、"言异"；"清文满箧，非惟芍药之花；新制连篇，止葡萄之树"于上下联中分别冠以

① 王瑶：《徐庾与骈体》，载《中古文学史论》，北京大学出版社1986年版，页290。
② 孙德谦著：《六朝丽指》，四益宦刊本1923年版，页19。
③ 孙德谦著：《六朝丽指》，四益宦刊本1923年版，页12。

"非惟"、"宁止",读之朗朗上口。

二　用典丰富,委婉有致

徐陵之文不仅属对精工而且用典工稳。《文心雕龙·事类》曰:"事类者,盖文章之外,据事以类义,援古以证今者也。"[①]"事类"是引事以比类,也即是用典。萧统《文选序》曰:"若其赞论之综辑辞采,序述之错比文华,事出于沉思,义归于翰藻,故与夫篇什,杂而集之。"[②]所谓的"辞采"、"文华"、"翰藻"即是指骈偶、辞藻、音韵、用典等骈体文学的语言美[③]。早期的骈文并不追求用典,南朝刘宋以后,此风渐长。《诗品·总论》曰:"大明、泰始中,文章殆同书抄。"[④]典实用得好可收言简意赅之效,得含蓄蕴藉之美。徐陵用典,无不神机独运,妙到秋毫。如其《移齐文》曰:

> 获去月二十日移,承羯寇平殄,同怀庆悦,眷言邻穆,深副情伫。夫天纲之大,固无微而不擒;神武之师,本无征而不克。至如戎王倾其部落,逆竖道其乡关,非厥英图,殆难堪戮。况复洞庭迥旷,丘食殷阜,西穷版屋,北罄毳庐,声冠符姚,势兼聪勒。庸蜀宝马,弥山不穷,巴汉楼船,陵波无际。我之元戎上将,协力同心,承禀朝谟,致行明罚。为风为火,殪彼蒙冲;如霆如雷,击其舟舰。羌兵楚贼,赴水沉沙,弃甲则两岸同奔,横尸则千里相枕。江川尽满,譬睢水之无流;原隰穷胡,等阴山之长哭。于是黑山叛邑,诸城洞开;白虏连群,投戈请命。长沙鵩鸟,靡复为妖;湘川石燕,自然还舞。克翦无算,缧禽不赀,欲计军俘,终难巧历。所获其龙驹骥子,百队千群,更开首蓿之园,方广驹骏之厩。于是卫霍甘陈,虬髭瞋目,心驰垄路,志饮河源,乘胜长驱,未知所限。岂如桓温不武,弃彼关中;殷浩无能,长兹羌贼。方且西逾酒郡,抵我境而置边亭;东略盐池,为齐朝而反侵地。此政亦翦妖氛,未穷巢窟,便闻庆捷,愧佩良深。

"夫天纲之大"用《老子》"天罔恢恢,疏而不漏";"神武之师"用魏王粲诗"所

---

①　周振甫著:《文心雕龙今译》,中华书局 1986 年版,页 339。
②　萧统编,李善注:《文选》,中华书局 1977 年版,页 2。
③　王运熙著:《中古文论要义十讲》,复旦大学出版社 2004 年版,页 5。
④　钟嵘著,曹旭注:《〈诗品〉译注》,江苏教育出版社 2006 年版,页 8。

从神且武,安得久劳师";"西穷版屋"用《诗经·秦风·小戎》"在其版屋";
"陵波无际"用曹植《洛神赋》"凌波微步";"如霆如雷"用《诗经·大雅·云
汉》"如霆如雷";"投戈请命"用扬雄《解嘲》"解甲投戈";"终难巧历"用《庄
子》"巧历不能得"等语典;"至如戎王倾其部落"用《汉书·匈奴传》,秦昭王
时,宣太后诈而杀义渠戎王于甘泉,遂起兵伐灭义渠;"北罄毯庐"用《汉
书·匈奴传》,汉使不去节,不以墨黥其面,不得入穹庐;"声冠苻姚,势兼聪
勒"俱用《晋书》中"苻坚前秦"、"姚绍后秦"、"刘聪十六国时之汉国"、"石勒
后赵"等东晋僭国之人典事;"为风为火,殪彼蒙冲"用《三国志·吴志·周
瑜传》,周瑜与曹公遇于赤壁,黄盖取战舰数十艘,实以薪草,膏油其中,同
时发火,时风甚猛,悉延烧岸上营落,军遂败退;"譬睢水之无流"用《汉书·
高祖帝纪》"羽败汉兵睢水之上,水为之不流";"原隰穷胡,等阴山之长哭"
用《汉书·匈奴传》,郎中侯应曰"冒顿单于依阴山治兵器,后武帝夺其地,
匈奴过者未尝不哭";"长沙鹏鸟"用《汉书·贾谊传》,贾谊为长沙王太傅,
有鹏鸟飞入谊舍,"止于坐隅";"湘川石燕,自然还舞"用《湘中记》"零陵有
石燕,遇雨则飞,止还为石";"更开苜蓿之园"用《述异传》"张骞苜蓿园,今
在洛中,苜蓿本胡中菜也,骞于西戎得之";"于是卫霍甘陈,虬髭瞋目"用汉
将卫青、霍去病、陈汤、甘延寿等人与匈奴作战有功之典事;"岂如桓温不
武,弃彼关中"用《晋书·王猛传》,桓温攻前秦入关中,因军粮不足而退;
"殷浩无能,长兹羌贼"用《晋书·殷浩传》,殷浩连年北伐,"师徒屡败,粮械
都尽"等事典。徐陵在这一段文章中一口气连续使用了七个语典、十四个
事典,用典灵活多样,显现出含蓄雅洁的风姿。

此外,另如《玉台新咏序》、《谢敕赉烛盘赏答齐国移文启》、《劝进梁元
帝表》、《让五兵尚书表》、《让散骑常侍表》、《让左仆射初表》、《让右仆射初
表》、《为王仪同致仕表》、《与齐尚书仆射杨遵彦书》、《在北齐与宗室书》、
《与王僧辩书》、《与王吴郡僧智书》、《为梁贞阳侯与王太尉僧辩书》、《为梁
贞阳侯答王太尉书》、《又为梁贞阳侯答王太尉书》、《为梁贞阳侯重与王太
尉书》等几乎句句用典。徐陵之用典,典而不繁、典而不滞,使得文章含蓄
委婉、思致巧妙。

三　追求声韵的和谐流畅

这一时期的平仄声韵之美显然受到永明声律论之影响,沈约等人的声

律论成为后世文人自觉追求音律和谐的范本,骈文深受声律论影响而趋于音韵谐协。刘麟生《中国骈文史》曰:"古代四声不备,故南北朝以前之文章无所谓调'平仄'之事。至梁沈约而始告厥成功。"①徐陵之文平仄相间,颇有规律,使文章读起来具有抑扬顿挫、和谐流畅的音乐效果。许梿《六朝文絜》曰:"骈语至徐庾,五色相宣,八音迭奏,可谓六朝之渤澥,唐代之津梁。"②如《玉台新咏序》曰:

> 千户万门,张衡之所曾赋。周王璧台之上,汉帝金屋之中,玉树以珊瑚作枝,珠帘以玳瑁为柙。其中有丽人焉。其人五陵豪族,充选掖庭;四姓良家,驰名永巷。亦有颍川新市,河间观津,本号娇娥,曾名巧笑。楚王宫里,无不推其细腰;卫国佳人,俱言讶其纤手。阅诗敦礼,岂东邻之自媒;婉约风流,异西施之被教。弟兄协律,自小学歌;少长河阳,由来能舞。琵琶新曲,无待石崇;箜篌杂引,非关曹植。传鼓瑟于杨家,得吹箫于秦女。

此文词藻华美,结构整饬,颇近辞赋,与庾信《哀江南赋序》一起堪称为六朝骈文的压卷之作。明张溥《汉魏六朝百三家集题辞·徐仆射集》曰:"然夫三代以前,文无声偶,八音自谐,司马子长所谓铿锵鼓舞也。浸淫六季,制句切响,千英万杰,莫能跳脱,所可自异者,死生气别耳。历观骈体,前有江任,后有庾徐,皆以生气见高,遂称俊物。他家学步寿陵,菁华先竭,犹责细腰以善舞,余窃忧其饿死也。《玉台》一序,与《九锡》并美,天上石麟,青晴慧相,亦何所不可哉。"③此文藻彩纷披,辉煌夺目,丽词风动,妙语珠圆。许梿《六朝文絜》评曰:"是篇尤为声偶兼到之作,炼格炼词,绮绾绣错,几于赤城千里霞矣。"④

四　讲究词藻的华美工巧

藻饰之美是讲究辞采的色泽之艳丽,骈文不仅要对句工整而且要富有辞采,辞藻妍练、妃白俪黄成为骈文的要素之一。南朝文刻意逞才,镂心敷

---

① 刘麟生著:《中国骈文史》,上海书店1984年版,页48。
② 许梿评选:《六朝文絜》,中华书局1927年聚珍版,页5。
③ 张溥著,殷孟伦注:《汉魏六朝百三家集题辞注·徐仆射集》,江苏古籍出版社2002年版,页333。
④ 许梿评选:《六朝文絜》,中华书局1927年聚珍版,页2。

藻。张仁青先生认为："刘宋以后,迄于陈亡,百年之间,对偶愈变愈工,音律愈变愈细,而辞采则愈变愈华,是唯美文学全盛之高潮也。其中以江淹、刘勰、沈约、刘峻、萧纲、萧绎、徐陵、庾信、何逊、刘令娴、陈叔宝、江总等二十余人,刻镂之细,纂组之工,摛辞之美,并皆超轶前代。而徐庾二子更是集六朝之大成,而导四杰之先路,自古迄今,屹然为四六宗匠。"①徐陵之文"缉裁巧密,多有新意"②。如徐陵《与齐尚书仆射杨遵彦书》洋洋 2500 字,为南朝最长的骈体文,他满怀悲愤地向杨遵彦提出了八个"斯所未喻"的问题,"涛翻波涌,自具滂洄盘礴之势"③,一一驳斥了北齐人不准其南归的理由,"议论曲折,情词相赴,气盛而物之浮者大小毕浮,不意骈俪有此奇观。至末段声情激越,顿挫底徊,尤神来之笔"④。文章析理透彻,情韵顿挫,文气遒劲,直达胸臆。另如徐陵《为贞阳侯答王僧辩书》六篇、《玉台新咏序》、《梁禅陈诏》等遣词造句以纤巧精细取胜。

王瑶先生认为："徐、庾能使这些裁对隶事和调声选色的形式特点在文字中发挥到了可能的最高效果,而不致引起更多的副作用,不致过多地限制了意义的表现和流于纤仄俳弱,就是他们的成功。"⑤徐庾体隶事声律和缉裁丽辞的形式特点对当时文坛产生了深远影响。《周书·庾信传》曰："当时后进,竞相模范。每有一文,京都莫不传诵。"⑥徐庾体不仅代表徐摛、庾肩吾的创作风格,也代表着整个梁代晚期及陈隋的骈文创作风格,并且一直影响到初唐。然而这种骈文并不影响作者旨意的表达,王瑶先生说："骈文的极致是在竭力顾全和制造声色丽语等形式美的条件下,而又使这些形式的规律不至妨碍到意义内容的表现;要使骈体如散文一样地流畅自然,而又能作到骈体所要求的各种限制和规律。这是一个理想,完满地达到是不可能的。但所谓'徐庾体',作为骈文的典型和示范的徐庾作品,是已经达到了向这个方向追求的最可能的高度。"⑦文学的自觉带来骈文的兴起,又使许多实用的文体因"骈"而增加了文学的成分。

①　张仁青著:《骈文学》,文史哲出版社 1984 年版,页 214。
②　姚思廉撰:《陈书》,中华书局 1972 年版,页 335。
③　蒋士铨撰:《评选四六法海》卷四,上海文瑞楼石印本,页 19。
④　孙梅著,李金松校点:《四六丛话》卷十七,人民文学出版社 2010 年版,页 359。
⑤　王瑶:《徐庾与骈体》,载《中古文学史论集》,北京大学出版社 1998 年版,页 295。
⑥　令狐德棻等撰:《周书》,中华书局 1971 年版,页 733。
⑦　王瑶:《徐庾与骈体》,载《中古文学史论集》,北京大学出版社 1998 年版,页 310。

第四节　史传文的文体特点

自《史记》、《汉书》以来,文章渐趋骈化,"唐兴,文章承徐、庾余风,天下祖尚,子昂始变雅正"①。学界普遍认为陈子昂开古文运动之滥觞,时至韩愈、柳宗元,古文才得到倡起与重振。然陈隋之际的姚察、姚思廉父子相续所撰《梁书》、《陈书》等史传文散体单行、文风质实,具有很强的叙事与写人能力,对当时散文的发展和后来的古文运动都产生了重要的影响。

一　行文散体单行,不拘格式

《梁书》、《陈书》行文自然明快,不拘格式,散体化倾向非常明显,已显古文之风貌。作者借古朴晓畅的散体形式来记事、明理、达意,对于当时流行的骈偶文风具有很大的纠正作用,体现了他们一定程度的古文革新意识。如《梁书·张齐传》曰:

> 齐在益部累年,讨击蛮獠,身无宁岁。其居军中,能身亲劳辱,与士卒同其勤苦。自画顿舍城垒,皆委曲得其便,调给衣粮资用,人人无所困乏。既为物情所附,蛮獠亦不敢犯,是以威名行于庸、蜀。巴西郡居益州之半,又当东道冲要,刺史经过,军府远涉,多所穷匮。齐沿路聚粮食,种蔬菜,行者皆取给焉。其能济办,多此类也。

《张齐传》中无一骈偶句式,特别是本段对张齐在益部与士卒同甘共苦的描写,有叙有议,语言简洁凝练,自然流畅。这在《梁书》、《陈书》的人物传记中有突出的表现,如《梁书·昭明太子传》、《梁书·王茂传》、《梁书·范云传》、《陈书·陆子隆传》、《陈书·顾野王传》等多是如此。

《梁书》、《陈书》中有许多关于战争之事的记载,其中记梁与魏之间的大型战事十余起,在战争场面的描绘中作者注重句式的长短结合,言辞详尽质直,克切沉痛。如《陈书·吴明彻传》曰:

> 琳至,与刺史王贵显保其外郭。明彻以琳初入,众心未附,乘夜攻之,中宵而溃,齐兵退据相国城及金城。明彻令军中益修治攻具,又迮

---

① 欧阳修、宋祁撰:《新唐书》,中华书局1975年版,页4078。

肥水以灌城。城中苦湿,多腹疾,手足皆肿,死者十六七。会齐遣大将军皮景和率兵数十万来援,去寿春三十里,顿军不进。诸将咸曰:"坚城未拔,大援在近,不审明公计将安出?"明彻曰:"兵贵在速,而彼结营不进,自挫其锋,吾知其不敢战明矣。"于是躬擐甲胄,四面疾攻,城中震恐,一鼓而克,生禽王琳、王贵显、扶风王可朱浑孝裕、尚书庐潜、左丞李骝骕,送京师。景和惶惧遁走,尽收其驼马辎重。

文中运用灵活多样的句式,注重人物的语言情态等细节化的描写,用语无不浅显明白,行文简洁平实。《梁书》、《陈书》在梁魏战争、陈代北伐战争等的描绘中或叙写史实,或评价人物,或抒发感情,句式灵活多样,体现了清新流动之美,与整个史传散文风格相一致。

东晋、南朝所撰史书的论、赞受到骈文影响而呈现出骈化倾向,但姚氏父子却独用散体史论行文,与当时盛行的文风不同。今《梁书》中题"陈吏部尚书姚察曰"者凡二十六篇,《陈书》中题此名号者凡两篇,皆是论赞体之文。如《梁书·列传第三》"陈吏部尚书姚察曰":

> 王茂、曹景宗、柳庆远虽世为将家,然未显奇节。梁兴,因日月末光,以成所志,配迹方、邵,勒勋钟鼎,伟哉！昔汉光武全爱功臣,不过朝请、特进,寇、邓、耿、贾咸不尽其器力。茂等迭据方岳,位终上将,君臣之际,迈于前代矣。

此文虽为论议,句式却运用自如,不拘形式,无一骈对之迹。又如《梁书·列传第十九》"陈吏部尚书姚察曰":

> 自侯景寇逆,世祖据有上游,以全楚之兵委僧辩将率之任。及克平祸乱,功亦著焉,在乎策勋,当上台之赏。敬帝以高祖贻厥之重,世祖继体之尊,洎渚宫沦覆,理膺宝祚。僧辩位当将相,义存伊、霍,乃受胁齐师,傍立支庶。苟欲行夫忠义,何忠义之远矣?树国之道既亏,谋身之计不足,自致歼灭,悲矣！

这样的论议亦无骈偶之句,句式错落有致,纵横驰骋,与这一时期文坛盛行的骈俪之风不同。

《梁书》、《陈书》在人物传记的结尾注重对人物进行简要评价,虽未标明"陈吏部尚书姚察曰"、"史臣曰"等,但其文体近似于论、赞形式,这些文字也多为散体形式。如《梁书·昭明太子传》"性宽和容众,喜愠不形于色。引纳才学之士,赏爱无倦。恒自讨论篇籍,或与学士商榷古今;闲则继以文章著述,率以为常。于时东宫有书几三万卷,名才并集,文学之盛,晋、宋以来未之有也";《陈书·江总传》"总笃行义,宽和温裕。好学,能属文,于五言七言尤善;然伤于浮艳,故为后主所爱幸。多有侧篇,好事者相传讽玩,于今不绝。后主之世,总当权宰,不持政务,但日与后主游宴后庭,共陈暄、孔范、王瑳等十余人,当时谓之狎客。由是国政日颓,纲纪不立,有言之者,辄以罪斥之,君臣昏乱,以至于灭。有文集三十卷,并行于世焉"等。

姚氏父子的古文之风不限于历史散文,今存其文章《乞终丧表》、《遗命》两篇也是新人耳目的。如其临终之书《遗命》曰:

> 吾家世素士,自有常法。吾意敛以法服,并宜用布,土周于身。又恐汝等不忍行此,必不尔,松板薄棺,才可周身,土周于棺而已。葬日,止粗车,即送厝旧茔北。吾在梁世,当时年十四,就钟山明庆寺尚禅师受菩萨戒,自尔深悟苦空,颇知回向矣。尝得留连山寺,一去忘归。及仕陈代,诸名流遂许与声价,兼时主恩遇,官途遂至通显。自入朝来,又蒙恩渥。既牵缠人世,素志弗从耳。吾习蔬菲五十余年,既历岁时,循而不失。瞑目之后,不须立灵,置一小床,每日设清水,六斋日设斋食果菜,任家有无,不须别经营也。

此文文风质朴,形式自由,完全是散文的句式。聂石樵先生对此文评价甚高:"文章内容无多大意义,不过是遗命家人要丧葬从俭。但文风朴实,绝无华词丽藻,句法散行,更无骈偶体式,这种文体对唐古文运动之勃兴产生了重大意义。"①

陈代在史传人物的描写,战争场面的描绘,史传后的论、赞及其他文体如表、书等上多用散体单行的文体,其古文风格自然明快、生动活泼、不拘格式,是有异于当时骈文的散体形式。

二　文风质朴明畅,具有很强的叙事与写人能力

姚氏父子具有深厚的史学修养,其《梁》、《陈》二书"直欲远追班、马"②。

---

① 聂石樵著:《魏晋南北朝文学史》,中华书局 2007 年版,页 461。
② 赵翼撰,王树民校证:《廿二史札记校证》(订补本)卷九,中华书局 2001 年版,页 196。

姚察对《汉书》甚有研究,著有《汉书训纂》三十卷、《汉书集解》一卷、《定汉书疑》一卷。他出使北周时,"江左耆旧先在关右者,咸相倾慕。沛国刘臻于公馆访《汉书》疑事十余条,并为剖析,皆有经据。臻谓所亲曰:'名下定无虚士'"①。姚察之子姚思廉亦承其父之好,"学兼儒史","少受汉史于其父,能尽传家业"②。因此,他们在叙事写人上深得史汉之笔意,文风质朴明畅、平和简洁。如《梁书·韦睿传》曰:

> 四年,王师北伐,诏睿都督众军……遂进讨合肥。先是,右军司马胡略等至合肥,久未能下,睿按行山川,曰:"吾闻'汾水可以灌平阳,绛水可以灌安邑',即此是也。"乃堰肥水,亲自表率,顷之,堰成水通,舟舰继至。魏初分筑东西小城夹合肥,睿先攻二城。既而魏援将杨灵胤帅军五万奄至,众惧不敌,请表益兵。睿笑曰:"贼已至城下,方复求军,临难铸兵,岂及马腹?且吾求济师,彼亦征众,犹如吴益巴丘,蜀增白帝耳。'师克在和不在众',古之义也。"因与战,破之,军人少安。初,肥水堰立,使军主王怀静筑城于岸守之,魏攻陷怀静城,千余人皆没。魏人乘胜至睿堤下,其势甚盛,军监潘灵祐劝睿退还巢湖,诸将又请走保三叉。睿怒曰:"宁有此邪!将军死绥,有前无却。"因令取伞扇麾幢,树之堤下,示无动志。睿素羸,每战未尝骑马,以板舆自载,督厉众军。魏兵来凿堤,睿亲与争之,魏军少却,因筑垒于堤以自固。睿起斗舰,高与合肥城等,四面临之。魏人计穷,相与悲哭。睿攻具既成,堰水又满,魏救兵无所用。魏守将杜元伦登城督战,中弩死,城遂溃。

韦睿"多建策,皆见用"③,深受梁武帝器重,是一位能攻善守、英勇果断的军事全才,在描绘其作战形态时,文中屡屡提及其"乘素木舆,执白角如意麾军",一个潇洒倜傥的形象跃然纸上。文中重点描绘了其指挥战争挥洒自如,在敌众我寡,将士"皆有退意"之时,他却"取伞扇麾幢,树之堤下,示无动志",显现了其临危不惧的英勇气概,为军队树立了巨大的威信。在钟离之战中,韦睿能自信说道:"钟离今凿穴而处,负户而汲,车驰卒奔,犹恐其后,而况缓乎!魏人已堕吾腹中,卿曹勿忧也。"显现了其运筹帷幄、决胜

---

① 姚思廉撰:《陈书》,中华书局 1972 年版,页 348－349。
② 刘昫撰:《旧唐书》,中华书局 1975 年版,页 3489。
③ 李延寿撰:《南史》,中华书局 1975 年版,页 1426。

千里的信心和勇气。在描述敌军畏惧韦睿时,文中"魏元英大惊,以杖击地曰:'是何神也!'""是时元英复追仙琕,将复邵阳之耻,闻睿至,乃退"等从侧面烘托了韦睿的智勇之处。在生活中,韦睿又是一个清正廉洁、仁爱无私、豁达大度之人。《梁书·韦睿传》曰:"所获军实,皆无所私焉。""俘获万余级,牛马万数,绢满十间屋,悉充军赏。"①这篇传记把韦睿儒将之风度、武人之胆略、儒者之雅量等描绘得淋漓尽致,文中叙事处简洁明畅,写人处生动形象。此文不重华丽而求平实,其所引典处皆通俗易懂,如"师克在和"语出《左传·桓公十一年》,"汾水可以灌平阳,绛水可以灌安邑"语出《韩非子》难三第三十八,这样的典事质朴自然,浅显易懂。又如《梁书·昌义之传》曰:

> 是冬,英果率其安乐王元道明、平东将军杨大眼等众数十万,来寇钟离。钟离城北阻淮水,魏人于邵阳洲西岸作浮桥,跨淮通道。英据东岸,大眼据西岸,以攻城。时城中众才三千人,义之督帅,随方抗御。魏军乃以车载土填堑,使其众负土随之,严骑自后蹙焉。人有未及回者,因以土迮之,俄而堑满。英与大眼躬自督战,昼夜苦攻,分番相代,坠而复升,莫有退者。又设飞楼及冲车撞之,所值城土辄颓落。义之乃以泥补缺,冲车虽入而不能坏。义之善射,其被攻危急之处,辄驰往救之,每弯弓所向,莫不应弦而倒。一日战数十合,前后杀伤者万计,魏军死者与城平。

钟离位于淮水南岸,是梁军都城建康的前线重镇,也是魏军南攻的首要目标,因此钟离之战是梁、魏间的重大战役。魏兵力达数十万之众,而钟离城内仅有守军三千人,魏军昼夜攻城,梁将昌义之英勇应战。作者重点描绘了战争场面的激烈和凶残,魏将领元英为攻城做了充分的准备,如"以车载土迮堑"、"冲车撞城墙"等;魏军将领是极其残暴的,"人有未及回者,因以土迮之"、"昼夜苦攻,分番相代,坠而复升"等描写了战争的极其残酷。而梁军的应战寥寥数语,"每弯弓所向,莫不应弦而倒。一日战数十合,前后杀伤者万计,魏军死者与城平"等生动地描绘了梁军同仇敌忾、睿智善战的激烈场面。此后,梁军在后援韦睿的帮助下,适时反攻,大败魏军。整个战争的描绘言事详备,跌宕起伏,自然朴实,灵活畅达。

---

① 姚思廉撰:《梁书》,中华书局 1973 年版,页 222。

　　《梁书·陈庆之传》描述陈庆之作战中一系列的神勇之事,如在与北魏陟口之战中,双方的兵力对比是两千对两万,然"庆之进薄其垒,一鼓便溃";与北魏涡阳之战中,"与麾下二百骑奔击,破其前军,魏人震恐","魏人掎角作十三城,庆之衔枚夜出,陷其四垒,涡阳城主王纬乞降。所余九城,兵甲犹盛,乃陈其俘馘,鼓噪而攻之,遂大奔溃,斩获略尽,涡水咽流,降城中男女三万余口"。此后,陈庆之率兵克荥城、下睢阳、夺考城,挥军疾进,连克虎牢、轘辕等地,直逼洛阳,"凡取三十二城;四十七战,所向皆克如"。这一个个神奇的故事共同勾勒了一个"深思奇略"、"扬声名于竹帛"[①]的大丈夫形象。作者以古朴的笔法刻画了形象生动的人物,剪裁得宜,富有情感,使所写之人充满活力。赵翼在《廿二史札记》卷九"古文自姚察始"曰:"盖六朝争尚骈俪,即序事之文,亦多四字为句,罕有用散文单行者,《梁书》则多以古文行之。如《韦睿传》叙合肥等处之功,《昌义之传》叙钟离之战,《康绚传》叙淮堰之作,皆劲气锐笔,曲折明畅,一洗六朝芜冗之习。《南史》虽称简净,然不能增损一字也。"[②]《梁》、《陈》书中不仅以上诸事,它如梁与北魏义阳之战、寿阳之战、洛阳之战、涡阳之战、梁州之战、武兴之战、朐山之战、益州之战、钟离之战、合肥之战、邵阳之战,梁与西魏成都之战,陈代吴明彻的北伐战争等皆是质朴明畅、真切动人,具有很强的叙事与写人能力。

　　陈代的史传文风格质朴、明快流畅、不事藻绘,融叙事、抒情、议论于一体,他们所追求的是一种无拘无束的畅达意理的文体形式,这种文体形式是辞藻绮丽、对仗谨严的骈体文所无法担负的。因此,清人赵翼《陔余丛考》称其"叙事之简严完善,则李延寿不能过"[③]。

　　总之,陈代史传文文字简洁,散体单行,文风质实,具有很强的叙事与写人能力,这与当时流行的骈丽化文风迥异。从后人对姚氏父子古文的评价并结合他们的古文创作实践来进行考察,陈代史传文已先于陈子昂,在古文革新运动的理论倡导和创作实践上都具有重要的作用与意义。因此,赵翼《廿二史札记》赞曰:"世但知六朝之后古文自韩昌黎始,而岂知姚察父子已振于陈末唐初也哉。"[④]

①　姚思廉撰:《梁书》,中华书局1973年版,页460—461。
②　赵翼撰,王树民校证:《廿二史札记校证》(订补本)卷九,中华书局2001年版,页196。
③　赵翼:《陔余丛考》,中华书局2006年版,页130。
④　赵翼撰,王树民校证:《廿二史札记校证》(订补本)卷九,中华书局2001年版,页196。

第九章　文学史视野中的
陈代文学的地位与作用

陈代文学因为政治、历史、文化等因素，颇受一些学者的诟病，但毋庸置疑的是，陈代文学在某些方面也取得了可喜的成就，并逐渐被认可或给予理性评价，在文学史上具有重要的地位和意义。同时，陈代文学在情感质素和艺术形式上都对后代文学具有相应的启示及借鉴意义，"构成了南北朝文学向唐代文学过渡的重要环节"①，对南北朝文学的融合及隋唐文学的兴盛等具有较大的推动作用。

第一节　对陈代文学的历史批判与理性接受

陈代文学的历史评价存在较大争议，隋唐时期对陈代文学整体上多有贬斥之辞，这些观点主要集中在批判宫体诗上②。唐初史学家对这一时期文学的批判甚为严厉。如魏徵等所撰《隋书·文学传序》曰：

> 梁自大同之后，雅道沦缺，渐乖典则，争驰新巧。简文、湘东，启其淫放，徐陵、庾信，分路扬镳。其意浅而繁，其文匿而彩，词尚轻险，情多哀思。格以延陵之听，盖亦亡国之音乎！周氏吞并梁、荆，此风扇于关右，狂简斐然成俗，流宕忘反，无所取裁。

魏徵等对这一时期文学基本上持否定态度，但这种否定主要就文学的政治功能而言的，他认为这样的文风是文人思想耽于逸乐的外化，简文、湘东以及徐陵、庾信的文风是"亡国之音"，而经徐陵改造后，文风更为浅薄而情多。《隋书·经籍志》又曰：

> 梁简文之在东宫，亦好篇什，清辞巧制，止乎衽席之间，雕琢蔓藻，

---

① 章培恒、骆玉明主编：《中国文学史》，复旦大学出版社 1997 年版，页 411。
② 黄霖主编，羊列荣著：《20 世纪中国古代文学研究史·诗歌卷》"宫体诗百年声誉"一节有详细论述，东方出版中心 2006 年版。

思极闺闱之内。后生好事，递相放习，朝野纷纷，号为宫体。流宕不已，讫于丧亡。陈氏因之，未能全变。

魏徵认为这种"衽席"、"闺闱"之内诗篇"清辞巧制"、"雕琢曼藻"，以致弥漫整个朝野，导致人心不古、世风日下、邦覆国倾，陈代文风也是这种现象的产物。李百药《北齐书·文苑传序》曰：

> 江左梁末，弥尚轻险，始自储宫，刑乎流俗。杂沾滞以成音，故虽悲而不雅。原夫两朝（指梁、北齐）叔世，俱肆淫声，而齐氏变风，属于弦管；梁时变雅，在夫篇什。莫非易俗所致，并为亡国之音；而应变不殊，感物或异，何哉？盖随君上之情欲也……雅以正邦，哀以亡国。

李百药将梁陈文风与国家的治乱兴衰直接联系起来，在他看来，安乐平和的"正声"和太平治世相关，而怨怒哀思的"变声"与乱世亡国密切相联，这样的"变声"又来源于宫体诗。以上，史臣们大都以政治原因来解释文学现象，把文风与亡国捆绑在了一起。

　　文士们笔下对陈代文风也多有批判。李白嗤之为"艳薄斯极"，孟棨《本事诗》引李白云："梁陈以来，艳薄斯极，沈休文又尚以声律，将复古道，非我而谁与？"[1]杜甫认为陈代诗歌"恐于齐梁作后尘"[2]。韩愈《荐士》更讥讽曰："齐梁及陈隋，众作等蝉噪。"[3]元稹《唐故工部员外郎杜子美墓系铭并序》曰："陵迟于梁、陈，淫艳刻饰，佻巧小碎之词剧，又宋、齐之所不取也。"[4]白居易《与元九书》以为"梁陈间率不过嘲风雪、弄花草而已"[5]。此外，《大唐新语》卷三亦载虞世南讥其为"艳诗"，对梁陈"宫体"之流弊批判甚多[6]。宋以后对陈代文风的指斥挞伐之声不绝如缕，如宋魏庆之曰："陵迟至梁、陈，淫艳刻饰，佻巧小碎之极。"[7]明宋濂《答章秀才论诗书》曰："唐初承陈、隋之弊，多尊徐、庾，遂致颓靡不振。"[8]明陆时雍《诗镜总论》曰：

①　孟棨撰：《本事诗》卷一，《历代诗话续编》本，中华书局1983年版，页14。

②　《全唐诗》卷二百二十七《杜甫十二》，中华书局1960年版，页2453。

③　韩愈撰，廖莹中集注：《东雅堂昌黎集注》，上海古籍出版社1993年版，页63。

④　元稹撰：《新刊元微之文集》，上海古籍出版社1994年版，页337。

⑤　白居易撰：《与元九书》，载《白居易集》卷四五，中华书局1979年版，页961。

⑥　刘肃撰，许德楠、李鼎霞点校：《大唐新语》卷三，中华书局1984年版，页41。

⑦　魏庆之编：《诗人玉屑》卷十四《草堂》，古典文学出版社1958年版，页299。

⑧　宋濂撰：《宋学士文集》卷二八，《四部丛刊初编》本，上海书店1989年版，页7。

"陈人意气恹恹,将归于尽","诗至陈余,非华之盛,乃实之衰耳"①。由上可见,文士们对陈代文风的批判主要集中在宫体诗风格及宫体诗风影响上。曹道衡、沈玉成先生认为:"南朝文学的根本弱点,不在于作品题材的狭窄和细小,也不在于感情的强烈或平和,最致命的还是作家缺乏远大的理想,高尚的胸襟,致使作品缺乏深厚的内蕴。"②陈代宫体诗人在特殊的政治文化环境中的真实情感体验被削弱,普遍缺乏关心国家危亡、民生疾苦和渴望建功立业的进取精神。这样的群体化的宫体诗创作所形成的诗风造成大量作品结构上的程式化特征,这样的程式化的创作氛围会抑制诗人的创新精神,使得这一时期的作品结构相对较为单调、呆板,缺乏应有的生机和活力。

　　然而,史臣们等所批判的"恰好是文学在自身发展历程中萌生的新动向、新观念、新形式和新品种"③。至隋代周之后,文帝虽多次要求文风不得奢靡,"然时俗词藻,犹多淫丽,故宪台执法,屡飞霜简"④。这种新事物对隋唐文学的发展具有重要影响,士人们在文酒诗会之作中多有类似于前朝旨趣的诗篇。《新唐书·文艺传》曰:"唐兴,诗人承陈、隋风流,浮靡相矜。"⑤《新唐书·陈子昂传》曰:"唐兴,文章承徐、庾余风。天下祖尚,子昂始变雅正。"⑥隋炀帝就是这种文风的痴迷爱好者,他带头创作了如《赠张丽华》、《忆韩俊娥三首》、《喜春游歌二首》、《四时白纻歌》、《嘲罗罗》等诸多轻艳绮靡之作。唐太宗也嗜好绮艳文风,与虞世南、长孙无忌等以轻艳之辞相唱和。《新唐书·虞世南传》曰:"帝尝作宫体诗,使(虞世南)赓和。"⑦即使那些批判梁陈文风的史臣们亦"远弃史、班,近宗徐、庾,夫以饰彼轻薄之句,而编为史籍之文",从而呈现出"加粉黛于壮夫,服绮纨于高士者矣"⑧的可笑局面,如史臣李百药有《妾薄命》、《戏赠潘徐城门迎两新妇》等

① 陆时雍撰:《诗镜总论》,《历代诗话续编》本,中华书局1983年版,页1410。
② 曹道衡、沈玉成编著:《南北朝文学史》,人民文学出版社1991年版,页17。
③ 张桎寿:《隋唐儒生对六朝诗文的批评》,载于《古代文学理论研究丛刊》第10辑,上海古籍出版社1985年版,页205。
④ 魏徵、令狐德棻撰:《隋书》,中华书局1973年版,页1730。
⑤ 欧阳修、宋祁撰:《新唐书》,中华书局1975年版,页5738。
⑥ 欧阳修、宋祁撰:《新唐书》,中华书局1975年版,页4078。
⑦ 欧阳修、宋祁撰:《新唐书》,中华书局1975年版,页3972。
⑧ 刘知几撰:《史通》卷四,《四部丛刊初编》本,上海书店1989年版,页2。

绮艳之篇。王运熙、杨明先生认为："唐初史臣严厉批评宫体诗，全从政教角度出发，而与实际存在的文学趣味有矛盾之处。"①

明清时期，对陈代文学的评价逐渐趋于理性。明张溥《汉魏六朝百三名家集》在一定程度上肯定了这一时期的文学。其叙文曰：

> 两京风雅，光并日月，一字获留，寿且亿万。魏虽改元，承流未远。晋尚清微，宋矜新巧。南齐雅丽擅长，萧梁英华迈俗。总言其概：椎轮大路，不废雕几，月露风云，无伤气骨。江左名流，得与汉朝大手同立天地者，未有不先质后文，吐华含实者也。人但厌陈季之浮薄而毁颜、谢，恶周、隋之骈衍而罪徐、庾。此数家者，斯文俱在，岂有为后人受过哉？

张溥共搜罗了《陈后主集》、《徐仆射集》、《沈侍中集》、《江令君集》、《张散骑集》等，并作提要以阐明其价值。张思齐先生认为："六朝各代，各有造诣。就拿陈而论，也有一代的成就，人们对它的指责，确有迁罪之虞。"②

袁枚《再与沈大宗伯书》曰："艳诗宫体，自是诗家一格，孔子不删郑、魏之诗。"③袁氏以孔子不删郑风、魏风为例，以辩证的眼光把艳诗宫体也看作是诗歌的流派，表达了对宫体诗作的认同。

《四库全书总目》也已经辩证地认识到这一时期某些作家的文学成就。其《集部·陈文纪提要》曰："南朝六代，至陈而终，文章亦至陈而极敝。其时能自成家者，诗惟阴铿、张正见，文则徐陵、沈炯以外，惟江总所传稍多。"④

与此同时，历代文人对这一时期文学创作的某种成就及个体作家的评价多有肯定。如对这一时期诗歌声律的评价较为中肯，明胡应麟《诗薮》曰："齐、梁、陈、隋五言古，唐律诗之未成者；七言古，唐歌行之未成者。"⑤又曰："齐、梁、陈、隋，世所厌薄，而其琢句之工，绝出人表，用于古诗不足，

---

①　王运熙、顾易生主编，王运熙、杨明著：《中国文学批评通史·魏晋南北朝卷》，上海古籍出版社1996年版，页59。

②　张思齐著：《六朝散文比较研究》，文津出版社1997年版，页79。

③　袁枚著，王英志校点：《袁枚全集》卷十七，江苏古籍出版社1993年版，页285。

④　永瑢等撰：《四库全书总目》卷一八九，中华书局1965年版，页1721。

⑤　胡应麟撰：《诗薮·内编》卷三，《明诗话全编》本，江苏古籍出版社1997年版，页5474。

唐律有余。"①对徐陵的评价也趋于公正,如清黄子云《野鸿诗的》曰:"孝穆笔下有奇气,往往多警拔句,堪与水部伯仲。"②唐人对江总的文才多有褒扬,韩愈《韵州留别张端公使君》称赞其"久羡江总文才妙"③;刘禹锡《金陵五题·江令宅》称江总为"南朝臣入北朝客"④;李商隐《赠司勋杜十二员外》认为"前身应是梁江总"⑤;李商隐《南朝》评江总曰:"满宫学士皆颜色,江令当年总费才。"⑥此外,许浑《游江令旧宅》、罗隐《清溪江令公宅》、许敬宗《拟江令于长安归扬州九日赋》等都对江总有钦羡之辞。阴铿的诗歌也颇为后人羡慕,杜甫曾"颇学阴何苦用心"⑦;北宋黄伯思《东观余论》:"阴铿风格流丽,与孝穆、子山相长雄,乃沈、宋近体之椎轮也。"⑧

　　明清之际的古诗选本对这一时期的文学创作成就,特别是某些诗作的内容和艺术手法有细致分析与论述,显现出后世学者特别是明清学者立足文本、实事求是的文学批评态度。如明冯复京《说诗补遗》,胡应麟《诗薮》,都穆《南濠诗话》,陆时雍《古诗镜》、《诗镜总论》,清王夫之《古诗评选》,沈德潜《古诗源》、《说诗晬语》,王尧衢《古唐诗合解》,陈祚明《采菽堂古诗选》等对这一时期的诗人诗篇等都有较高评价。如陈祚明《采菽堂古诗选》曰:"后主诗才情飘逸,态度便妍,固是一时之隽。"⑨他从艺术手法、思想内容、对后世影响等角度高度评点了陈叔宝的23首诗。又如明都穆《南濠诗话》曰:"予观阴诗,佳句尤多。"⑩并特意摘录了阴铿诗作的众多佳句进行赏析。

　　孙德谦《六朝丽指》、孙梅《四六丛话》、蒋士铨《评选四六法海》、李兆洛《骈体文钞》等对这一时期的骈文的艺术成就也有充分肯定。如孙梅《四六丛话》曰:"左、陆以下,渐趋整练;齐、梁而降,益事妍华。古赋一变而为骈

---

① 胡应麟撰:《诗薮·内编》卷三,《明诗话全编》本,江苏古籍出版社1997年版,页5460。

② 黄子云撰:《野鸿诗的》,《清诗话》本,上海古籍出版社1999年版,页863。

③ 《全唐诗》卷二百四十四《韩愈九》,中华书局1960年版,页3861。

④ 《全唐诗》卷三百六十五《刘禹锡十二》,中华书局1960年版,页4118。

⑤ 《全唐诗》卷五百四十一《李商隐三》,中华书局1960年版,页6226。

⑥ 《全唐诗》卷五百三十九《李商隐一》,中华书局1960年版,页6149。

⑦ 《全唐文》卷五百三十九《李商隐》,中华书局1983年版,页2518。

⑧ 黄伯思著:《东观余论·跋何水曹集后》,《文渊阁四库全书》本,台湾商务印书馆1983年版,页358。

⑨ 陈祚明评选:《采菽堂古诗选》卷二十九,《续修四库全书》本,上海古籍出版社2003年版,页324。

⑩ 都穆撰:《南濠诗话》,《历代诗话续编》本,中华书局1983年版,页1354—1355。

赋。江、鲍虎步于前,金声玉润;徐、庾鸿骞于后,绣错绮交。"①李兆洛《骈体文钞》评沈炯文曰:"矫矫自异","初明朗秀如珠光玉洁,叙禅让语含婉讽,语语清绮。"②"初明高朗","悲深迫蹙甚于越石,而文体逊其俊雄。"③

第二节　在创作理念上的地位与影响

陈代文学创作理念因受齐梁文风影响而具有一定的局限性,但陈代文学创作理念同时也具有创新性,在文学史上具有比较重要的地位与影响。

首先,侯景之乱促使了陈初"以悲为主"文学创作观念的形成。侯景之乱使得"五十年中,江表无事"④的局面被彻底打破,使得梁朝以建康和江陵为中心的士人生活发生了根本的改变,使得"朝野欢娱"⑤,"吟啸谈谑,讽咏辞赋"⑥的文士们关注社会现实;他们"痛哉悯梁祚"⑦,以痛楚而沉郁的笔调抒写了梁末陈初的悲郁气氛与时代精神,文学作为抒发感情的重要载体,"关乎人伦日用及古今成败兴坏"⑧,在一定程度上显现出了"志深而笔长","梗概而多气"⑨之习。陈代文学虽未呈现出应有的繁荣景象,但却在一定程度上保存着传统文学的生命本色,在载道言志的文学职守中坚持着传统精神的人文延续,对于揭示乱世中的文士命运、生存状态、悲剧意识等具有独特的文学史作用与意义。

其次,姚察、姚思廉的古文革新主张对后世古文运动具有深远影响。梁肃《补阙李君前集序》曰:"唐有天下几二百载,而文章三变:初则广汉陈子昂以风雅革浮侈;次则燕国张公说以宏茂广波澜;天宝已还,则李员外、萧功曹、贾常侍、独孤常州比肩而出,故其道益炽。"⑩李嘉言先生亦认为:"唐之文章,在韩以前已有二变。陈子昂始脱恶习为第一变;元结以还,萧、

①　孙梅著,李金松校点:《四六丛话》卷四,人民文学出版社 2010 年版,页 69。
②　李兆洛选辑:《骈体文钞》,上海书店 1988 年版,页 109。
③　李兆洛选辑:《骈体文钞》,上海书店 1988 年版,页 237。
④　严可均校辑:《全上古三代秦汉三国六朝文》,中华书局 1987 年版,页 3922。
⑤　严可均校辑:《全上古三代秦汉三国六朝文》,中华书局 1987 年版,页 3922。
⑥　王利器撰:《颜氏家训集解》(增补本),中华书局 1993 年版,页 166。
⑦　逯钦立辑校:《先秦汉魏晋南北朝诗》,中华书局 1983 年版,页 2581。
⑧　沈德潜著:《清诗别裁集·凡例》,上海古籍出版社 1984 年版,页 1。
⑨　周振甫著:《文心雕龙今译》,中华书局 1986 年版,页 404。
⑩　梁肃著,胡大浚、张春雯整理校点:《梁肃文集》卷二,甘肃人民出版社 2000 年版,页 41。

李、独孤及又发扬光大为第二变，及韩愈固已成熟，可谓第三变。"①姚氏父子尚质实、轻艳靡的文学主张"对陈子昂文体文风改革思想无疑是具有启发作用的"②，在理论与实践两个层面上对陈子昂提倡的"风骨"、"兴寄"具有一定影响。陈子昂《与东方左史虬修竹篇序》批判六朝"彩丽竞繁而兴寄都绝"的绮靡纤弱的弊端，提倡"骨气端翔，音情顿挫，光英朗练，有金石声"的质朴疏朗的文风，他的这些观点与姚氏父子提倡的"有骨气"、"典而速"的文风一脉相承。姚氏父子在反对浮靡、规模史汉上对后世古文学家具有重要启示。萧颖士《赠韦司业书》曰："魏晋以来，未尝留意。"李华《赠礼部尚书清河孝公崔沔集序》曰："反魏晋浮诞，合立言于世教。"梁肃《常州刺史独孤及集后序》评孤独及曰："操道德为根本，总礼乐为冠带……论人无虚美，比事为实录。天下凛然，复睹两汉之遗风"。韩愈《答李翊书》曰："非三代两汉之书，不敢读。"柳宗元《柳宗直西汉文类集序》曰："得其中者汉氏。汉氏之东，则既衰矣。"李舟《独孤常州集序》曰："先大夫尝因讲文，谓小子曰：'吾友兰陵萧茂挺、赵郡李遐叔、长乐贾幼几，洎所知河南独孤至之，皆宪宗文艺，能探古人述作之旨。贾为玄宗巡蜀令之诏，历历如西汉时文。'"唐代以来这种反对重形式、轻内容的骈文，呼吁恢复秦汉以前散体单行的古文主张与姚氏父子的理论、实践一脉相承。他们的这些主张与实践为唐代古文运动的理论构建与逐渐系统化奠定了坚实的基础，对后世古文创作具有积极的指导意义。

再次，"群相切磋"的拟作之风促进了陈代文学创作的兴盛与繁荣。陈代文士喜尚雅聚赋诗，边塞乐府诗、宫体乐府诗等都是在群体性唱和活动中产生的。他们一方面模拟前人的诗作，另一方面又充分发挥自己的想象空间，这在一定程度上开拓了景物描写的气势和意境，从而形成了趋同性的创作范式。这些艺术形式、艺术技巧为后世文学创作积累了丰富的经验，为唐代边塞诗、乐府诗的繁荣奠定了坚实的基础。

与此同时，宫体诗不仅影响了当代而且也对后世产生了深远影响。周氏并吞梁、荆之后，庾信、王褒等江左文士进入关中，于是梁末以来轻险、绮艳之辞风靡关中之地。《周书》史臣论曰："既而革车电迈，诸宫云撤。尔其

---

① 李嘉言著：《李嘉言古典文学论文集》，上海古籍出版社 1987 年版，页 482—484。
② 史素昭：《唐初八史与古文运动的兴起》，《船山学刊》2008 年第 4 期。

荆、衡杞梓，东南竹箭，备器用于庙堂者众矣。唯王褒、庾信奇才秀出，牢笼于一代。是时，世宗雅词云委，滕、赵二王雕章间发。咸筑宫虚馆，有如布衣之交。由是朝廷之人，闾阎之士，莫不忘味于遗韵，眩精于末光。犹丘陵之仰嵩、岱，川流之宗溟、渤也。"①他们的文学成就影响了整个北周文坛，很快就成为了关中文人包括宇文泰之子宇文毓、宇文招、宇文逌等效仿的对象。《周书·宇文招传》曰："学庾信体，词多轻艳。"②庾信体也即是轻艳之文体。胡应麟《诗薮》亦曰："宇文招，周宗室，封赵王，与弟滕王逌并好文学，今各存诗一首，二王与庾信、王褒酬答，颇有梁孝、魏文之风，北人中不多见也。"③从北周人宇文招"词多轻艳"④，宇文毓"词彩温丽"⑤，唐令则"文风轻艳"⑥等论述中亦可晓知徐庾体在北方之风靡。

这些被批判为"艳薄斯极"⑦，"淫艳刻饰"⑧，"不过嘲风雪、弄花草而已"⑨的宫体诗多"意浅而繁"⑩，"辞类皆浅俗"⑪。毋庸置疑，宫体诗相对集中于物象的外在描摹，描写的对象比较固化，导致所描写的内容相对比较肤浅、艳情，并对后世文学创作具有一定的消极影响。宋濂《答章秀才论诗书》曰："唐初承陈、隋之弊，多尊徐、庾，遂致颓靡不振。"⑫唐初，唐太宗虽然多次提出反对绮靡的文风，但宫体诗风一直在初唐盛行，导致"彩丽竞繁而兴寄都绝"⑬。

第三节　在文学内容上的地位与影响

陈代诗文以精工的形式、瑰奇的意象对后世文学产生了深远影响，其

---

① 令狐德棻等撰：《周书》，中华书局 1971 年版，页 744。
② 令狐德棻等撰：《周书》，中华书局 1971 年版，页 202。
③ 胡应麟撰：《诗薮·杂编》卷三，见《明诗话全编》，江苏古籍出版社 1997 年版，页 5672。
④ 令狐德棻等撰：《周书》，中华书局 1971 版版，页 202。
⑤ 李延寿撰：《北史》，中华书局 1974 年版，页 338。
⑥ 令狐德棻等撰：《周书》，中华书局 1971 年版，页 565。
⑦ 孟棨撰：《本事诗》卷一，《历代诗话续编》本，中华书局 1983 年版，页 14。
⑧ 元稹撰：《新刊元微之文集》，上海古籍出版社 1994 年版，页 337。
⑨ 白居易撰：《与元九书》，载《白居易集》卷四五，中华书局 1979 年版，页 961。
⑩ 魏徵、令狐德棻撰：《隋书》，中华书局 1973 年版，页 1730。
⑪ 刘昫撰：《旧唐书》，中华书局 1975 年版，页 1067。
⑫ 宋濂撰：《宋学士文集》卷二八，《四部丛刊初编》本，上海书店 1989 年版，页 7。
⑬ 陈子昂撰：《陈拾遗集》，《文渊阁四库全书》本，台湾商务印书馆 1983 年版，页 27。

构思精巧、语言流转、声韵谐畅、对偶工丽等诸多特点多为后人继承和发扬。

陈代文学佳句锤炼风尚兴盛,后世的诗选、诗评对陈代的佳句评价甚高。明陆时雍《诗镜总论》曰:"张正见《赋得秋河曙耿耿》'天路横秋水,星桥转夜流',唐人无此境界。《赋得白云临浦》'疏叶临菰竹,轻鳞入郑船',唐人无此想像。《乏舟后湖》'残虹收度雨,缺岸上新流',唐人无此景色。《关山月》'晕逐连城璧,轮随出塞车',唐人无此映带。《奉和太子纳凉》'避日交长扇,迎风列短箫',唐人无此致趣。江总《赠袁洗马》'露浸山扉月,霜开石路烟',唐人无此洗发。……此皆得意象先,神行语外,非区区模仿推敲之可得者。"①明冯复京《说诗补遗》曰:"张侍郎正见诗《乐游侍宴陪耆闍寺作》,文采繁富,摘句如'雁塞秋声远,龙妙云路迷。飞栋临黄鹤,高窗度白云',又如《采桑怨》诗'赋得佳期竟不归'三首,虽淫靡,亦见才思,非徒多无所发明者。"②明都穆《南濠诗话》曰:"予观阴诗,佳句尤多。如《泛青草湖》云:'行舟逗远树,度鸟息危樯。'《晚泊五洲》云:'水随云度黑,山带日归红。'《广陵岸送北使》云:'海上春云杂,天际晚帆孤。'《巴陵空寺》云:'香尽奁犹复,幅陈画渐微。'《雪里梅花》云:'从风还共落,照日不俱消。'《晚出新亭》云:'远戍惟闻鼓,寒山但见松。'皆风格流丽,不减于何。"③清沈德潜《说诗晬语》曰:"梁、陈、隋间,专尚琢句。……阴铿云:'莺随入户树,花逐下山风';江总云:'露洗山扉月,云开石路烟';……皆成名句。"④

化用佳句成为后世文人接受、借鉴陈代文学的最重要的方法。沈德潜《古诗源》曰:"少陵绝句云:'颇学阴何苦用心。'又赠太白云:'李侯有佳句,往往似阴铿。'此特赏其句,非取其格也。"⑤他们往往借用写景清丽的成句,稍加改动个别字词而有机地融入到自己的诗歌创作之中,丰富了作品的内涵。如阴铿《和傅郎岁暮还湘洲》"大江静犹浪"句写出了长江冬天的气势,杜甫《晚登瀼上堂》中"江流静犹涌"句即是由阴铿诗中化出。杜甫《月夜》"今夜鄜州月,闺中只独看"是由徐陵《关山月》其一"思妇高楼上,当

---

①　都穆撰:《南濠诗话》,《历代诗话续编》本,中华书局 1983 年版,页 1409。
②　冯复京撰:《说诗补遗》卷四,《明诗话全编》本,江苏古籍出版社 1997 年版,页 7234。
③　都穆撰:《南濠诗话》,《历代诗话续编》本,中华书局 1983 年版,页 1354—1355。
④　沈德潜著,霍松林校注:《说诗晬语》卷上,人民文学出版社 1998 年版,页 204。
⑤　沈德潜选:《古诗源》,中华书局 1963 年版,页 161。

窗应未眠"句中化出。李白《襄阳乐》有"百年三万六千日，一日须倾三百杯"即是化用了沈炯《长安还至方山怆然自伤》中"百年三万日，处处此伤情"句。苏味道《元夕诗》"星桥铁锁开"本张正见《赋得秋河曙耿耿》"天路横秋水，星桥转夜流"之句。张正见《公无渡河》"棹折桃花水，风横赤箭流"乃隋薛道衡《渡北河》诗"桃花长新浪，竹箭下奔流"所本也。江总《衡州九日》诗曰："姬人荐初酝，幼子问残疾。"杜甫取其意以为《遣怀》，曰："老妻忧坐痹，幼女问头风。"李白《携妓登梁王栖霞山孟氏桃园中》"碧草已满地，柳与梅争春"是从江总诗《雉子斑》"三春桃照李，二月柳争梅"句中得到的启示。杜牧《惜别》"蜡烛有心还惜别，替人垂泪到天明"出于陈叔宝《自君之出矣》"思君如夜烛，垂泪著鸡鸣"句。唐戎昱《早梅》"应缘近水花先发，疑是经春雪未消"句，宋王安石《梅花》"遥知不是雪，为有暗香来"句皆是袭用了苏子卿《梅花落》"只言花是雪，不悟有香来"的笔法或意境。而杜甫《吹笛》"胡骑中宵堪北走，武陵一曲想南征"上句取周弘让《长笛吐清气诗》"胡骑争北归，偏知别乡苦"句，下句取贺彻《长笛吐清气》诗"方知出塞客，不惮武陵深"句；沈炯《故年花落今复新》"故年花落今复新，新年一故成故人。那得长绳系白日，年年月月但如春"叹息生命的短促，并表达对美好生活的留恋，刘希夷《代悲白头翁》"年年岁岁花相似，岁岁年年人不同"，李白《惜余春赋》"恨不得挂长绳于青天，系此西风之白日"，李贺《梁台古愁》"朝朝暮暮愁海翻，长绳系日乐当年"，白居易《浩歌行》"既无长绳系白日，又无大药驻朱颜"等都是沈炯之作的翻版，既表达了望想又抒发了对年华流逝的无奈。陈叔宝"山河壮帝居"句又为唐太宗《帝京篇》"秦川惟帝宅，函谷壮皇居"和李白《经乱离后天恩流夜郎忆旧游书怀赠江夏韦太守良宰》"函关壮帝居"所本。明谢榛《四溟诗话》曰："陈后主曰：'日月光天德，山河壮帝居'气象宏阔，辞语精确，为子美五言句法之祖。"[①]

他们不仅化用其诗句而且还直接借用其诗句，援引陈代诗歌的佳句、明联入诗，使之成为己作的组成部分。宋王明清《挥麈录》："'柳色黄金嫩，梨华白雪香'，阴铿诗也，李太白取用之。杜子美赞太白诗云：'李侯有佳句，往往似阴铿。'后人以谓以此讥之。然子美诗有'蛟龙得云雨，雕鹗在秋

①　谢榛撰：《四溟诗话》卷二，《历代诗话续编》本，中华书局 1983 年版，页 1159。

天'一联,已见《晋书·载记》矣。……昔人不以蹈袭为非。"①唐陈陶《飞龙引》"长洲茂苑朝夕池,映日含风结细漪"句中的"含风结细漪",完全借用了阴铿《经丰城剑池》诗中"含风结细漪"句。徐陵《奉和简文帝山斋诗》曰:"架岭承金阙,飞桥对石梁。竹密山斋冷,荷开水殿香。山花临舞席,冰影照歌床。"此诗把山斋结构之精巧,景色之幽雅形象生动地描绘出来了,李白《口号吴王美人半醉》"风动荷花水殿香"句即是借自徐陵之诗。而江总《大庄严寺碑》曰:"俯看惊电,影彻琉璃之道;遥拖宛虹,光遍水精之域。"杜甫《赞公房》"身在水精域"亦基本上挪用江总语。

　　他们不仅化用诗句,而且还化用其特有的意象。胡震亨《唐音癸签》卷一一曰:"老杜诗好用自字……逗字,如'残生逗江汉','远逗锦江波'。阴铿诗有'行舟逗远树',其所本也。"②宋吴曾《能改斋漫录》曰:"'十五嫁王昌,盈盈入画堂。自怜年最少,复倚婿为郎。舞爱前溪绿,歌怜子夜长。闲来斗百草,度日不成妆。'唐崔颢《王家少妇》诗……至于前溪舞,读陈朝刘删《侯司空宅咏妓》诗乃得之。刘删诗云:'山边歌落日,池上舞前溪。'崔意属此。"③

　　他们的化用多有胜过原作者,如杜甫《秦州杂诗二十首》其二"云逐渡溪风"显然是套用了阴铿《开善寺》"花逐下山风"句。宋龚颐正《芥隐笔记》"作诗祖述有自"条云:"铿有'花逐下山风',杜有'云逐度溪风'。祖述有自,青出于蓝也。"④宋杨万里《诚斋诗话》曰:"句有偶似古人者,亦有述之者。……阴铿云:'莺随入户树,花逐下山风。'杜云:'月明垂叶露,云逐渡溪风。'又云:'水流行地日,江入度山云。'此一联胜。"⑤

第四节　在诗文体制、创作手法上的地位与影响

　　陈代文学的创作手法等对后世文学创作具有重要影响,后世文人多模拟其风格、袭用其篇制,显现出对陈代文学的积极接受与继承。

---

① 王明清撰:《挥麈录》,中华书局 1961 年版,页 295。
② 胡震亨著:《唐音癸签》卷一一,上海古籍出版社 1981 年版,页 105。
③ 吴曾撰:《能改斋漫录》卷三,《宋诗话全编》本,江苏古籍出版社 1998 年版,页 3005。
④ 龚颐正撰:《芥隐笔记》,《宋诗话全编》本,江苏古籍出版社 1998 年版,页 6785。
⑤ 杨万里撰:《诚斋诗话》,《历代诗话续编》本,中华书局 1983 年版,页 136。

　　首先,陈代是五七言诗成熟的过渡时期,在文学史上具有重要的地位与意义。顾炎武认为:"四声之论,起于永明,而定于梁、陈之间也。"①五言诗在两汉形成之后,经过魏、晋、宋的发展,齐梁时五言诗的格律化日益显著。到了陈代,从太建时期的文会到陈叔宝文学群体的文会活动都为五言诗创作提供了良好条件,其成员如阴铿、张正见、阮卓等都非常善于五言诗的创作,特别擅长写作五言八句诗。五言八句诗在齐梁陈趋于成熟,齐、梁的五言八句诗各占其总五言诗数的约29%,而陈代五言八句诗则高达55%,无论数量还是比率,都远远超过其他形式的诗,占有明显的优势②。据逯钦立《先秦汉魏晋南北朝诗·陈诗》,陈代文人存诗576首,其中五言四句57首,占10%;五言十句以上138首,占24%;而五言八句则多达278首,占48%。陈代文学群体的文会活动极大地推动了五言诗创作的兴盛与成熟,促使齐梁新体诗向唐人近体诗的转化。

　　与此同时,五言诗之平仄、粘对、对偶等律化特征更趋成熟,基本符合五言律诗的声律标准,胡震亨《唐音癸签·体凡》曰:"自古诗渐作偶对,音节亦渐叶而谐。宫体而降,其风弥盛。徐、庾、阴、何,以及张正见、江总持之流,或数联独调,或全篇通稳,虽未有律之名,已浸具律之体。"③据统计,阴铿五言律句比率为41.03%,张正见51.90%,陈叔宝40.66%,徐陵55.12%,江总45.99%④。许学夷《诗源辩体》曰:"绮靡者,六朝本相;雄伟者,初唐本相也。""徐庾五言,语虽绮靡,然亦间有雅正者。徐如《出自蓟北门行》及《关山月》,庾如《别周尚书》,皆有似初唐。"⑤"张正见五言,声尽入律,而绮靡者少。《雨雪曲》、《从军行》,亦近初唐。"⑥正是由于这些作家的不懈探索,才使五言格律诗的创制取得了平仄格式的决定性突破。

　　七言诗创作具有鲜明的群体性特征。参与文会活动的江总、徐伯阳、徐陵、张正见、傅缚、陆瑜、岑之敬、萧诠、贺循、阳缙、阮卓、顾野王、陈叔宝等均有七言诗之作,江总18首,陈叔宝6首,徐陵3首,张正见2首,其他人各1首。在陈代诗人的共同努力下,这一时期的歌行体渐趋成熟,并在

---

① 顾炎武著:《音学五书》,中华书局1982年版,页39。
② 吴小平著:《中古五言诗研究》,江苏古籍出版社1998年版,页251。
③ 胡震亨著:《唐音癸签》卷一,上海古籍出版社1981年版,页3。
④ 杨德才著:《梁陈文学编年与考论》,山东大学博士论文1999年,页131—133。
⑤ 许学夷著,杜维沫校点:《诗源辩体》,人民文学出版社1999年,页152。
⑥ 许学夷著,杜维沫校点:《诗源辩体》,人民文学出版社1999年,页133。

诗坛上占据比较重要的地位。胡应麟《诗薮》曰:"建安以后,五言日盛。晋宋齐间,七言歌行寥寥无几。独《白纻歌》、《行路难》时见文士集中,皆短章也。梁人颇尚此体,《燕歌行》、《捣衣曲》诸作实为初唐鼻祖。陈江总持、卢思道等篇什浸盛,然音响时乖,节奏未协,正类当时五言律体。垂拱四子,一变而精华浏亮,抑扬起伏,悉协宫商,开合转换,咸中肯綮。七言长体,极于此矣。"①明何良俊《四友斋丛说》曰:"初唐人歌行,盖相沿梁陈之体,仿佛徐孝穆、江总持诸作,虽极其绮丽,然不过将浮艳之词模仿凑合耳。"②

其次,陈代文学的创作经验、技巧和手法等对后世文学产生了自觉或不自觉的影响,唐代近体诗的艺术风貌在很大程度上是由梁陈诗风发展而来的。如张戒《岁寒堂诗话》说杜甫诗"杂徐庾之流丽"③。阴铿对后世文学的影响巨大,杜甫曰:"颇学阴何苦用心。"④黄子云《野鸿诗的》曰:"子坚承齐、梁颓靡之习,而能独运匠心,扶持正始。浣花近体以及咏物都从此脱化。"⑤

李白《蜀道难》备言蜀道的崎岖蜿蜒,受阴铿《蜀道难》影响甚大。《蜀道难》本为乐府《相和歌辞·瑟调曲》古题,唐吴兢《乐府古题要解》认为,《蜀道难》"备言铜梁玉垒之险"⑥。萧纲最早以《蜀道难》为题作诗,其诗有两首,曰:"建平督邮道,鱼复永安宫。若奏巴渝曲,时当君思中。""巫山七百里,巴水三回曲。笛声下复高,猿啼断还续。"之后,梁刘孝威有两首《蜀道难》,其诗曰:"玉垒高无极,铜梁不可攀。双流逆蠚道,九阪涩阳关。邓侯束马去,王生敛辔还。惧身充叱驭,奉玉若犹悭。""岷山金碧有光辉,迁停车马正轻肥。弥思王褒拥节去,复忆相如乘传归。君平子云寂不嗣,江汉英灵已信稀。"谢榛《四溟诗话》曰:"江淹有《古离别》,梁简文刘孝威皆有《蜀道难》,及太白作《古离别》、《蜀道难》,乃讽时事,虽用古题,体格变化,若疾雷破山,颠风簸海,非神于诗者不能道也。"⑦显然,萧纲、刘孝威之作对李白之作并无影响。而阴铿《蜀道难》以《汉书·王尊传》中王尊不怕九

---

① 胡应麟撰:《诗薮·内编》卷三,《明诗话全编》本,江苏古籍出版社1997年版,页5474。
② 何良俊撰:《四友斋丛说》卷二十四《诗二》,中华书局1959年版,页226。
③ 张戒撰:《岁寒堂诗话》,《历代诗话续编》本,中华书局1983年版,页451。
④ 《全唐诗》卷二百二十七《杜甫十二》,中华书局1960年版,页2453。
⑤ 黄子云撰:《野鸿诗的》,《清诗话》本,上海古籍出版社1999年版,页862。
⑥ 吴兢撰:《乐府古题要解》卷下,《历代诗话续编》本,中华书局1983年版,页53。
⑦ 谢榛撰:《四溟诗话》卷一,《历代诗话续编》本,中华书局1983年版,页1152。

折阪为喻,赞扬汉王不畏艰险、忠诚国事的行为,对李白《蜀道难》有重要影响。阴铿《蜀道难》曰:

> 王尊奉汉朝,灵关不惮遥。高岷长有雪,阴栈屡经烧。轮摧九折路,骑阻七星桥。蜀道难如此,功名讵可要。

诗作描写了蜀道的艰阻难行,高耸的岷山常年有雪,在山崖上凿石架木构建的道路屡经烧毁,山路险阻九折,鞍马在七星桥上屡屡受阻,"蜀道难如此,功名讵可要"句由景及情,从蜀道的艰难险阻言及功名难求,这也是作者身在乱世,仕途艰难的由衷慨叹。李白《蜀道难》所表达的思想意趣与阴铿之作近似,其诗曰:

> 噫吁嚱,危乎,高哉! 蜀道之难难于上青天……上有六龙回日之高标,下有冲波逆折之回川。黄鹤之飞尚不得,猿猱欲度愁攀缘。青泥何盘盘,百步九折萦岩峦。扪参历井仰胁息,以手抚膺坐长叹,问君西游何时还……剑阁峥嵘而崔嵬,一夫当关,万夫莫开。所守或匪亲,化为狼与豺。朝避猛虎,夕避长蛇。磨牙吮血,杀人如麻。锦城虽云乐,不如早还家。蜀道之难难于上青天,侧身西望长咨嗟。

此诗生动形象地描绘了蜀道之难难于上青天,写出了蜀地山川的高峻奇险的特点,"下有冲波逆折之回川"、"百步九折萦岩峦"、"飞湍瀑流争喧豗,砯崖转石万壑雷"等句与阴铿之诗"高岷长有雪,阴栈屡经烧。轮摧九折路,骑阻七星桥"中描写近似,"锦城虽云乐,不如早还家"句也和阴铿一样融入了对社会现状的隐忧。

李白《宫中行乐词》完全是套用阴铿《新成安乐宫》的篇制。陈仅《竹林答问》曰:"太白《宫中行乐词》诸作,绝似阴铿。"①阴铿《新成安乐宫》曰:

> 新宫实壮哉! 云里望楼台。迢递翔鹍仰,连翩贺燕来。重栌寒雾宿,丹井夏莲开。砌石披新锦,梁花画早梅。欲知安乐盛,歌管杂尘埃。

《新成安乐宫》属相和歌辞,陈释智匠《古今乐录》云:"王僧虔《技录》有《新

---

①　陈仅撰:《竹林答问》,《清诗话续编》本,上海古籍出版社1983年版,页2258。

城安乐宫行》，今不歌。"①唐吴兢《乐府古题要解》认为，《新城长乐宫行》
"备言雕饰刻镂之美也"②。据郭茂倩《乐府诗集》卷三十八，萧纲最早以此
题作诗，诗曰："遥看云雾中，刻桷映丹红。珠帘通晚日，金华拂夜风。欲知
歌管处，来过安乐宫。"意在描绘宫殿之华美。阴铿诗作细微精致地描绘了
安乐宫的巍峨壮丽之美及宫中的歌舞之盛。《南史·阴铿传》曰："陈天嘉
中，始兴王中录事参军。文帝尝宴群臣赋诗，徐陵言之，帝即日召铿预宴，
使赋新成安乐宫。铿援笔便就，帝甚叹赏之。"③诗作辞采富丽，语言流畅，
很有气势，明胡应麟《诗薮》认为此作"通篇唐人气韵矣"④。李白《宫中行
乐词》受此影响甚大。李白《宫中行乐词》其三曰：

> 绣户香风暖，纱窗曙色新。宫花争笑日，池草暗生春。绿树闻歌
> 鸟，青楼见舞人。昭阳桃李月，罗绮自相亲。

此诗清丽飘洒、神韵飞逸，不仅描写了宫中之美而且还描绘了宫廷行乐的
欢娱，诗作丽而不腻、工而疏宕，在篇制特点、创作技巧上与阴铿之作非常
相似。

沈炯《长安还至方山怆然自伤》笔法虽是从汉乐府《十五从军征》中来，
但对杜甫《无家别》等亦有重要影响。其诗曰：

> 秦军坑赵卒，遂有一人生。虽还旧乡里，危心曾未平。淮源比桐
> 柏，方山似削成。犹疑屯虏骑，尚畏值胡兵。空村余拱木，废邑有颓
> 城。旧识既已尽，新知皆异名。百年三万日，处处此伤情。

此诗抒写了战争给人们带来的深重灾难，作者虽然已东归故里，但"犹疑"、
"尚畏"等仍显现出噩梦悸动，"空村"以下四句描写家乡的荒败凄凉景象，
延及国家的衰败荒芜，满目疮痍，给人以无限的伤感。邬国平先生认为，此
作"笔法从汉乐府《十五从军征》来，至杜甫《无家别》而更见娴熟"⑤。杜甫
《无家别》曰：

---

① 转引自郭茂倩编撰，聂世美、仓阳卿校点：《乐府诗集》卷三十八，上海古籍出版社1998年
版，页443。

② 吴兢撰：《乐府古题要解》，《历代诗话续编》本，中华书局1983年版，页52。

③ 李延寿撰：《南史》，中华书局1975年版，页1556。

④ 胡应麟撰：《诗薮·内编》卷四，《明诗话全编》本，江苏古籍出版社1997年版，页5487—
5488。

⑤ 邬国平选注：《汉魏六朝诗选》，上海古籍出版社2005年版，页587。

　　寂寞天宝后，园庐但蒿藜。我里百余家，世乱各东西。存者无消
息，死者为尘泥。贱子因阵败，归来寻旧蹊。久行见空巷，日瘦气惨
凄。但对狐与狸，竖毛怒我啼。四邻何所有？一二老寡妻。宿鸟恋本
枝，安辞且穷栖。方春独荷锄，日暮还灌畦。县吏知我至，召令习鼓
鞞。虽从本州役，内顾无所携。近行止一身，远去终转迷。家乡既荡
尽，远近理亦齐。永痛长病母，五年委沟溪。生我不得力，终身两酸
嘶。人生无家别，何以为蒸黎！

此诗描述了安史之乱后母亡之痛、家破之惨，写得悲怆凄凉。杜甫之作显
然受到汉乐府《十五从军征》和沈炯《长安还至方山怆然自伤》的深刻影响。

　　而唐张说之诗几乎是江总《折杨柳》的翻版。江总《折杨柳》曰：

　　塞北寒胶拆，江南杨柳结。不悟倡园花，遥同葱岭雪。春心既骀
荡，春树聊攀折。共此依依情，无奈年年别。

唐张说《折杨柳》曰：

　　塞上绵应折，江南草可结。欲持梅岭花，远竞榆关雪。

张说之诗变换了江总诗作中的几个字而转变为一首新诗。杨慎《升庵诗
话》"张说诗"曰："微变数字，不妨双美。"[1]此外，唐许敬宗《拟江令于长安
归扬州九日赋》、岑参《行军九日思长安故园》等在谋篇立意、遣词造句上都
是模拟江总《于长安归还扬州九月九日行薇山亭赋韵》之作。

　　再次，在"赋得"诗上，梁陈"赋得"诗是唐以后试帖诗的源头。"赋得"
之诗具有南方化特征，除庾信有五首"赋得"诗作外，陈代之前未有见到北
方以"赋得"为题的诗作。隋朝统一南北后，相继出现了许多以"赋得"为题
的诗作。《四库全书总目·集部·须溪四景诗集提要》认为，这种以古人诗
句为题的创作方式沿及唐宋科举，始专以古句命题[2]。梁陈时期兴起的
"赋得"之作成了唐以后试帖诗的源头。《四库全书总目·集部·须溪四景
诗集提要》曰："沿及唐宋科举，始专以古句命题。其程式之作，唐莫详于
《文苑英华》，宋莫详于《万宝诗山》，大抵以刻画为工，转相效仿。"[3]

----

①　杨慎著：《升庵诗话》卷十，《历代诗话续编》本，中华书局1983年版，页828。
②　永瑢等撰：《四库全书总目》卷一六五，中华书局1965年版，页2184。
③　永瑢等撰：《四库全书总目》卷一六五，中华书局1965年版，页2184。

此外,陈代的文章对后世亦有重要影响,蒋士铨《评选四六法海原序》曰:"魏晋以来,始有四六之文,然其体犹未纯,渡江而后,日趋绩藻。休文出,渐以声韵约束之。至萧氏兄弟、徐庾父子,而斯道始盛。唐文皇以神武定天下,在宥三十余年,而文体一遵陈隋,盖时未可变耳。"①如徐陵《与齐尚书仆射杨遵彦书》对后世影响甚大,"唐之陆敬与李义山以至宋清诸子,多有模仿之者,虽或能得其形似,而顿宕风流,则终有未逮"②。兹不赘述。

---

① 蒋士铨撰:《评选四六法海》,上海文瑞楼石印本,页8。
② 张仁青著:《骈文学》,台湾文史哲出版社1984年版,页476。

结　语

纵观陈代文学的发展成就，他既有因循守旧，继承齐梁文风的一面，又有开拓进取，在文学思想、内容、技巧等方面不断探索、不断创新的一面。在创新上，我们应充分认识到陈代文学在题材的开拓、格律化进程、意境的锤炼、语言技巧、复古意识等方面的创新，同时陈代文学是中国文学发展史上的一环，处于重要的过渡时期，其意义与作用是不容忽视的。基于以上认识，本书的主要观点如下：

以吴兴沈氏为中心的儒学群体、以智𫖮等为中心的佛学群体、以周弘正为中心的玄学群体为陈代文学创作打下了三家思想的烙印，深化了这一时期的文学描写与艺术构思。

侯景之乱打破了"朝野欢娱"、"吟啸谈谑"的社会局面，改变了文士们的情志和文学创作，促使他们关注自我流离的命运，抒写侯景之乱后的凄怆之感、悲壮之情和深沉的乡关之思，一洗侯景之乱前的艳冶绮靡之风，为陈初文坛注入了一股悲凉浑厚之气。

陈代文会活动极大地活跃了"赋得"诗、边塞乐府诗的创作，使得陈代"赋得"诗形成了比较固定的赋得体的诗题形式，艺术技巧和审美特征进一步增强；使得边塞乐府诗形成了一定范式的趋同性的创作手法，为隋唐以后边塞诗的创作奠定了基本主题和风格。

赋韵作诗是陈叔宝文学群体的主要创作方式，客观上促使诗人们讲究形式美，在善于藻饰、工于写景等方面下功夫，促进了梁陈诗歌的格律化进程；其文学群体对宫体诗实施了进一步"新变"，把南朝乐府的曲调与宫体诗创作相结合，注重题材与形式上的创新，情感表述时见新意，不断扩大对女性美的审美表现领域，女性的歌容舞态等外在感性之美在其文学群体的创作中得到集中呈现。

"后三国"格局下，南北聘问日趋频繁，南北文士积极参预接待问对，他们在才辩问对、评点诗文、书籍往还、异域风情的传播等方面的频繁碰撞中有力地促进了南北之间的文化交融。

　　陈代文学群体的文会活动为五、七言诗的创作提供了良好条件,五言八句体式呈现出共性特征,五言诗之平仄、粘对、对偶等律化特征更趋成熟,基本符合五言律诗的声律标准;七言诗也呈现出群体性的创作特征,并为七言歌行诗的发展奠定了基础。

　　陈代史传文等借古朴晓畅的散体形式来记事、明理、达意,行文自然明快,不拘格式;文风质实,融叙事、抒情、议论于一体,具有很强的叙事与写人能力;这与当时流行的骈丽化文风迥异,于陈隋之际已启古文之风。

　　在充分肯定陈代文学成就的同时,我们也应认识到陈代文学在上承齐梁文学、下启隋唐文学,在中国文学史上所具有的承前启后的过渡意义与作用。毋庸置疑的是,陈代文学的许多元素已经成为隋唐文学的先声,这其中既有对作品的题材、技巧、篇制等的借鉴和吸收,也有对某些意象、佳句的引用、化用和借用,还有基于对文学表达的创作理念、创作宗旨等的追求上。这些元素可能是零星的、碎片状的或是偶然的,但它的作用和影响,放在文学发展的历史长河里,其独特的魅力终将被不断发掘和重新认识。

　　总之,陈代文学既取得了一定的成就也呈现出了一定程度的多样化发展特点,在语言艺术方面逐渐形成了具有自身特色的美学规范,文学体裁在这一时期也得到充分发展。尽管陈代文学整体成就不高,但其在文学内容和艺术形式方面的一些开拓和尝试,毫无疑问是应该值得重视和研究的。

附录一　江总生平与诗歌创作

摘　要：江总是由南朝入隋的知名文士。他曾是萧纲文学群体的重要成员，侯景之乱后流寓岭南，其诗作渐去浮艳之色，而时有悲苦之音。入陈后，每日与陈后主游宴后庭，诗作雕琢蔓藻，艳冶纤靡。江总又常乐佛法，其佛理山水诗承继谢康乐体的特点，描写精工细腻，诗风自然清幽。入隋后，亡国之痛使得其诗风转向苍凉沉挚，充满悲凉幽咽之思。江总诗作多以五七言形式呈现，诗作对仗工整，句韵整饬，为五七言律诗的形成作出了重要贡献。

关键词：江总　纤靡　清幽　悲苦　苍凉　律诗

　　江总（519—594）字总持，祖籍济阳考城（今河南兰考）人。他出身高门，历仕梁、陈、隋三代，"历任清显，备位朝列"①。早年以文学才能受梁武帝赏识，官至太常卿。侯景之乱后，他避难会稽，又转至广州依其舅萧勃，流寓岭南多年。陈后主时，官至尚书令，"不持政务，但日与后主游宴后庭"②。陈亡后，入隋为上开府，后被放逐江南至终老。江总因是狎客而声名不佳，被归于"国政日颓，纲纪不立"③的助长者，被斥为"恶佞"④之人、"败国奸回"⑤，其作品也屡被贬斥为"文虚"⑥，"淫丽"⑦之辞。作为当时活跃的知名文士，江总创作颇丰，尤以诗胜，曾被誉为"辞宗学府"⑧。他的创

---

① 姚思廉撰：《陈书》，中华书局1972年版，页346。
② 姚思廉撰：《陈书》，中华书局1972年版，页347。
③ 姚思廉撰：《陈书》，中华书局1972年版，页347。
④ 张溥著，殷孟伦注：《汉魏六朝百三家集题辞注·江令君集》，江苏古籍出版社2002年版，页219。
⑤ 黄徹著：《䂬溪诗话》，《历代诗话》本，中华书局1981年版，页392。
⑥ 王通著：《文中子》，《四部丛刊初编》本，上海书店1989年版，页32。
⑦ 王世贞著：《艺苑卮言》，《历代诗话》本，中华书局1981年版，页999。
⑧ 姚思廉撰：《陈书》，中华书局1972年版，页346。

作多为后人钦慕,杜甫曾赞叹"江令锦袍鲜"①,"莫看江总老,尤被赏时鱼"②,韩愈叹曰:"久钦江总文才妙。"③李商隐认为"前身应是梁江总"④,其《南朝》诗赞曰:"满宫学士皆颜色,江令当年只费才。"⑤从江总的人生仕历来看,他经历了侯景之乱、梁代覆亡、位为狎客、陈代衰亡等几个重大的历史事件,他的创作也深深烙上了那个时代的印痕,因此,有必要从江总的人生仕历等方面系统考察其诗心变迁。

一　流寓岭南与悲苦之情

江总是萧纲文学群体的重要成员,在梁时迁太子洗马,又出为临安令,还为中军宣城王府限内录事参军,转太子中舍人。据《陈书》本传,江总"预同梁武帝《述怀诗》,帝深降嗟赏"⑥,甚得梁武帝及"高才硕学"⑦之士王筠、刘之遴等推崇,其诗文如《答王筠早朝守建阳门开诗》、《辞行李赋》曾着意于学习萧纲、萧绎及"徐庾体"的文风⑧。

侯景攻陷台城(宫城),江总被迫逃出建康,四处避难。《陈书·江总传》曰:"台城陷,总避难崎岖,累年至会稽郡,憩于龙华寺。"⑨之后他离开会稽,转至广州,依附舅父萧勃。承圣三年(554),梁元帝诏他去江陵,"会江陵陷,遂不行,总自此流寓岭南积岁"⑩。江总诗作中充满了"塞外离群客"⑪的颠沛流离之苦,"颜鬓早如蓬"、"不及孤飞雁"⑫是其当时生活的真实写照,其诗作《遇长安使寄裴尚书诗》、《秋日登广州城南楼诗》、《别南海宾化侯诗》、《赠贺左丞萧舍人诗》等真实地记录了作者的流离之苦。如《遇长安使寄裴尚书诗》前两句用《金楼子》"合浦叶"、《左传》"南冠"典故表达

①　《全唐诗》卷二百三十《杜甫》,中华书局 1960 年版,页 2512。

②　《全唐诗》卷二百三十《杜甫》,中华书局 1960 年版,页 2518。

③　《全唐诗》卷三百四十四《韩愈》,中华书局 1960 年版,页 3861。

④　《全唐诗》卷五百四十一《李商隐》,中华书局 1960 年版,6226。

⑤　《全唐诗》卷五百三十九《李商隐》,中华书局 1960 年版,页 6149。

⑥　姚思廉撰:《陈书》,中华书局 1972 年版,页 343。

⑦　姚思廉撰:《陈书》,中华书局 1972 年版,页 343。

⑧　曹道衡:《论江总及其作品》,《齐鲁学刊》1991 年第 1 期,页 91。

⑨　姚思廉撰:《陈书》,中华书局 1972 年版,页 344。

⑩　姚思廉撰:《陈书》,中华书局 1972 年版,页 345。

⑪　逯钦立辑校:《先秦汉魏晋南北朝诗》,中华书局 1983 年版,页 2579。

⑫　姚思廉撰:《陈书》,中华书局 1972 年版,页 345。

自己羁旅离别的苦楚,"秋蓬失处所,春草屡芳菲"句以秋蓬的流离失所、离群客的风尘仆仆等寄寓了侯景之乱后作者淹留他乡的痛楚。清陈祚明《采菽堂古诗选》评此诗曰:"翻以极清极淡见真情。"《秋日登广州城南楼诗》为梁末避乱广州时所作,作者登楼有感,抒发了离乱避祸的伤感和流落异乡的孤苦,"远气疑埋剑,惊禽似避弓"句真切描述了作者躲避侯景之乱时的颠沛流离,作者用"离群客"、"孤飞雁"以自况,抒发孤苦凄冷的无限伤感。《别南海宾化侯诗》表达了作者避乱后流落异乡的孤楚,诗中"终谢能鸣雁,还同不系舟。其如江海泣,惆怅徒离忧"句情调哀怨,显现出作者对侯景之乱的愤懑,诗作"景中有情,语并悲亮"①。《赠贺左丞萧舍人诗》"中朝流寓士,痛哉悯梁祚"为梁末奔波流离的文士哀痛哭号,在此境况下,作者与朋友"凄然缀辞藻"而别,最后发出了"斗酒未为别,垂堂深自保"的无奈感慨。此外,《入龙丘岩精舍》"滥此哀时命,吁嗟世不容"等也情调悲苦,蕴含无限的哀思。

侯景之乱促使江总辗转漂泊,其诗作关注自我流离的命运,抒写侯景之乱后的离乱之苦,时有悲凉之音,表达了以悲为主的文学追求,一洗侯景乱前的艳冶绮靡之风,为南朝诗坛注入了一股沉郁悲苦之风。

二　位为狎客与纤靡之气

江总是陈代宫体诗的重要代表人物,后主之世,他虽处高位却不持政务,日与后主游宴后庭,"以才学之美,晨夕娱侍"②。他们聚在一起,"或玩新花,时观落叶,既听春鸟,又聆秋雁,未尝不促膝举觞,连情发藻,且代琢磨,间以嘲谑,俱怡耳目,并留情致"③,抒写了许多"雕琢蔓藻,思极闺闲之内"④之作。《诗镜总论》曰:"江总自梁入陈,其诗犹有梁人余气。至陈之末,纤靡极矣。"⑤纤靡是指诗风的纤巧柔弱,主要体现在诗句用词和情感的抒发上。

江总《杂曲》三首艳丽缠绵,清陈祚明《采菽堂古诗选》评此诗曰:"此与

---

① 陈祚明评选:《采菽堂古诗选》补遗卷三,《续修四库全书》本,上海古籍出版社2003年版,页345。

② 姚思廉撰:《陈书》,中华书局1972年版,页349。

③ 严可均校辑:《全上古三代秦汉三国六朝文》,中华书局1958年版,页3423。

④ 魏徵、令狐德棻撰:《隋书》,中华书局1973年版,页3423。

⑤ 陆时雍撰:《诗镜总论》,《历代诗话续编》本,中华书局1983年版,页1410。

徐陵同赋,并是张丽华初入宫时作","妖艳无比"①。如《杂曲》其一先用两个反问句"行行春径麝芜绿,织素那复解琴心?""乍惬南阶悲绿草,谁堪东陌怨黄金?"描写思妇伤春之感,后写"谁见人啼花照户",思妇怀人之情,艳丽的春光与少女的哀怨形成鲜明的对比,绮靡缠绵,纤弱秾丽。《梅花落》其一极力形容美女的盛装巧饰,"妖姬坠马髻,未插江南珰。转袖花纷落,春衣共有芳",描绘了一位转袖摇动、春风拂衣、娇羞柔媚、妖艳动人的女子的动态之美。《长相思》"红罗斗帐里,绿绮清弦绝"、"暗开脂粉弄花枝,红楼千愁色,玉箸两行垂",描绘出了相思时"愁思三秋结"、"望望何由知"的苦闷情态,"声调流畅圆美,情韵委婉缠绵,然而词语失之轻艳"②。此外《长安道》"日暮延平客,风花拂舞衣",《病妇行》"羞开翡翠帷,懒对蒲萄酒",《七夕》"此时机杼息,独向红妆羞",《东飞伯劳歌》"年时二八新红脸,宜笑宜歌羞更敛",《姬人怨》"寒灯作花羞夜短,霜雁多情恒结伴"等充斥着"风花"、"红妆"、"香气"、"脂粉"等香艳气息的字词和"羞"、"懒"、"转"、"拂"等纤细的情态描摹,使得诗作越发细密精巧,绮靡纤弱。

　　王夫之《姜斋诗话》曰:"艳诗有述欢好者,有述怨情者。"③江总诗作不仅有香艳气息,而且在情感描写上也颇为别致,嗜好以"怨"、"愁"描绘女子细腻的情感世界。如《闺怨篇》其一表现了离别独处时触物伤心的哀怨之情,传递闺中之人的闷郁和孤独。"辽西水冻春应少,蓟北鸿来路几千",顾念征人边寒之苦,音信稀少。"愿君关山及早度,念妾桃李片时妍",以早归慰己,特别是"片时妍"三字催人下泪。《闺怨篇》其二"红脸脉脉一生啼,黄鸟飞飞有时度",脉脉二字啼情甚深。此外,《杂曲》"乍惬南阶悲绿草,谁堪东陌怨黄金",《赋得空闺怨》"复嗟长信阁,寂寂往来疏",《姬人怨》"非为陇水望秦川,直置思君肠自断",《怨诗》"奈许新缣伤妾意,无由故剑动君心",《长相思》"逶迤百尺楼,愁思三秋结",抒写了闺妇的相思之愁及幽怨之苦,音韵流转,声情摇曳。

　　江总入陈后"崇长淫纵"④,通过艳丽辞藻的描摹来满足其文学群体游

---

　　①　陈祚明评选:《采菽堂古诗选》补遗卷三,《续修四库全书》本,上海古籍出版社 2003 年版,页 343—344。

　　②　王筱云主编:《中国古典文学名著分类集成》(诗歌卷),百花文艺出版社 1994 年版,页409。

　　③　王夫之著:《姜斋诗话》,《清诗话》本,上海古籍出版社 1999 年版,页 21。

　　④　魏徵、令狐德棻撰:《隋书》,中华书局 1973 年版,页 655。

宴欢娱之需,诗作"丽藻时闻,语多新颖"①。这些诗作所呈现的纤靡艳冶、细事婉变的创作旨趣和审美趋向标志着江总诗风的又一重大转变。

三　归佞佛学与清幽之风

江总弱岁归心佛教,"年二十余,入钟山就灵曜寺则法师受菩萨戒。暮齿官陈,与摄山布上人游款,深悟苦空,更复练戒,运善于心,行慈于物,颇知自励"②。侯景之乱后特别是陈代后期,江总栖志法门,常乐佛法,同时又与世俗俯仰。《游摄山栖霞寺·序》曰:"祯明元年太岁,入摄山,展慧布法师,忆《谢灵运集》。还故山,入石壁中,寻昙隆道人,有诗一首,十一韵。今此拙作,仍学康乐之体。"③康乐体是指谢灵运诗作"尚巧似"④的景物描写,"经营而返于自然"⑤的风格特征。"康乐体"在南朝有很大影响,齐武陵王萧晔"学谢灵运体"⑥,梁伏挺"善效谢康乐体"⑦。江总不仅得谢诗之技巧,而且其诗作还"特有清气"⑧。

江总"寻山静见闻"⑨,多次游历梁陈文士"栖心之处"⑩——摄山,深悟人生苦空。汤用彤先生说:"齐梁二代,般若三论,亦有学者。然善者既少,仍不广行。此学之行,端赖摄山诸僧。"⑪江总诗作着力描写"名山极历览,胜地殊留连"⑫的山水胜景,往往会营造出明澈空幽之境。如《游摄山栖霞寺》描绘了栖息绿野、登顿丹下时所看到的清幽风光,"荷衣步林泉,麦气凉昏晓。乘风面泠泠,候月临皎皎。烟崖憩古石,云路排征鸟。披径怜森沉,攀条惜杳袅"句语气清绝,以颇为精工之笔写出了月夜里摄山栖霞寺林泉、麦香、古石、征鸟相互映衬的优美至境,作者身处此境显现出无比的平淡超

① 　陆时雍《古诗镜》,《明诗话全编》本,江苏古籍出版社1997年版,页10701。

② 　姚思廉撰:《陈书》,中华书局1972年版,页347。

③ 　释道宣撰:《广弘明集》卷三六,《四部丛刊初编》本,上海书店1989年版,页25—26。

④ 　钟嵘著,周振甫译注:《〈诗品〉译注》,江苏教育出版社2006年版,页60。

⑤ 　沈德潜著,霍松林校注:《说诗晬语》卷上,人民文学出版社1998年版,页532。

⑥ 　李延寿撰:《南史》,中华书局1975年版,页1081。

⑦ 　姚思廉撰:《梁书》,中华书局1973年版,页719。

⑧ 　陈祚明评选:《采菽堂古诗选》补遗卷三,《续修四库全书》本,上海古籍出版社2003年版,页343。

⑨ 　逯钦立辑校:《先秦汉魏晋南北朝诗》,中华书局1983年版,页2582。

⑩ 　严可均校辑:《全上古三代秦汉三国六朝文》,中华书局1987年版,页3486。

⑪ 　汤用彤著:《汉魏两晋南北朝佛教史》(增订本),昆仑出版社2006年版,页628。

⑫ 　逯钦立辑校:《先秦汉魏晋南北朝诗》,中华书局1983年版,页2582。

脱,"平生忘是非,朽谢岂矜矫。五净自此涉,六尘庶无扰",把由自然美激起的人生旨趣与空灵幽静的山水风光相糅合。此诗在景物描绘和结尾禅理的抒发上都有模仿康乐体的痕迹。《静卧栖霞寺房望徐祭酒诗》以清新的笔法描摹了栖霞寺"连崖夕气合,虚宇宿云霏。卧藤新接户,欹石久成阶"的内外环境,山崖、藤蔓、林涛等构成了寺院周围清幽淡雅、空寂澄明的华严之境,作者油然而生出"唯怜对芳杜,可以为吾侪"的高雅情趣和不懈追求。清陈祚明《采菽堂古诗选》曰:"语气稍似谢。"①他的许多诗句都有模拟康乐体的痕迹,如《侍宴玄武观诗》"鸟声云里出,树影浪中摇",《明庆寺诗》"幽崖耸绝壁,洞穴泻飞泉",《赠洗马袁朗别诗》"池寒稍下雁,木落久无蝉",《三日侍宴宣猷堂曲水诗》"醉鱼沉远岫,浮枣漾清漪",《经始兴广果寺题恺法师山房诗》"竹近交枝乱,山长绝径深",《夏日还山庭诗》"洞渍长低筱,池开半卷荷"等,与谢灵运《登池上楼》"池塘生春草,园柳变鸣禽",《过始宁墅》"白云抱幽石,绿筱媚青涟",《石壁精舍还湖中作》"林壑敛暝色,云霞收夕霏"等在用词、结构、意象等景物描绘上有异曲同工之妙。陆时雍《古诗镜》曰:"江总巧而帖。"②即是指其诗作的工巧恰切,与谢灵运"尚巧似"③一样,能充分描写景物之美,并"特有清气"④,形成了"贵神似,重写意"的审美追求。

佛寺成了江总躲避战乱、休憩身心的理想场所,他"登岸极峭,颇畅怀抱","俾后来赏者,知余山志"⑤,山水清音成了可以得到心灵宁静的精神家园,不仅显现了他对山水之境的向往和追求,也表达了归隐山林的感触兴会。其诗作一改秾丽绮靡之风,有清幽之感,清、幽、静是其主要特征,也是他隐居之时内心悲凉的真实写照。

四　魂牵故国与苍凉之感

隋文帝开皇九年(589)平陈,江总入隋后为上开府,依然显贵,隋文帝

① 陈祚明评选:《采菽堂古诗选》补遗卷三,《续修四库全书》本,上海古籍出版社 2003 年版,页 346。

② 陆时雍《古诗镜》,《明诗话全编》本,江苏古籍出版社 1997 年版,页 10701。

③ 钟嵘著,周振甫译注:《〈诗品〉译注》,江苏教育出版社 2006 年版,页 60。

④ 陈祚明评选:《采菽堂古诗选》补遗卷三,《续修四库全书》本,上海古籍出版社 2003 年版,页 343。

⑤ 逯钦立辑校:《先秦汉魏晋南北朝诗》,中华书局 1983 年版,页 2583。

开皇十三年(593)，江总七十五岁，以年老求南还，卒于江都(今江苏扬州)。入隋后所作《于长安归还扬州九月九日行薇山亭赋韵》、《南还寻草市宅诗》、《别永新侯》等诗作感伤时变、魂牵故国，沧桑之感、苍凉之思时时呈现于诗作中。

江总《于长安归还扬州九月九日行薇山亭赋韵》是晚年从长安回到江都所作，诗中表达了对南方故园的依恋之情，"心逐南云逝，形随北雁来"句通过南去的云和北雁的南归衬托自己的思乡之苦和归乡之切，"故乡篱下菊，今日几花开"抒写重阳佳节登高赏菊而触动的乡关之思。诗作清新秀雅，诗境超甚[①]，一扫六朝艳词之风习，"从字句到意象，已全是唐人绝句之上乘"[②]。《南还寻草市宅》通过返古宅后亲历古宅的沧桑变化，表达了自己凄凉落魄之情和对世事变迁、朝代更迭的无尽感慨，"径毁悲求仲，林残忆巨源。见桐犹识井，看柳尚知门"写及旧宅的荒芜和变迁；"花落空难遍，莺啼静易喧。无人访语默，何处叙寒温"通过目睹残花、莺啼的伤感，描写昔日亲友不及去处的悲凉情境；"百年独如此，伤心岂复论"寓意着对陈朝灭亡的由衷感叹，真实记录了作者凄凉落寞的心境，诗作悲今怀昔，句句凄楚。入隋后，江总的赠别唱和诗中亦多悲凉之音，如《别永新侯》即是告别永新侯陈君范之作，"送君张掖郡，分悲函谷关。欲知肠断绝，浮云去不还"句把抽象的离情别绪化为浮云，蕴含无限的哀思，情调悲凉。《别袁昌州诗二首》"望陇头"、"路悠悠"、"去去愁"、"云雨散"、"东西流"、"欲成秋"、"叹穷路"、"嗟坠叶"、"悯征蓬"、"声声远"、"愁云"等一系列表达离别情愁的词句使得整篇诗作溢满悲凉之情，抒写了与友人别离时的无限怅惘与依依不舍情愁。

江总入隋后，在世事难料、暮年渐进之时，其诗作充满深切的情感，诗风苍凉沉挚，笔调沉郁劲健。清谭献《复堂类集》曰："江总其人也靡，其言也哀而挚。"[③]陈祚明《采菽堂古诗选》亦认为江总"入隋后作一往悲长"[④]。江总入隋后的诗作情感真挚，充满悲凉幽咽之思，是其诗风的又一重要

①　张玉谷著，徐逸民点校：《古诗赏析》卷二十一，上海古籍出版社 2000 年版，页 494。
②　姜书阁、姜逸波著：《汉魏六朝诗三百首》，岳麓书社 1992 年版，页 391。
③　谭献著：《复堂类集》，《丛书集成续编》本，台湾新文丰出版公司印行 1988 年版，页 66。
④　陈祚明评选：《采菽堂古诗选》补遗卷三，《续修四库全书》本，上海古籍出版社 2003 年版，页 343。

转变。

五　善于五七言诗作，格律精美

江总善于五七言诗的创作，《陈书·江总传》曰："能属文，于五言七言尤善。"①又因为陈后主狎客而常"制五言诗"②。江总诗作韵律整饬，其平仄、粘对、篇章、对偶等都比较符合五言格律诗的创制，诗作律化程度达45.99％③。其诗作《奉和东宫经故妃旧殿》、《侍宴》、《燕燕于飞》、《秋日侍宴娄苑湖应诏》、《侍宴临芳殿》、《三善殿夜望山灯》、《和衡阳殿下高楼看妓》、《陇头水》、《梅花落》、《经始兴广果寺题恺法师山房》、《春夜山庭》等皆格律谨严，"虽未有律之名，已浸具律之体"④。如《三善殿夜望山灯诗》：

百花疑吐夜，四照似含春。　　　仄平平仄仄，仄仄仄平平。

的的连星出，亭亭向月新。　　　仄仄平平仄，平平仄仄平。

采珠非合浦，赠珮异江滨。　　　仄平平仄仄，仄仄仄平平。

若任扶桑路，堪言并日轮。　　　仄仄平平仄，平平仄仄平。

此诗完全符合"粘对"规律，押"谆"韵。又如《于长安归还扬州九月九日行薇山亭赋韵诗》：

心逐南云逝，形随北雁来。　　　平仄平平仄，平平仄仄平。

故乡篱下菊，今日几花开。　　　仄平平仄仄，平仄仄平平。

此诗平仄粘对已完全合乎近体，押"咍"韵，已是一首比较标准的五言绝句了，明陆时雍《古诗镜》认为此作"渐启唐音"⑤。唐许敬宗有《拟江令于长安归扬州九日赋》二首，用的都是江总的原韵。

江总共有七言诗18首之多，是陈代七言诗作最多的作家，其七言诗作也多对仗工整，格律谨严。如《闺怨篇》：

寂寂青楼大道边，纷纷白雪绮窗前。　　　仄仄平平仄仄平，平平仄仄仄平平。

---

① 姚思廉撰：《陈书》，中华书局1972年版，页347。

② 李延寿撰：《南史》，中华书局1975年版，页306。

③ 杨德才著：《梁陈文学编年与考论》，山东大学博士论文，1999年，页131—133。

④ 胡震亨著：《唐音癸签》，上海古籍出版社1981年版，页3。

⑤ 陆时雍编：《古诗镜》卷二十六，《文渊阁四库全书》本，台湾商务印书馆1983年版，页222。

　　池上鸳鸯不独自，帐中苏合还空<u>然</u>。　　平仄平平仄仄仄，仄平平
仄平平平。

　　屏风有意障明月，灯火无情照独<u>眠</u>。　　平平仄仄仄平仄，平仄平
平仄仄平。

　　辽西水冻春应少，蓟北鸿来路几<u>千</u>。　　平平仄仄平平仄，仄仄平
平仄仄平。

　　愿君关山及早度，念妾桃李片时<u>妍</u>。　　仄平平平仄仄仄，仄平平
仄仄平平。

　　此诗出语自然，对仗工整，句韵整饬，转换有致，"竟似唐律"①，"专工对仗，
已开唐人排律之体"②。此外，江总《梅花落三首》句句押韵，两句一换韵，
使得这一诗体能以七言歌行的形式固定下来，"李白《听莺》、岑参《白雪》皆
其支裔也"③。江总的七言代表作《宛转歌》长达三十八句，在转韵上采用
十句或八句一转韵的形式，与一般诗作的六句或四句一转韵不同，是唐以
前最长的七言歌行诗。

　　总之，江总的诗风演变与其人生仕历密不可分，其诗作中的悲苦之音、
艳冶之气、清幽之风、苍凉幽咽之思是这个动荡多变的时代的反映，他的诗
心变化是这个时代特殊风尚的产物。与此同时，江总也是一个以自己在诗
歌创作上的艺术实践，为五七言律诗的形成作出了重要贡献的诗人。

---

① 沈德潜著，霍松林校注：《说诗晬语》卷上，人民文学出版社 1998 年版，页 286。
② 张玉谷著，徐逸民点校：《古诗赏析》卷二十一，上海古籍出版社 2000 年版，页 494。
③ 王夫之评选，张国星校点：《古诗评选》卷一，文化艺术出版社 1997 年版，页 73。

附录二　侯景之乱与阴铿诗风之变

　　摘　要：侯景乱后四处流离的阴铿善于写江湖景色，描摹景物独具匠心，一定程度上开拓了梁末诗人的写作空间。他将山水描写与奔波流离相结合，诗中多有幽清寂寞之感，融入了其无尽的离愁别绪和羁旅愁思，创造出了情景交融的艺术至境，诗风质朴自然，清丽流畅，沉郁苍凉，一洗浓艳铅华之气。

　　关键词：侯景之乱　阴铿　山水诗　清丽　羁旅愁思

　　阴铿（510？—563？），字子坚，武威姑臧（今甘肃武威）人，曾释褐湘东王法曹参军①，与宫体诗代表人物萧绎关系颇为密切。周勋初先生《梁代文论三派述要》认为梁代中期文坛主要有复古派、折衷派、新变派三大流派②。中大通三年（531），萧统病卒之后，萧纲被立为太子，以其为代表的新变派占据了梁代文坛，《隋书·文学传序》曰："梁自大同之后，雅道沦缺，渐乖典则，争驰新巧。简文、湘东，启其淫放。"③萧纲《诫当阳公大心书》曰："立身之道，与文章异。立身先须谨重，文章且须放荡。"④他主张敢于大胆描写情欲和女性之美。湘东王萧绎追同萧纲新变理论，其《金楼子·立言》曰："至如文者，惟须绮縠纷披，宫徵靡曼，唇吻遒会，情灵摇荡。"⑤以萧纲、萧绎为中心的文学群体唱和赋诗，追求摇荡性情、词采华艳。阴铿此时为萧绎文学群体中的重要成员，明胡应麟《诗薮》曰："阴惟解作丽语，当时以并仲言，后世以方太白，亦太过。"⑥胡应麟所谓的阴铿"作丽语"指的是阴铿诗作用语的华艳而言，这显然受萧绎等人宫体诗风的影响。如阴铿所作《和〈登百花亭怀荆楚〉》是和湘东王萧绎《登江州百花亭怀荆楚》所作，

---

　①　姚思廉撰：《陈书》，中华书局1972年版，页472。

　②　《周勋初文集》第3册《文史探微》，江苏古籍出版社2000年版，页79—102。

　③　魏徵、令狐德棻撰：《隋书》，中华书局1973年版，页1730。

　④　严可均校辑：《全上古三代秦汉三国六朝文》，中华书局1958年版，页3010。

　⑤　萧绎著：《金楼子》，影印《百子全书》本，浙江古籍出版社1998年版，页911。

　⑥　胡应麟撰：《诗薮·外编》，见《明诗话全编》，江苏古籍出版社1997年版，页5566。

"阳台可忆处,唯有暮将朝"是替萧绎表现思念李桃儿的情思的[①],诗作中
"落花轻未下,飞丝断易飘"等句也多绮语。这时的阴铿与其他诗人一样,
沉湎歌舞升平,其创作严重脱离了现实社会,极力追求形式的华美,形成了
较为绮靡的诗风,这也为他以后诗作之"丽"奠定了基础。然 548 年发生的
侯景之乱"不仅于南朝政治上为巨变,并在江东社会上,亦为一划分时期之
大事"[②]。侯景乱前"朝野欢娱,池台钟鼓"[③]的境况不复存在。侯景乱后,
"铿尝为贼所擒,或救之获免"[④],此后四处奔波流浪。阴铿笔下的景物描
写与他的奔波游离有关,据赵以武先生《阴铿与近体诗》,其诗作《罢故郫
县》、《和傅郎〈岁暮还湘洲〉》、《晚出新亭》、《晚泊五洲》、《五洲夜发》、《闲居
对雨》、《渡青草湖》、《经丰城剑池》、《游巴陵空寺》、《登武昌岸望》等与其侯
景乱后的奔波流离密切相关[⑤]。这些诗作显现出不同于侯景乱前的旨趣,
清黄子云《野鸿诗的》曰:"子坚承齐、梁颓靡之习,而能独运匠心,扶持正
始。"[⑥]其诗风之变表现在对山水诗体裁的开拓上,善于写江湖景色,诗风
清丽;诗中融入了作者奔波离别的惆怅和痛楚,情辞厚重,诗风沉郁苍凉。

一 善于写江湖景色,诗风清丽

王钟陵先生《中国中古诗歌史》认为:"整个南朝,诗歌史有一条横贯四
代的发展线索,这便是对山水景候的欣赏描写始终是诗人们注目的一个中
心……大谢、小谢、何逊、阴铿,便是其中最突出的四个代表。"[⑦]阴铿步竟
陵八友之后尘,更多承袭谢朓诗清丽之风,着力于通篇意境的构造,风格清
丽秀雅,尤善于写江湖景色。北宋黄伯思《东观余论》曰:"阴铿风格流丽,
与孝穆、子山相长雄,乃沈、宋近体之椎轮也。"[⑧]如《渡青草湖》、《晚出新亭

---

① 赵以武著:《阴铿与近体诗》,黑龙江教育出版社 1998 年版,页 90。

② 陈寅恪著:《金明馆丛稿初编·读哀江南赋》,生活·读书·新知三联书店 2001 年版,页
113。

③ 严可均校辑:《全上古三代秦汉三国六朝文》,中华书局 1987 年版,页 3922。

④ 姚思廉撰:《陈书》,中华书局 1972 年版,页 472。

⑤ 赵以武著:《阴铿与近体诗》,黑龙江教育出版社 1998 年版,页 115—116。

⑥ 黄子云撰:《野鸿诗的》,《清诗话》本,上海古籍出版社 1999 年版,页 862。

⑦ 王钟陵著:《中国中古诗歌史——四百年民族心灵的展示》,人民出版社 2005 年版,页
458。

⑧ 黄伯思著:《东观余论·跋何水曹集后》,《文渊阁四库全书》本,台湾商务印书馆 1983 年
版,页 358。

诗》、《晚泊五洲》、《五洲夜发》、《江津送别刘光禄不及》、《和傅郎岁暮还湘州》等善于从自然山水的广阔天地中选取江湖景色,诗作神采新澈,辞精意切。如《渡青草湖诗》曰:

> 洞庭春溜满,平湖锦帆张。沅水桃花色,湘流杜若香。穴去茅山近,江连巫峡长。带天澄迥碧,映日动浮光。行舟逗远树,度鸟息危樯。滔滔不可测,一苇讵能航?

青草湖,《太平御览》卷六十六引《荆州记》云:"一名洞庭湖。"[①]此诗是作者渡过洞庭湖所作,主要描写洞庭湖的春色,着力刻画风和日丽下的湖光水色,颇含诗情画意。前两句点明是春季渡湖,"满"、"平"二字形象地写出了洞庭湖春水潋滟的迤逦景观。中间八句描写洞庭湖的阔大气魄和旖旎风光,"沅水桃花色,湘流杜若香。穴去茅山近,江连巫峡长",不直写洞庭包孕万汇的气象,而以桃花的艳丽色彩和杜若的沁人幽香渲染诗之意境,令人心驰神往。"带天"二句用水天相接形容湖面的宽阔无垠,"行舟逗远树,度鸟息危樯"则以细腻出新的笔法刻画出鲜明生动的形象,小舟越湖而过渐行渐远,仿佛逗留在水天之际的树畔;飞鸟渡湖,中途落在船桅杆上休息片刻,"息"字给人以无限的遐想。作者以精巧细腻的笔法展现了洞庭湖一派热烈、壮丽的春日景象,形成了清新流丽的艺术风格。又如《五洲夜发诗》曰:

> 夜江雾里阔,新月迥中明。溜船惟识火,惊凫但听声。劳者时歌榜,愁人数问更。

五洲,在今湖北浠水县西兰溪西面的长江中。据《水经注》载,轪县故城"在山之阳,南对五洲也。江中有五洲相接,故以五洲为名。"[②]臧励龢《中国古今地名大辞典》曰:"轪县,汉侯国,后为县,故城在今湖北蕲水县西四十里。"[③]诗之前两句写大江与新月,"阔"与"明"勾画出了月夜映照下江面的阔大寂静。顺流而下的船上的灯火、受惊而起的野鸭构织成了一幅优美的江上夜行图,此画面绘声绘影、意境完美。再如《江津送刘光禄不及诗》曰:

---

① 李昉等撰:《太平御览》卷六十六,中华书局1960年版,页313。

② 郦道元著,陈桥驿校释:《水经注校释》卷三十五《江水》,杭州大学出版社1999年版,页608。

③ 臧励龢等编:《中国古今地名大辞典》,商务印书馆香港分馆1931年版,页754。

　　　依然临送渚,长望倚河津。鼓声随听绝,帆势与云邻。泊处空余鸟,离亭已散人。林寒正下叶,钓晚欲收纶。如何相背远,江汉与城阐。

诗中描述了作者没有赶到江边渡口送别友人刘光禄,瞻望远去的帆影,不舍离去,伫立江边时的所见所闻。作者以素描的笔法勾勒出了江边远望时的江岸及江中苍茫之景,帆影渐淡、行人渐少、寒林落叶、钓翁晚归等衬托出周围环境的萧条和寂寥。全诗风格流丽,韵趣天成,词精而意切,思巧而情婉。

　　阴铿诗作中有关山色风光的描写也颇为清新喜人。如《开善寺诗》曰:

　　　鹫岭春光遍,王城野望通。登临情不极,萧散趣无穷。莺随入户树,花逐山下风。栋里归云白,窗外落晖红。古石何年卧,枯树几春空?淹留惜未极,幽桂在芳丛。

诗中以精细的笔法描绘了春满钟山的秀丽景色和开善寺的壮伟气势,抒发了作者登山春游时萧散自然的野趣。作者写开善寺的优美春光,白云缥缈、落花缤纷、古石斜卧、枯树横空,充满诗情画意,"莺、花、白云、落晖、古石、枯树,只将景色逐笔绘出,情、事皆在其中"[①]。最后作者借用淮南小山《招隐士》"桂树丛生兮山之幽"、"王孙兮归来,山中兮不可久留"等来抒写自己未能久居山中的感慨,同时也表达了诗人对开善寺优美风光的依恋。

　　阴铿山水诗中佳句尤多,陈祚明《采菽堂古诗选》曰:"阴子坚诗声调既亮,无异梁晦涩之习,而琢句抽思,务极新隽,寻常景物,亦必摇曳出之,务使穷态极研,不肯直率。"[②]如《晚泊五洲》"水随云度黑,山带日归红"写江水随飞过的乌云而变黑,山峰高峻还留有落日的余晖,既有云日又有山水之色,整个画面意境丰美。清陈祚明《采菽堂古诗选》评此诗曰:"凡写景写色,能令极鲜浓乃佳,五六得此妙秘。"[③]杜甫《与李十二白寻花十隐居》曰:"李侯有佳句,往往似阴铿。"[④]阴铿诗句多精工自然,追求辞精意切,明都穆《南濠诗话》曰:"予观阴诗,佳句尤多。如《泛青草湖》云:'行舟逗远树,

---

①　邬国平选注:《汉魏六朝诗选》,上海古籍出版社 2005 年版,页 597。
②　陈祚明评选:《采菽堂古诗选》,《续修四库全书》本,上海古籍出版社 2003 年版,页 327。
③　陈祚明评选:《采菽堂古诗选》,《续修四库全书》本,上海古籍出版社 2003 年版,页 329。
④　《全唐诗》卷二百三十《杜甫十五》,中华书局 1960 年版,页 2394。

度鸟息危樯。'《晚泊五洲》云:'水随云度黑,山带日归红。'《广陵岸送北使》
云:'海上春云杂,天际晚帆孤。'《巴陵空寺》云:'香尽奁犹馥,幡陈画渐
微。'《雪里梅花》云:'从风还共落,照日不俱消。'《晚出新亭》云:'远戍惟闻
鼓,寒山但见松。'皆风格流丽,不减于何。"①此外,如《和傅郎岁暮还湘州
诗》"棠枯绛叶尽,芦冻白花轻",《和侯司空登楼望乡》"瞻云望鸟道,对柳忆
家园","寒田获里静,山带日归红",《经丰城剑池》"夹茶澄新渌,含风结细
漪",《闲居对雨》其一"山云遥似带,庭叶近成舟",《江津送刘光禄不及》"泊
处空余鸟,离亭已散人",《经丰城剑池诗》"夹筱澄深渌,含风结细漪",《晚
泊五洲》"水随云度黑,山带日归红",都清新鲜明,显现出作者描摹景物的
独具匠心。

　　阴铿诗作以精工的形式、清新省净的语言等对后世文学产生了深远影
响。他承齐梁之绮靡又明显不同于齐梁之绮丽、纤细之气,而是接近于唐
诗的清丽、空朗。其山水诗作注重佳句的撰构,同时也逐渐摆脱了齐梁诗
人浓艳雕琢的弊病,一定程度上开拓了梁末诗人的写作空间,使得由沉湎
于艳情转为表现山水风光的描写上,引领一时之风尚。

二　羁旅愁思与凄苦之情

　　阴铿于侯景乱后长期处于四处颠沛流离的生活状态,其诗作的景物描
写虽有清丽之致但也呈现出漂泊无依、羁旅愁思之感,景物描写与诗人落
寞无依的思乡愁情融为一体,使得山水描写著染上别样的凄楚别绪。明陆
时雍《古诗镜》曰:"阴铿近情着衷,幽韵亲人,陈时得此,尤是不易。"②如
《晚出新亭诗》曰:

　　　　大江一浩荡,离悲足几重。潮落犹如盖,云昏不作峰。远戍唯闻
　　　鼓,寒山但见松。九十方称半,归途讵有踪。

此诗是作者逃离建康舟行往江陵所作,浩荡的大江、汹涌的浪潮、浑茫的云
气、戍鼓声声、孤立的寒松等构成了满目萧索的悲愁图景。作者以素描笔
法把离别时的清冷萧杀渲染得淋漓尽致,这些描写有力地烘托出作者仓惶
躲避战乱的无限悲怆之感。明谢榛《四溟诗话》认为"大江一浩荡,离悲足

---

　①　都穆撰:《南濠诗话》,《历代诗话续编》本,中华书局1983年版,页1354—1355。
　②　陆时雍撰:《诗镜总论》,《历代诗话续编》本,中华书局1983年版,页10699。

几重"句"突然而起,造语雄深,六朝亦不多见"①。又如《和傅郎岁暮还湘
州诗》同样描述了其避乱时的羁旅愁思,诗曰:

> 苍茫岁欲晚,辛苦客方行。大江静犹浪,扁舟独且征。棠枯绛叶
> 尽,芦冻白花轻。戍人寒不望,沙禽迥未惊。湘波各深浅,空轸念
> 归情。

傅郎即傅绛,梁太清三年(549),台城陷落,傅绛往依湘州刺史萧循。《陈
书·傅绛传》:"梁太清末,携母南奔避难。俄丁母忧,在兵乱之中,居丧尽
礼,哀毁骨立,士友以此称之。后依湘州刺史萧循。"②此诗是阴铿在长江
岸边送傅绛溯江而上归湘州时的所见所闻,抒写傅绛能归而自己却不能归
去的深沉感慨。"大江静犹浪,扁舟独且征"句写傅绛逆江而上,扁舟独行,
行途寂寞。接着作者想像傅绛沿途所见到的萧瑟景象,通过"绛叶"、"白
花"、"戍人"、"沙禽"等岁暮两岸寒寂荒凉之景的凝练描写,衬托出离别时
心境的惨淡悲凉。"湘波各深浅,空轸念归情"句感叹君行我滞,空有念归
之悲情,在一片凄清之中沾染着作者浓郁的伤感。清张玉谷《古诗赏析》评
曰:"前四,叙明岁晚客行,递入江行无尽,十字有力。中四,遥写水行所见
之景,俱切岁暮。后二,言同此湘彼,君行我滞,拍到和诗之意。"③

　　侯景之乱对阴铿的影响是极其深远的,以致入陈后他游历破败之迹时
仍有无限悲怆。如《游巴陵空寺诗》曰:

> 日宫朝绝磬,月殿夕无扉。网交双树叶,轮断七灯辉。香尽奁犹
> 馥,幡尘画渐微。借问将何见,风气动天衣。

巴陵曾是侯景军与梁军的主要战场。《梁书·元帝纪》曰:"(大宝二年四
月)庚戌,领军将军王僧辩帅众屯巴陵。甲子,景进寇巴陵。五月癸未,世
祖遣游击将军胡僧祐、信州刺史陆法和帅众下援巴陵。任约败,景遂遁
走。"④阴铿游历此处写下了其破败荒凉的景象,同时也显现出怅然失望之
情。"绝磬"、"无扉"、"网交"、"轮断"衬托出寺庙的荒芜凄清,"香尽奁犹
馥,幡尘画渐微"句可见当年寺庙的繁荣,更进一步反衬今日的破败,这些

---

① 谢榛撰:《四溟诗话》卷一,《历代诗话续编》本,中华书局 1983 年版,页 1181。
② 姚思廉撰:《陈书》,中华书局 1972 年版,页 400。
③ 张玉谷著,徐逸民点校:《古诗赏析》卷二十一,上海古籍出版社 2000 年版,页 487。
④ 姚思廉撰:《梁书》,中华书局 1973 年版,页 116。

描写都深深暗合了诗题中的"空"字,显现出作者无限的怅惘和悲凉之感。又如《登武昌岸望诗》曰:

> 游人试历览,旧迹已丘墟。巴水萦非字,楚山断类书。荒城高仞落,古柳细条疏。烟芜遂若此,当不为能居。

梁大宝元年(550)、大宝二年(551),梁军与侯景军在武昌有过几次激烈的争夺,武昌城遭到了严重的破坏。此诗是作者登临武昌江岸所作,前两句写登眺及所感,中间四句写景,描绘了"巴水"、"楚山"的山水奇景,而"荒城"、"古柳"等给人以无限荒芜苍凉之感,"烟芜遂若此,当不为能居"句由景兴叹,抒发不能居此的慨叹。

此外,《渡青草湖》"滔滔不可测,一苇讵能航"抒发人生如舟的由衷感叹;《五洲夜发》"劳者时歌榜,愁人数问更"点出了"愁人"在长夜漫漫,夜不能寐,伫立船头遥望明月,寓意羁旅离愁之重;《晚泊五洲》"遥怜一柱观,欲轻千里风"则显现出作者侯景乱后日暮奔命的焦急心情。这些诗作中写景之句随处可见,但写景是为抒情作铺垫的,周围的景物道出了漂泊在外诗人的无限乡情,自然景物的描写与诗人主观情感的抒发融为一体,寓情于景、意与境谐,诗作中充满了羁旅漂泊之感,颇为沧桑凄凉。

总之,侯景乱后四处流离的阴铿善于描写江湖景色,追求辞精意切,描摹景物独具匠心,而且能将山水描写与羁旅愁思结合起来,其山水诗中多有幽清寂寞之感,融入了作者无尽的离愁别绪和羁旅愁思,创造出了情景交融的艺术至境。这是对"永明体"的进一步发展,同时又是对陆机"诗缘情而绮靡"的美学追求的完美实践。阴铿对山水诗体裁的开拓和诗风中奔波离别的惆怅和痛楚使得其诗作情辞厚重,诗风质朴自然,清丽流畅,沉郁苍凉,一洗浓艳铅华之气,为南朝诗坛注入了一股刚健浑厚之气。

附录三　论张正见的诗作特色

摘　要：梁陈诗人张正见诗作颇多，因囿于严羽"虽多亦奚以为"之评的影响而被学者们关注不多。今仔细研读其诗作可以发现，其诗作题材具有多样化的特征，其宴享之作雍容华缛，极尽铺陈、壮丽之能事；山水诗具有清新自然，工巧流丽之气；边塞诗有开阔的想象力和气势，颇具声骨雄整之致。张正见在五言诗创作上具有相当高的艺术技巧，其诗作讲求声律对仗，比永明诗人更接近"近体诗"。

关键词：张正见　壮丽　清丽　雄壮　五言八句

张正见，字见赜，清河东武城（今山东武城）人。曹道衡、沈玉成《中国文学家大辞典·魏晋南北朝卷》认为应是梁普通后期至大通初年出生。张正见"幼好学，有清才"，13 岁得梁东宫太子萧纲赏识，"每自升座说经，正见尝预讲筵，请决疑义，吐纳和顺，进退详雅，四座咸属目焉"[①]。梁元帝立，拜通直散骑侍郎，迁彭泽令。因梁末战乱而避居匡俗山。陈代时曾任撰史著士、尚书度支郎、通直散骑侍郎。张正见尤为精善"五言诗"，《陈书·张正见传》曰："其五言诗尤善，大行于世。"[②]可见其在当时诗坛上具有很大影响。因囿于严羽评其"虽多亦奚以为"[③]和后世对梁陈诗歌"淫艳刻饰"[④]等的评价而为学者们关注不多[⑤]。今仔细检阅其诗篇，亦可发现其诗作中所呈现出的多样化特征。陆时雍《古诗镜》曰："张正见高韵凌空，奇情破冥，当于庾肩吾对垒。"[⑥]这些特色在其宴享、山水、边塞等诗作中有突出表现。

---

① 姚思廉撰：《陈书》，中华书局 1972 年版，页 469。

② 姚思廉撰：《陈书》，中华书局 1972 年版，页 470。

③ 严羽著，郭绍虞校释：《沧浪诗话校释》，人民文学出版社 1961 年版，页 221。

④ 元稹著：《新刊元微之文集》，上海古籍出版社 1994 年版，页 337。

⑤ 目前仅有蒋寅先生《张正见诗论》一文，见《清华大学学报》（哲学社会科学版）2008 年第 3期。

⑥ 陆时雍撰：《古诗镜》卷二十六，《文渊阁四库全书》本，台湾商务印书馆 1983 年版，页 217。

一　宴享之作与壮丽之气

侯景乱后，梁朝衰败，以萧纲、萧绎为中心的文学集团已失去了群体性文学创作功能。入陈后很长一段时间，政局相对平稳。陈霸先即位后，提出"务在廉平"①的主张；陈文帝陈蒨"起自艰难，知百姓疾苦。国家资用，务从俭约"②，《陈书》魏徵论曰："世祖天姿睿哲，清明在躬，早预经纶，知民疾苦，思择令典，庶几至治。德刑并用，戡济艰虞，群凶授首，强邻震慑。"③宣帝陈顼继位后"亲耕籍"④、"旰食早衣"⑤。这些都为陈代文学的繁荣创造了良好的条件。据《陈书·世祖纪》载，天嘉元年诏曰："新安太守陆山才有启，荐梁前征西从事中郎萧策，梁前尚书中兵郎王暹，并世胄清华，羽仪著族，或文史足用，或孝德可称，并宜登之朝序，擢以不次。"⑥只要"文史足用"便可"擢以不次"，于是文士们纷纷投靠于陈代帝王或权贵门下，形成了以文帝、宣帝、陈后主以及侯安都、陈伯固、徐伯阳等为中心的文学群体。

陈代高祖、世祖都"爱悦文义"⑦，他们奖掖后学、论议诗文，围绕着这些文学群体有一些大型的文会活动，宣帝北伐成功后"大会文武"⑧，侯安都等权贵数次招聚张正见等文武之士游宴赋诗，唱和盛况空前。《陈书·文学·徐伯阳传》："太建初，中记室李爽、记室张正见、左民郎贺彻、学士阮卓、黄门郎萧诠、三公郎王由礼、处士马枢、记室祖孙登、比部贺循、长史刘删等为文会之友，后有蔡凝、刘助、陈暄、孔范亦预焉。皆一时之士也。游宴赋诗，勒成卷轴，伯阳为其集序，盛传于世。"⑨文学群体的频繁活动为文学的发展奠定了良好的基础，并有以诗文相尚的风气。曹道衡、沈玉成先生《南北朝文学史》认为："陈宣帝太建时代，在那些为'文会之友'的诗人中，以张正见所存的作品为最多。"⑩张正见与时人的诗酒文会、宴乐欢娱

---

① 姚思廉撰：《陈书》，中华书局 1972 年版，页 33。
② 姚思廉撰：《陈书》，中华书局 1972 年版，页 66。
③ 姚思廉撰：《陈书》，中华书局 1972 年版，页 118。
④ 姚思廉撰：《陈书》，中华书局 1972 年版，页 77。
⑤ 姚思廉撰：《陈书》，中华书局 1972 年版，页 82。
⑥ 姚思廉撰：《陈书》，中华书局 1972 年版，页 55。
⑦ 姚思廉撰：《陈书》，中华书局 1972 年版，页 61。
⑧ 姚思廉撰：《陈书》，中华书局 1972 年版，页 90。
⑨ 姚思廉撰：《陈书》，中华书局 1972 年版，页 468—469。
⑩ 曹道衡、沈玉成编著：《南北朝文学史》，人民文学出版社 1991 年版，页 265。

中所作诗歌颇具壮丽之气。如《置酒高殿上》曰：

> 陈王开甲第，粉壁丽椒涂。高窗侍玉女，飞闼敞金铺。名香散绮幕，石砚凋金炉。清醪称玉馈，浮蚁擅苍梧。邹严恒接武，申白日相趋。容与升阶玉，差池曳履珠。千金一巧笑，百万两鬟姝。赵姬未鼓瑟，齐客罢吹竽。歌喧桃与李，琴挑凤将雏。魏君惭举白，晋主愧投壶。风云更代序，人事有荣枯。长卿病消渴，壁立还成都。

此诗首先描写了陈王府第高窗粉壁，玉阶履珠的辉煌气势，然后描绘其中的高歌宴会，歌颂陈王甲第的豪华，美女如云宴饮的欢乐，明显有华壮之气。又如其《帝王所居篇》曰：

> 崤函惟帝宅，宛雒壮皇居。紫微临复道，丹水亘通渠。沉沉飞雨殿，蔼蔼承明庐。两宫分概日，双阙并凌虚。休气充青琐，荣光入绮疏。霞明仁寿镜，日照陵云书。鸣鸾背鸡鹊，诏跸幸储胥。长杨飞玉辇，御宿徙金舆。柳叶飘缇骑，槐花影属车。薄暮归平乐，歌钟满玉除。

作者用极为华丽的言语去表现"双阙并凌虚"、"歌钟满玉除"的雍容富贵气象，极尽铺陈、壮丽之能事。陈祚明《采菽堂古诗选》评此诗曰："华壮可诵。"①

此外，其《重阳殿成金石会竟上诗》"极排丽之长"②，描绘了重阳殿"共知崇壮丽，迢遰与云连"的雄壮气势。《御幸乐游苑侍宴诗》描绘了"两宫明合璧，双阙带非烟"、"禁苑回雕辇，离宫建翠斿"的壮美气势，极具"华赡"③之气。《门有车马客行》"红尘扬翠毂，赭汗染龙媒。桃花夹迳聚，流水傍池回"、"琴和朝雉操，酒泛夜光杯。舞袖飘金谷，歌声绕凤台"，《煌煌京洛行》"千门俨西汉，万户擅东京。凌云霞上起，鸡鹊月中生"等把都市的繁华和歌舞升平渲染得淋漓尽致。以上诗作都是以缛丽的言语铺陈风物之盛，皆

---

① 陈祚明评选：《采菽堂古诗选》补遗卷三，《续修四库全书》本，上海古籍出版社 2003 年版，页 336。

② 陈祚明评选：《采菽堂古诗选》补遗卷三，《续修四库全书》本，上海古籍出版社 2003 年版，页 341。

③ 陈祚明评选：《采菽堂古诗选》补遗卷三，《续修四库全书》本，上海古籍出版社 2003 年版，页 340。

具雍容典雅之气。

二 山水诗作与清丽之风

张正见山水诗作构思巧妙,善于联想,具有清新自然、工巧流丽之风。王玫认为:"他的山水诗创作与梁陈其他诗人相比有独到之处,对南朝以来于写景中寓相思别情这一传统模式有所突破,全篇写景之作在诗中时时可见。"①如《游匡山简寂馆诗》:

> 三梁涧本绝,千仞路犹通。即此神山内,银榜映仙宫。镜似临峰月,流如饮涧虹。幽桂无斜影,深松有劲风。惟当远人望,知在白云中。

诗作前两句介绍三梁的威远,中间六句写匡山馆的清丽之美,描绘了如仙宫般的建筑,石镜之美与饮涧虹般的流水相映衬,幽桂与深松相对应,清雅而有情趣,这般仙境让人流连忘返。又如《秋日别庾正员》曰:

> 征途愁转旆,连骑惨停镳。朔气凌疏木,江风送上潮。青雀离帆远,朱鸢别路遥。唯有当秋月,夜夜上河桥。

此作即景生情,自然含蓄,境清意远,有"高亮之调"②。"唯有当秋月,夜夜上河桥"句利用月和人情等关系来加强艺术效果,给月涂上了感情色彩,可以推为佳句。再如《浦狭村烟度》:

> 茅兰夹两岸,野燎烛中川。村长合夜影,水狭度浮烟。收光暗鸟弋,分火照渔船。山人不炊桂,樵华幸共然。

此诗前四句看似敷衍梁简文帝《龙丘引》"浦狭村烟度"而成,先勾勒了茅兰、野火、村落、浮烟的白描图景,接着描绘了日落天暗,火光映照渔船,柴火、杂花相映成趣的闲居之乐。简直是"一幅完整的川野野暮景象","直接唤起诗人写作灵感的不是实景,而是景句,整首诗是艺术想象的产物。这使它看起来更带有一股浓郁的绘画风味"③。

张正见的"赋得"之作也自然清新而饶有韵味。朱奠培《松石轩诗评》

---

① 王玫著:《六朝山水诗史》,天津人民出版社1996年版,页327。
② 陈祚明评选:《采菽堂古诗选》,《续修四库全书》本,上海古籍出版社2003年版,页536。
③ 邬国平选注:《汉魏六朝诗选》,上海古籍出版社2005年版,页612。

曰:"张正见诗如春旛彩胜,金翠熠烁,联以珠玑,绎尽纤丽,剪截铺缀,似非大丈夫所为。"①其"赋得"之作重在发挥想象,用清丽之笔把描摹对象刻画得形神兼备。如《初春赋得池应教诗》曰:

> 遥天收密雨,高阁映奔曦。雪尽青山路,冰销绿水池。春光落云叶,花影发晴枝。琴樽奉终宴,风月岂云疲。

诗作勾画了春暖乍现时水池的景色,"密雨""奔曦""冰雪""春光""花影"等物象剪裁得当,共同构筑了初春雨霁的水池之景,呈现出明丽、雅静之美。王夫之《古诗评选》曰:"全不杀池说,字字有池,亦已凌空写影。"②又如《赋得白云临酒诗》曰:

> 白云盖渑水,流彩入渑川。疏叶临稽竹,轻鳞入郑船。菊泛金枝下,峰断玉山前。一朝开五色,飘飘映十千。

诗作以清新笔法描绘了白云覆盖下的渑水之景,在白云流彩飞逸的映照下,竹木枝叶疏朗,郑船轻鳞泛泛,菊花遍野,香飘满山。陆时雍《诗镜总论》曰:"《赋得白云临酒》'疏叶临稽竹,轻鳞入郑船',唐人无此想像。……此皆得意象先,神行语外,非区区模仿推敲之可得者。"③

此外,《从永阳王游虎丘山》"沧波壮郁岛,洛邑镇崇芒。未若兹山丽,岩峣擅水乡"描绘了虎丘山波涛汹涌,山河壮丽之美。《溢城诗》"城花飞照水,江月上明楼"颇有意境,飞动灵妙。《陪衡阳王游耆阇寺诗》"清风吹麦陇,细雨濯梅林"句"雅净似唐人"④。《与钱玄智泛舟诗》"叶尽桐门净,花秋菊岸明",《还彭泽山中早发》"残暑避日尽,断霞逐风开",《行经季子庙》"野藤侵藻井,山雨湿苔碑",《和衡阳王秋夜》"萤光连烛动,月影带河流"等都表现出了异样的清丽之气。

---

① 陈祚明评选:《采菽堂古诗选》,《续修四库全书》本,上海古籍出版社 2003 年版,页 334。

② 王夫之评选,张国星校点:《古诗评选》,文化艺术出版社 1997 年版,页 318。

③ 陆时雍撰:《诗镜总论》,《历代诗话续编》本,中华书局 1983 年版,页 1409。

④ 陈祚明评选:《采菽堂古诗选》补遗卷三,《续修四库全书》本,上海古籍出版社 2003 年版,页 341。

三　边塞诗作与慷慨雄壮之气

张正见诗以乐府为多,其边塞乐府诗具有开阔的想象力和气势,善于描绘边关之士建功立业的豪情,表现出慷慨的英雄气质,得"声骨雄整"①之致。阮忠先生说:"在陈代的边塞诗人中,张正见是最见英雄豪气的一位。"②如《君马黄》其二曰:

> 五色乘马黄,追风时灭没。血汗染龙花,胡鞍抱秋月。唯腾渥洼水,不饮长城窟。讵待燕昭王,千金市骏骨。

作者借马喻人,通过马的雄壮奋战,写出英雄浴血沙场的气魄和抱负,显现了其应战时的信心与勇气。诗作感情充沛,气势雄浑,苍劲有力。又如《紫骝马》曰:

> 将军入大宛,善马出从戎。影绝乾河上,声流水窟中。似鹿犹依草,如龙欲向空。须还十万里,试为一追风。

作者通过描写马之英勇来表现边关士卒高扬的生活情趣和浴血报国的决心,显现了豪迈慷慨的英雄情怀。

张正见善于描写边塞的凄苦之境,以此衬托士兵作战的雄壮之气。如《度关山》:

> 关山度晓月,剑客远从征。云中出迥阵,天外落奇兵。轮摧偃去节,树倒碍悬旌。沙扬折坂暗,云积榆溪明。马倦时衔草,人疲屡看城。寒陇胡笳涩,空林汉鼓鸣。还听呜咽水,并切断肠声。

此诗紧紧围绕"度"字展开描写,先写行军像云中出来的阵势,像天外落下的奇兵,很有气势,然后描写人疲马乏,陇寒林空之境。诗作苍凉悲壮,近似盛唐边塞诗作。又如《雨雪曲》:

> 胡关辛苦地,雪路远漫漫。含冰踏马足,杂雨冻旗竿。沙漠飞恒暗,天山积转寒。无因辞日逐,团扇掩齐纨。

---

①　张溥著,殷孟伦注:《汉魏六朝百三家集题辞注·张仆射集》,江苏古籍出版社 2002 年版,页 263。

②　阮忠著:《中古诗人群体及其诗风演化》,武汉出版社 2004 年版,页 244。

此作抒写了边塞雨雪交加、风凄旗断的苦寒险恶之景。"含冰踏马足,杂雨冻旗竿。沙漠飞恒暗,天山积转寒"句具有北朝文风悲凉苍劲的特点。再如《饮马长城窟行》:

> 秋草朔风惊,饮马出长城。群惊还怯饮,地险更宜行。伤冰敛冻足,畏冷急寒声。无因度吴坂,方复入羌城。

此诗描写边塞的萧瑟荒凉,渲染戍边将士的辛苦,比之陈后主的同题而作的诗要慷慨得多。

张正见还善于借古题描写战争的雄壮气势和激烈场面。如《战城南》曰:

> 蓟北驰胡骑,城南接短兵。云屯两阵合,剑聚七星明。旗交无复影,角愤有馀声。战罢披军策,还嗟李少卿。

此诗开头就描写了北边有敌骑,城南又短兵相接的战争氛围。中四句描写剑光闪烁,旗帜交错,角声频响的激烈搏杀场面。之后,作者还有自己深沉的感慨,慨叹要像李少卿那样浴血沙场。

当然,在张正见的边塞诗作中不乏思乡羁旅之情。如《陇头水》其一曰:"陇头鸣四注,征人逐贰师。羌笛含流咽,胡笳杂水悲。湍高飞转驶,涧浅荡还迟。前旌去不见,上路杳无期。"流水的鸣咽与征人的离别融为一体,情景交融,感人肺腑。《君马黄》其一"幽并重骑射。征马正盘桓","出关聊变色,上坂屡停鞍",《陇头水》其二"欲知别家久,戎衣今已故",《星名从军诗》"欲知客心断,危旌万里悬"等表现出对故乡的依依惜别之情,写出了边卒羁旅思乡的愁苦。

四　精于五言格律之美

钟嵘《诗品序》曰:"五言居文词之要,是众作之有滋味者也。"[①]五言诗在两汉形成之后,经过魏、晋、宋的发展,格律化日益显著,到梁陈诗人张正见,五言诗特别是五言八句诗的发展更趋成熟。

张正见所参与的文学群体的文会活动为诗歌的创作提供了良好的条件,这样的群体活动使得集体或群体创作集中于某一诗体。南朝以前,五

---

① 钟嵘著,周振甫译注:《〈诗品〉译注》,江苏教育出版社 2006 年版,页 36。

言诗篇无定制,主要以多于八句的长篇为主,四句的短篇较多,八句的形式极少。晋宋时期,五言诗仍旧以多于八句的篇制为主,但其篇幅有所缩短,趋向于十句、十二句的体制,四句、八句的体制都有所增加。五言诗在齐梁陈趋于成熟,呈现出趋于短小、固定的大势。吴小平先生据丁福保《全汉三国晋南北朝诗》统计,齐、梁的五言八句诗各占其总五言诗数的约 29%,而陈代五言八句诗占有其五言诗总数高达 55%,无论数量还是比率,都远远超过其他形式的诗,占有明显的优势①。而张正见五言诗有 50 首,其中五言八句诗 37 首,主要集中于其"赋得"为题的诗作中,有 21 首之多。

　　五言八句体式的成熟是张正见诗作律化的重要标志。吴小平先生认为:"当这种形式(五言八句)与声律和对偶完美结合时,便构成了五言律诗,因此,五言八句式便成为五言律诗的句式基础,成为五律的必要条件。"②胡震亨《唐音癸签·体凡》曰:"张正见、江总持之流,或数联独调,或全篇通稳,虽未有律之名,已浸具律之体。"③张正见诗作上承永明声律论和齐梁以来诗歌声律的追求而显现出更为精工的格律特征。如《关山月》曰:

> 岩间度月华,流彩映山斜。　　平平仄仄平,平仄仄平平。
> 晕逐连城璧,轮随出塞车。　　仄仄平平仄,平平仄仄平。
> 唐蓂遥合影,秦桂远分花。　　平平平仄仄,平平仄仄平。
> 欲验盈虚理,方知道路赊。　　仄仄平平仄,平平仄仄平。

此诗声律、对偶、篇制完美地结合在了一起,完全符合"粘对"规律,押"麻"韵。明胡应麟《诗薮》认为此诗"真唐律也"④。此外,张正见《刘生》、《赋得题新云》、《紫骝马》、《从籍田应衡阳王教作》之三、《和衡阳王秋夜》、《陪衡阳王游耆阇寺》、《对酒》、《秋晚还彭泽》、《雨雪曲》、《从军行》、《薄帷鉴明月》、《战城南》、《赋得山卦名》、《公无渡河》、《度关山》、《采桑》等皆格律谨严。而其七言诗《赋得佳期竟不归》"超过同时人的其他作品而可以和唐人成熟的歌行争胜"⑤。

---

① 吴小平著:《中古五言诗研究》,江苏古籍出版社 1998 年版,页 251。
② 吴小平著:《中古五言诗研究》,江苏古籍出版社 1998 年版,页 251。
③ 胡震亨撰:《唐音癸签》,上海古籍出版社 1981 年版,页 3。
④ 胡应麟:《诗薮·内编》卷四,《明诗话全编》本,江苏古籍出版社 1997 年版,页 5487。
⑤ 曹道衡、沈玉成编著:《南北朝文学史》,人民文学出版社 1991 年版,页 267。

　　明人陆时雍认为："庾肩吾、张正见，其诗觉声色臭味俱备。"①张正见的诗作涉及多种题材内容，不仅具有一定的思想性，而且在艺术手法上也多有可取之处，在梁陈诗坛上显现了自己的特色。

---

①　陆时雍撰：《诗镜总论》，《历代诗话续编》本，中华书局 1983 年版，页 1409。

陈代文学编年

说明：

本编年起自梁中大通三年(531)，终于陈后主祯明三年(589)。

本编年参考了曹道衡、刘跃进先生《南北朝文学编年史》，曹道衡、沈玉成先生《中古文学史料丛考》，赵以武先生《阴铿与近体诗·阴铿诗编年考探》，马海英《陈代诗歌·陈代诗文作年考》等，文中简称《编年史》、《丛考》、《赵谱》、《马谱》。此外又参考了胡德怀《齐梁文坛与四萧研究》、林大志《四萧文学研究》、吴光兴《萧纲萧绎年谱》等。本编年之诗文主要见载于《全上古三代秦汉三国六朝文》、《先秦汉魏晋南北朝诗》、《汉魏六朝百三名家集》、《乐府诗集》、《艺文类聚》、《初学记》、《文苑英华》等，主要是对侯景之乱后有主要文学活动的陈代文士的诗文系年，萧纲、萧绎、庾肩吾等梁代作家只涉及其侯景之乱前的生平事迹，不考订其作品。

梁中大通三年　辛亥　531 年

萧衍七月于东宫置学士，十月己酉、十一月乙未，两次至同泰寺，升法座，为四部众讲《般若经》。(《梁书·武帝纪》、《梁书·萧统传》)

萧纲七月被立为皇太子，九月，入住东宫。

徐陵二十五岁，随萧纲入东宫，为抄撰学士。(《陈书·徐陵传》)

庾信十九岁，与徐陵并为东宫抄撰学士。(倪璠《庾子山年谱》)

庾肩吾四十五岁，兼东宫通事舍人。(《梁书·庾肩吾传》)

周弘正三十六岁，作《奏记晋安王》。

按：《陈书·周弘正传》曰："中大通三年，昭明太子薨，其嗣华容公不得立，以晋安王为皇太子，弘正乃奏记曰……"

萧衍六十八岁，萧统三十一岁，萧纲二十九岁，萧绎二十三岁，沈炯二十八岁，徐摛六十一岁，江总十三岁，杜之伟二十四岁，庾持二十四岁，江德藻二十三岁,徐伯阳十六岁,许亨十五岁,岑之敬十三岁,褚玠三岁①。

阮卓生(—589)

萧统卒(501—)

梁中大通四年　壬子　532 年

江德藻二十四岁,为南平王萧伟东阁祭酒。(《梁书·江德藻传》)

徐陵二十六岁,为东宫学士,寻迁尚书度支郎,出为上虞令,不久引与御史中丞刘孝仪有矛盾被免官。(《陈书·徐陵传》)

作《为羊兖州家人答饷镜诗》。

按:《梁书·羊侃传》曰:"中大通四年,诏为使持节、都督瑕丘诸军事、安北将军、兖州刺史,随太尉元法僧北讨。"羊兖州即羊侃。

梁中大通五年　癸丑　533 年

武帝宴群臣乐游苑,褚翔、王训奉敕三刻内作二十韵诗。(《南史·褚翔传》)

按:《南史·褚翔传》曰:"中大通五年,梁武帝宴群臣乐游苑,别诏翔与王训为二十韵诗,限三刻成。翔于坐立奏,帝异焉,即日补宣城王文学,俄迁友。时宣城友、文学加正王二等,翔超为之,时论美焉。"

徐陵二十七岁,为南平王府参军,迁散骑侍郎。(《梁书·徐陵传》)

姚察生(—606)

梁中大通六年　甲寅　534 年

梁太子萧纲等纂《法宝联璧》,合二百二十卷。

按:《南史》卷四八《陆杲传》载:"初,简文在雍州,撰《法宝联璧》,(陆)罩与群贤并抄掇区分者数岁。中大通六年而书成,命湘东王为序。其作者有侍中、国子祭酒南兰陵萧子显等三十人,以比王象、刘劭之《皇览》焉。"释宝唱亦参与其事,《续高僧传》卷一《译经篇初·释宝唱传》载:"梁太子纲耽内教,初在雍州,撰《法宝联璧》二百余卷。别令宝唱缀比,区别其类,遍略之流。"

---

① 此后有诗文著述或有重要事迹者标明其年岁。

岑之敬十六岁,除童子奉车郎。(《陈书·岑之敬传》)

徐陵二十八岁,自是年至中大同元年,十余年间,常以文章往来东宫。(吴文治《中国文学史大事年表》)

始编《玉台新咏》十卷。

按:兴膳宏《〈玉台新咏〉成书考》(载于《中国古典文学丛考》第一辑,复旦大学出版社1985年版)认为此书成于中大通六年(534);傅刚先生《〈玉台新咏〉编纂时间再讨论》(《北京大学学报》2002年第3期)认为成于532年至535年间,暂系于此。

梁武帝大同元年　乙卯　535年

梁武帝萧衍三月丙寅亲幸同泰寺,设无遮大会。(《梁书·武帝纪》、《南史·梁本纪》)

萧纲作《与刘孝仪令悼刘遵》。

按:《梁书·刘遵传》曰:"大同元年,卒官。皇太子深悼惜之,与遵从兄阳羡令孝仪令曰:……"

庾肩吾四十九岁,为安西湘东王录事参军。(《梁书·庾肩吾传》)

江德藻二十七岁,迁安西湘东王府外兵参军,寻除尚书比部郎,以父忧去职。(《陈书·江德藻传》)

杜之伟二十八岁,补东宫学士,与学士刘陟等抄撰群书。

沈炯三十二岁,作《同庾中庶肩吾周处士弘让游明庆寺诗》。

按:庾肩吾中庶子之称当在此年前后,《南史·庾肩吾传》曰:"后为安西湘东王录事、咨议参军,太子率更令,中庶子。简文开文德省置学士,肩吾子信、徐摛子陵、吴郡张长公、北地傅弘、东海鲍至等充其选。"简文帝开文德省学士在536年,故暂系于此。

梁大同二年　丙辰　536年

梁武帝十月壬午幸同泰寺,设无碍大会。(《梁书·武帝纪》)

十二月,太子萧纲置文德省学士,庾信、徐陵、张良公、傅弘、鲍至等入选。(《梁书·庾肩吾传》)

江总十八岁,解褐宣惠将军武陵王府法曹参军。(《陈书·江总传》)

岑之敬十八岁,除太学限内博士,寻为寿光殿学士,司义郎。(《陈书·

岑之敬传》)

梁大同三年　丁巳　537 年

萧衍在乐游苑宴群臣,羊侃即席赋诗。(《梁书·武帝纪》、《羊侃传》)。

徐陵三十一岁,迁镇西湘东王中记室参军。(《梁书·徐陵传》)

何之元为萧纪安西府刑狱参军。(《陈书·何之元传》)

江总十九岁,为何敬容府主簿。(《陈书·江总传》)

作《辞行李赋》。

按:此赋见于《初学记》卷二十,云:"维大梁三十有六载……"大梁有三十六年当在本年。

陆琼生(—586)

梁大同四年　戊午　538 年

朱异为湘东王舍人。(《梁书·朱异传》)

顾野王、王褒并为宣城王萧大器宾客。

按:《陈书·顾野王传》载:"梁大同四年,除太学博士。迁中领军临贺王府记室参军。宣城王为扬州刺史,野王及琅邪王褒并为宾客,王甚爱其才。野王又好丹青,善图写,王于东府起斋,乃令野王画古贤,命王褒书赞,时人称为二绝。"

梁大同五年　己未　539 年

梁从散骑常侍朱异奏请,分州为五品。(《梁书·朱异传》)

庾肩吾五十三岁,为太子舍人。(《陈书·孝行·殷不害传》)

江总二十一岁,在何敬容府,迁尚书殿中郎。(《陈书·江总传》)

萧绎作《怀旧诗》。

按:《梁书·颜协传》曰:"大同五年,卒,时年四十二。世祖甚叹惜之,为《怀旧诗》以伤之。"

梁大同六年　庚申　540 年

阴铿作《和登百花亭怀荆楚》

按:此诗是和萧绎《登江州百花亭怀荆楚》,据《梁书·武帝纪》,本年萧绎以护军将军为镇南将军、江州刺史。

江总作《答王筠早朝守建阳门开诗》,考见《马谱》。

作《借刘太常说文》。

按:《丛考》认为此作盖作于梁武帝时,时间或与《答王筠早朝守建阳门开诗》相若,较之《摄官梁小庙诗》似更早。

陆琰生(—573)。

梁大同七年　辛酉　541年

梁武帝在宫城西立士林馆。(《梁书·梁武帝纪》)

杜之伟三十四岁,撰乐府孔子、颜子登歌辞。(《陈书·杜之伟传》)

周弘正四十六岁,作《请梁武帝释乾坤二系义表》.

按:《陈书·周弘正传》曰:"累迁国子博士。时于城西立士林馆,弘正居以讲授,听者倾朝野。弘正启梁武帝《周易》疑义五十条,又请释乾坤二系曰……"《梁书·武帝纪》曰:"(大同七年十二月)于城西立士林馆,延集学者。"

陆瑜生(—?)。

梁大同八年　壬戌　542年

八月庚戌,东魏以侯景为河南道大行台,以防梁、西魏。(《魏书·孝静纪》)

萧衍作《赠谥顾协诏》、《孔子正言章句》、《撰孔子正言章句竟述怀诗》。

《陈书·袁宪传》曰:"大同八年,武帝撰《孔子正言章句》,诏下国学,宣制旨义。宪时年十四,被召为国子《正言》生,谒祭酒到溉,溉目而送之,爱其神彩。在学一岁,国子博士周弘正谓宪父君正曰:'贤子今兹欲策试不?'君正曰:'经义犹浅,未敢令试。'"

江总二十四岁,和萧衍《述怀诗》,深为衍称赏,仍转为侍郎,与张缵、王筠、刘之遴等关系颇为密切。(《陈书·江总传》)

陆琼六岁,为五言诗,颇有词采。(《陈书·陆琼传》)

陆琛生(—583)。

梁大同九年　癸亥　543年

东魏以侯景为司空。(《梁书·侯景传》)

顾野王二十五岁,作《上呈玉篇启》、《玉篇序》。

按:严可均《全上古三代秦汉三国六朝文》注曰:"案《玉篇》上呈于大同九年三月,此启所称殿下者,临贺王正德也。"

刘之遴作《乞皇太子为刘显志铭启》、《应皇太子令为刘显墓志铭》。

按:《梁书·刘显传》曰:"大同九年,王迁镇郢州,除平西谘议参军,加戎昭将军。其年卒,时年六十三。友人刘之遴启皇太子曰:'……'。"

蔡凝生(—589)。

梁大同十年　甲子　544 年

周弘正四十九岁,作《还草堂寻处士弟》。

按:诗中有"百龄倏将半"句,故系于此。

梁大同十一年　乙丑　545 年

六月,梁以陈霸先为前锋,攻李贲。(《资治通鉴》卷一百五十九)

庾信三十三岁,为通直散骑常侍、正员郎,七月与散骑常侍徐君房出使东魏。(《周书·庾信传》、《北齐书·庾信传》)

梁大同十二年　丙寅　546 年

九月,李贲率二万人复出,陈霸先再破之,贲奔逃屈獠洞。(《资治通鉴》卷一百五十九)

庾信三十四岁,仍为东宫学士,领建康令。(见倪璠《庾子山年谱》)

周弘正五十一岁,预言时局有大变。

按:《陈书·周弘正传》曰:"弘正博物知玄象,善占候。大同末,尝谓弟弘让曰:'国家厄运,数年当有兵起,吾与汝不知何所逃之。'及梁武帝纳侯景,弘正谓弘让曰:'乱阶此矣。'"

梁中大同二年　丁卯　547 年

正月,东魏侯景以河南叛,归附西魏。东魏派司空韩轨攻侯景。(《魏书·孝静纪》、《资治通鉴》卷一百六十)

二月,侯景又遣使欲以河南十三州归附梁朝,武帝接纳侯景,以之为河南王。由此埋伏下了"侯景之乱"的隐患。

按：《梁书·武帝本纪下》曰："庚辰，魏司徒侯景求以豫、广、颍、洛、阳、西扬、东荆、北荆、襄、东豫、南兖、西兖、齐等十三州内属。壬午，以景为大将军，封河南王，大行台，制承如邓禹故事。"

三月，梁武帝又舍身同泰寺。（《梁书·武帝纪》）

五月，东魏围攻侯景于颍州，侯景向西魏乞授，西魏军遂东进救援。（《资治通鉴》卷一百六十）

六月，遣建康令射挺、通直郎徐陵使北。

张正见射策高第，除邵陵王国左常侍。（《陈书·张正见传》）

陆琼十一岁，丁父忧，毁瘠有至性，从祖陆襄叹曰："此儿必荷门基，所谓一不为少。"（《陈书·陆琼传》）

萧介作《谏纳侯景表》。

按：《梁书·萧介传》曰："太清中，侯景于涡阳败走，入寿阳。高祖敕防主韦默纳之，介闻而上表谏曰：……"

江总二十九岁，作《群臣请赎武帝忏文舍身》。

按：据《马谱》，此当作于梁武帝太清元年（547）之前，此武帝乃梁武帝，陈武帝时江总尚在岭南。

梁太清二年　戊辰　548 年

正月己亥，慕容绍宗率铁骑五千夹击侯景于涡阳，侯景大败，袭据梁寿阳。（《魏书·孝静纪》、《资治通鉴》卷一六一）

八月，侯景据寿阳，梁武帝下诏讨伐侯景。（《梁书·武帝纪》、《资治通鉴》卷一百六十一）

十一月，侯景立临贺王萧正德为帝，建元正平，侯景为丞相。（《梁书·武帝纪》、《资治通鉴》卷一百六十一）

乙丑，侯景在建康城东，西起土山，驱迫士兵，疲弱者即杀以填山。（《资治通鉴》卷一百六十一）

十二月，梁各方援军纷纷败于侯景。（《资治通鉴》卷一百六十一）

萧纲四十六岁，作《围城赋》、《愍乱诗》。

按：《梁书·朱异传》曰："初，景谋反，合州刺史鄱阳王范、司州刺史羊鸦仁并累有启闻，异以景孤立寄命，必不应尔，乃谓使者：'鄱阳王遂不许国家有一客！'并抑而不奏，故朝廷不为之备。及寇至，城内文武咸尤之。皇太子又制《围城赋》，其末章云：'彼高冠及厚履，并鼎食而乘肥，升紫霄之丹地，排玉殿之金扉，陈谋谟之启沃，宣政刑之福威，四郊以之多垒，万邦以之未绥。问豺狼其何者？访虺蜴之为谁？'盖以指异。"《愍乱诗》，《南史·朱异传》曰："异之方幸，在朝莫不侧目，虽皇太子亦不能平。至是城内咸尤异，简文为四言《愍乱诗》曰……"

徐陵四十二岁，为通直散骑常侍，六月出使东魏。

按：《南史·徐陵传》曰："太清二年，兼通直散骑常侍，使魏……及侯景入寇，陵父摛先在围城之内，陵不奉家信，便蔬食布衣，若居哀恤。"

许亨三十二岁，侯景之乱避地郢州。（《陈书·许亨传》）

江总三十岁，敕与徐陵使魏，以疾辞。（《陈书·江总传》）

陆琼十二岁，携母避地县之西乡，昼夜苦读，遂博学。（《陈书·陆琼传》）

马枢隐于茅山，有终焉之志。（《陈书·马枢传》）

沈众于侯景之乱中被梁武帝遥授为太子右卫率。（《陈书·沈众传》）

徐伯阳三十三岁，侯景之乱时浮海南至广州，依于刺史萧勃。（《陈书·徐伯阳传》）

杜之伟四十一岁，为邵陵王田曹参军，又转为刑狱参军。侯景叛后，杜之伟逃往山中。（《陈书·杜之伟传》）

庾信三十六岁，为建康令。（《梁书·侯景传》）

贺力牧作《乱后别苏州人诗》。

按：诗作中"徘徊睇闾阖，怅望极姑苏"、"慨矣嗟荒运，悲哉惜霸图"、"言离已惆怅，念别更踟蹰"等句真切地描述了作者战乱后离别时的徘徊、怅茫的无限痛楚。

释昙瑗五十五岁，作《答津律师书》。

按：《马谱》认为，文中言"不意胡兵犯跸，虏马饮江"，当讲梁末动乱事；又言"五十之年"，约在本年。

释慧津《与瑗律师书》同释昙瑗《答津律师书》。

朱异卒（482—）。

梁太清三年　　己巳　　549 年

三月丁卯，侯景攻陷台城，纵兵大掠。己巳，幽禁梁武帝，废萧正德为

大司马,六月旋杀之。自为都督中外诸军事,大丞相,录尚书事。(《魏书·孝静纪》、《资治通鉴》卷一百六十二)

五月丙辰,梁武帝为侯景所制,忧愤而亡。(《梁书·武帝纪》、《资治通鉴》卷一百六十二)

六月,湘东王萧绎承制,为大都督中外诸军事、假黄钺,在江陵起兵讨伐侯景。(《资治通鉴》卷一百六十二)

十二月,梁始兴太守陈霸先起兵讨侯景。

颜之推十九岁,为侯景所俘,囚还建康。

按:据《北齐书·文苑·颜之推传》,颜之推初仕于梁,为湘东王右常侍,从徐文盛率水师屯武昌以拒景,既而梁军败,之推被俘,例当见杀,景行台郎中王则再三救护,获免,囚还建康。

岑之敬三十一岁,归乡里。(《陈书·岑之敬传》)

姚察见闻广博,为梁简文帝所重。

按:《陈书·姚察传》曰:"文帝时在东宫,盛修文义,即引于宣猷堂听讲论难,为儒者所称。及简文嗣位,尤加礼接。起家南海王国左常侍,兼司文侍郎。除南郡王行参军,兼尚书驾部郎。"

萧绎四十二岁,作《和王僧辩从军诗》。

按:据赵以武先生《唱和诗研究》,此诗当是王僧辩接受萧绎之命南下征讨侯景之时,萧绎和王僧辩《从军诗》所作①。

《编年史》认为,萧绎《金楼子》之《兴亡》、《立言》、《说藩》诸篇当作于本年之后。

刘璠目睹侯景渡江后梁室大乱的情景,赋诗一首以见志。

按:《周书·刘璠传》曰:"属侯景度江,梁室大乱,循以璠有才略,甚亲委之。时寇难繁兴,未有所定。璠乃喟然赋诗以见志。其末章曰:'随会平王室,夷吾匡霸功。虚薄无时用,徒然慕昔风。'"

萧韶奉诏作《太清纪》。

按:据《南史·梁宗室·萧韶传》:太清初,萧韶为舍人,台城既陷,乃奉诏西奔,至江陵,人士多令其说台城内事。韶乃作疏一卷,以示问客。湘东王萧绎间而取看,命名为《太清纪》。韶既承旨撰书,多非实录。

---

① 赵以武著:《唱和诗研究》,甘肃文化出版社1997年版,页202—204。

周弘正五十四岁,其弟周弘直为衡阳内史。萧绎在江陵作《与周弘直书》称赞周弘正"确乎不拔"。与其弟周弘让共迎王僧辩。(《陈书·周弘正传》)

庾肩吾六十三岁,为节度使。被捕后作《被执作诗一首》。

按:《三国典略》曰:"宋子仙破会稽,购得肩吾。谓之曰:'昔闻汝能诗,今可作,若能,当贳汝命。'肩吾操笔立成。子仙乃释之。"

阴铿作《罢故郡县》。

按:阴铿于本年离任故郡县令,回京师。据《赵谱》考证,阴铿于梁太清元年(547)任故郡县令。其诗曰"秩满三秋暮",因此阴铿当于梁太清三年离任,回京师。

又作《和傅郎岁暮还湘州》。

按:傅郎即傅绰,《陈书·傅绰传》:"梁太清末,携母南奔避难。俄丁母忧,兵乱之中,居丧尽礼,哀毁骨立,士友以此称之。后依湘州刺史萧循。"

江总三十一岁,作《摄官梁子庙诗》

按:《陈书·江总传》曰:"侯景寇京都,诏以总权兼太常卿,守小庙。"

姚最作《续画品》。

按:《马谱》认为,当作于梁武帝天监十三年(514)至太清三年(549)。文称"湘东殿下",据《梁书·武帝纪》,湘东王萧绎天监十三年封王。

萧衍卒(464—)

梁简文帝萧纲大宝元年　庚午　550 年

二月,侯景遣兵攻下广陵,城中大肆屠杀。(《资治通鉴》卷一百六十三)

四月,湘东王萧绎使将军王僧辩攻杀河东王萧誉,破长沙。岳阳王萧詧以雍州归附西魏。六月,西魏以为梁王。(《梁书·元帝纪》)

丙午,萧绎下令大举讨伐侯景,移檄远近。(《梁书·元帝纪》)

八月,湘东王萧绎派王僧辩攻郢州,邵陵王萧纶败逃齐,北齐封其为梁王。(《梁书·简文帝纪》)

简文帝萧纲二月、十月两次被侯景逼迫幸西州,作《改元大宝大赦诏》、《解严诏》及《秀林山铭并序》。

按:《改元大宝大赦诏》,《梁书·简文帝纪》曰:"宝元年春正月辛亥朔,以国哀不朝会。诏曰……"《解严诏》,《梁书·简文帝纪》曰:"二月癸未,景攻陷广陵,皓等并见害。丙戌,以安陆王大春为东扬州刺史。省吴州,如先为郡。诏曰……"《秀林山铭并序》曰:"梁大宝元年岁次庚午春三月十五日题写。"

庾肩吾作《乱后经夏禹庙》、《乱后行经吴御亭诗》。

按:《梁书·庾肩吾传》曰:"时上流诸蕃,并据州拒景,景矫诏遣肩吾使江州,喻当阳公大心,大心寻举州降贼。肩吾因逃入建昌界。"《编年史》认为,据诗意此两首诗似为萧纲未卒之时所作。

萧纶作《与湘东王书》。

按:《南史·萧纶传》云:"大宝元年,纶至郢州,刺史南平王恪让州于纶,纶不受。乃上纶为假黄钺、都督中外诸军事。纶于是置百官,改听事为正阳殿,内外斋省悉题署焉。而数有变怪,祭城隍神,将烹牛,有赤蛇绕牛口出。南浦施安幄帐,无何风起,飘没于江。于时元帝围河东王誉于长沙既久,誉请救于纶,纶欲往救之,为军粮不继遂止。乃与元帝书曰:……"

阴铿作《晚出新亭》、《晚泊五洲》、《五洲夜发》。

按:据《赵谱》,以上诸诗是阴铿于侯景之乱中逃往江陵途中所作。《陈书》本传:"天寒,铿尝与宾友宴饮,见行觞者,因回酒炙以授之,众坐皆笑,铿曰:'吾侪终日宴饮,而执爵者不知其味,非人情也。'及侯景之乱,铿尝为贼所擒,或救之获免,铿问其故,乃前所行觞者。"

徐陵四十四岁,东魏亡,自此为齐臣,累求回梁,北齐拘留不遣。闻知故国惨遭涂炭,忧念之情日甚。(《陈书·徐陵传》)

作《在齐尚书仆射杨遵彦书》、《在北齐与宗室书》。

按:《陈书·徐陵传》曰:"会齐受魏禅,梁元帝承制于江陵,复通使于齐。陵累求复命,终拘留不遣,陵乃致书于仆射杨遵彦曰……""齐受魏禅"之时也即是北齐天保初年、梁简文帝大宝年间。又据《编年史》,原文中有"吾今年四十有四",以徐陵生于天监六年(507)下推之,此文当作于本年。原文又曰:"日者鄱阳嗣王治兵汇派。""汇派"即溢城。《梁书·鄱阳王萧范传》:是年治兵溢城,病疽而卒。原文又云:"又近者绍陵王通和此国,郢中上客,云聚魏都。"按《南史·邵陵王萧纶传》,邵陵王本年"至郢州",并曾通使东魏、北齐。可见此文作于本年。《在北齐与宗室书》同《与齐尚书仆射杨遵彦书》。

江总三十二岁,避难于会稽龙华寺。

作《修心赋》。

按:《陈书·江总传》云:"台城陷,总避难崎岖,累年,至会稽郡,憩于龙华寺,乃制《修心赋》,略序时事。其辞曰:'太清四年秋七月,避地于会稽龙华寺……'。"

作《同庾信答林法师》。

按:据《马谱》,此作当作于550年江总避难于会稽龙华寺之前。此时庾信还未入北。周弘正《答林法师》同此作。

作《入龙丘岩精舍》、《卜山楚庙》,考见《马谱》。

周弘正五十四岁,作《和庾肩吾入道馆诗》。

按:周弘正之作是和庾肩吾诗《道馆诗》。庾肩吾《道馆诗》是其晚年历经沧桑求仙问隐感叹。《梁书·庾肩吾传》曰:"太清中,侯景寇陷京都;及太宗即位,以肩吾为度支尚书。时上流诸蕃,并据州拒景,景矫诏遣肩吾使江州,喻当阳公大心,大心寻举州降贼。肩吾因逃入建昌界,久之,方得赴江陵,未几卒。"庾肩吾卒于551年。《陈书·周弘正传》曰:"京城陷,弘直为衡阳内史,元帝在江陵,遗弘直书曰……"他们同在江陵又有同样的身世经历,一唱一和,当作于此时。

梁大宝二年　辛未　551年

二月北齐与梁湘东王萧绎通使。(《北齐书·文宣帝纪》)

四月,侯景督师西上攻打萧绎,陷郢州。(《资治通鉴》卷一百六十四)

六月甲辰,萧绎遣胡僧祐、王僧辩等围攻侯景,擒侯景将任约,败侯景于巴陵。(《北齐书·文宣帝纪》)

七月丁亥,侯景溃还建康。(《梁书·简文帝纪》、《资治通鉴》卷一百六十四)

八月戊午,侯景遣彭隽等率兵入殿,废简文帝萧纲为晋安王,幽禁于永福省。(《梁书·简文帝纪》、《南史·梁简文帝纪》、《资治通鉴》卷一百六十四)

十月,侯景遣王伟等弑简文帝萧纲。(《北齐书·文宣帝纪》、《资治通鉴》卷一百六十四)

庾信三十九岁,由郢州至江陵,途中遇侯景袭郢之兵,乃弃舟登陆,藏

身江夏数月之久。后奔江陵，萧绎以为御史中丞。（《周书·庾信传》）

　　王褒赴江陵，为忠武将军、南平内史、吏部尚书、侍中。（《周书·王褒传》）

　　徐伯阳三十六岁，往依广州刺史萧勃。（《陈书·徐伯阳传》）

　　简文帝萧纲四十九岁，被幽，作《题壁自序》、《被幽述志诗》四篇，又作《连珠》二首。

　　按：《梁书·简文帝纪》曰：“初，太宗见幽絷，题壁自序云……又为《连珠》二首，文甚凄怆。”

　　萧绎四十四岁，作《遗王僧辩书》、《中书令庾肩吾墓志》。

　　按：据《梁书·元帝纪》，萧绎本年遣王僧辩、胡僧佑等东下与侯景交战。《遗王僧辩书》曰：“贼既乘胜，必将西下。不劳远击，但守巴丘。”当指侯景悉兵西下之时。又《梁书·元帝纪》曰：“（大宝二年）三月，侯景悉兵西上，会任约军。四月丙午，景遣其将宋子仙、任约袭郢州，执刺史萧方诸。戊申，徐文盛、阴子春等奔归，王珣、尹悦、杜幼安并降贼。庚戌，领军将军王僧辩帅众屯巴陵。”

　　作《答王僧辩等劝进令》、《又答》和《下断劝进表奏令》。

　　按：《梁书·元帝纪》曰：“是月（太清五年十月），太宗崩。侍中、征东将军、开府仪同三司、江州刺史、尚书令、长宁县侯王僧辩等奉表曰……世祖奉讳，大临三日，百官缟素。乃答曰……十一月乙亥，王僧辩又奉表曰……世祖答曰……是时巨寇尚存，未欲即位，而四方表劝，前后相属，乃下令曰……”

　　沈炯四十八岁，作《为王僧辩等劝进梁元帝初表》、《第二表》。

　　按：《南史·梁本纪》曰：“（大宝二年）十月辛丑朔，紫云如盖临江陵城。是月，简文帝崩，开府仪同三司王僧辩等奉表劝进。帝奉讳，大临三日，百官缟素，答表不许。司空南平王恪率宗室，领军将军胡僧佑率群僚，江州别驾张佽率吏人，并奉笺劝进。帝固让。十一月乙亥，僧辩又奉表劝进，又不从。时巨寇尚存，帝未欲即位，而四方表劝，前后相属，乃下令断表。”

　　江总三十三岁，赴广州依刺史萧勃。（《陈书·江总传》）

　　作《秋日登广州城南楼》、《别南海宾化侯》、《经始兴广果寺题恺法师山房》、《衡州九日》。

　　按：以上诸诗为作者避乱广州时所作，诗中表达了作者流落异乡的孤苦。《陈书·江总传》曰："侯景寇京都，诏以总权兼太常卿，守小庙。台城陷，总避难崎岖，累年，至会稽郡，憩于龙华寺……总第九舅萧勃先据广州，总又自会稽往依焉。"据《梁书·元帝纪》，大宝元年十二月"以定州刺史萧勃为镇南将军、广州刺史"，江总依萧勃当在明年。

萧纲卒（503—）、庾肩吾卒（487—）、萧纶卒（507—）、徐摛卒（471—）。

梁大宝三年　壬申　552 年

二月，梁萧绎派王僧辩、陈霸先等东伐侯景。（《梁书·元帝纪》、《资治通鉴》卷一百六十四）

三月，王僧辩攻下姑孰，进取历阳，围建康，击溃侯景军。（《梁书·元帝纪》、《资治通鉴》卷一百六十四）

四月，侯景在沪渎下海，企图北逃，被部下羊鹍所杀。（《资治通鉴》卷一百六十四）

按：侯景之乱对梁陈社会产生了深远影响。《资治通鉴》卷一百六十五载，战乱造成简文帝大宝元年江南的大饥荒："时江南大饥，江、扬弥甚，旱蝗相系，年谷不登，百姓流亡，死者涂地。父子携手共入江湖，或兄弟相要俱缘山岳。芰实荇花，所在皆罄，草根木叶，为之凋残。虽绝命须臾，亦终死山泽……于是千里绝烟，人迹罕见，白骨成聚如丘陇焉。"

八月，武陵王萧纪率巴、蜀大众连舟东下，湘东王萧绎遣护军陆法和屯兵巴峡以拒之。（《梁书·元帝纪》）

十一月丙子，梁湘东王萧绎在江陵称帝，改元承圣。（《梁书·元帝纪》）

萧绎四十五岁，作《驰檄告四方》。

按：《梁书·元帝纪》曰："（大宝三年）二月，王僧辩众军发自寻阳。世祖驰檄告四方曰……"

作《藩难未尽述怀诗》。

按：此诗当作于其誓师诛逆之时。

王伟于狱中作《于狱中赠元帝下要人诗》，被诛。

按：《南史·贼臣》："及吕季略、周石珍、严亶俱送江陵，伟尚望见全，于狱为诗赠元帝下要人曰：'赵壹能为赋，邹阳解献书。何惜西江水，不救辙中鱼。'又上五百字诗于帝，帝爱其才将舍之，朝士多忌，乃请曰：'前日伟作檄文,有异辞句。'"

徐陵四十六岁,仍拘于北齐,闻萧绎即位于江陵,致书王僧辩,作《与王僧辩书》、《劝进梁元帝表》。

按:《与王僧辩书》载于《文苑英华》六百七十七,曰:"太清六年六月五日,孤子徐君顿首……"又作《劝进梁元帝表》,《梁书·元帝纪》曰:"(太清六年)八月,萧纪率巴、蜀大众连舟东下,遣护军陆法和屯巴峡以拒之。兼通直散骑常侍、聘魏使徐陵于邺奉表曰……"太清六年即大宝三年。

沈炯四十九岁,作《为王僧辩等劝进梁元帝第三表》。

按:《南史·梁本纪》曰:"承圣元年二月,王僧辩众军发自寻阳,帝驰檄四方,购获景及逆者,封万户开国公,绢布五万匹。三月,僧辩等平景,传首江陵。戊子,以贼平告明堂、太社。己丑,僧辩等又表劝进曰……十月乙未,前梁州刺史萧循自魏至江陵,以为平北将军、开府仪同三司。戊申,执湘州刺史王琳于殿内。庚戌,琳长史陆纳及其将潘乌累等举兵反,攻陷湘州。是月,四方征镇王公卿士复劝进表,三上,乃许之。冬十一月丙子,皇帝即位于江陵,改太清六年为承圣元年。"

作《为王僧辩与陈武盟文》。

按:《陈书·高祖纪》:"(大宝三年二月)僧辩已发溢城,会高祖于白茅湾,乃登岸结坛,刑牲盟约。"

张正见为通直散骑侍郎,迁彭泽令。(《陈书·张正见传》)

作《秋晚还彭泽》、《还彭泽山中早发》。

蔡景历三十四岁,作《答陈征北书》。

按:《陈书·蔡景历传》曰:"侯景平,高祖镇朱方,素闻其名,以书要之。景历对使人答书,笔不停缀,文不重改。曰……"

梁承圣二年　癸酉　553年

三月,武陵王萧纪东下攻江陵,与江陵各军相持。(《资治通鉴》卷一百六十五)

七月,武陵王萧纪兵败,被杀。(《梁书·元帝纪》)

周弘正五十八岁,授学吴明彻。(《陈书·吴明彻传》)

按:《陈书·吴明彻传》曰:"及高祖镇京口,深相要结,明彻乃诣高祖,高祖为之降阶,执手即席,与论当世之务。明彻亦微涉书史经传,就汝南周弘正学天文、孤虚、遁甲，略通其妙，颇以英雄自许，高祖深奇之。"

庾信四十一岁，转右卫将军，封武康县侯，据《编年史》，庾信《燕歌行》与王褒、萧绎等皆有同题之作，当亦作于此时。

萧绎四十六岁，作《与西魏书》。

按：《资治通鉴》卷一百六十五："（承圣二年三月）已闻荆镇为景所破。纪信之，趣兵东下。上甚惧，与魏书曰……"

作《与武陵王纪书》、《又与武陵王纪书》及《遗武陵王诗》。

按：《南史·梁武帝诸子·武陵王纪传》曰："元帝书遗纪，遣光州刺史郑安中往喻意于纪，许其还蜀，专制峡方。纪不从命，报书如家人礼。既而侯叡为任约、谢答仁所破，又陆纳平，诸军并西赴，元帝乃与纪书曰……帝又为诗曰……"又《梁书·武陵王纪传》："世祖与纪书曰……"

又作《劝农诏》、《将归建邺先遣军东下诏》、《赠谥杜崱诏》。

梁元帝作《金楼子·聚书篇》。

按：文中曰："吾今年四十六岁，自聚书来四十年，得书八万卷，河间之俟汉室，颇谓过之矣。"

陈后主（—604）生。

梁承圣三年　甲戌　554 年

三月己酉，西魏及齐皆遣使访梁。（《资治通鉴》卷一六五）。

四月丙寅，梁元帝派庾信等访西魏（《资治通鉴》卷一六五）。

九月乙巳，西魏遣于谨、宇义护、杨忠等将兵五万攻梁江陵。（《资治通鉴》卷一百六十五）

十一月辛亥，西魏军攻陷江陵，大败梁军，俘梁元帝。（《资治通鉴》卷一百六十五）

十二月辛未，梁元帝萧绎为萧督所杀。是月，西魏掠收梁府库珍宝，选男女百姓数万口为奴婢，驱回长安。西魏以萧督为梁主，居守江陵空城。（《梁书·元帝纪》、《资治通鉴》卷一百六十五）

梁元帝萧绎焚古今图书二十四万卷。

按：《隋书》卷四九《牛弘传》载："及侯景渡江，破灭梁室，秘省经籍，虽从兵火，其文德殿内书史，宛然犹存。萧绎据有江陵，遣将破平侯景，收文德之书，及公私典籍，重本七万余卷，悉送荆州。故江表图书，因斯尽萃于绎矣。及周师入郢,绎悉焚之于外城,所收十才一二。此则书之五厄也。"张彦远《历代名画记》卷一言:"元帝将降,乃聚名画、法书及典籍二十四万卷,遣后阁舍人高善宝焚之。"

庾信四十二岁,奉命出使西魏,到达长安,正逢西魏大军进攻江陵,遂滞留长安。(考见《庾子山年谱》、鲁同群《庾信入北仕历及主要作品的写作年代》)

王褒九月以尚书左仆射为萧绎执经,十一月都督城西城南诸军事,旋被降为护国将军。江陵陷,与王克、宗懔、殷不害、沈炯等被俘至长安,拜为车骑大将军,仪同三司。(《周书·王褒传》)

江总三十六岁,流寓岭南。(《陈书·江总传》)

岑之敬三十六,仍滞留广州。(《陈书·岑之敬传》)

周弘正五十九岁,逃入京师。(《陈书·周弘正传》)

沈炯五十一岁,作《望郢州城诗》。

按:诗作描述了乱后世道的沧桑荒凉,当作于江陵之陷落,故系于此。

又作《赋得边马有归心诗》。

按:此诗通过边马表现自己深沉的思归之情,当作于其流寓北方之时,故系于此。

阴铿作《闲居对雨》。

按:阴铿此时闲居于家乡南平期间,考见《赵谱》。

张正见二十七岁,避乱匡俗山。(《陈书·张正见传》)

作《秋日别庾正员》。

按:据《马谱》,从诗的苍凉气氛,似是送庾信入北朝,"江风"、"河桥"、"朱鸢",表明送别的地点似在南方水边,故系于此。

又作《溢城》、《游匡山简寂馆》。

按:《陈书·张正见传》:"梁元帝立,拜通直散骑侍郎,迁彭泽令。属梁季丧乱,避地匡俗山。"据臧励龢《中国古今地名大辞典》,溢城即晋朝柴桑之溢口城,即今江西九江市①。诗中匡山即庐山,在九江,《南史·刘慧斐传》曰:"游于匡山,遇处士张孝秀,相得甚欢,遂有终焉之志,因不仕。"此两首诗当为其避乱时所作。

---

① 臧励龢等编:《中国古今地名大辞典》,商务印书馆香港分馆 1931 年版,页 913。

徐陵四十八岁,仍滞留北齐。

作《秋日别庾正员》作于此年,考见《马谱》。

萧绎四十七岁,作《幽逼诗》四首。

按:《南史·梁元帝纪》:"元帝避建邺则都江陵,外迫强敌,内失人和,魏师至,方征兵四方,未至而城见克,在幽逼求酒,饮之,制诗四绝。"

萧詧三十六岁,作《愍时赋》。

按:初詧将严德毅劝詧袭西魏军以收民心,招降王僧辩,东下建康称帝,詧不从。《周书·萧詧传》:"又见邑居残毁,干戈日用,耻其威略不振,常怀忧愤。乃作《愍时赋》以见意。其词曰……"

萧绎卒(508—)

梁承圣四年　乙亥　555 年

正月,梁王萧詧在江陵称帝,改元大定,称藩于西魏,史称"后梁"。(《周书·萧詧传》)

辛丑,北齐立梁贞阳侯萧渊明为梁主,遣兵送还梁。徐陵、湛海珍等皆从渊明。(《魏书·文宣帝纪》)

二月,梁王僧辩、陈霸先等拥萧方智自江州至建康,即梁王位,以僧辩为中书监,录尚书,霸先为征西大将军。(《梁书·敬帝纪》)

五月庚子,王僧辩迎贞阳侯萧渊明至建康即皇位,改元天成。(《梁书·敬帝纪》、《资治通鉴》卷一百六十六)

九月,陈霸先于京口举兵,袭杀王僧辩,废贞阳侯萧渊明。(《梁书·敬帝纪》)

十月己酉,陈霸先拥立萧方智为帝,改元绍泰。壬子,陈霸先自为尚书令,都督中外诸军事。(《梁书·敬帝纪》)

江陵之陷,西魏得庾季才,雅相钦重。(《北史·艺术·庾季才传》)

徐陵四十九岁,返回江南,为尚书吏部郎,掌诏诰。(《陈书·徐陵传》)

作《为梁贞阳侯与王太尉僧辩书》、《为梁贞阳侯答王僧辩书》、《为梁贞阳侯重答王太尉书》、《为梁贞阳侯答王太尉书》、《梁贞阳侯重与王太尉书》、《又为梁贞阳侯答王太尉书》、《为梁贞阳侯与陈司空书》、《为梁贞阳侯重与裴之横书》、《为梁贞阳侯与荀昂兄弟书》。

按:以上与贞阳侯往还文书当作于此年,《陈书·徐陵传》曰:"及江陵陷,齐送贞阳侯萧渊明为梁嗣,乃遣陵随还。太尉王僧辩初拒境不纳,渊明往复致书,皆陵词也。"

作《与王吴郡僧智书》。

按:据《编年史》,此文作于王僧辩被杀之前,此时僧智在吴郡任职。又《陈书·裴忌传》:"及高祖诛王僧辩,僧辩弟僧智举兵据吴郡。"

作《裴使君墓志》。

按:《梁书·敬帝纪》曰:"(承圣四年)三月,齐遣其上党王高涣送贞阳侯萧渊明来主梁嗣,至东关,遣吴兴太守裴之横与战,败绩,之横死。"

沈炯五十二岁,是年初在西魏,三月与王克返梁。(《陈书·沈炯传》)

作《经汉武通天台为表奏陈思归意》。

按:《陈书·沈炯传》曰:"荆州陷,为西魏所虏,魏人甚礼之,授炯仪同三司。炯以母老在东,恒思归国,恐魏人爱其文才而留之,恒闭门却扫,无所交游。时有文章,随即弃毁,不令流布。尝独行经汉武通天台,为表奏之,陈己思归之意。"

作《和蔡黄门口字咏绝句诗》。

按:蔡黄门即蔡景历,《陈书·蔡景历传》:"绍泰元年,迁给事黄门侍郎,兼掌相府记室。高祖受禅,迁秘书监,中书通事舍人,掌诏诰。"

阴铿作《渡青草湖》、《游始兴道馆诗》。

按:据《赵谱》,此诗当为阴铿南下投萧勃途中作。

西魏比丘法渊及尼乾英写《比丘尼戒经》题记。

按:敦煌藏经洞出品。其文曰:"二年六月九日,瓜州城东建文寺比丘法渊写迄……"

梁绍泰二年　太平元年　丙子　556 年

五月,北齐毁和约,遣萧轨、徐嗣徽等十万军攻梁。(《梁书·敬帝纪》、《北齐书·文宣帝纪》、《资治通鉴》卷一六六)。

九月壬寅,以陈霸先力承丞相,录尚书事(《梁书·敬帝纪》)。

周弘正六十一岁,拜侍中,领国子祭酒,迁太常卿,都官尚书。(《陈书·周弘正传》)

杜之伟四十九岁,为陈霸先记室参军,迁中书侍郎,领大著作。(《陈书·杜之伟传》)

江德藻四十八岁,为中书侍郎,迁云麾临海王长史。陈台建,拜尚书吏部侍郎。(《陈书·江德藻传》)

颜晃四十七岁,为后来的陈世祖陈蒨书记。(《陈书·颜晃传》)

何之元为王琳司空府咨议参军,领记室。(《陈书·何之元传》)

徐陵五十岁,除给事黄门侍郎、秘书监。又使于齐。(《陈书·徐陵传》)

作《遗虞荔书》。

按:据《马谱》,《陈书·虞荔传》有"文帝平彪"语。又据《陈书·文帝纪》,文帝平彪在杜龛降后,高祖受禅前。《陈书·高祖纪》,杜龛于绍泰元年十二月降。故系在本年。陈文帝《与虞荔书》亦作于此时。

作《武皇帝作相时与岭南酋豪书》。

按:《梁书·敬帝纪》曰:"(绍泰二年四月)齐遣使请和。"

作《为陈武帝作相时与岭南酋豪书》

按:其书曰:"(绍泰二年)去月十六日德州刺史陈法武等愿愤回戈,仍枭熊竖,一夫挺剑,传首上京。"

作《武皇帝作相时与北齐广陵城主书》。

按:《陈书·徐陵传》曰:"(绍泰二年十一月)甲辰,嗣徽等攻冶城栅,高祖领铁骑精甲,出自西明门袭击之,贼众大溃。嗣徽留柳达摩等守城,自率亲属腹心,往南州采石,以迎齐援。"其书亦曰:"去岁柳达摩等石头天井。"

作《进封陈司空长城公诏》。

按:《资治通鉴》曰:"(绍泰二年七月)丙子,以陈霸先为中书监、司徒、扬州刺史,进爵长城公,余如故。"

沈炯五十三岁,沈炯还至江南,除司农卿,迁御史中丞。(《陈书·沈炯传》)

作《归魂赋》。

按:《归魂赋》是沈炯从长安回建康后所作,追述了其被俘入关的经历,《归魂赋·序》曰:"余自长安反,乃作《归魂赋》。"

作《为周弘正让太常表》。

按:《陈书·周弘正传》:"太平元年,授侍中,领国子祭酒,迁太常卿、都官尚书。"

作《为陈太傅让表》。

按:《陈书·高祖纪》曰:"(绍泰二年)八月甲午,进高祖位太傅"。

作《为百官劝进陈武帝表》。

按:《南史·陈本纪》:"(太平元年十月)辛未,梁帝禅位于陈。"

作《长安少年行》。

按:据《马谱》作于此年后不久。从诗中表现的悲痛心情,特别是"忽见朝市空"、"遗老"、"悲翁"之语的运用,显然是乱后回京不久之作。

作《长安还至方山怆然自伤诗》。

按:此诗作于从西魏长安返回南朝的路上。方山,据《资治通鉴》卷一二六《宋纪·太祖文皇帝》"(元嘉二十九年)尚书令何尚之以老请致仕,退居方山。议者咸谓尚之不能固志。"胡三省注曰:"方山,在建康东北,有方山埭,截淮立埭于山南。曰方山者,山形方如印。"

作《建除诗》。

按:据《马谱》,诗中所言"空忆平生前","朝市忽崩迁","破家","徇国",当是乱后痛定思痛之作,故系之本年。

陆山才五十八岁,作《刻吴阊门诗》。

按:这是一首刻在吴(今苏州)阊门上的诗,颂扬友人梁东扬州刺史张彪的"意气",讽刺沈泰等反复背叛行径。据《南史·张彪传》,张彪为东阳州刺史,征剡,遣沈泰等助谢岐居守。泰反与岐迎陈文帝入城,彪因其未定,逾城而入,陈文帝遂走,彪复城守。沈泰复说陈文帝遣章昭达领兵购之,彪被劫杀,彪友吴中陆山才嗟泰等翻背,刻吴阊门为诗一绝。据《陈书·世祖纪》,张彪败在杜龛降后、高祖受禅前。又按《陈书·高祖纪》,杜龛于绍泰元年(555)十二月降。故张彪败当在本年。

梁太平二年　　陈武帝陈霸先永定元年　　丁丑　　557年

正月辛丑,西魏周公宇文觉即天王位,国号周,建都长安。(《周书·孝闵帝纪》)

十月戊辰,陈霸先进爵为陈王。辛未,梁敬帝禅位,霸先代梁为帝,是为陈武帝,改元永定。(《梁书·敬帝纪》、《陈书·高祖纪》)

作《受禅大赦诏》、《以梁主为江阴王诏》、《删改科令诏》、《赠周铁虎诏》、《封兄子蒨为临川王诏》、《封从子陈拟等诏》、《下玺书敕州郡》等,均见载于《陈书·高祖纪》"永定元年"。

张正见三十一岁，于乡间还都。（《陈书·张正见传》）

作《应龙篇》。

按：《陈书·张正见传》曰："属梁季丧乱，避地于匡俗山……高祖受禅，诏正见还都，除镇东鄱阳王府墨曹行参军，兼衡阳王府长史。"本年张正见于乡间还都并受到高祖重用。郭茂倩《乐府诗集》曰："张正见《应龙篇》，言龙未起时，乃在渊底藏，以谕君子隐居养志，以待时也。"诗中作者以应龙自比，复以兰花譬况应龙潜藏渊底，以待冲举。故系于此。

作《置酒高殿上》。

按：其诗曰："陈王开甲第。"歌颂了陈王甲第的豪华和宴饮的欢乐。必作于陈代无疑，似是其受到高祖重用时的阿谀之辞，故暂系于此。

徐陵五十一岁，为散骑常侍、左丞如故。（《陈书·徐陵传》）

作《进封陈司空为长城公诏》、《册陈公九锡文》、《封陈公诏》、《陈武帝即位诏》、《梁禅位诏》、《禅位陈王策》、《禅位陈王玺书》、《陈武帝下州郡诏》、《为陈武帝即位告天文》等。

按：以上诏、策等均为陈立国之时所作，《陈书·徐陵传》曰："自有陈创业，文檄军书及禅授诏策，皆陵所制，而《九锡》尤美。为一代文宗，亦不以此矜物，未尝诋诃作者。"

作《为陈武帝与周宰相书》

按：徐陵《为陈武帝与周宰相书》曰："去月乙亥，升礼大坛，言念迂回，但有惭愧。昔宾门之始，境外无交，虽遣行人，未申嘉好。今上天有命，光膺宝历，永兴周室，方同断金，我运惟新，宜修朝聘，今遣侍中都官尚书周弘正衔使长安。"《陈书·武帝纪》曰："永定元年冬十月乙亥，皇帝即位于南郊，柴燎告天曰……"

作《让散骑常侍表》。

按：《陈书·徐陵传》曰："高祖受禅，加散骑常侍，左丞如故。"《让散骑常侍表》中"陛下嗣临宝历，光阐大猷，属意铨衡，留情枢械"、"齐客吹等，谅宜澄简"即是写陈受禅、陵让职之事。

作《为王仪同致仕表》。

按：王仪同即为王冲，《陈书·王冲传》曰："高祖受禅，解尹，以本官领左光禄大夫。未拜，改领太子少傅。"

作《报德寺刹下铭》。

按：文中曰："自尔迄永定初，其间二十有余年。"故暂系于此年。

沈炯五十四岁，作《太尉始兴昭烈王碑》。

按：《陈书·高祖纪》曰："(太平)二年正月，诏赠高祖兄道谈散骑常侍、使持节、平北将军、南兖州刺史、长城县公，谥曰昭烈"。

作《为周仪同失律后复官表》。

按：周仪同即周文育，《陈书·高祖纪》曰："(永定二年八月)辛未，诏临川王蒨西讨，以舟师五万发自京师，舆驾幸冶城寺亲送焉。前开府仪同三司、南豫州刺史周文育，前镇北将军、南徐州刺史、新除开府仪同三司侯安都等于王琳所逃归，自劾廷尉，即日引见，并宥之。戊寅，诏复文育等本官。"

周弘让六十岁，作《奏宋齐故事》。

按：《隋书·音乐志上》曰："陈初，武帝诏求宋齐故事，太常卿周弘让奏。"

江德藻四十九岁，作《沈孝轨诸弟除服议》。

按：《南史·江德藻传》曰："武帝受禅，加员外散骑常侍，位扬州别驾从事史，大匠卿。有司奏：'建康令沈孝轨门生陈三儿牒称，主人翁灵柩在周……'以事咨左丞江德藻。德藻议谓……"

沈洙五十二岁，作《沈孝轨诸弟除服议》同江德藻《沈孝轨诸弟除服议》。

阙名《奏请议沈孝轨诸弟除服》同江德藻《沈孝轨诸弟除服议》。

郊庙歌辞《陈太庙舞辞七首》作于此时。

按：《隋书·乐志》曰："陈初，武帝诏求宋、齐故事。太常卿周弘让奏曰：'齐氏承宋，咸用元徽旧式，宗祀朝飨，奏乐俱同，唯北郊之礼，颇有增益。皇帝入坛门，奏《永至》；饮福酒，奏《嘉胙》；太尉亚献，奏《凯容》；埋牲，奏《隶幽》；帝还便殿，奏《休成》；众官并出，奏《肃成》。此乃元徽所阙，永明六年之所加也。唯送神之乐，宋孝建二年秋《起居注》云'奏《肆夏》'，永明中，改奏《昭夏》。'帝遂依之。是时并用梁乐，唯改七室舞辞，今列之云。"

杂歌谣词《陈初童谣》、《又》暂系于此时。

陈永定二年　戊寅　558 年

陈霸先效梁武帝，五月到大庄严寺舍身。十一月复幸庄严寺，发《金光

明经》题。十二月复舍身,群臣表求还宫。(《陈书·高祖纪》)

作《改官制诏》、《亲祠南郊赦诏》、《原沈泰部曲妻儿诏》、《擢用旧员诏》均见于《陈书·高祖纪》"永定二年"。

杜之伟求解著作,不许。力荐沈炯、徐陵、虞荔、孔奂等为"著作之材"。

按:《陈书·文学·杜之伟传》曰:"高祖受禅,除鸿胪卿,余并如故。之伟启求解著作,曰:'臣以绍泰元年,忝中书侍郎,掌国史,于今四载。臣本庸贱,谬蒙盼识,思报恩奖,不敢废官。皇历惟新,驱驭轩、昊,记言记事,未易其人,著作之材,更宜选众。御史中丞沈炯、尚书左丞徐陵、梁前兼大著作虞荔、梁前黄门侍郎孔奂,或清文赡笔,或强识稽古,迁、董之任,允属群才,臣无容遽变市朝,再妨贤路。尧朝皆让,诚不可追,陈力就列,庶几知免。'优敕不许。"

阴铿作《南征闺怨》。

按:据《赵谱》,阴铿于本年任镇南将军欧阳颁府司马。《隋书·经籍志》四集曰:"陈镇南府司马《阴铿集》一卷。"宋郑樵《通志·艺文略》所录同此。阴铿此诗当作于其南人期间。

徐陵五十二岁,为散骑常侍。(《陈书·徐陵传》)

作《太极殿铭》。

按:按《陈书·高祖纪》曰:"(永定二年七月)起太极殿"。沈炯《太极殿铭》同此作。

作《陈武帝宥沈泰家口诏》。

按:《陈书·高祖纪》曰:"二月壬申,南豫州刺史沈泰奔于齐。……三月甲午,诏曰……"

张立作《请垦植沙涨表》。

按:《陈书·武帝纪》曰:"(永定二年正月)甲辰,振远将军、梁州刺史张立表称去乙亥岁八月……"

陈永定三年　己卯　559 年

六月丁酉,陈武帝陈霸先死,其侄临川王陈蒨继位,是为陈文帝。(《陈书·高祖纪》)

陈置西省学士。(《陈书·高祖纪》)

陈武帝作《分恤东阳诏》、《定救日仪诏》、《讨熊昙朗诏》等,均见于《陈书·高祖纪》"永定三年"。

陈文帝作《即位大赦诏》、《封第二子项为始兴王诏》，见《陈书·世祖纪》"永定三年"。

徐陵五十三岁，为左丞。（《陈书·徐陵传》）

作《司空徐州刺史侯安都德政碑》。

按：据《编年史》，文中称："乃授司空公南徐州刺史。于是镇之以清静，安之以惠和……于是州民散骑常侍王等拜表宫阙，请扬兹美化，树彼高碑，民欲天从，允彰丝诰。"又《陈书·世祖纪》，本年七月世祖即位，封侯安都为司空。

作《广州刺史欧阳颁德政碑》。

按：碑言"纪征南之德"，《编年史》认为，本年七月封欧阳颁为征南将军、都督十九州诸军事，与德政碑所记都督二十州诸军事略有不同。

作《决断大行侠御服议》、《重答八座以下请断侠御服议》。

按：《陈书·刘师知传》曰："及高祖崩，六日成服，朝臣共议大行皇帝灵座侠御人所服衣服吉凶之制，博士沈文阿议，宜服吉服。师知议云……"蔡景历、江德藻、谢岐同师知议。徐陵决断同沈文阿议。师知、景历、德藻又议。八座并请。从师知议。刘师知《大行侠御服议》、《又议》、沈文阿《大行侠御服重议》、《嗣君谒庙升殿仪注议》、《哀策称谥议》、蔡景历《大行侠御服议》、《又议》、江德藻《大行侠御服又议》、谢岐《大行侠御服议》同徐陵《决断大行侠御服议》。

徐陵《陈文帝登祚尊皇太后诏》、沈炯《武帝哀策文》并系于此。

武宣章后作《临川王入纂令》。

按：《陈书·世祖纪》曰："永定三年六月丙午，高祖崩，遗诏征世祖入纂。甲寅，至自南皖，入居中书省。皇后令曰……"

袁枢四十三岁，作《追赠钱藏及子岊官议》。

按：《陈书·袁枢传》曰："初，高祖长女永世公主先适陈留太守钱藏，生子岊，主及岊并卒于梁世。高祖受命，唯公主追封。至是将葬，尚书主客请详议，欲加藏驸马都尉，并赠岊官。枢议曰……"

庾持五十二岁，作《请详正哀策称大行》。

按：《隋书·礼仪志》曰："永定三年七月武帝崩，新除尚书左丞庾持称曰……"

阙名作《奏加始兴王戎号置佐史》。

按:《陈书·始兴王伯茂传》曰:"永定三年六月,高祖崩,是月世祖入纂帝位。……旧制诸王受封,未加戎号者,不置佐史,于是尚书八座奏曰……"

阴铿作《经丰城剑池》、《游巴陵空寺诗》、《登武昌岸望》。

按:据《赵谱》,本年七月,文帝继位。欧阳頠进号征南将军。阴铿大约应征离开了欧阳頠地镇南府,北上度岭,前往建康。以上诸作即是其北上途中所作。

欧阳頠作《符瑞表》。

按:《陈书·高祖纪》曰:"永定三年正月,广州刺史欧阳頠表曰……"

杜之伟卒(508—)

陈文帝天嘉元年　庚辰　560 年

正月癸丑朔,陈改元天嘉。(《陈书·世祖纪》)

三月,陈遣使与周通好。(《资治通鉴》卷一百六十八)

北周明帝立麟趾学。(《北史·周明帝纪》)

按:庾信、王褒、萧撝,庾季才等同为麟趾学士。

顾野王补撰史学士,寻加招远将军。(《陈书·顾野王传》)

陈文帝作《改元大赦诏》、《亲祠南郊诏》、《原宥王琳党与诏》、《赠谥死事将士诏》、《捐复丁役诏》、《宽赋诏》、《录序郢州官属诏》、《衡阳王丧柩至下诏》、《葬梁元帝诏》、《进贤诏》、《侨旧着籍诏》、《种麦诏》、《禁奢丽诏》、《以方泰为南康世子诏》、《停春夏决罪诏》等,均见于《陈书·世祖纪》。

沈不害作《上文帝书请立国学》。

按:《陈书·沈不害传》曰:"天嘉初,除衡阳王府中记室参军,兼嘉德殿学士。自梁季丧乱,至是国学未立,不害上书曰……诏答曰:'省表闻之……'。"

阴铿作《侯司空宅咏妓》、《和侯司空登楼望乡》、《赋咏得神仙》、《侍宴赋得夹池竹》。

按:据《赵谱》,《侯司空宅咏妓》作于陈天嘉元年(560)三月前后,是一首应命出题之作;《和侯司空登楼望乡》作于同年五月,是在侯安都因父丧不能归南所写《登楼望乡》的特定背景下的和作,诗中情事不涉及阴铿自己，而与侯安都有关。《赋咏得神仙》、《侍宴赋得夹池竹》同《侯司空宅咏妓》。刘删《侯司空宅咏妓》亦作于此时。

又作《渡岸桥》、《开善寺》。

按：《赵谱》认为，此诗当作于 560—562 年其在建康期间，暂系于此。

徐陵五十四岁，作《为始兴王让琅邪二郡太守表》。

按：《陈书·始兴王伯茂传》，永定三年封王，"寻除使持节、都督南琅邪彭城二郡诸军事"。

沈炯五十七岁，作《请归养表》，陈文帝作《诏答沈炯》。

按：《陈书·沈炯传》曰："高祖受禅，加通直散骑常侍，中丞如故。以母老表请归养，诏不许。文帝嗣位，又表曰……"

沈洙四十三岁，作《皇太后服安吉君禫除议》。

按：《隋书·礼仪志三》曰："元嘉元年八月，尚书仪曹请今月晦皇太后服安吉君禫除仪注，沈洙议曰……"

阙名作《奏封第三皇子伯山》。

按：《陈书·鄱阳王伯山传》曰："天嘉元年七月丙辰，尚书八座奏曰……"

周弘正六十五岁，寻进侍中，奉命出使北周往长安迎陈顼。（《陈书·周弘正传》）

作《入武关诗》。

按：武关，《战国策·楚策》曰："苏秦说楚威王曰：'秦一军出武关，则鄢郢动矣'。"武关当为周弘正往长安迎高宗时所经之地。《于长安咏雁》同《入武关诗》。

作《陇头送征客》。

按：陇头在三秦之地，《通典》曰："天水郡有大阪，名曰陇坻，亦曰陇山，即汉陇关也。"《三秦纪》曰："其坂九回，上者七日乃越，下有清水四注，所谓陇头水也。"当为其在北方所作。

作《赠韦复》。

按：《北史·韦孝宽兄夐传》曰："陈遣其尚书周弘正来聘，素闻夐名，请与相见。朝廷许之。弘正乃造夐，谈谑尽日，恨相遇之晚。后请夐至宾馆，夐不时赴。弘正乃赠诗曰：'德星犹未动，真车讵肯来？'其为当时所钦挹如此。"

作《答林法师》。

按：《陈书·周弘正传》："天嘉元年，迁侍中、国子祭酒。往长安迎高宗。三年，自周还。"《丛考》认为，周弘正《答林法师诗》曰"君看日远近，为忖长安城"，可确定为出使北周作；"客行七十岁"，时周弘正年已七十余矣。《初学记》卷十八认为《同庾信答林法师》为江总所作。《丛考》认为，江总到长安在开皇九年（589）以后，而庾信卒于开皇元年，两人不可能在长安见面，确认为周弘正所作。

释洪偃五十七岁，作《游钟山之开善定林息心宴坐引笔赋》。

按：《续高僧传·释洪偃传》曰："以天嘉之初出都，讲于宣武寺，学徒又聚，莫不肃焉。虽乐说不疲，而幽心恒结，每因讲隙，游钟山之开善定林，息心宴坐。时又引笔赋诗曰……"

陈天嘉二年　辛巳　561 年

六月乙酉，周遣使殷不害访陈。（《周书·武帝纪》）

十一月，周、陈遣使互访。（《周书·武帝纪》）

是年，陈以沈恪接替缙州刺史留异，异素与王琳勾结，至此公开抗命，陈诏侯安都讨之。（《资治通鉴》卷一百六十八）

徐伯阳四十六岁，为晋安王侍读，寻除司空侯安都府记室参军。（《陈书·徐伯阳传》）

陈文帝作《以侯瑱等配食高祖庙庭诏》、《下诏讨留异》、《赠谥南康王昙朗诏》等，见于《陈书·文帝纪》"天嘉二年"。

陈文帝《敕虞荔》当作于天嘉二年（561）前不久，事见《陈书·虞荔传》。

徐陵五十五岁，作《与李那书》。

按：《与李那书》言"殷仪同至"、"殷御正衔命为归"，据《周书·武帝纪》："（保定元年）六月乙酉，遣治御正殷不害等使于陈。"保定元年即陈天嘉二年。《编年史》认为，疑徐陵书即由殷不害带入关中，而李昶书或作于十一月，由陈使带往江南。

阴铿作《江津送刘光禄不及》。

按：考见《赵谱》，刘光禄不是刘孺而是刘师知。

释惠标作《赠陈宝应》。

按：《陈书·虞荔传附寄传》曰："初，沙门慧标涉猎有才思，及宝应起兵,作五言诗以送之,曰:'送马犹临水,离旗稍引风。好看今夜月,当入紫微宫。'宝应得之甚悦。"《陈书·萧干传》曰:"天嘉二年,留异反,陈宝应将兵助之,又资周迪兵粮,出寇临川,因逼建安。"宝应起兵在此年。

虞寄五十二岁,作《谏陈宝应书》。

按:《陈书·虞寄传》曰:"及留异称兵,宝应资其部曲,寄因书极谏曰……"又《陈书·世祖纪》,天嘉二年十二月,"先是,缙州刺史留异应于王琳等反,景戌,诏司空侯安都率众讨之"。《陈书·陈宝应传》:"侯安都之讨异也,宝应遣兵助之。"

萧沇作《请以第六皇弟昌封衡阳王表》。

按:《陈书·衡阳献王昌传》曰:"天嘉元年二月,昌发自安陆,由鲁山济江,而巴陵王萧沇等率百僚上表曰……"

沈炯卒(504—)。

陈天嘉三年　壬午　562 年

闰二月,陈侯安都击破留异。异奔晋安,依闽州刺史陈宝应。江州刺史周迪亦起兵响应。(《陈书·世祖纪》)

三月丁丑,陈将吴明彻等共讨周迪,不克。(《陈书·世祖纪》)

四月乙巳,齐遣使访陈(《陈书·世祖纪》)。

七月,陈遣使访齐(《北齐书·武成帝纪》)。

十一月丁丑,齐遣封孝琰访陈(《北齐书·武成帝纪》)。

周弘正六十六岁,领国子祭酒,往长安迎高宗(陈顼)南还,授金紫光禄大夫,加金章紫绶,领慈训太仆。(《陈书·周弘正传》)

按:《建康实录·高宗孝宣皇帝顼》,陈顼为陈文帝弟,"江陵陷,帝随例迁入关右(长安),高祖即位,永定初,遥袭封为始兴郡王。文帝嗣位,遥改安成王。"至此,周弘正在长安已近二年。

陈文帝作《南郊恩诏》,见于《陈书·世祖纪》"天嘉三年"。

阴铿作《新成安乐宫》。

按:《陈书·阴铿传》曰:"天嘉中,为始兴王府中录事参军。世族尝宴群臣赋诗,徐陵言之于世祖,即日招铿预宴,使赋新成安乐宫,铿援笔便就,世祖甚叹赏之。"天嘉中为何年不可确考,暂系于此。

作《和樊晋陵(伤妾)》。

按：据《赵谱》，此诗当作于其任晋陵太守(562—563)期间。

作《广陵岸送北使》。

按：此作应作于其任始兴王府录事参军期间。据《赵谱》，此北使是本年二月聘陈的崔瞻。

江总《和衡阳殿下高楼看妓》作于天嘉四年(563)至天嘉六年(565)，考见《马谱》，暂系于此。

徐陵五十六岁，迁中书侍郎。

作《司空徐州刺史侯安都德政碑》。

按：《陈书·侯安都传》："天嘉三年……吏民诣阙表请立碑，颂安都功绩，诏许之。"

作《孝义寺碑》。

按：文中有言"天嘉三年正月二十一日诏旨，仰惟圣德"。

周弘让六十七岁，作《答王褒书》。

按：文中有言"家兄至自镐京"，又《陈书·周弘正传》曰："(天嘉)三年，自周还，诏授金紫光禄大夫，加金章紫绶，领慈训太仆。"

刘师知作《侍中沈府君集序》，沈府君即为沈炯，本年卒。

陆琼二十六岁，作《下符讨周迪》。

按：《陈书·周迪传》曰："天嘉三年春，世祖乃下诏赦南川士民为迪所诖误者，使江州刺史吴明彻都督众军，与高州刺史黄法氍、豫章太守周敷讨迪。于是尚书下符曰……"

陈天嘉四年　癸未　563 年

正月甲申，陈破周迪，迪奔晋安投陈宝应。(《陈书·世祖纪》)

四月，陈遣使聘周(《资治通鉴》卷一六九)。

六月，司空侯安都被陈文帝赐死。(《陈书·世祖纪》)

九月，周迪依仗陈宝应，再越东兴岭攻扰，陈将章昭达讨之，十一月，大败之，进讨陈宝应。(《陈书·世祖纪》、《资治通鉴》卷一百六十九)

十月陈遣使聘周。(《周书·武帝纪》)

陈文帝作《收侯安都诏》，见于《陈书·世祖纪》"天嘉四年"。

徐陵五十七岁，作《让五兵尚书表》。

按：《陈书·徐陵传》曰："(天嘉)四年，迁五兵尚书，领大著作。"《让五兵尚书表》倾诉"衰疴自积"、"朝坐棘林"之隐情。

阴铿作《行经古墓》。

按:据《赵谱》,此古墓是季札墓,此诗是他大祸临头时,离开晋陵返回建康途经季札墓时所作。

江总四十五岁,以中书侍郎征还朝,直侍中省。(《陈书·江总传》)

作《诒孔中丞奂》,考见《马谱》。

作《广州刺史欧阳颁墓志》。

按:《陈书·欧阳颁传》,欧阳颁本年卒。

许亨四十六岁,作《奏南郊不宜祭五祀》、《奏南郊宜除风伯雨师星位》、《奏郊祀宜三献》。

按:《隋书·礼仪志一》曰:"天嘉中,南郊,太中大夫领大著作摄太常卿许亨奏曰……"

江德藻五十五岁,兼散骑常侍,与刘师知使齐。(《陈书·江德藻传》)

作《北征道里记》。

按:《陈书·文学·江德藻传》曰:"天嘉四年,兼散骑常侍,与中书郎刘师知使齐,著《北征道里记》三卷。"

陈释警韶受二百余人之请,长住白马寺,广弘传化,十有余年。(《续高僧传》卷七《陈杨都白马寺释警韶传》)

沈文阿卒(502—)。

陈天嘉五年　　甲申　　564 年

四月庚子,周遣使访陈。(《陈书·世祖纪》)

十一月齐遣刘逖访陈。(《北齐书·武成帝纪》)

陈文帝作《以周铁虎配食高祖庙庭诏》、《曲赦京师诏》、《赙恤周敷诏》、《许建安等郡流民还本诏》、《修治古忠烈坟冢诏》、《曲赦京师诏》,见于《陈书·世祖纪》"天嘉五年"。

昙瑗作《游故苑诗》,释洪偃同作《游故苑诗》,是为唱和之作。

按:《续高僧传》曰:"洪偃法师傲岸泉石,偏见朋从,把臂郊垧,同游故苑。瑗题树为诗曰……"《续高僧传·释洪偃传》,洪偃卒于本年。则此两诗必作于此年前,暂系于此。

释慧恺作《阿毗达摩俱舍释论序》。

按:其序文中有言"天嘉五年"。

刘逖为北齐中书侍郎,入典机密,又聘于陈、周。(《北齐书·文苑·刘逖传》)

陈天嘉六年　乙酉　565 年

四月,周遣使访陈。(《周书·武帝纪》)

六月己巳,齐使王季高访陈。(《北齐书·后主纪》)

江总四十六岁,作《赠贺左丞萧舍人诗》

按:《丛考》以为是作者天嘉六年送使周者所作。

徐陵五十九岁,除散骑常侍,御史中丞。(《陈书·徐陵传》)

作《报尹义尚书》,以答尹义尚《与徐仆射书》。

按:《编年史》认为,书中所言"别离二国,云雨十年",徐陵回到江南已经十年。

作《修前代墓诏》。

按:有陈受禅,及世族高宗之世,诏策俱徐陵草之,此诏载在世祖文帝本纪,当亦出其手。

江德藻卒(509—),阴铿卒(?　—)

陈天嘉七年　丙戌　566 年

二月,陈改元天康。(《陈书·世祖纪》)

四月癸酉,陈文帝陈蒨死,皇太子伯宗即位。(《陈书·世祖纪》、《陈书·废帝纪》)

六月,齐遣使韦道儒访陈。(《北齐书·后主纪》)

姚察三十四岁,被徐陵引为史佐。

按:《陈书·徐陵传》曰:"吏部尚书徐陵时领著作,复引为史佐,及陵让官致仕等表,并请察制焉,陵见叹曰:'吾弗逮也。'"

陆琼三十岁,为徐陵所荐,为司徒左西掾,寻兼通直散骑常侍,聘齐。(《陈书·陆琼传》)

按:《陈书·陆琼传》曰:"吏部尚书徐陵荐琼于高宗曰:'新安王文学陆琼,见识优敏,文史足用,进居郎署,岁月过淹,左西掾缺,允膺兹选,阶次小逾,其屈滞已积。'乃除司徒左西掾。寻兼通直散骑常侍,聘齐。"

陆琰二十七岁，是年前后副王厚聘齐。（《陈书·陆琰传》）

陈文帝作《改元大赦诏》、《遗诏》、《策命鄱阳王》，见于《陈书·世祖纪》"天嘉七年"。

徐陵六十岁，五月以御史中丞迁吏部尚书，领大著作。（《陈书·徐陵传》）

作《陈文帝哀策文》。

按：《陈书·废帝纪》曰："天康元年四月癸酉，世祖崩，其日，太子即皇帝位于太极前殿"

作《答诸求官人书》。

按：《陈书·徐陵传》曰："天康元年，迁吏部尚书，领大著作。陵以梁末以来，选授多失其所，于是提举纲维，综核名实。时有冒进求官，喧竞不已者，陵乃为书宣示曰……"据《马谱》，书中所言"仆七十之岁"，疑徐陵夸大了他的年龄。

作《与顾记室书》。

按：《编年史》认为，书中有"行年六十"之语，虽非确指，亦距本年相去不远。

作《安成王让录尚书表后启》。

按：《陈书·废帝纪》曰："（天康元年五月）庚寅，以骠骑将军、司空、扬州刺史、新除尚书令安成王顼为骠骑大将军，进位司徒、录尚书、都督中外诸军事。"

作《答族人梁东海太守长孺书》。

按：据《马谱》，书中所言"吾七十之岁"，又言"辱彼河清年中……"则此信当作于河清年后不久，"河清"乃齐武帝年号，相当于陈天嘉元年至六年。

作《荐陆琼于安城王》。

按：《陈书·陆琼传》曰："高宗妙简僚佐，徐陵荐琼，除司徒左西掾。"《陈书·宣帝纪》："（高宗）废帝即位，拜司徒。"

作《征虏亭送新安王应令》。

按：征虏亭，《晋书·谢万传》曰："谢万尝与蔡系送客于征虏亭。"《资治通鉴》注曰："征虏亭，在方山南，自玄武湖头大路东出至征虏亭。"《陈书·新安王伯固传》："天嘉六年，立为新安郡王。"

陈昭作《聘齐经孟尝君墓》。

按：《北史·尉古真传附瑾传》曰："初，瑾为聘梁使，梁人陈昭善相，谓瑾曰：'二十年后当为宰相。'瑾出，私谓人曰：'此公宰相后，不过三年，当死。'昭后为陈使主，兼散骑常侍，至齐。瑾时兼右仆射，鸣驺铙吹。昭复谓人曰：'二年当死。'果如言焉。德载位通直散骑侍郎。"《北齐书·后主高纬》曰："（天统）二年丙戌春正月辛卯……丙申，以吏部尚书尉瑾为尚书右仆射。庚子，行幸晋阳。二月庚戌，太上皇帝至自晋阳。壬子，陈人来聘。"此中陈人当为尉瑾。

周弘让六十九岁，作《与徐陵书荐方圆》。

按：据《马谱》，文中言"方今公旦作辅"，"身名两泰"，当是作于废帝朝，并且自己以白衣领太常时。

杂歌谣词《徐陵引谚》作于此时，同徐陵《答诸求官人书》。

陈临海王陈伯宗光大元年　丁亥　567 年

四月癸丑，齐遣司马幼之访陈。（《北齐书·后主纪》）

九月，陈将吴明彻等击破华皎及周将宇文直。（《资治通鉴》卷一百七十）

十二月，陈以孔子后裔孔英哲为奉圣亭侯，奉孔子祀。（《陈书·废帝纪》）

陈废帝十四岁，作《即位大赦诏》、《改元大赦诏》、《收到仲举等付廷尉诏》、《诛华皎家口诏》、《曲赦湘巴二郡诏》，见于《陈书·废帝纪》"光大元年"。

周弘正七十二岁，作《测狱刻数议》，以论新旧法律。

按：《陈书·儒林·沈洙传》曰："梁代旧律，测囚之法，日一上，起自晡鼓，尽于二更。及比部郎范泉删定律令，以旧法测立时久，非人所堪，分其刻数，日再上。廷尉以为新制过轻，请集八座丞郎并祭酒孔奂、行事沈洙五舍人会尚书省详议。"《马谱》认为此文当系于本年。沈洙《测狱刻数议》、沈仲由《列上测狱款不款人数》、盛权《测狱刻数议》同周弘正议。

徐陵六十一岁，作《为陈武帝与周冢宰宇文护论边境事书》。

按：据《编年史》，文中有"江郢小寇，既而虔刘"云云，乃指陈、周湘郡巴州之战。事见《陈书·废帝纪》、《陈书·华皎传》。

作《答周处士书》。

　　按:据《马谱》,约作于此年,其书中有"辱去年……告"、"承归来天目"语,又言及周弘让所荐人。周弘让书在上年,荐"赵郡方圆,栖迟天目",详见周弘让《与徐陵书荐方圆》。

　　袁泌五十八岁,作《临终戒子蔓华》。

　　按:《陈书·袁泌传》曰:"光大元年卒,年五十八。临终戒其子蔓华曰……"

　　刘师知作《矫敕出安城王》。

　　按:《陈书·刘师知传》曰:"光大元年,师知与仲举等遣舍人殷不佞矫诏令高宗还东府,事觉,于北狱赐死。"

　　张正见四十一岁,作《陪衡阳王游耆阇寺》,《咏雪应衡阳王教》、《和衡阳王秋夜》、《赋得秋蝉喝柳应衡阳王教》。

　　按:《陈书·张正见传》曰:"高祖受禅,诏正见还都,除镇东鄱阳王府墨曹行参军,兼衡阳王府长史。"《陈书·鄱阳王伯山传》:"光大元年,徙为镇东将军、东扬州刺史。"光大元年,张正见为衡阳王府长史。

　　又作《和阳侯送袁金紫葬》。

　　按:袁金紫即袁泌,《陈书·袁泌传》曰:"光大元年卒……赠金紫光禄大夫。"

　　陈光大二年　戊子　568 年

　　正月癸亥,齐遣郑大护访陈。(《北齐书·后主纪》)

　　十一月,齐遣李谐访陈。(《北齐书·后主纪》)

　　陈废帝十五岁,作《恤死事军人诏》,见于《陈书·废帝纪》。

　　武宣章后作《废少主为临海王以安成王入纂令》,见于《陈书·废帝纪》。

　　武宣章后作《黜始兴王伯茂令》,见于《陈书·始兴王伯茂传》。

　　释智恺五十岁,作《临终》。

　　按:《续高僧传·法泰传附释智恺传》,释智恺本年卒。

　　释智匠作《古今乐录》十三卷。

　　按:《隋书·经籍志》著录"《古今乐录》十二卷,陈沙门智匠撰。"新旧《唐书》、《宋史》著录十三卷。《玉海》卷一〇五"音乐"引《中兴书目》:"《古今乐录》十三卷,陈废帝光大二年,僧智匠撰,起汉迄陈。"刘跃进《〈古今乐录〉辑存》(收入《玉台新咏研究》之中),对汉魏六朝乐府诗研究具有重要的参考价值。

杨辇作《奏流拘那罗陀》。

按:《续高僧传》卷一《拘那罗陀传》曰:"宗恺诸人欲延释真谛还建业,以京邑僧谗言不果。"

陈宣帝陈顼太建元年　己丑　569年

正月甲午,陈安成王即皇帝位,改元太建。(《陈书·宣帝纪》)

五月,齐遣使访陈。(《陈书·宣帝纪》)

十二月,周遣杜杲访陈,请复通友好。陈帝许之,遣使回访。(《资治通鉴》卷一百七十)

周武帝意欲废佛。(《周书·武帝纪》)

陈宣帝作《即位改元大赦诏》,见于《陈书·宣帝纪》"太建元年"。

徐陵六十三岁,被陈宣帝顼以为尚书右仆射,加命侍中。(《陈书·徐陵传》)

作《让右仆射初表》。

按:《陈书·徐陵传》曰:"太建元年,除尚书右仆射。"

作《与章司空昭达书》。

按:书中言"圣朝受命,天下廓清,所余残凶唯有欧阳纥",《陈书·宣帝纪》:"(太建元年)冬十月,新除左卫将军欧阳纥据广州举兵反。辛未,遣车骑将军、开府仪同三司章昭达率众讨之。"

作《晋陵太守王劢德政碑》。

按:《陈书·王劢传》曰:"太建元年,迁尚书右仆射。时东境大水,百姓饥馑,以劢为仁武将军、晋陵太守。在郡甚有威惠,郡人表请立碑,颂劢政绩,诏许之。"

作《与智顗书》。

按:《编年史》认为,释智顗本年三十八岁,太建年间与法喜等三十余僧从北方入陈,与徐陵、毛喜等时贵交游颇多。

作《释慧云碑》。

按:《续高僧传》卷二十五《隋东川沙门释慧云传》曰:"释慧云,范阳人。"于太建元年卒。其传后注曰:"陈仆射徐陵为碑铭。"

江总五十一岁,作《故侍中沈钦墓志》。

按:严可均《全上古三代秦汉三国六朝文》此诗题后注曰:"太建元年。"

作《山水纳袍赋》。

按:据《马谱》,作于太建间,赋中有言"皇储"。《玄圃石室铭》同《山水纳袍赋》,文中言"储胥"。

作《玛瑙碗赋》。

按:据《马谱》,《玛瑙碗赋》同《山水纳袍赋》,文中言"副君"。

陈叔宝十七岁,作《宴詹事陆缮省诗》。

按:《陈书·陆缮传》曰:"太建初,迁度支尚书、侍中、太子詹事,行东宫事,领扬州大中正。"

作《立春日泛舟玄圃各赋一字六韵成篇》、《献岁立春光风俱美泛舟玄圃各赋六韵诗》、《上巳玄圃宣猷嘉辰禊酌各赋六韵以次成篇诗》、《七夕宴宣猷堂各赋一韵咏五物自足为十并牛女一首五韵物次第用得帐屏风案唾壶履》、《七夕宴重咏牛女各为五韵诗》、《同管记陆琛七夕五韵诗》、《同管记陆瑜七夕四韵诗》、《七夕宴乐修殿各赋六韵》、《七夕宴玄圃各赋五韵诗》、《五言同管记陆瑜九日观马射诗》、《初伏七夕已觉微凉既引应徐且命燕赵清风朗月以望七襄之驾置酒陈乐各赋四韵之篇》

按:陈叔宝《立春日泛舟玄圃各赋一字六韵成篇》,诗题下曰:"座有张式、陆琼、顾野王、谢伸、褚玠、王缳、傅绰、陆瑜、姚察等九人上。"陈叔宝又有《献岁立春光风俱美泛舟玄圃各赋六韵诗》,诗题下曰:"座有张式、陆琼、顾野王、殷谋、陆琢、岑之敬等六人上。"《上巳玄圃宣猷嘉辰禊酌各赋六韵以次成篇诗》,诗题下曰:"座有张式、陆琼、顾野王、陆琢、岑之敬等五人上。"《七夕宴宣猷堂各赋一韵咏五物自足为十并牛女一首五韵物次第用得帐屏风案唾壶履》,诗题下曰:"座有陆琼、傅纬、陆瑜、姚察等四人。"《七夕宴重咏牛女各为五韵诗》,诗题下曰:"座有刘朏、安远侯方华、张式、陆琼、顾野王、褚玠、谢伸、周燮、傅纬、陆瑜、柳庄、王瑳等十三人上。"《同管记陆琛七夕五韵诗》、《同管记陆瑜七夕四韵诗》,诗题下并曰:"陆瑜、王琼等二人上和。"《七夕宴乐修殿各赋六韵》,诗题下曰:"座有张式、陆琼、褚玠、王琼、傅纬、陆瑜、姚察七人上。"《七夕宴玄圃各赋五韵诗》,诗题下曰:"座有顾野王、陆琢、姚察等四人上。"《初伏七夕已觉微凉既引应徐且命燕赵清风朗月以望七襄之驾置酒陈乐各赋四韵之篇》,诗题下曰:"座有张式、陆琼、顾野王、傅纬、陆玠等五人上。"此外，还有《五言同管记陆瑜九日观马射诗》。

陈叔宝于太建元年(569)被立为太子，太建十四年(582)即皇帝位，侍从于其身边的文人多以游宴赋诗相应对，极力描写宫廷的宴饮之乐。据《马谱》，这些侍从中，史书有记载的陆琼、顾野王、褚玠、傅绰、陆瑜、姚察、岑之敬、陆玠等，皆是在太建年间活跃于东宫之中的。其侍从文士陪侍时间及生卒年如下：

陆琼(537—586)，《陈书·陆琼传》："太建元年，重以本官掌东宫管记。除太子庶子，兼通事舍人。转中书侍郎、太子家令。"

顾野王(519—581)，《陈书·顾野王传》："后主在东宫，野王兼东宫管记，本官如故。六年，除太子率更令，寻领大著作，掌国史，知梁史事，兼东宫通事舍人。时宫僚有济阳江总，吴国陆琼，北地傅绅，吴兴姚察，并以才学显著，论者推重焉。"

褚玠(529—580)，《陈书·褚玠传》："太子爱玠文辞，令人直殿省。十年，除电威将军、仁威淮南王长史，顷之，以本官掌东宫管记。"

傅绰(531—585)，《陈书·傅绰传》："兼东宫管记。历太子庶子、仆，兼管记如故。"

《陈书·陆瑜传》：为"东宫学士。兄琰时为管记，并以才学娱侍左右，使人比之二应"。"时皇太子好学，欲博览群书，以子集繁多，命瑜钞撰，未就而卒，时年四十四。太子为之流涕，手令举哀，官给丧事，并亲制祭文，遣使者吊祭。"其生卒年不详，但必卒于至德元年以前。

姚察(533—606)，《陈书·姚察传》："补东宫学士。于时江总、顾野王、陆琼、陆瑜、褚玠、傅绰等，皆以才学之美，晨夕娱侍。"

岑之敬(519—579)，《陈书·岑之敬传》："太建初，还朝，授东宫义省学士，太子素闻其名，尤降赏接。"

陆玠(539—576)，《陈书·陆瑜附陆玠传》曰："太建初，迁长沙王友，领记室。后主在东宫，闻其名，征为管记。"

因此，据其侍从文士陪从其年代及侍从文士卒年判断，以上诸作当作于太建年间(569—582)，但无法确考其为某年，故系于此。

又作《上巳玄圃宣猷堂禊饮同共八韵》同《上巳玄圃宣猷嘉辰禊酌各赋六韵以次成篇诗》。

　　作《上巳宴丽晖殿各赋一字十韵》、《春色楔辰尽当曲宴各赋十韵》、《祓楔泛舟玄圃各赋七韵》、《五言画堂良夜履长在节歌管赋诗列筵命酒十韵成篇》。

　　按：《马谱》认为从诗题形式、诗的内容来看，亦当作于太建间或陈叔宝即位后的文会，暂系于此。

　　作《晚宴文思殿》、《宴光璧殿咏遥山灯》、《三善殿夕望山灯》亦是宴会欢娱之诗，无法考订其确切时间，《马谱》认为当作于太建年间或陈叔宝即位后的文会。

　　江总五十一岁，作《宴乐修堂诗》、《奉和东宫经故妃旧殿诗》。

　　按：《宴乐修堂诗》先描写华丽的宫殿苑囿，"仙如伊水驾，乐似洞庭张。"后写宴饮中的欢乐场面，其中"北宫"即为后宫；《奉和东宫经故妃旧殿诗》中有"东宫"语，此当作于后主为太子之时。

　　作《赋得一日成三赋应令诗》同《宴乐修堂应令》，暂系于此。

　　作《三善殿夜望山灯》。

　　按：陈叔宝有同题之作，当作于太建年间或陈叔宝继位后的文会之事，暂系于此。

　　作《侍宴玄武观》、《内殿赋新诗》、《侍宴临芳殿》、《侍宴瑶泉殿》、《秋日新宠美人应令》、《赋得空闺怨》、《赋得谒帝承明庐》、《赋得携手上河梁应诏》、《赋得泛泛水中凫》、《赋得三五明月满》、《赋咏得琴》、《侍宴赋得起坐弹鸣琴》。《马谱》疑作于陈叔宝太建间作太子时和陈叔宝为皇帝时的文会上，暂系于此。

　　作《赠李骢》。

　　按：《太平寰宇记》卷九十："陈宣帝即位，北齐常侍李骢来聘，赐宴乐游苑，尚书令江总赠诗云……"

　　陆琼《玄圃宴各咏一物须筝诗》、张正见《玄圃观春雪》当作于此时。

　　按：魏晋南北朝时，洛阳、建康宫中园名，时作讲经之处。《梁书·简文帝纪》："高祖所制《五经讲疏》，（简文帝）尝于玄圃奉述，听者倾朝野。"而陈后主常于此处游宴赋诗，故系于此。

　　宗元饶五十二岁，作《奏劾陈裒》。

　　按：《陈书·宗元饶传》曰："时高宗初即位，军国务广，事无巨细，一以咨之，台省号为称职。迁御史中丞，知五礼事。时合州刺史陈裒赃污狼藉，遣使就渚敛鱼,又于六郡乞米,百姓甚苦之。元饶劾奏曰……"

傅𫘜四十二岁,作《明道论》。

按:《陈书·傅𫘜传》曰:"𫘜笃信佛教,从兴皇惠朗法师受《三论》,尽通其学。时有大心暠法师作《无诤论》以诋之,𫘜乃为《明道论》,用释其难。其略曰……寻以本官兼通直散骑侍郎使齐。"陈太建二年(570),陈使傅𫘜聘齐,《隋书·薛道衡传》:"(武平初)陈使傅𫘜聘齐,以道衡兼主客郎接对之。"北方之武平初乃陈太建二年。故此文应作于太建二年(570)陈使傅𫘜聘齐之前,暂系于此。

阴铿作《奉送始兴王诗》。

按:据《丛考》,此始兴王不是伯茂而是叔陵,叔陵以光大二年(568)为江州刺史,翌年封始兴王。

张正见七十四岁,作《从籍田应衡阳王教作》。

按:《陈书·宣帝纪》曰:"(太建元年二月)乙亥,舆驾亲耕籍田"。《陈书·衡阳王伯信传》曰:"天嘉元年,衡阳献王昌自周还朝,于道薨,其年世祖立伯信为衡阳王,奉献王祀。寻为宣惠将军、丹阳尹,置佐史。"衡阳王应为伯信,本年在京师。

陆瑜作《仙人揽六箸篇》。

按:据《马谱》,从诗的题目看,疑作于太建间陈叔宝的文会,褚玠有《斗鸡东郊道》似为同时之作。

陈太建二年　庚寅　570年

薛道衡与陈使傅𫘜赋诗酬唱。(《隋书·薛道衡传》)

太子陈叔宝释奠于太学,功臣并赋诗,命陆瑜作序,文甚赡丽。

按:《陈书·文学·陆瑜传》曰:"太建二年,太子释奠于太学,功臣并赋诗,命瑜为序,文甚赡丽。"

陈宣帝作《恤军士死伤诏》、《安处新附诏》、《行新政诏》,见于《陈书·宣帝纪》"太建二年"。

江总五十二岁,作《庚寅年二月十二日游虎丘山精舍诗》。

陈太建三年　辛卯　571年

徐陵正月以尚书右仆射,领大著作为尚书仆射。(《陈书·徐陵传》)

陈宣帝作《原逆党诏》,见于《陈书·宣帝纪》"太建三年"。

徐陵六十五岁,作《让尚书左仆射表》。

按:《陈书·徐陵传》曰:"三年,迁尚书左仆射,陵抗表推周弘正、王劢等。"

作《司空章昭达墓志铭》。

按:《陈书·徐陵传》曰:"(太建)三年,遘疾,薨,时年五十四。"

徐伯阳五十五岁,作《皇太子释奠颂》。

按:据《陈书·宣帝纪》,太建三年八月,"皇太子亲释奠于太学"。

何胥作《伤章公大将军》。

按:章公疑为章昭达,《陈书·章昭达传》曰:"废帝即位,迁侍中、征南将军,改封邵陵郡公。""(太建三年)十二月壬辰,车骑大将军、司空章昭达薨。"

陈太建四年　壬辰　572年

陈宣帝作《班宣兵法诏》、《令内外举贤极谏诏》、《分留罢任之徒往姑孰诏》、《创筑东宫诏》,见于《陈书·宣帝纪》"太建四年"。

陈宣帝作《与边将书》。

按:《北齐书·卢潜传》曰:"潜在淮南十三年,任总军民,大树风绩,甚为陈人所惮。陈主与其边将书云:'卢潜犹在寿阳……'。"卢潜于武平三年离任,武平三年即为太建四年。

张正见四十六岁,作《御幸乐游苑侍宴》。

按:《陈书·宣帝纪》曰:"(太建四年)十二月壬寅,甘露降乐游苑。甲辰,舆驾幸乐游苑,采甘露,宴群臣。"据《马谱》,本年张正见为鄱阳王府墨曹行参军,《陈书·鄱阳王伯山传》,本年为"中卫将军、中领军",应在京。又张敦颐《六朝事迹编类》卷四"楼台门乐游苑"曰:"梁侯景之乱,焚毁略尽。陈天嘉六年,更加修葺"。

徐陵六十六岁,为尚书左仆射。(《陈书·徐陵传》)

作《答周主论和亲书》。

按:据《周书·杜杲传》,本年八月,周遣使杜杲来聘,论和亲之事。

作《东阳双林寺傅大士碑》。

按:元释觉岸《释氏稽古略》卷二曰:"(太建四年九月),陈帝诏仆射徐陵撰婺州傅大士碑。"

沈君理四十八岁,作《请释智颤开讲法华疏》。

按:据《马谱》,释智颤辞慧思,在金陵与法喜等三十余人于瓦官寺创弘禅法。僧智辩、晃、警韶、智文、慧令、慧荣等折服。徐陵、毛喜、始兴王叔陵等欣重顶戴。见《续高僧传》卷十七《释智颤传》。有"仆射徐陵"、"尚书毛喜"语。又有"始兴王出镇洞庭,公卿饯送"语。《陈书·始兴王叔陵传》,本年为"湘州刺史"。

毛喜五十七岁,作《与释智颤书》,同沈君理《请释智颤开讲法华疏》。

毛喜《又书庆讲》同沈君理《请释智颤开讲法华疏》。

江总五十四岁,征为太子陈叔宝詹事。(《陈书·江总传》)

作《华貂赋》。

按:据《马谱》,文中言"领军新安殿下",《陈书·新安王伯固传》,本年为"中领军"。

作《为陈后主在东宫临学听讲令》。

按:文中言"令中庶子,胶庠化本,教学政前,古之雍熙,宁不由是?"《陈书·江总传》曰:"天嘉四年,以中书侍郎征还朝,直侍中省。累迁司徒右长史,掌东宫管记,给事黄门侍郎,领南徐州大中正。授太子中庶子、通直散骑常侍,东宫、中正如故。"

陈太建五年　癸巳　573 年

三月,陈吴明彻等将兵十万,分出秦郡、历阳,大举攻齐。五月,陈军连克历阳、合肥等城。(《陈书·宣帝纪》)

十月,吴明彻攻陷寿阳,生擒王琳,传首建康。(《北齐书·后主纪》)

陈宣帝作《皇孙胤生诏》、《克寿阳下诏》、《以吴明彻为豫州刺史诏》、《还王琳等首诏》、《敕北伐》,见于《陈书·宣帝纪》"太建五年"。

始兴王叔陵作《赍书招何之元》。

按:《陈书·何之元传》:"及众军北伐,得淮南地,湘州刺史始兴王叔陵……召之元。"《陈书·宣帝纪》,本年得淮南地。

张正见作《山家闺怨》、《星名从军》、《赋得韩信》、《赋得落落穷巷士》、《赋得日中市朝满》、《赋得题新云》、《赋得白云临酒》、《赋得雪映夜舟》、《薄帷鉴明月》、《秋河曙耿耿》、《浦狭村烟度》、《赋得山卦名》、《初春赋得池应教》、《赋得垂柳映斜溪》、《赋得岸花临水发》、《赋得风声翠竹里应教》、《赋得山中翠竹》、《赋得默林轻雨应教》、《赋新题得兰生野径》、《赋得威风栖梧》、《赋得鱼跃水花生》、《赋新题得寒树晚蝉疏》、《赋得佳期竟不归》、《赋得阶前嫩竹》。

　　按：天嘉、太建年间多文会之事。天嘉二年，侯安都诏聚文武之士，宾客甚众。《陈书·侯安都传》曰："自王琳平后，安都勋庸转大，又自以功安社稷，渐用骄矜，数招聚文武之士，或射驭驰骋，或命以诗赋，第其高下，以差次赏赐之。文士则褚玠、马枢、阴铿、张正见、徐伯阳，刘删、祖孙登，武士则萧摩诃、裴子烈等，并为之宾客，斋内动至千人。"《陈书·文学·徐伯阳传》："太建初，中记室李爽、记室张正见、左民郎贺彻、学士阮卓、黄门郎萧诠、三公郎王由礼、处士马枢、记室祖孙登、比部贺循、长史刘删等为文会之友，后有蔡凝、刘助、陈暄、孔范亦预焉。皆一时之士也。游宴赋诗，勒成卷轴，伯阳为其集序，盛传于世。"参加高祖游宴赋诗的人还有当时著名的文士徐陵和阴铿，"世祖尝宴群臣赋诗，徐陵言之于世祖，即日召铿预宴，使赋新成安乐宫，铿授笔便就，世祖甚叹赏之。"虽然他们游宴赋诗的文集不存，但这也足以显现当时的文会之盛。汪春泓先生认为，此"太建初"仅是一个模糊的时间概念，因此把这次文会活动系于 573 年[①]。

　　据《马谱》，张正见参与天嘉间侯安都文会、太建初徐伯阳文会。从题目"赋得"以及以古人诗句为题来看，以上诗显为文会之作。又《山家闺怨》，李爽有同题作；《星名从军》，祖孙登有《宫殿名登高台》；《赋得韩信》，祖孙登有《赋得司马相如》，刘删有《赋得苏武》；《赋得山中翠竹》、《赋得阶前嫩竹》，刘删有《赋得松上轻萝》、阮卓有《赋得莲下游鱼》似为同时之作。

　　据《马谱》，刘删《赋得马》、《赋得独鹤凌云去》，萧诠《赋得往往孤山映》、《咏衔泥双燕》、《赋得夜猿啼》、《赋得婀娜当轩织》；贺彻《赋得长笛吐清气》、《赋得为我弹鸣琴》；贺循《赋得夹池修竹》、《赋得庭中有奇树》；李爽《赋得芳树》、《山家闺怨》；蔡凝《赋得处处春云生》；阮卓《赋得咏风》、《赋得莲下游鱼》、《赋得黄鹄一远别》疑作于太建间徐伯阳文会。

　　张正见又作《别韦谅赋得江湖泛别舟》。

---

① 汪春泓编著：《中国文学编年史·两晋南北朝卷》，湖南人民出版社出版 2006 年版，页549。

按：韦谅事迹不详，据《陈书·始兴王叔陵传》曰："叔陵诸子，即日并赐死。前衡阳内史彭暠咨议参军兼记室郑信、中录事参军兼记室韦谅、典签俞公喜，并伏诛。"因叔陵叛乱，韦谅于太建十一年被杀。其诗中有"千里浔阳岸"句。《陈书·张正见传》："历宜都王限外记室、撰史著士，带浔阳郡丞。"《陈书·宜都王叔明传》："太建五年，立为宜都王，寻授宣惠将军，置佐史。"故系于此。

周弘正七十八岁，十月为尚书右仆射，敕赴东宫讲《论语》、《孝经》，为太子所重。（《陈书·周弘正传》）

作《学中早起听讲诗》。

按：《陈书·周弘正传》曰："太建五年，授尚书右仆射，祭酒、中正如故。寻敕侍东宫讲《论语》、《孝经》。"《马谱》认为，诗中有"平生爱山海，宿昔特精微"句，当是晚年作，故系于此。

徐陵六十七岁，作《为护军长史王质移文》。

按：据《马谱》，言讨华皎事，在本年。见《陈书·废帝纪》、《陈书·华皎传》。

作《移齐文》、《谢敕赍烛盘赏齐国移文启》。

据：《陈书·徐陵传》曰："及朝议北伐，高宗曰：'朕意已决，卿可举元帅。'众议咸以中权将军淳于量位重，共署推之。陵独曰：'不然。吴明彻家在淮左，悉彼风俗，将略人才，当今亦无过者。'于是争论累日不能决。都官尚书裴忌曰：'臣同徐仆射。'陵应声曰：'非但明彻良将，裴忌即良副也。'是日，诏明彻为大都督，令忌监军事，遂克淮南数十州之地。"又按《陈书·宣帝纪》曰："三月壬午，分命众军北伐，以镇前将军、开府仪同三司吴明彻都督征讨诸军事。"

宗元饶五十六岁，作《奏劾蔡景历》。

按：《陈书·蔡景历传》曰："太建五年，都督吴明彻北伐，所向克捷，与周将梁士彦战于吕梁，大破之，斩获万计，方欲进图彭城。是时高宗锐意河南，以为指麾可定，景历谏称师老将骄，不宜过穷远略。高宗恶其沮众，大怒，犹以朝廷旧臣，不深罪责，出为宣远将军、豫章内史。未行，为飞章所劾，以在省之日，赃污狼藉，帝令有司按问，景历但承其半。于是御史中丞宗元饶奏曰……"

江总五十五岁，尝作《登宫城五百字》诗，徐陵和之。

按：《陈书·姚察传》曰："总为詹事时，尝制登宫城五百字诗，当时副君及徐陵以下诸名贤并同此作。徐公后谓江曰：'我所和弟五十韵，寄弟集内。'及江编次文章，无复察所和本，述徐此意，谓察曰：'高才硕学，庶光拙文，今须公所和五百字，用偶徐侯章也。'察谦逊未付，江曰：'若不得公此制，仆诗亦须弃本，复乖徐公所寄，岂得见令两失。'察不获已，乃写本付之。为通人推挹，例皆如此。"

又作《为沈尚书君理让右仆射领吏部表》。

按：据《陈书·沈君理传》，本年为"尚书右仆射，领吏部"。

智文作《格倩僧转输运力词》。

按：《续高僧传·智文传》有言"克有淮浽，一战不功"，当是本年北伐之事。

陈太建六年　甲午　574 年

陈叔宝集四方名儒入讲于承光殿。

按：《新唐书·儒林·陆德明传》曰："陈太建中，后主为太子，集名儒入讲承光殿，德明始冠，与下坐。国子祭酒徐孝克敷经，倚贵纵辩，众多下之，独德明申答，屡夺其说，举坐咨赏。"据《陈书·徐孝克传》："六年，除国子博士，迁通直散骑常侍，兼国子祭酒，寻为真。"故系于此。

陈宣帝作《赦江右淮北等州诏》、《缓南川等州田租诏》、《慰抚朐山黄郭诏》、《赠谥周弘正诏》，见于《陈书·宣帝纪》"太建六年"。

江总五十六岁，作《摄山栖霞寺山房夜坐简徐祭酒周尚书并同游群彦诗》、《静卧栖霞寺房望徐祭酒诗》，考见《马谱》。

徐孝克作《仰和令君摄山栖霞寺山房夜坐六韵诗》、《仰和令君诗》。

按：此两首诗皆是和《摄山栖霞寺山房夜坐简徐祭酒周尚书并同游群彦诗》，令君即为江总，徐祭酒即为徐孝克。

周弘正卒（496—）

陈太建七年　乙未　575 年

八月癸卯，周遣使访陈。（《周书·武帝纪》）

闰九月壬辰，陈将吴明彻在吕梁大败齐兵。（《资治通鉴》卷一百七十二）

陈宣帝作《敕禁海际捕鱼沪业》。

按：据《马谱》，《续高僧传·智颛传》，释智颛与慧辩等二十余人往天台山。陈宣帝下诏留之。永阳王伯智就山请戒。令陈宣帝下敕禁海捕鱼，并诏徐孝克为文。又有"永阳王伯智出抚吴兴"语，据《陈书·永阳王伯智传》，为"会稽内史"当是太建间事。《敕留释智颛不许入天台》同《敕禁海际捕鱼沪业》。

徐陵六十九岁，十二月，领国子祭酒，南徐州大中正，以公事免侍中、仆射，寻加侍中，给扶，又除领军将军。（《陈书·徐陵传》）

作《又（与释智颛）书》。

按：据《马谱》，书中所言言"山中"云云，释智颛当已入天台山。据《续高僧传》卷十七《释智颜传》：智颛"陈太建七年秋九月"，与慧辩等二十余人往天台山，陈宣帝下诏留之。

作《又（与释智颛）书》。

按：据《马谱》，书中言及"放生"事。本年释智颛令陈宣帝下敕禁海捕鱼，并诏徐孝克为文。见《续高僧传》卷十七本传。

徐孝克作《天台山修禅寺智颛禅师放生碑》（并序）

按：《续高僧传》卷十七，释智颛令陈宣帝下敕禁海捕鱼，并诏徐孝克为文。文中有言："桂阳王殿下，皇枝之贵。"《陈书·世祖九王·贵阳王伯谋传》曰："桂阳王伯谋，字深之……太建中，立为桂阳王。"

毛喜六十岁，作《又（与释智颛）书》。

按：据《马谱》，书中言"远咨"，释智颛本年入天台山。《又书》同《又（与释智颛）书》，书中言"钟岭天台"；《又书》同《又（与释智颛）书》，书中言"奉南岳信"。

张正见四十九岁，作《从永阳王游虎丘山》。

按：《陈书·永阳王伯智传》："太建中，立为永阳王。"正见亦于太建中卒，故暂系于此。

韦鼎作《长安听百舌》。

按：《文苑英华》三百二十九作"陈聘使韦鼎《长安听百舌》。"《隋书·韦鼎传》曰："太建中，为聘周主使，加散骑常侍。"《周书·武帝纪》曰："（建德四年）甲戌，陈遣使来聘。"此年聘问者当为韦鼎，故系于此。

周弘直七十六岁，作《遗疏敕其家》。

按：《陈书·周弘直传》曰："太建七年，遇疾且卒，乃遗疏敕其家曰……"

徐伯阳六十岁，为新安王陈伯固镇北府记室参军，兼南徐州别驾，带东海郡丞。奉使造访鄱阳王陈伯山，作剧韵诗二十，为时贤称颂。（《陈书·徐伯阳传》）

按：《陈书·文学·徐伯阳传》曰："鄱阳王为江州刺史，伯阳尝奉使造焉，王率府僚与伯阳登匡岭，置宴，酒酣，命笔赋剧韵二十，伯阳与祖孙登前成，王赐以奴婢杂物。"汪春泓先生《中国文学编年史·两晋南北朝卷》认为，此次聚会当在本年或稍后。

周弘直卒（500—）

陈太建八年　丙申　576年

陈宣帝在乐游苑设丝竹之乐，大会文武百官。（《陈书·宣帝纪》）

陈宣帝作《给吴明彻麾钺诏》、《凯旋大会诏》，见于《陈书·宣帝纪》"太建八年"。

徐陵七十岁，加翊右将军，为太子詹事，置佐史。十二月复为右光禄大夫。（《陈书·徐陵传》）

作《同江詹事登宫城南楼》。

按：《陈书·江总传》曰："八年，改加侍中……后主固争之，帝卒以总为詹事。"

姚察为徐陵作《致仕表》。

按：《陈书·姚察传》曰："及陵让官致仕等表，并请察制焉，陵见叹曰：'吾弗逮也。'"

江总五十八岁，作《除詹事谢宫启》。

按：据《马谱》，《陈书·孔奂传》言"以总为詹事"之事，在本年。

张正见约卒于此年。

黄法氍卒于此年。江总撰志文，顾野王撰铭辞。

按：《新出土魏晋南北朝墓志疏证·黄法氍墓志》曰："□君墓志铭左民尚书江总制太子率更令□东宫舍人顾野王□冠军长史谢众书。"罗新、叶炜认为："南朝后期王公墓志的志文和铭辞往往由不同的人来书写，这个意见无疑是正确的。"①

陈沙门慧湛造《佛说生经》卷一题记。

按:敦煌藏经洞出品。文曰:"陈太建八年岁次丙申,白马寺禅房沙门慧湛敬造经藏。普被含生同佛性者,开甘露门,示解脱道。愿乘此善,乃至菩提。裂生死纲,破无明鄣。智慧神力,次第开发,入法流水,成等正觉。回奉十方六道,为无所得故。"

陈太建九年　丁酉　577 年

十月,陈闻周灭齐,出兵欲夺徐、兖二州,命吴明彻率兵,在吕梁击败周兵。(《陈书·宣帝纪》、《资治通鉴》卷一百七十二)

十二月,陈东宫成,皇太子移居新宫。(《陈书·宣帝纪》)

周武帝平齐废佛(《高僧传》二集卷一〇、《广弘明集》卷一〇)。

陈宣帝作《原逋租诏》,见于《陈书·宣帝纪》"太建九年"。

又作《敕给释智颙》,见严可均《全上古三代秦汉三国六朝文》题注。

徐陵七十一岁,作《檄周文》。

按:《南史·吴明彻传》曰:"九年,诏明彻北侵,令其世子慧觉摄行州事。军至吕梁,周徐州总管梁士彦率众拒战,明彻频破之。"

陈叔宝作《同平南弟元日思归诗》。

按:《陈书·建安王叔卿传》曰:"(太建)九年,进号平南将军、湘州刺史。"

陈太建十年　戊戌　578 年

正月,徐陵七十二岁,以智凯法师创寺,请于朝,赐号修禅。(《陈书·徐陵传》)

二月,陈将吴明彻与周战于彭城,与将士三十万余均被俘。未几,明彻忧愤而卒。(《陈书·宣帝纪》)

陈宣帝作《量酬军功诏》、《停减供御诏》,见于《陈书·宣帝纪》"太建十年"。

又作《敕给修禅寺名》,见严可均《全上古三代秦汉三国六朝文》题注。

①　罗新、叶炜著:《新出土魏晋南北朝墓志疏证》,中华书局 2005 年版,页 46。

江总六十岁,作《遇长安使寄裴尚书诗》,考见《马谱》,暂系于此。

又作《明庆寺诗》。

按:诗中有"六十轩冕年"之句。

陈太建十一年　己亥　579 年

陈宣帝作《侨置淮北郡县诏》、《清义文案诏》、《改重受财律诏》、《大赦诏》、《尚俭诏》,见于《陈书·宣帝纪》"太建十一年"。

徐陵七十三岁,作《皇太子临辟雍颂》,文中有言"(太建)十一年三月"。

徐君敷作《奏劾南康王方泰》。

按:《陈书·南康王方泰传》曰:"(太建)十一年,起为宁远将军,直殿省。……因与亡命杨钟期等二十人,微服往民间,淫人妻,为州所录。又率人仗抗拒,伤禁司,为有司所奏。上大怒,下方泰狱。方泰初但承行淫,不承拒格禁司,上曰不承则上刑,方泰乃投列承引。于是兼御史中丞徐君敷奏曰……"

又作《奏劾武陵王伯礼》。

按:《陈书·武陵王伯礼传》曰:"(太建)十一年春,被代征还,伯礼遂迁延不发。其年十月,散骑常侍、御史中丞徐君敷奏曰……"

徐伯阳六十四岁,作《辟雍颂》。

按:《陈书·文学·徐伯阳传》曰:"十一年春,皇太子幸太学,诏新安王于辟雍发《论语》题,仍命伯阳为《辟雍颂》,甚见佳赏。"

杂歌谣词《陈宣帝时谣》作于此时。

按:《陈书·宣帝纪》曰:"宣帝太建十一年,又铸大货六铢,以一当五铢之十,与五铢并行。后还当一,人皆不便。乃相与讹言曰:'六铢钱有不利县官之象。'"

岑之敬卒(519—)

陈太建十二年　庚子　580 年

陈宣帝作《丹阳等十郡田税原半诏》,见于《陈书·宣帝纪》"太建十二年"。

徐陵七十四岁,作《司空河东康简王墓志》。

按:《陈书·河东王叔献传》曰:"河东王叔献,字子恭,高宗第九子也。

性恭谨,聪敏好学。太建五年,立为河东王……十二年薨,年十三。赠侍中、中抚将军、司空,谥曰康简。"

阙名作《奏治始兴王叔陵死后余罪》。

按:《陈书·始兴王叔陵传》曰:"及高宗不豫,太子诸王并入侍疾。高宗崩于宣福殿……叔陵聚兵仅千人,初欲据城保守……尚书八座奏曰:'逆贼故侍中、中军大将军、始兴王叔陵……'。"

褚玠卒(529—),沈不害卒(518—)

陈宣帝太建十三年　辛丑　581年

二月,隋文帝杨坚代周,改元开皇,是为隋高祖文皇帝。(《周书·静帝纪》、《隋书·高祖纪》)

十一月,隋遣使聘于陈。

江总六十三岁,作《在陈旦解醒共哭顾舍人诗》。

按:顾舍人即为顾野王,《陈书·顾野王传》曰:"六年,除太子率更令,寻领大著作,掌国史,知梁史事,兼东宫通事舍人。……十三年卒。"

作《赠洗马袁朗别》

按:《旧唐书·儒林·袁朗传》曰:"袁朗,雍州长安人。勤学好属文,在陈释褐秘书郎,甚为江总所重,尝制千字诗,当时以为盛作。后主召入禁中,使为《月赋》,染翰立成。"《丛考》以为当作于后主即位之前,暂系于此。

陈叔宝二十九岁,作《扬都兴皇寺释法朗墓铭》,据《续高僧传》卷七《陈扬都兴皇寺法朗传》,法朗太建十三年卒。

顾野王卒(519—)

陈宣帝太建十四年　隋文帝开皇二年　壬寅582年

正月,陈宣帝陈顼死,太子陈叔宝即皇帝位,即为陈后主。(《陈书·后主纪》)

作《即位大赦诏》、《又诏》、《课农诏》、《求贤诏》、《求言诏》、《禁繁费诏》、《发遣北边质任诏》、《许新安王伯固以庶人礼葬诏》、《讨叔陵制》均见于《陈书·后主纪》"太建十四年"。

何之元八十三岁,作《梁典序》和《梁典总论》。

按:《陈书·何之元传》曰:"及叔陵诛,之元乃屏绝人事,锐精著述。以为梁氏肇自武皇,终于敬帝,其兴亡之运,盛衰之迹,足以垂鉴戒,定褒贬。究其始终,起齐永元元年,迄于王琳遇获,七十五年行事,草创为三十卷,号曰《梁典》。其序曰……"始兴王叔陵本年伏诛,《陈书·后主纪》曰:"十四年正月甲寅,高宗崩。乙卯,始兴王叔陵作逆,伏诛。"

傅縡五十五岁,作《狱中上陈后主书》。

按:《建康实录》卷二十,本年正月下曰:"是月,右卫将军年、秘书监傅縡下狱死。……縡素刚,因狱中上书曰……"

江总六十三岁,除祠部尚书,又领左骁骑将军,参掌选事。(《陈书·江总书》)

作《陈宣帝哀策文》。

作《秋日侍宴娄苑湖应诏诗》、《秋日新宠美人应令》、《新人姬人应令》。

按:后主本年即位,《陈书·姚察传》曰:"使还,补东宫学士。于时济阳江总、吴国顾野王、陆琼、从弟瑜、河南褚玠、北地傅縡等,皆以才学之美,晨夕娱侍。"据《马谱》,诗中有"应诏"、"应令"之语,最有可能作于此时。《侍宴玄武观诗》同《秋日侍宴娄苑湖应诏诗》。

又作《闺怨篇》、《又》、《姬人怨》、《姬人怨服散》。

按:江总入陈叔宝文学群体较早,二人关系极其密切。以上诸作艳丽缠绵,华美绮艳,脂粉气十足。当为与陈叔宝唱和应对时所作,故暂系于此。

作《在南接北使者》。

按:《艺文类聚》卷五十三作接北使诗,《文苑英华》卷二百九十六作接北使,当为其仕陈时所作,《隋书·高祖纪》,本年正月,陈请和于隋;五月,隋遣使吊于陈。又诗中有"共此敦封植,方欣笃纻衣",希冀陈隋睦好,暂系于此。

陈后主至德元年　隋文帝开皇三年　癸卯　583 年

二月,陈遣使聘于隋。(《隋书·高祖纪》)

后主伤愈,引江总等展乐赋诗。

按:《陈书·毛喜传》曰:"初,后主为始兴王所伤,及疮愈而自庆,置酒于后殿,引江总以下,展乐赋诗,醉而命喜。"

阮卓聘隋,与薛道衡、颜之推等谈宴赋诗。

按:《陈书·文学·阮卓传》曰:"至德元年,入为德教殿学士。寻兼通直散骑常侍,副王话聘隋。隋主夙闻卓名,乃遣河东薛道衡、琅邪颜之推等,与卓谈宴赋诗,赐遗加礼。"

陆琼四十七岁,除度支尚书,参掌诏诰。续撰其父《嘉瑞记》。(《陈书·陆琼传》)

陈叔宝三十一岁,作《改元大赦诏》、《追封吴明彻诏》、《追封程文季诏》、《赠谥徐陵诏》,均见于《陈书·后主纪》"至德元年"。

作《诏答姚察》。

按:《陈书·徐陵传》曰:"后主即位,迁左光禄大夫、太子少傅,余如故。至德元年卒,时年七十七。诏曰……"《手敕姚察》同《诏答姚察》。

作《敕施文庆》。

按:《陈书·谢贞传》曰:"后主因敕舍人施文庆曰……"《南史·施文庆传》:"及即位,擢为中书舍人。"

作《宣旨诚谕姚察》。

按:《陈书·姚察传》曰:"至德元年,除中书侍郎,转太子仆,余并如故。……后主以察羸瘠,虑加毁顿,乃密遣中书舍人司马申就宅发哀,仍敕申专加譬抑。尔后又遣申宣旨诚喻曰……"

陈叔宝作《戏赠沈后》,沈后作《答后主》。

按:《平陈录》曰:"沈后者,望蔡侯君理女也。以张贵妃权宠,动经半年不得御。陈主尝御沈后处,暂入即还,谓后曰:'何不见留?'赠诗云云。后答云云。"《朝野佥载》亦载此事。《陈书·沈后传》曰:"后主即位,立为皇后……后主遇后既薄,而张贵妃宠倾后宫,后宫之政并归之,后澹然未尝有所忌怨。"故其当作于至德元年(583)后,暂系于此。

徐陵七十七岁,作《杂曲》,江总、傅绛有同题之作。

按:从徐陵诗中"张星旧在天河上,从来张姓本连天"和江总诗中"曲中唯闻张女曲,定有同姓可怜人"来看,徐陵、江总、傅绛三人之作所吟咏对象当是后主宠妃张丽华,明谢榛《四溟诗话》曰:"徐陵《杂曲》曰:'张星旧在天河上,从来张姓本连天'盖指张丽华而言。是时陈后主最宠丽华,此奉谀之辞尔。"[①]陈祚明《采菽堂古诗选》曰:"《杂曲》,张星句是为丽华作,结四语

①　谢榛著:《四溟诗话》,《历代诗话续编》本,中华书局1983年版,页1159。

新艳。"①盖为同时之作。后主582年即位,据《陈书·后主沈皇后附张贵妃传》,张丽华被"拜为贵妃,性聪惠,甚被宠遇",徐陵583年卒,至迟作于本年。然而曹道衡《中古文学史论文集》认为,"宫中本造鸳鸯殿,为谁新起凤凰楼"之句,似指《陈书·皇后论》所载至德二年(584)"于光照殿前起临春、结绮、望仙三阁"而言。此显然是徐陵身后之事,不可能出现于徐陵集中,恐是后人将江总等"狎客"所作误系为徐陵的作品②。暂系于此年。

又作《别毛永嘉》。

按:《陈书·毛喜传》:"毛喜字伯武……至德元年,授信威将军、永嘉内史。"《陈书·毛喜传》曰:"既益亲,乃言无回避,而皇太子好酒德,每共幸人为长夜之宴,喜尝为言,高宗以诚太子,太子阴患之,至是稍见疏远。……乃以喜为永嘉内史。"毛喜被贬为永嘉内史后,徐陵对他深表同情,此诗即徐陵送别其赴永嘉之作。

潘徽作《赠北使》。

按:《隋书·潘徽传》曰:"隋遣魏澹聘于陈,陈人使徽接对之。"《隋书·魏澹传》曰:"(开皇三年)闰十二月乙卯,遣兼散骑常侍曹令则、通直散骑常侍魏澹使于陈。"

陆琼四十七岁,续撰其父《嘉瑞记》。

按:《陈书·陆琼传》曰:"至德元年,除度支尚书,参掌诏诰,并判廷尉、建康二狱事。初,琼父云公奉梁武帝敕撰《嘉瑞记》,琼述其旨而续焉,自永定讫于至德,勒成一家之言。"

陈暄作《应诏语赋》。

按:《南史·陈暄传》曰:"及(后主)即位,迁通直散骑常侍,与义阳王叔达、尚书孔范、度支尚书袁权、侍中王瑳、金紫光禄大夫陈褒、御史中丞沈瓘、散骑常侍王仪等恒入禁中陪侍游宴,谓为狎客。""应诏"一词显现此作当其为狎客时所作。

作《食梅赋》。

按:《南史·陈暄传》曰:"暄素通脱,以俳优自居,文章谐谬,语言不节,后主甚亲昵而轻侮之。"当其为狎客时所作,暂系于此。

---

① 陈祚明评选:《采菽堂古诗选》卷二十九,《续修四库全书》本,上海古籍出版社2003年版,页331。

② 曹道衡著《中古文学史论文集》,中华书局1986年版,页482—483。

孔范作《和陈主咏镜》。

按：孔范此时为陈叔宝狎客，暂系于此。

江总六十四岁，作《特进光禄大夫徐陵墓志铭》，本年徐陵卒。

作《建初寺琼法师碑》。

按：据《续高僧传》卷七《释宝琼传》，释宝琼本年卒。

作《让吏部尚书表》。

按：《陈书·江总传》曰："后主即位，除祠部尚书，又领左骁骑将军，参掌选事。转散骑常侍、吏部尚书。"又《陈书·后主纪》曰："至德元年春正月壬寅，诏曰：'……祠部尚书江总为吏部尚书……'"

潘徽作《难魏澹敬字议》。

按：据《隋书·潘徽传》，隋遣魏澹聘陈，为启于陈主曰："敬奉弘慈，曲垂钱送。"徽以"伏奉"为重，"敬奉"为轻，却其启而不奏。澹立议，徽难之云云。澹不能对，遂从而改焉。又据《资治通鉴》卷一七五，至德元年十二月，隋遣魏澹聘陈。

陈伯智作《与释智颛手书》、《第二书》、《第三书》、《又与释智颛书》、《解讲疏》。

按：据沙门志盘《佛祖统纪》，至德元年，永阳王伯智出镇东阳，请颛禅师赴镇开讲。王与子湛及家人同禀菩萨戒法。以上文书当作于此时。

姚察作《乞终丧表》，见《陈书·姚察传》。

陆德明作《经典释文》三十卷。

按：其序曰："粤以癸卯之岁，承乏上庠，循省旧音，苦其太简。况微言久绝，大义愈乖。攻乎异端，竞生穿凿……合为三帙三十卷，号曰《经典释文》。"钱大昕、丁杰以为此癸卯乃陈后主至德元年（583），李焘、桂馥则以为乃唐太宗贞观十七年（643）。今据吴承仕先生《经典释文序录疏证》以钱、丁说是，李、桂说非。王利器《经典释文考》（载于《晓传书斋集》，华东师范大学出版社1997年版）有详细考证。

徐陵卒（507—）

陈后主至德二年　隋文帝开皇四年　癸卯　584年

七月，陈遣使聘于隋。（《隋书·高祖纪》）

陈叔宝三十二岁，起临春、结绮、望仙阁，以江总为仆射，选宫人为女学

士。于后宫多作艳曲,诗风极其淫靡。(《陈书·后主张贵妃传》)

作《玉树后庭花》、"璧月夜夜满,琼树朝朝新"歌。

按:《南史·张丽华传》:"后主每引宾客,对贵妃等游宴,则使诸贵人及女学士与狎客共赋新诗,选宫女有容色者,令习而歌之。其曲有《玉树后庭花》、《临春乐》等,其略云'璧月夜夜满,琼树朝朝新'。"又,《陈书·后妃传》:"至德二年,乃于光照殿前起临春、结绮、望仙三阁……后主每引宾客对贵妃等游宴,则使诸贵人及女学士与狎客共赋新诗,互相赠答,采其尤艳丽者以为曲词,被以新声,选宫女有容色者以千百数,令习而歌之,分部迭进,持以相乐。其曲有《玉树后庭花》、《临春乐》等,大指所归,皆美张贵妃、孔贵嫔之容色也。其略云'璧月夜夜满,琼树朝朝新'。"

作《同江仆射游摄山栖霞寺》。

按:《陈书·后主纪》,本年五月"吏部尚书江总为尚书仆射"。

作《原除望订租调积逋诏》,见《陈书·后主纪》"至德二年"。

作《与江总书悼陆瑜》。

按:据《陈书·陆瑜传》,陆瑜卒于本年。

江总六十六岁,五月由事部尚书迁为尚书仆射,与蔡征知撰五礼事。(《陈书·江总传》、《后主纪》)

作《让尚书仆射表》。

按:《陈书·后主纪》,本年五月"吏部尚书江总为尚书仆射"。

作《咏双阙》、《应诏诗》。

按:其诗曰:"刻凤栖清汉,图龙入紫虚。"极力描写皇宫外双阙的恢宏气势。这似与至德二年"于光照殿前起临春、结绮、望仙三阁"有关。《应诏诗》曰:"绿桷朱帘金刻凤,彫梁绣柱玉蟠螭。"似亦与此事有关。故暂系于此。

作《咏采甘露应诏》。

按:据《马谱》,诗末二句"徒知恩礼洽,自怜名实爽",身居高位而自惭的思想在他晚年诗文中多次出现。

又作《至德二年十一月十二日升德施山斋三宿决定罪福忏悔》。

陈后主至德三年　隋文帝开皇五年　癸卯　585 年

陈叔宝三十三岁,作《改筑孔子庙诏》,见《陈书·后主纪》"至德三年"。

作《敕报谢贞》。

按：《陈书·谢贞传》曰："至德三年，以母忧去职。顷之，敕起还府，仍加招远将军，掌记室。贞累启固辞，敕报曰……"

江总六十七岁，作《入摄山栖霞寺》并序。

按：其诗序载于《广弘明集》三十上，曰："……乙巳年十一月十六日，更获拜礼，仍停中山宿。永夜留连，栖神悚听。但交臂不停，薪指俄谢，率制此篇，以记岁月。俾后来赏者，知余山志。"乙巳即至德三年。

作《侍奠诗应令》。

按：当作于晚年身居高位侍奠之作，考见《马谱》。

薛道衡四十六岁，为散骑常侍，使陈。（《隋书·薛道衡传》、《高祖纪》）

作《人日思归》。

按：《编年史》认为，薛道衡去年十一月奉命使陈，则今年人日应当还在南方。《隋书·薛道衡传》曰："江东雅好篇什，陈主尤爱雕虫，道衡每有所作，南人无不吟诵焉。"

王胄作《在陈释奠金石会应令诗》。

按：《隋书·王胄传》曰："胄少有逸才，仕陈，起家鄱阳王法曹参军，历太子舍人，东阳王文学。"《陈书·世祖纪》，天嘉元年，立皇子伯山为鄱阳王。据诗题中"释奠金石会"，《陈书》记有两次，一次为陈武帝时，王胄还未入仕。另一次为陈后主时，《陈书·后主十一子·吴兴王胤传》曰："至德三年，躬出太学讲《孝经》，讲毕，又释奠于先圣先师。其日设金石之乐于太学，王公卿士及太学生并预宴。"

陈暄卒（？—），傅縡卒（531—）

陈后主至德四年　隋文帝开皇六年　丙午　586年

四月，隋遣使聘于陈。（《隋书·高祖纪》）

九月，陈后主到玄武湖，肆舻舰阅武，宴群臣赋诗。

是时，陈后主爱悦文章，陈叔慎、陈伯信、陈叔齐等日夕陪侍，常应诏赋诗。

按：《陈书·高宗二十九王传·岳阳王叔慎传》曰："至德四年，拜侍中、智武将军、丹阳尹。是时，后主尤爱文章，叔慎与衡阳王伯信、新蔡王叔齐等日夕陪侍，每应诏赋诗，恒被嗟赏。"

陈叔宝三十四岁,作《大赦诏》、《举士诏》,见《陈书·后主纪》"至德四年"。

作《赠谥司马申诏》。

按:《陈书·司马申传》曰:"至德四年卒,后主嗟悼久之,下诏曰……"

作《授江总尚书令册文》、《谢敕给鼓吹表》。

按:《陈书·江总传》曰:"至德四年,加宣惠将军,量置佐史。寻授尚书令,给鼓吹一部,加扶,余并如故。策曰……"《除尚书令谢台启》、《除尚书令断表后启》同《谢敕给鼓吹表》。

作《幸玄武湖饯吴兴太守任惠诗》。

按:《陈书·后主纪》:"(至德四年)秋九月甲午,舆驾幸玄武湖,肆舻舰阅武,宴群臣赋诗。"

江总六十八岁,十月加宣惠将军,量置佐使,寻授尚书令。(《陈书·江总传》)

作《山庭春日》。

按:其诗曰:"沐沐惟五日。栖迟在一丘。"即为描述其居于其宅院的生活。《南朝事迹编类·宅舍门·江令宅》曰:"陈尚书令江总宅也。《建康实录》及杨修之诗注云:南朝鼎族多夹青溪,江令宅尤占胜地。后主尝幸其宅,呼为狎客。刘禹锡诗云:'南朝词臣北朝客,归来惟见秦淮碧。池台竹树三亩余,至今人道江家宅。'今城东段大夫约之宅,正临青溪,即其地也。故王荆公诗云:'昔时江令宅,今日段侯家。'此可验也。"[1]《陈书·江总传》曰:"后主之世,总当权宰,不持政务,但日与后主游宴后庭,共陈暄、孔范、王瑳等十余人,当时谓之狎客。"江总本年为尚书令,因此其宅当造于此时。这个宅院成为其吟咏的对象,《春夜山庭诗》、《夏日还山庭》、《岁暮还宅》等亦作于此时。

虞世基作《衡阳王斋阁奏妓诗》。

按:虞世基和衡阳王伯信此时都甚得恩宠,暂系于此。

陈渊作《请释智𫖮为戒书》。

按:《陈书·后主二十二男·皇太子深传》曰:"皇太子深,字承源,后主第四子也。少聪慧,有志操,容止俨然,虽左右近侍,未尝见其喜愠。以母

---

① 张敦颐撰,王进珊校点:《六朝事迹编类》,南京出版社 1989 年版,页 65。

张贵妃故,特为后主所爱。"深本名渊,因避唐高祖讳而改为深。据沙门志磐《佛祖统纪》,陈后主于本年正月,诏"颙禅师赴崇正殿,为皇太子授菩萨戒,设千僧斋"。

陈彭普信造《摩诃摩耶经》卷上题记。

按:文曰:"陈至德四年十二月十五日,菩萨戒弟子彭普信敬造《摩诃摩耶经》两卷,为十方六道,三界四生,善恶怨亲,一相平等。又为七世久远,祖宗伯叔,是彭家迁逝,并承此善,直趣菩提。未为弟子普信,长得正信,无有退转。"

陆琼卒(526—)

陈后主祯明元年　　隋文帝开皇七年　　丁未　　587年

陈叔宝三十五岁,作《改元大赦诏》,见《陈书·后主纪》"祯明元年"。

作《题江总所撰孙玚墓志铭后四十字》。

按:据《陈书·孙玚传》,孙玚本年卒。

章华作《上后主书》。

按:《陈书·傅𬘡传附章华传》曰:"后主即位,朝臣以华素无伐阅,竞排诋之,乃除大市令,既雅非所好,乃辞以疾,郁郁不得志。祯明初,上书极谏,其大略曰……书奏,后主大怒,即日命斩之。"

陈叔宝作《歌》"玉树后庭花,花开不复久"。

按:《隋书·五行志》:"祯明初,后主作新歌词,甚哀怨,令后宫美人习而歌之,其辞曰:'玉树后庭花,花开不复久'。"

谢贞五十五岁,作《遗书告子凯》,考见《马谱》。

江总六十八岁,《游摄山栖霞寺》。

按:其诗载于《广弘明集》三十上,序曰:"祯明元年太岁丁未四月十九日癸亥,入摄山,展慧布法师,忆《谢灵运集》。还故山,入石壁中,寻昙隆道人,有诗一首,十一韵。今此拙作,仍学康乐之体。"

作《孙玚墓志铭》。

按:《陈书·孙玚传》:"及卒,尚书令江总为墓志。"孙玚本年卒。

陈后主祯明二年　　隋文帝开皇八年　　戊申　　588年

三月,隋主下诏伐陈。(《隋书·高祖纪》)

　　江总七十岁,六月以宣惠将军、尚书令进号中权将军。(《陈书·江总传》)

　　作《营涅槃忏还途作》。

　　按:此诗载于《广弘明集》卷三十,序曰:"祯明二年仲冬,摄山栖霞寺布法师,祇尔待终。余以此月十七日宿昔入山。仰为师氏营涅槃忏。还途有此作。"

　　陈叔宝三十六岁,作《讯狱诏》,见《陈书·后主纪》"祯明二年"。

　　陈叔文作《致书秦王请降》,见《陈书·陈叔文传》。

　　虞世基作《讲武赋》。

　　按:《隋书·虞世基传》,陈主尝于莫府山校猎,令世基作《讲武赋》,于座奏之。陈主嘉之,赐马一匹。据《陈书·后主纪》,祯明二年十月己酉,舆驾幸莫府山,大校猎。

　　徐孝克作《营涅槃忏诗序》

　　按:文中有言:"祯明二年仲冬,摄山栖霞寺布法师祇尔待终。"

陈后主祯明三年　　隋文帝开皇九年　　己酉　　589 年

　　正月,陈后主为隋军所擒,陈亡。(《陈书·后主纪》)

　　四月,孔范以陈都官尚书,邪佞其主,隋将其投之边裔。

　　姚察入长安,为秘书丞,受诏撰梁、陈二代史书。(《陈书·姚察传》)

　　虞世基入长安,为通直郎,直内史省。(《隋书·虞世基传》)

　　陈叔宝三十七岁。

　　作《闻隋军至下诏》,见《陈书·后主纪》"祯明三年"。

　　作《济江陵诗》。

　　按:此诗写于陈亡之后,其被擒渡江陵北上所作。虽少有亡国之思,而亦显出苍凉的乡思。

　　江总七十岁,入隋,作《鲁广达墓志铭》并题诗赞之。

　　按:《陈书·鲁广达传》:"祯明三年依例入隋。广达追怆本朝沦覆,遘疾不疗,寻以愤慨卒,时年五十九。尚书令江总抚柩恸哭,乃命笔题其棺头……总又制广达墓铭,其略曰:……"

　　作《梁故度支尚书陆君诔》。

　　按:文中有言"隋开皇九年,于长安致仕"。

作《别袁昌州诗二首》。

按：袁昌州即袁宪，《陈书·袁宪传》曰："京城陷，入于隋，隋授使持节、昌州诸军事、开府仪同三司、昌州刺史。"暂系于此

作《别永新侯》。

按：永新侯即陈君范。《陈书·世祖九王伯山传附君范传》曰："长子君范，太建中拜鄱阳国世子，寻为贞威将军、晋陵太守，未袭爵而隋师至……至长安，隋文帝并配于陇右及河西诸州，各给田业以处之。初，君范与尚书仆射江总友善，至是总赠君范书五言诗，以叙他乡离别之意，辞甚酸切，当世文士咸讽诵之。"

阳慎作《从驾祀麓山庙》作于入隋后。

按：诗中曰："依稀长安驿，萧条都尉城。"是写长安之事，暂系于此。

苏子卿《南征》作于入隋后。

按：诗中所言"万里别长安"似为其入隋后所作，暂系于此。

杂歌谣词《陈人为齐云观歌》作于祯明三年（589）。

按：《隋书·五行上》曰："陈后主造齐云观，国人歌之曰：'齐云观，寇来无际畔。'功未毕，而为隋师所虏。"

主要参考文献

论 著

B

《八代诗史》(修订本)(葛晓音著),中华书局 2007 年版

《八代诗选》(王闿运著,马积高主编),岳麓书社 1996 年版

《白孔六帖》(白居易、孔传辑),上海古籍出版社 1992 年版

《百子全书》,浙江古籍出版社 1998 年版

《北朝史研究——中国魏晋南北朝史国际学术研讨会论文集》,商务印书馆
      2004 年版

《北美学者中国古代诗学研究》(徐志啸著),上海古籍出版社 2011 年版

《北齐书》(李百药撰),中华书局 1972 年版

《北齐政治史研究——北齐衰亡原因在之考察》(吕春盛著),台湾大学出版
      委员会 1987 年版

《北史》(李延寿撰),中华书局 1974 年版

《北堂书钞》(虞世南编),中国书店 1989 年版

C

《采菽堂古诗选》(陈祚明评选),《续修四库全书》本,上海古籍出版社 2003
      年版

《册府元龟》(李昉等撰),中华书局 1960 年版

《茶香室丛钞》(俞樾撰,贞凡、顾馨、徐敏霞点校),中华书局 1995 年版

《禅与诗学》(张伯伟著),浙江人民出版社 1992 年版

《唱和诗研究》(赵以武著),甘肃文化出版社 1997 年版

《朝野佥载》(张鷟著),中华书局 1979 年版

《尘几录》(田晓菲著),中华书局 2007 年版

《陈代诗歌研究》（马海英著），学林出版社 2004 年版

《陈书》（姚思廉撰），中华书局 1972 年版

《程氏考古编》（程大昌撰，刘尚荣校点），辽宁教育出版社 2000 年版

《初学记》（徐坚等编），中华书局 1985 年版

《楚辞通故》（姜亮夫著），齐鲁书社 1985 年版

《楚辞学论文集》（姜亮夫著），上海古籍出版社 1984 年版

《船山全书》（王夫之撰），岳麓书社 1988 年版

《辞赋通论》（叶幼明著），湖南教育出版社 1991 年版

D

《大唐新语》（刘肃撰，许德楠、李鼎霞点校），中华书局 1984 年版

《大正新修大藏经》，佛陀教育基金会出版部 1990 年版

《道藏源流考》（陈国符著），中华书局 1963 年版

《东晋南北朝学术编年》（刘汝霖著），中华书局 1987 年版

《东晋士人玄佛道思想与文化》（陈庆元著），文津出版社 2013 年版

《读史方舆纪要》（顾祖禹著），上海书店出版社 1998 年版

《杜甫与六朝诗歌关系研究》（吴怀东著），安徽教育出版社 2002 年版

E

《二十五史补编》，中华书局 1955 年版

《二十五史三编》（张舜徽主编），岳麓书社 1994 年版

F

《烽火与流星》（田晓菲著），中华书局 2010 年版

《复古派与明代文学思潮》（廖可斌著），台湾文津出版社 1994 年版

《傅玄阴铿诗注》（蹇长春、王会绍、余贤杰编注），甘肃人民出版社 1987
　　年版

《赋史》（马积高著），上海古籍出版社 1987 年版

G

《高僧传》（释慧皎著），中华书局 1992 年版

《高僧传合集》(释慧皎等著),上海古籍出版社 1991 年版

《宫体诗派研究》(石观海著),武汉大学出版社 2003 年版

《宫体诗研究》(胡大雷著),商务印书馆 2004 年版

《古代文学杂论》(余冠英著),中华书局 1987 年版

《古典文献论丛》(赵逵夫著),中华书局 2003 年版

《古诗笺》(王士禛选,闻人倓笺),上海古籍出版社 1980 年版

《古诗精选》(余冠英、韦凤娟编选),江苏古籍出版社 2002 年版

《古诗镜》(陆时雍编),《文渊阁四库全书》本,台湾商务印书馆 1983 年版

《古诗评选》(王夫之评选,张国星校点),文化艺术出版社 1997 年版

《古诗源》(沈德潜编),中华书局 1963 年版

《古史学论文集》(姜亮夫著),上海古籍出版社 1996 年版

《古佚书辑本目录》(孙启治、陈建华编),中华书局 1997 年版

《管锥编》(钱锺书著),中华书局 1986 年版

《广弘明集》(释道宣编),《四部丛刊初编》本,上海书店 1989 年版

H

《汉晋学术编年》(刘汝霖著),中华书局 1987 年版

《汉书》(班固撰,颜师古注),中华书局 1962 年版

《汉唐外交史》(黎虎著),兰州大学出版社 1989 年版

《汉唐文学的嬗变》(葛晓音著),陕西人民出版社 1989 年版

《汉魏古注十三经》,中华书局 1998 年版

《汉魏两晋南北朝佛教史》(增订本)(汤用彤著),昆仑出版社 2006 年版

《汉魏六朝百三家集》(张溥辑),光绪十八年善化章氏经济堂重刊本

《汉魏六朝百三家集题辞注》(张溥著、殷孟伦注),人民文学出版社 1981
　　年版

《汉魏六朝公宴诗研究》(黄亚卓著),华东师范大学出版社 2007 年版

《汉魏六朝乐府文学史》(萧涤非著),人民文学出版社 1984 年版

《汉魏六朝骚体文学研究》(郭建勋著),湖南教育出版社 1997 年版

《汉魏六朝诗论丛》(余冠英著),上海古典文学出版社 1956 年版

《汉魏六朝诗选》(邬国平选注),上海古籍出版社 2005 年版。

《汉魏六朝唐代文学论丛》(王运熙著),上海古籍出版社 1981 年版

《汉魏六朝文学论集》（逯钦立著），陕西人民出版社 1984 年版

《汉魏六朝文学论集》（詹福瑞著），河北大学出版社 2001 年版

《汉魏南北朝墓志汇编》（赵超编），天津古籍出版社 1992 年版

《汉魏南北朝墓志集释》（赵万里编），科学出版社 1956 年版

《汉语诗律学》（增订本）（王力著），上海教育出版社 1979 年新 2 版

《汉字古今音表》（修订本）（李珍华、周长楫编撰），中华书局 1999 年版

《汉字古音手册》（郭锡良著），北京大学出版社 1986 年版

《何逊集校注》（修订本）（何逊著，李伯齐校注），中华书局 2010 年版

《何逊集注阴铿集注》（刘畅、刘国珺注），天津古籍出版社 1998 年版

《侯景之乱与北朝政局》（李万生著），中国社会科学出版社 2003 年版

《后汉书》（范晔撰，李贤等注），中华书局 1965 年版

J

《〈金楼子〉研究》（钟仕伦著），中华书局 2004 年版

《建安七子集》（俞绍初辑校），中华书局 2005 年版

《建康实录》（许嵩撰，张忱石点校），中华书局 1986 年版

《金楼子》（萧绎著），影印《百子全书》本，浙江古籍出版社 1998 年版

《金明馆丛稿初编》（陈寅恪著），三联书店 2001 年版

《晋书》（房玄龄等撰），中华书局 1974 年版

《经学历史》（皮锡瑞著，周予同注释），中华书局 1959 年版

《旧唐书》（刘昫撰），中华书局 1975 年版

《郡斋读书志校证》（晁公武撰，孙猛校证），上海古籍出版社 1990 年版

L

《兰陵萧氏与南朝文学》（曹道衡著），中华书局 2004 年版

《历代辞赋研究史料概述》（马积高著），中华书局 2001 年版

《历代人物年里碑传综表》（姜亮夫纂定，陶秋英校），中华书局 1959 年版

《历代诗话》（何文焕辑），中华书局 1981 年版

《历代诗话续编》（丁福保辑），中华书局 1983 年版

《历代诗评注读本》（王文濡编），中国书店 1983 年版

《梁书》（姚思廉撰），中华书局 1973 年版

《六朝道教史研究》(小林正美著,李庆译),四川人民出版社 2001 年版

《六朝赋》(张国星编注),文化艺术出版社 1998 年版

《六朝江东世族之家风家学研究》(王永平著),江苏古籍出版社 2003 年版

《六朝乐府与民歌》(王运熙著),中华书局上海编辑所 1961 年版

《六朝骈文声律探微》(廖志强著),台湾天工书局 1998 年版

《六朝骈文形式及其文化意蕴》(钟涛著),东方出版社 1997 年版

《六朝诗歌》(汪超宏著),文化艺术出版社 1998 年版

《六朝事迹编类》(张敦颐著),南京出版社 1989 年版

《六朝思想史》(孙述圻著),南京出版社 1992 年版

《六朝文化》(许辉、邱敏、胡阿祥主编),江苏古籍出版社 2001 年版

《六朝文絜》(许梿评选),中华书局 1927 年聚珍版

《六朝文学》(吴功正著),南京出版社 2003 年版

《六朝文学论文集》(清水凯夫著,韩基国译),重庆出版社 1989 年版

《六朝文章新论》(谭家健著),北京燕山出版社 2002 年版

《六朝吴兴沈氏及其宗族文化研究》(唐燮军著),中国社会科学出版社
　　2007 年版

《六朝选诗定论》(吴淇编撰),四库全书存目丛书补编本,齐鲁书社 2001
　　年版

《六朝作家年谱辑要》(刘跃进、范子烨编),黑龙江教育出版社 1999 年版

《六臣注文选》(萧统编,李善等注),浙江古籍出版社 1999 年版

《龙虫并雕斋文集》(王力著),中华书局 1980 年版

《论梁陈四帝诗》(龚显宗著),高雄复文图书出版社 1995 年版

M

《门阀士族与永明文学》(刘跃进著),三联书店 1996 年版

《明诗话全编》(吴文治主编),江苏古籍出版社 1997 年版

《明史》(张廷玉等撰),中华书局 1974 年版

N

《南北朝诗话校释》(钟仕伦校释),中华书局 2007 年版

《南北朝史拾遗》(李万生著),三秦出版社 2003 年版

《南北朝隋诗文纪事》(周建江辑校),中州古籍出版社 2001 年版

《南北朝文学》(骆玉明、张宗原著),安徽教育出版社 1991 年版

《南北朝文学编年史》(曹道衡、刘跃进著),2000 年版

《南北朝文学史》(曹道衡、沈玉成编著),人民文学出版社 1991 年版

《南北文学交流研究》(王允亮著),复旦大学 2006 年博士论文

《南朝佛教与文学》(普慧著),中华书局 2002 年版

《南朝宫体诗研究》(归青著),上海古籍出版社 2006 年版

《南朝齐会要》(朱铭盘著),上海古籍出版社 1984 年版

《南朝诗歌思潮》(詹福瑞著),河北大学出版社 2005 年版

《南朝宋会要》(朱铭盘著),上海古籍出版社 1984 年版

《南朝文学与北朝文学研究》(曹道衡著),江苏古籍出版社 1998 年版

《南齐书》(萧子显撰),中华书局 1972 年版

《南史》(李延寿撰),中华书局 1975 年版

《廿二史考异》(钱大昕著),上海古籍出版社 2004 年版

《廿二史札记》(赵翼著),中华书局 1984 年版

P

《骈体文钞》(李兆洛选辑),上海书店 1988 年版

《骈文》(尹恭弘著),人民文学出版社 1994 年版

《骈文考》(钱济鄂著),洛杉矶中华诗会新加坡木屋学社 1994 年版

《骈文史论》(姜书阁著),人民文学出版社 1986 年版

《骈文通论》(莫道才著),广西教育出版社 1994 年版

《骈文学》(张仁青著),文史哲出版社 1984 年版

《骈文与散文》(蒋伯潜、蒋祖怡著),上海书店出版社 1997 年版

Q

《齐梁诗歌研究》(阎采平著),北京大学出版社 1994 年版

《齐梁文坛与四萧研究》(胡德怀著),南京大学出版社 1997 年版

《清诗话》(王夫之等撰),上海古籍出版社 1963 年版

《清诗话续编》(郭绍虞编),上海古籍出版社 1983 年版

《全汉三国晋南北朝诗》(丁福保编),中华书局 1959 年版

《全上古三代秦汉三国六朝文》（严可均校辑），中华书局 1958 年版

《全唐诗》，中华书局 1960 年版

《全唐文》（董诰编），中华书局 1983 年版

R

《日本足利学校藏宋刊明州本六臣注文选》，人民文学出版社 2008 年版

日本影弘仁本《文馆词林》残卷（许敬宗编，罗国威整理），中华书局 2001
　　年版

S

《三国志》（陈寿撰），中华书局 1982 年版

《上古音手册》（唐作藩著），江苏人民出版社 1982 年版

《沈约集校笺》（陈庆元校笺），浙江古籍出版社 1995 年

《沈约研究》（林家骊著），杭州大学出版社 1999 年版

《师门问学录——南京大学中文系古代文学专业攻读博士研究生课程的一
　　份教学实录》（教师：周勋初，学生：余历雄），凤凰出版社 2004 年版

《诗品集注》（钟嵘著，曹旭集注），上海古籍出版社 1994 年版

《诗品研究》（曹旭著），上海古籍出版社 1998 年版

《〈诗品〉译注》（钟嵘著，周振甫译注），江苏教育出版社 2006 年版

《诗品注》（钟嵘著，陈延杰注），人民文学出版社 1961 年版

《诗薮》（胡应麟著），上海古籍出版社 1979 年版

《诗文声律论稿》（启功著），中华书局 1977 年版

《诗源辨体》（许学夷著），人民文学出版社 1987 年版

《十驾斋养新录》（钱大昕著，陈文和、孙显军校点），江苏古籍出版社 2000
　　年版

《十七史商榷》（王鸣盛著），上海书店 2005 年版

《十三经注疏》，上海古籍出版社 1997 年版

《史记》（司马迁撰），中华书局 1959 年版

《世说新语笺疏》（刘义庆撰，余嘉锡笺疏），上海古籍出版社 1993 年版

《世族与六朝文学》（程章灿著），黑龙江教育出版社 1998 年版

《释名疏证补》（王先谦著），上海古籍出版社 1984 年版

《水经注疏》(郦道元著,杨守敬疏),江苏广陵古籍刻印社1989年版

《水经注校证》(郦道元著,陈桥驿校证),中华书局2007年版

《说文解字注》(许慎著,段玉裁注),上海古籍出版社1981年版

《四库全书总目》(永瑢等撰),中华书局1965年版

《四萧研究——以文学为中心》(林大志著),中华书局2007年版

《四友斋丛说》(何良俊撰),中华书局1959年版

《宋诗话全编》(吴文治主编),江苏古籍出版社1998年版

《宋书》(沈约撰),中华书局1974年版

《隋书》(魏徵、令狐德棻撰),中华书局1973年版

《隋唐嘉话》(刘𫗧著,程毅中点校),中华书局1979年版

《隋唐制度渊源略论稿·唐代政治史述论稿》(陈寅恪著),生活·读书·新
  知三联书店2001年版

T

《苕溪渔隐丛话》(胡仔著),人民文学出版社1962年版

《太平广记》(李昉等编著),中华书局1961年版

《太平寰宇记》(乐史撰,王文楚点校),中华书局2007年版

《太平御览》(李昉等编著),中华书局1960年版

《谈艺录》(钱锺书著),中华书局1984年版

《唐钞文选集注汇存》(周勋初整理),上海古籍出版社2000年版

《唐代文学丛考》(陈尚君著),中国社会科学出版社1997年版

《唐代重大历史事件与文学研究》(胡可先著),浙江大学出版社2007年版

《唐前生命观和文学生命主题》(钱志熙著),东方出版社1997年版

《陶弘景集校注》(王京州校注),上海古籍出版社2009年版

《通典》(杜佑著),中华书局1984年版

《通志》(郑樵著),中华书局1982年版

W

《王褒集注》(牛贵琥校注),新华出版社1993年版

《魏晋南北朝佛教论丛》(方立天著),中华书局1982年版

《魏晋南北朝赋史》(程章灿著),江苏古籍出版社2001年版

《魏晋南北朝儒学流变之省察》(林登顺著),文津出版社 1996 年版

《魏晋南北朝诗歌史述》(钱志熙著),北京大学出版社 2005 年版

《魏晋南北朝史》(王仲荦著),上海人民出版社 2003 年版

《魏晋南北朝史发微》(高敏著),中华书局 2005 年版

《魏晋南北朝史论丛》(唐长孺著),生活·读书·新知三联书店 1983 年版

《魏晋南北朝史论集》(周一良著),北京大学出版社 1997 年版

《魏晋南北朝史论拾遗》(唐长孺著),中华书局 1983 年版

《魏晋南北朝史札记》(周一良著),中华书局 1985 年版

《魏晋南北朝文论全编》(穆克宏、郭丹编),江苏教育出版社 2004 年版

《魏晋南北朝文体学》(李士彪著),上海古籍出版社 2004 年版

《魏晋南北朝文学论丛》(周勋初著),江苏古籍出版社 1999 年版

《魏晋南北朝文学史》(胡国瑞著),上海文艺出版社 1980 年版

《魏晋南北朝文学史参考资料》(北京大学中国文学史教研室选注),中华书
　　局 1962 年版

《魏晋南北朝文学史料述略》(穆克宏著),中华书局 1997 年版

《魏晋南北朝文学思想史》(罗宗强著),中华书局 1996 年版

《魏晋南北朝文学研究》(吴云主编),北京出版社 2001 年版

《魏晋南朝江东世家大族述论》(方北辰著),文津出版社 1991 年版

《魏晋清谈思想初论》(贺昌群著),商务印书馆 1999 年版

《魏晋诗歌艺术原论(修订本)》(钱志熙著),北京大学出版社 2005 年版

《魏晋玄学新论》(徐斌著),上海古籍出版社 2000 年版

《魏晋玄学与中国文学》(卢盛江著),百花洲文艺出版社 2002 年版

《魏书》(魏收撰),中华书局 1974 年版

《文赋集释》(陆机著,张少康集释),人民文学出版社 2002 年版

《文镜秘府论汇校汇考》(遍照金刚撰,卢盛江校考),中华书局 2006 年版

《文镜秘府论校注》(遍照金刚著,王利器校注),中国社会科学出版社 1983
　　年版

《文体明辨序说》(徐师曾著),人民文学出版社 1962 年版

《文献通考》(马端临著),中华书局 1986 年版

《文心雕龙今译》(周振甫著),中华书局 1986 年版

《文心雕龙札记》(黄侃著),上海古籍出版社 2000 年版

《文选》（萧统编、李善注），中华书局 1981 年版

《文选学》（骆鸿凯著），中华书局 1989 年版

《文苑英华》中华书局 1982 年版

《文章辨体序说》（吴讷著，于北山校点），《文体明辨序说》（徐师曾著，罗根
　　泽校点），人民文学出版社 1982 年版

《吴均集校注》（林家骊校注），浙江古籍出版社 2005 年版

《五朝门第》（王伊同著），中华书局 2006 年版

X

《先秦汉魏晋南北朝诗》（逯钦立辑），中华书局 1983 年版

《先唐文学与文学思想考论》（徐正英著），上海古籍出版社 2005 年版

《湘绮楼说诗》（王闿运著，马积高主编），岳麓书社 1996 年版

《萧纲萧绎年谱》（吴光兴著），社会科学文献出版社 2006 年版

《谢灵运集校注》（顾绍柏校注），中州古籍出版社 1987 年版

《谢灵运论稿》（钟优民著），齐鲁书社 1985 年版

《谢宣城集校注》（谢朓撰，曹融南校注集说），上海古籍出版社 1991 年版

《新出魏晋南北朝墓志疏证》（罗新、叶炜疏证），中华书局 2005 年版

《徐陵集校笺》（徐陵撰，许逸民校笺），中华书局 2008 年版

《徐仆射集》，《四部丛刊初编》本，商务印书馆 1926 年版

《玄学与魏晋士人心态》（罗宗强著），浙江人民出版社 1991 年版

《玄言诗研究》（胡大雷著），中华书局 2007 年版

Y

《乐府诗集》（郭茂倩编撰，聂世美、仓阳卿校点），上海古籍出版社 1998
　　年版

《乐府诗述论》（增补本）（王运熙著），上海古籍出版社 2006 年版

《乐府文学史》（罗根泽著），东方出版社 1996 年版

《雅与俗的跨越——汉魏六朝及元代文学论集》（钟涛著），巴蜀书社 2001
　　年版

《艺文类聚》（欧阳询撰），上海古籍出版社 1999 年版

《阴铿与近体诗》（赵以武著），黑龙江教育出版社 1998 年版

《永明体与音乐关系研究》（吴相洲著），北京大学出版社 2006 年版

《酉阳杂俎》（段成式撰，方南生点校），中华书局 1981 年版

《舆地纪胜》（王象之著），中华书局 1992 年版

《庾信研究》（林怡著），人民文学出版社 2000 年版

《庾子山集注》（庾信撰，倪璠注，许逸民校点），中华书局 1980 年版

《玉函山房辑佚书》（马国翰辑），广陵书社 2004 年版

《玉台新咏笺注》（吴兆宜注，程琰删补，穆克宏点校），中华书局 1985 年版

《玉台新咏研究》（刘跃进著），中华书局 2000 年版

《元和郡县图志》（李吉甫著），中华书局 1983 年版

《元和姓纂》（林宝著），中华书局 1994 年版

Z

《〈昭明文选〉研究》（傅刚著），中国社会科学出版社 2000 年版

《昭明太子集校注》（萧统著，俞绍初校注），中州古籍出版社 2001 年版

《昭明文选研究》（穆克宏著），人民文学出版社 1998 年版

《照隅室古典文学论集》（郭绍虞著），上海古籍出版社 1983 年版

《直斋书录解题》（陈振孙著），上海古籍出版社 1987 年版

《治学小言》（程千帆述，莫砺锋等记），齐鲁书社 1986 年版

《中古诗人抒情方式的演进》（胡大雷著），中华书局 2003 年版

《中古士人迁移与文化交流》（王永平著），社会科学文献出版社 2005 年版

《中古文论要义十讲》（王运熙著），复旦大学出版社 2004 年版

《中古文史丛稿》（曹道衡著），河北大学出版社 2003 年版

《中古文学集团》（胡大雷著），广西师范大学出版社 1996 年版

《中古文学理论范畴》（詹福瑞著），河北大学出版社 1997 年版

《中古文学论稿》（陈庆元著），天津人民出版社 1992 年版

《中古文学史料丛考》（曹道衡、沈玉成著），中华书局 2003 年版

《中古文学史论》（王瑶著），北京大学出版社 1986 年版

《中古文学史论文集》（曹道衡著），中华书局 1986 年版

《中古文学史论文集续编》（曹道衡著），文津出版社 1994 年版

《中古文学文献学》（刘跃进著），江苏古籍出版社 1997 年版

《中古文学与文论研究》（刘文忠著），学苑出版社 2000 年版

《中古五言诗研究》(吴小平著)，江苏古籍出版社 1998 年版

《中国辞赋源流综论》(曹虹著)，中华书局 2005 年版

《中国大百科全书·中国文学卷》，中国大百科全书出版社 1986 年版

《中国道教史》(卿希泰主编)，四川人民出版社 1988 年版

《中国道教史》(任继愈主编)，上海人民出版社 1990 年版

《中国东南佛教史》(严耀中著)，上海人民出版社 2005 年版

《中国佛教史》(任继愈主编)，中国社会科学出版社 1981 年版

《中国古代文体概论》(褚斌杰著)，北京大学出版社 1984 年版

《中国历代文论选》(郭绍虞主编)，上海古籍出版社 1979 年版

《中国历代著名文学家评传》(第一卷)，山东教育出版社 1983 年版

《中国历史地图集》(谭其骧著)，地图出版社 1982 年版

《中国骈文通史》(于景祥著)，吉林人民出版社 2002 年版

《中国人学思想史》(李中华主编)，北京出版社 2005 年版

《中国儒学》(庞朴著)，东方出版中心 1997 年版

《中国儒学史》(刘振东著)，广东教育出版社 1998 年版

《中国散文史》(陈柱著)，商务印书馆 1998 年版

《中国散文史》(郭预衡著)，上海古籍出版社 2000 年版

《中国诗歌艺术研究》(袁行霈著)，北京大学出版社 1996 年版

《中国诗史》(陆侃如、冯沅君著)，山东大学出版社 2000 年版

《中国诗学》(汪涌豪、骆玉明主编)，东方出版中心 1999 年版

《中国思想史》(葛兆光著)，复旦大学出版社 2001 年版

《中国文学批评史》(邹然著)，北京大学出版社 2006 年版

《中国文学批评通史——隋唐五代卷》(王运熙、杨明著)，上海古籍出版社
　　1996 年版

《中国文学批评通史——魏晋南北朝卷》(王运熙、杨明著)，上海古籍出版
　　社 1996 年版

《中国文学批评小史》(周勋初著)，复旦大学出版社 2007 年版

《中国文学史》(袁行霈等主编)，高等教育出版社 1997 年版

《中国文学史》(章培恒、骆玉明主编)，复旦大学出版社 1996 年版

《中国文学史大事年表》(吴文治著)，黄山书社 1993 年版

《中国文学思想史》(敏泽主编)，湖南教育出版社 2004 年版

《中国中古诗歌史》(王锺陵著),人民出版社 2005 年版

《中国中古文学史讲义》(刘师培著),中国人民大学出版社 2004 年版

《周书》(令狐德棻等撰),中华书局 1971 年版

《诸子集成》,上海书店 1996 年版

《注史斋丛稿》(牟润孙著),中华书局 1987 年版

《资治通鉴》(司马光编著,胡三省音注),中华书局 1956 年版

论　文

《文学史研究的多种可能性》(刘跃进),《山东师范大学学报》(人文社会科
　　学版)2011 年第 4 期。

《兰亭雅集与魏晋风度》(刘跃进),《安徽大学学报》(哲学社会科学版)2011
　　年第 4 期。

《六朝僧侣:文化交流的特殊使者》(刘跃进),《中国社会科学》2004 年第
　　5 期。

《刘师培及其汉魏六朝文学研究引论》(刘跃进),《文学遗产》2010 年第
　　4 期。

《道教在六朝的流传与江南民歌隐语》(刘跃进),《社会科学战线》1996 年
　　第 3 期。

《关于宫体诗研究的几个问题》(刘跃进),《古典文学知识》1994 年第 3 期。

《中国古代文人创作态势的形成——从古诗十九首及南朝文学谈起》(刘跃
　　进),《社会科学战线》1992 年第 3 期。

《〈先秦汉魏晋南北朝诗〉补遗》(陈尚君、骆玉明),《文学遗产》1987 年第
　　1 期。

《四萧文学群体与梁代诗风之变》(林家骊、陶琳),《浙江大学学报》(人文社
　　会科学版)2007 年第 5 期

《张正见诗论》(蒋寅),《清华大学学报》2008 年第 3 期

《李白与六朝文学的渊源》(王定璋),纪念李白逝世 1220 年暨江油李白纪
　　念馆开馆大会论文集 1982 年油印本。

《庾信:南北民族文化融合中的"文化特使"》(刘思刚、刘长春),《四川师范
　　学院学报》(哲学社会科学版)1995 年第 2 期。

《论北朝社会对入北南朝士人文学的改造》(周建江),《西北师大学报》(社

会科学版)2001 年第 4 期

《论永明声律说与五言律诗声律形式的形成》(吴小平),《中国古典文学论丛》第六辑,人民文学出版社 1987 年版。

《〈颜氏家训〉中南北朝士族风俗文化现象探析》(顾向明、王大建),《郑州大学学报》(哲学社会科学版)2006 年第 3 期

《"宝马意象"与功业之志——马与魏晋南北朝文学》(王立),《古典文学知识》1991 年第 6 期。

《北朝乐府民歌的南流及其对南朝文坛的影响》(阎采平),《湘潭大学学报》1989 年第 1 期。

《横吹曲辞〈关山月〉创作范式考论》(阎福玲),《河北师范大学学报》(哲学社会科学版)2005 年第 2 期

《南朝后期吴兴沈氏考释》(陈群),《江西社会科学》2002 年第 6 期。

《试论侯景之乱》(邓奕琦),《北京师范大学学报》1989 年第 6 期。

《论侯景之乱对南朝后期社会历史的影响》(高敏),《中国史研究》1996 年第 3 期。

《横吹曲与边塞诗》(韩宁、徐文武),《河北大学学报》2006 年第 3 期,《人大复印资料·中国古代、近代文学研究》2006 年第 10 期全文转载。

后　记

　　这本书是在博士论文的基础上修改而成的,其间还受到浙江省哲学社会科学规划课题资助(14NDJC238YB),自 2006 年开始撰写,到 2016 年最后定稿,已经过了整整十个春夏了。

　　在修改论著时,我时常想起在浙江大学度过的那段难忘的日子。2005年 9 月,我考取浙江大学中文系,师从林家骊先生学习周秦汉魏晋南北朝文学。论文的选题、构思和写作,始终得到先生悉心指导,先生睿智博广,教导我要注重文献资料积累,引导我从原始文献读起,逐渐积累想法;先生视觉敏锐,不断鼓励我要从政治、历史、文化等多元角度关照文学现象,为论文的写作指明了方向;先生宽仁慈爱,经常带我们到茅家埠那个恬静的茶馆里论学术、谈人生,开怀一笑间学到了很多东西。毕业后,我工作的单位离浙大西溪校区近在咫尺,得以继续向先生问学,先生、师母为我提供了许多无私的指导和帮助。

　　我的硕士导师徐正英先生无时不关怀和爱护着我,先生待人尽心尽力,总是倾其所有、不计回报地帮助我。在学术研究上我一直没有自信,是先生不断的鞭策鼓励使得我能够坚持到今天。此书写作过程中,先生审读全文,指正谬误,提出了许多建设性的意见。十余年来,我人生道路上的每一步,都离不开先生、师母的关爱与指点。

　　我访学的合作导师东京大学谷口洋教授待人热情、周到,为我提供了访学期间学习生活的诸多便利,亲自带我赴东大综合图书馆、东洋文化研究所、东洋文库等查阅资料,不断给以悉心的指导和鼓励,使得论著能顺利修改完善。

　　浙江大学束景南教授博学儒雅,每次拜访都会给予细致解答与热情鼓励,王德华教授眼光敏锐,时常引导我从不同的角度去思考问题,浙江大学胡可先教授、朱则杰教授、陶然教授、孙福轩教授,郑州大学俞绍初教授、李之亮教授、罗家湘教授也给予了非常宝贵的帮助和支持。我大学的班主任王庆梅老师一直给予我母亲般的关爱和照顾,助推我走上学术研究之路。

山西大学牛贵琥教授、广东嘉应学院赵以武教授慷慨惠赐大作，热情为我指点迷津，让人很感动！

华东师范大学陈大康教授主持我的博士学位论文答辩，为本书学术空间的进一步拓展提供了具体思路，廖可斌教授、沈松勤教授、周明初教授、韩泉欣教授、费君清教授也提出了许多宝贵的意见建议。

师兄白崇、师姐刘竞、陶琳，同门学友孙宝、陈伟娜、李慧芳、陈春霞、吕红光、黄燕平，浙江大学孙福轩教授、洛阳师范学院梁奇博士、浙江古籍出版社编审陈小林博士、贵州师范大学郝永教授、郑州大学赵俊玲博士、安阳师范学院李小山博士，詹玉云、杜树记、秦涛、解浩、吴礼明、黄官飞诸位兄长或帮我复印资料，或热情为我审读文稿，或慷慨接济，他们的真诚帮助让人很难忘！

我的工作单位浙江外国语学院是个温暖向上的大家庭。由衷感谢校领导姚成荣教授、洪岗教授、赵伐教授、骆伯巍教授、郑亚莉教授、曹仁清教授、张环宙教授等对我学术研究的关心支持！感谢科研处为课题的申报提供的全程热情帮助！感谢中国语言文化学院各位领导的无私关怀！感谢龚钢教授、樊宝英教授、周明强教授、赵红娟教授、高列过教授、田义勇博士等给予的激励与点拨！

本书的出版得到中华书局罗华彤主任的悉心指导与支持，当我投递书稿请教出版之事时，罗主任热情建议我申报国家社科基金后期资助项目，在论著修改的过程中，又不厌其烦地进行专业化的具体指导，倾注了大量心血。

十八年前，我中师毕业后在家乡初中教书，得到父母、师友鼓励支持，通过高中起点本科班的学习考取硕士研究生，并继续攻读博士位。特别是父亲景平先生，为家庭日夜辛苦忙碌，在十分艰苦的生活条件下全力支持我读书，未及安享天伦之乐就溘然去世，每念及此我都泪下不能抑。

毛振华
初稿完成于浙江大学 2008 年 6 月 3 日
定稿完成于东京大学东洋文化研究所 2016 年 5 月 4 日